笑傲江湖

金庸

THE SMILING, PROUD WANDERER

4

五嶽併派

屠倬「吾亦澹蕩人」

屠倬（1781-1828），浙江錢塘人，詩、書、畫、篆刻造詣俱深。

「澹蕩人」淡泊無爭，自由散漫，當是令狐冲的性格。

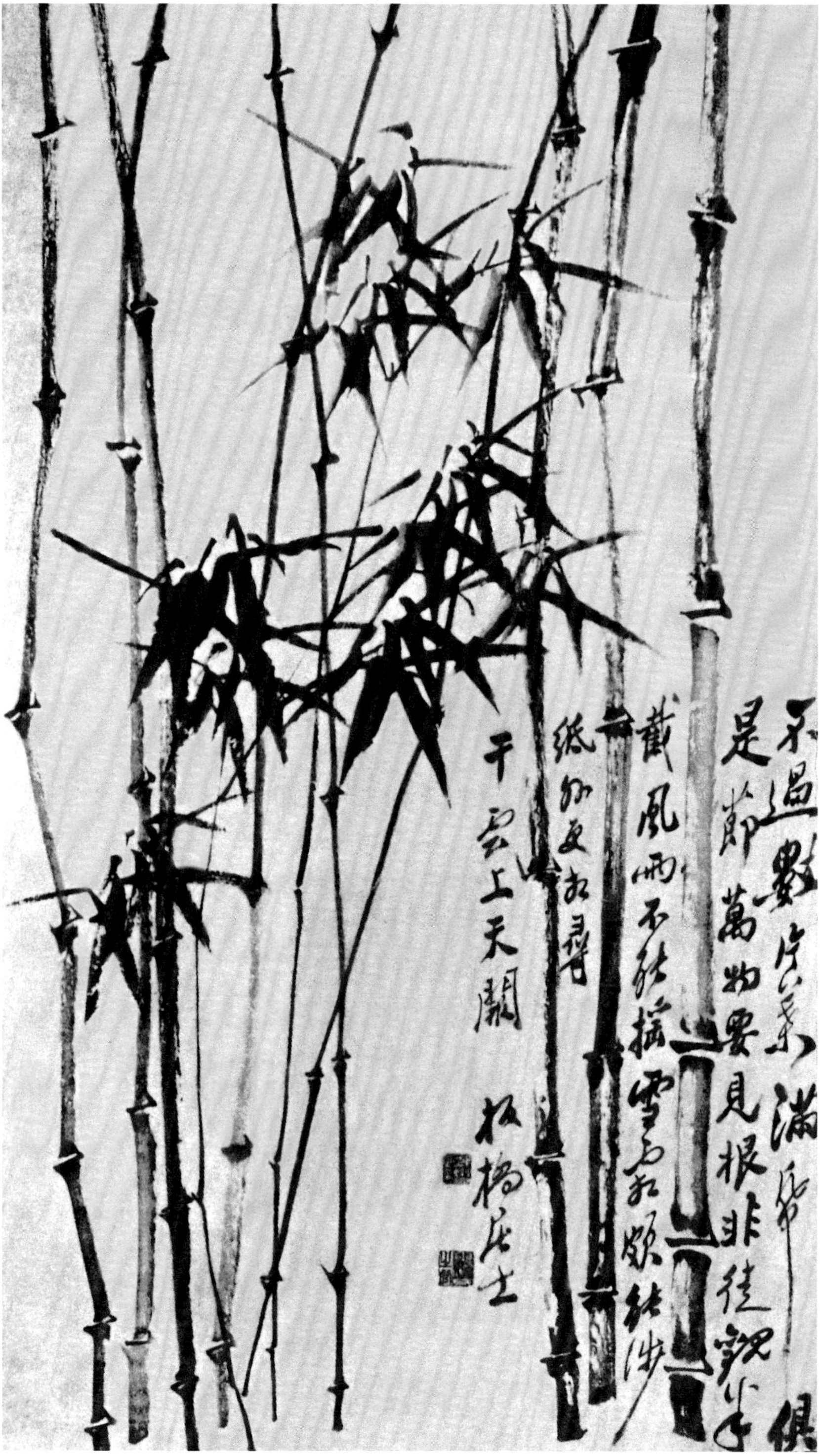

鄭燮畫竹：鄭燮（1693-1765），江蘇興化人，號板橋居士，「揚州八怪」之一，為人狂傲不阿，極具風骨，做濰縣知縣時，不服上司命令，擅自賑濟災民而被罷官。這幅竹軸上題字說：「不過數片葉，滿紙俱是節。萬物要見根，非徒觀半截。風雨不能搖，雪霜頗能涉。紙外更相尋，干雲上天闕。」「節」是竹節，也是氣節。竹向來比作君子，「萬物要見根，非徒觀半截」兩句，也可算是對偽君子岳不羣的諷喻。此圖寫竹有根，但其發展則非紙張所能限制。

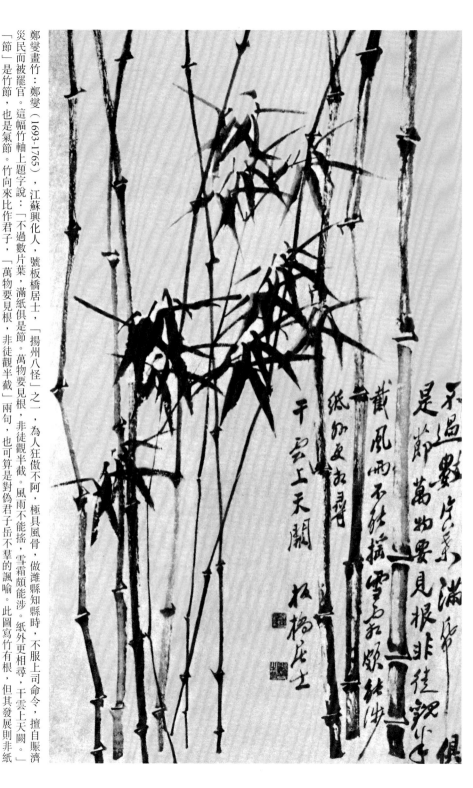

五嶽真形圖：嵩山石碑的拓片，是道家對五嶽的解說。圖中說，五嶽均為仙人得道之處，各有嶽神，每嶽並各有副山。東嶽泰山的副山是長白梁父二山，南嶽衡山的副山是游山霍山，中嶽嵩山的副山是女几少室，北嶽恆山的副山是天涯崆峒，西嶽華山的副山是終南太白。五嶽嶽神各有所主，因東嶽嶽神「主世界人民，官職，及定生死之期，兼註貴賤之分，長短之期」，所以在世人心目中特別重要。

本頁和左頁圖／王原祁「華山秋色圖」：王原祁，字麓臺，康熙年間重要畫家，江蘇太倉人。此圖寫華山南峯、西峯。原圖狹長，右為上半部，左為下半部。

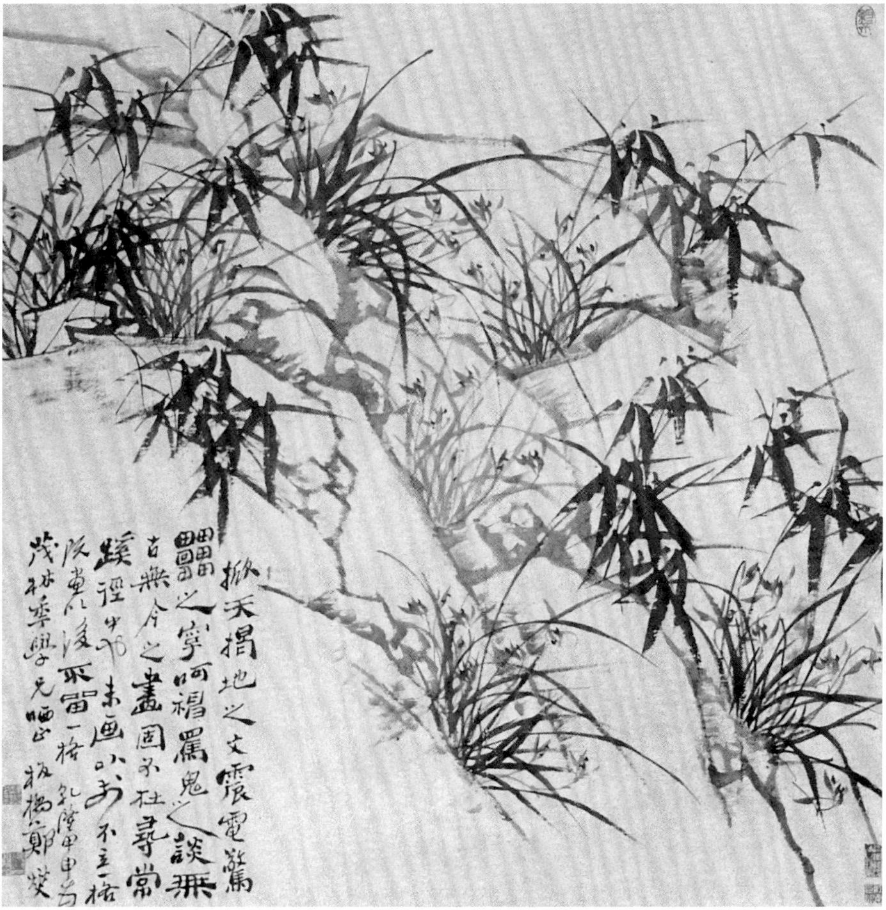

右頁圖／黃慎「攜琴圖軸」：黃慎，福建寧化人，久寓揚州，清乾隆年間「揚州八怪」之一，好酒喜漫遊。據說少年時在街頭忽悟畫法，急去店鋪借紙筆作畫。本圖題字中說是醉後所作。圖中女子當不及盈盈之美，然靦腆飄逸，神態或相彷彿。

上圖／鄭燮「蘭竹」——題字云：「掀天揭地之文，震電驚雷之字，呵神罵鬼之談，無古無今之畫，固不在尋常蹊徑中也。未畫以前，不立一格，既畫以後，不留一格。」似可為「獨孤九劍」之劍法寫照。

嵩山石淙：畢玥年攝。

上圖／自嵩山嵩嶽廟遠眺。

下右圖／嵩山大將軍柏：在嵩陽書院，漢光武帝封之為「大將軍」，共兩株，分別稱為大將軍、少將軍，東漢時即已聞名。樹齡已超過兩千年，是中國最古的柏樹，迄今榮茂常青，蒼勁挺立。

下左圖／嵩山嵩嶽廟古塔。

[illegible]學[illegible][illegible][illegible]寸[illegible]雲閏[illegible]
[illegible]奏[illegible][illegible][illegible]上並天四[illegible]
寬祿[illegible][illegible]國[illegible][illegible][illegible]宗
康所[illegible][illegible]戒[illegible][illegible][illegible]一[illegible]
孟事[illegible][illegible][illegible][illegible][illegible][illegible]之

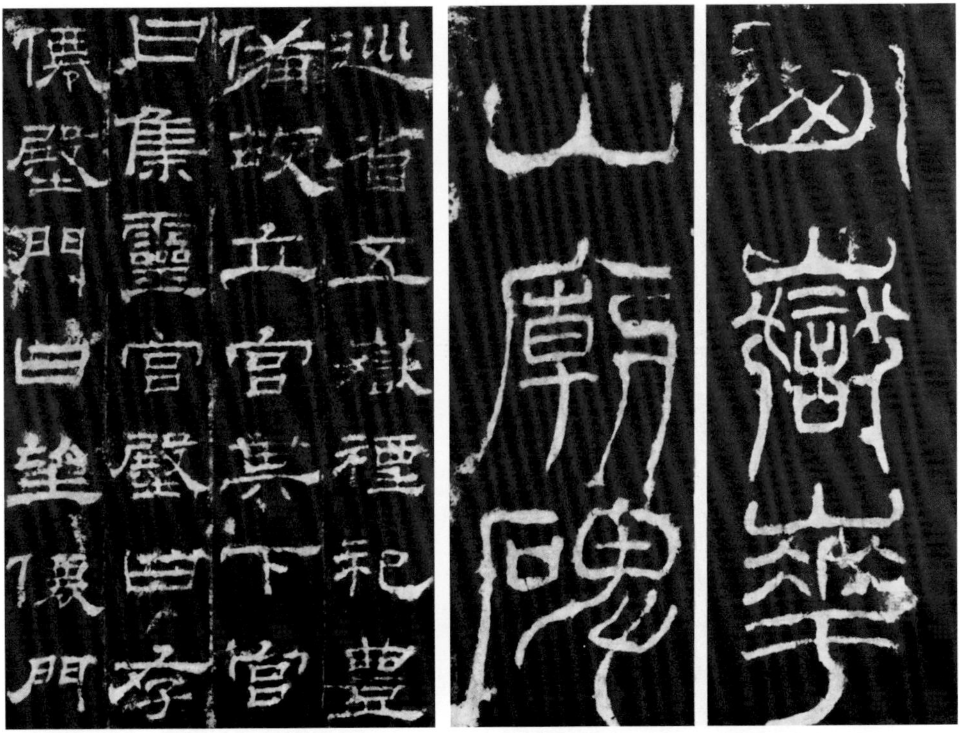

右頁圖／嵩山太室石闕銘：漢碑拓片。

上圖／西嶽華山廟碑題額及碑文：漢碑拓片。

華山之一景。

華山一景：陳長芬攝。

華山南峯。

以下五圖／王履「華山圖」：王履，元末明初醫學家、畫家，著有醫書達百餘卷。「華山圖」四十幅作於明洪武十六年，用筆禿勁凝重，布置茂密，意境深邃，自稱「吾師心，心師目，目師華山」，注重寫實。「華山圖」為王履傳世僅存之作，在明代已負盛譽。今選錄五幅，依序是華山「明岩」、「千尺撞」、「龍潭」、「仙人掌」、「蒼龍嶺頂」。

紫檀木刻花大椅：此椅上如再加錦披繡墊，任我行非坐一坐不可。

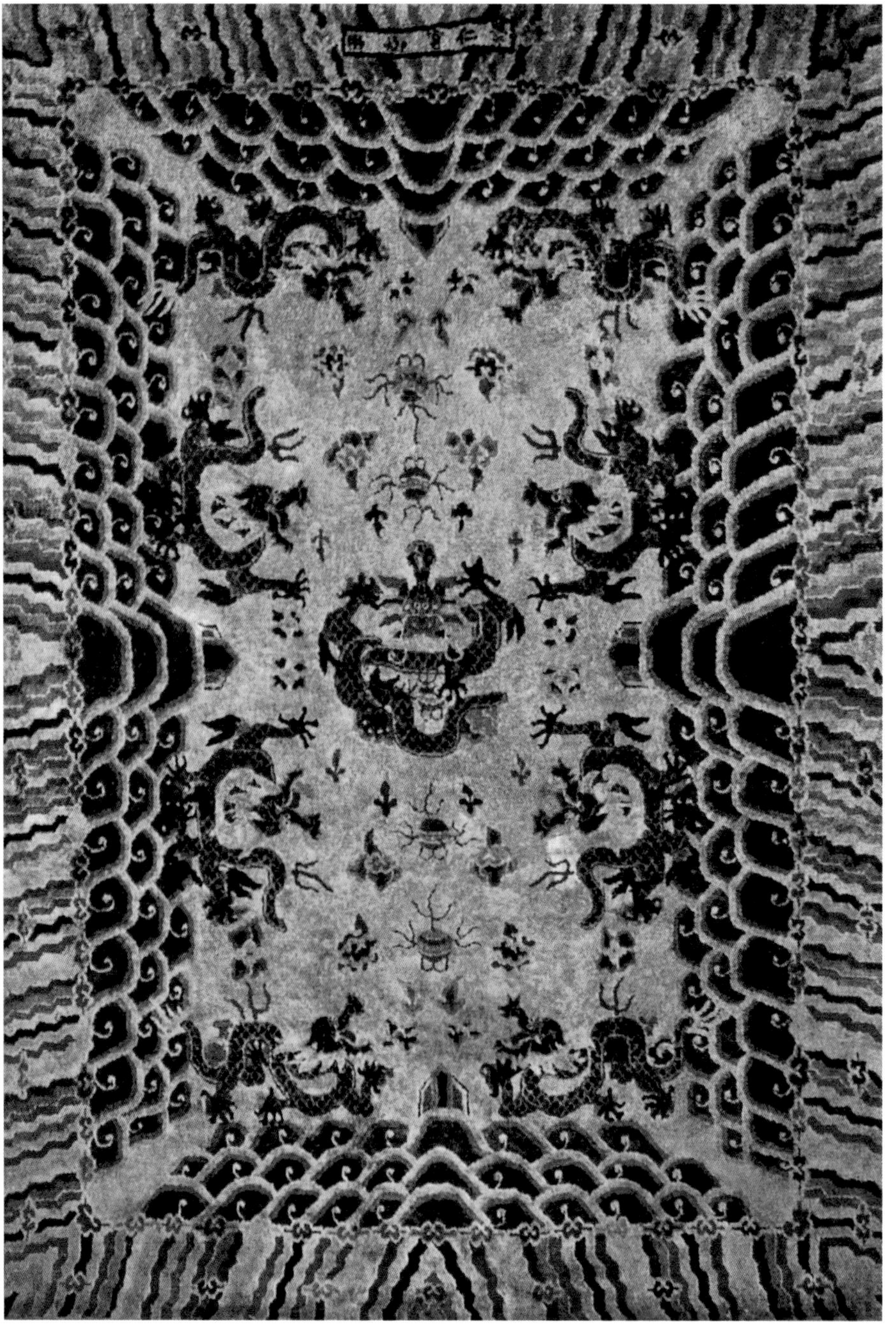

九龍圖掛毯：原為皇宮大內御用之物，武當派所設計之九龍捧日椅套或與此有相似處。

笑傲江湖

4

五嶽併派

金庸 著

目錄

三十一 繡花……一二六〇
三十二 併派……一二九二
三十三 比劍……一三三八
三十四 奪帥……一三七八
三十五 復仇……一四〇四
三十六 傷逝……一四六八
三十七 迫娶……一五一二
三十八 聚殲……一五五六
三十九 拒盟……一六〇四
四 十 曲譜……一六四二
後記……一六八〇

三十一 繡花

東方不敗撲到楊蓮亭身旁，把他抱起，輕輕放在床上，給他除了鞋襪，拉過繡被蓋在身上，便似妻子服侍丈夫一般。

楊蓮亭冷冷的道：「童百熊，在這成德堂上，怎容得你大呼小叫？見了教主，為甚麼不跪下？膽敢不稱頌教主的文武聖德？」

童百熊仰天大笑，說道：「我和東方兄弟交朋友之時，那裏有你這小子了？當年我和東方兄弟出死入生，共歷患難，你這乳臭小子生也沒生下來，怎輪得到你來和我說話？」

令狐冲側過頭去，此刻看得清楚，但見他白髮披散，銀髯戟張，臉上肌肉牽動，圓睜雙眼，臉上鮮血已然凝結，神情甚是可怖。他雙手雙足都銬在鐵銬之中，拖著極長的鐵鏈，說到憤怒處，雙手擺動，鐵鏈發出錚錚之聲。

任我行本來跪著不動，一聽到鐵鏈之聲，在西湖底被囚的種種苦況突然間湧上心頭，再也剋制不住，身子顫動，便欲發難，卻聽得楊蓮亭道：「在教主面前膽敢如此無禮，委實狂妄已極。你暗中和反教大叛徒任我行勾結，可知罪嗎？」

童百熊道：「任教主是本教前任教主，身患不治重症，退休隱居，這才將教務交到東方兄弟手中，怎說得上是反教大叛徒？東方兄弟，你明明白白說一句，任教主怎麼反叛，怎麼背叛本教了？」

楊蓮亭道：「任我行疾病治愈之後，便應回歸本教，可是他卻去少林寺中，和少林、武當、嵩山諸派的掌門人勾搭，那不是反教謀叛是甚麼？他為甚麼不前來參見教主，恭聆教主的指示？」

童百熊哈哈一笑，說道：「任教主是東方兄弟的舊上司，武功見識，未必在東方兄弟之下。東方兄弟，你說是不是？」

楊蓮亭大聲喝道：「別在這裏倚老賣老了。教主待屬下兄弟寬厚，不來跟你一般見識。你若深自懺悔，明日在總壇之中，向眾兄弟說明自己的胡作非為，保證今後痛改前非，對教主盡忠，教主或許還可網開一面，饒你不死。否則的話，後果如何，你自己也知道。」

童百熊笑道：「姓童的年近八十，早已活得不耐煩了，還怕甚麼後果？」

楊蓮亭喝道：「帶人來！」紫衫侍者應道：「是！」只聽得鐵鏈聲響，押了十餘人上殿，有男有女，還有幾個兒童。

童百熊一見到這干人進來，登時臉色大變，提氣暴喝：「楊蓮亭，大丈夫一身作事一身當，你拿我的兒孫來幹甚麼？」他這一聲呼喝，直震得各人耳鼓中嗡嗡作響。

令狐沖見居中而坐的東方不敗身子震了一震，心想：「這人良心未曾盡泯，見童百熊如此情急，不免心動。」

楊蓮亭笑道：「教主寶訓第三條是甚麼？你讀來聽聽！」童百熊重重「呸」了一聲，並不答話。楊蓮亭道：「童家各人聽了，那一個知道教主寶訓第三條的，唸出來聽聽。」

一個十歲左右的男孩說道：「文成武德、仁義英明教主寶訓第三條：『對敵須狠，斬草除根，男女老幼，不留一人。』」楊蓮亭道：「很好，很好！小娃娃，十條教主寶訓，你都背得出嗎？」那男孩道：「都背得出。一天不讀教主寶訓，就吃不下飯，睡不著覺。讀了教主寶訓，練武有長進，打仗有氣力。」楊蓮亭笑道：「很對，這話是誰教你的？」那男孩道：「爸爸教的。」楊蓮亭指著童百熊道：「他是誰？」那男孩道：「是爺爺。」楊蓮亭道：「你爺爺不讀教主寶訓，不聽教主的話，反而背叛教主，你說怎麼樣？」那男孩道：「爺爺不對。每個人都應該讀教主寶訓，聽教主的話。」

楊蓮亭向童百熊道：「你孫兒只是個十歲娃娃，尚且明白道理。你這大把年紀，怎地反而胡塗了？」

童百熊道：「我只跟姓任的、姓向的二人說過一陣子話。他們要我背叛教主，我可沒答允。童百熊說一是一，說二是二，決不會做對不起人的事。」他見到全家十餘口長幼全被拿來，口氣不由得軟了下來。

楊蓮亭道：「你倘若早這麼說，也不用這麼麻煩了。現下你知錯了嗎？」

童百熊道：「我沒有錯。我沒叛教，更沒背叛教主。」

楊蓮亭嘆了口氣，道：「你既不肯認錯，我可救不得你了。左右，將他家屬帶下去，從今天起，不得給他們吃一粒米，喝一口水。」幾名紫衫侍者應道：「是！」押了十餘人便行。

童百熊叫道：「且慢！」向楊蓮亭道：「好，我認錯便是。是我錯了，懇求教主網開一面。」雖然認錯，眼中如欲噴出火來。

楊蓮亭冷笑道：「剛才你說甚麼來？你說甚麼和教主共歷患難之時，我生都沒生下來，是不是？」童百熊忍氣吞聲，道：「是我錯了。」楊蓮亭道：「是你錯了？這麼說一句話，那可容易得緊啊。你在教主之前，為何不跪？」

童百熊道：「我和教主當年是八拜之交，數十年來，向來平起平坐。」他突然提高嗓子說道：「東方兄弟，你眼見老哥哥受盡折磨，怎地不開口，不說一句話？你要老哥哥下跪於你，那容易得很。只要你說一句話，老哥哥便為你死了，也不皺一皺眉。」

東方不敗坐著一動不動。一時大殿之中寂靜無聲，人人都望著東方不敗，等他開口。可是隔了良久，他始終沒出聲。

童百熊叫道：「東方兄弟，這幾年來，我要見你一面也難。你隱居起來，苦練『葵花寶典』，可知不知道教中故舊星散，大禍便在眉睫嗎？」東方不敗仍是默不作聲。童百熊道：「你殺我不打緊，折磨我不打緊，可是將一個威震江湖數百年的日月神教毀了，那可成了千古罪人。你為甚麼不說話？你是練功走了火，不會說話了，是不是？」

楊蓮亭喝道：「胡說！跪下了！」兩名紫衫侍者齊聲吆喝，飛腳往童百熊膝彎裏踢去。只聽得砰砰兩聲響，兩名紫衫侍者腿骨斷折，摔了出去，口中狂噴鮮血。

童百熊叫道：「東方兄弟，我要聽你親口說一句話，死也甘心。三年多來你不出一聲，教中兄弟都已動疑。」楊蓮亭怒道：「動甚麼疑？」童百熊大聲道：「疑心教主遭人暗算，給服了啞藥。為甚麼他不說話？為甚麼他不說話？」楊蓮亭冷笑道：「教主金口，豈為你這等反教叛徒輕開？左右，將他帶了下去！」八名紫衫侍者應聲而上。

童百熊大呼：「東方兄弟，我要瞧瞧你，是誰害得你不能說話？」雙手舞動，鐵鏈揮起，雙足拖著鐵鏈，便向東方不敗搶去。

八名紫衫侍者見他神威凜凜，不敢逼進。楊蓮亭大叫：「拿住他，拿住他！」殿下武士只在門口高聲吶喊，不敢上殿。教中立有嚴規，教眾若是攜帶兵刃踏入成德殿一步，那是十惡不赦的死罪。東方不敗站起身來，便欲轉入後殿。

童百熊叫道：「東方兄弟，別走！」加快腳步。他雙足給鐵鐐繫住，行走不快，心中一急，摔了出去。他乘勢幾個觔斗，跟著向前撲出，和東方不敗相去已不過百尺之遙。

楊蓮亭大呼：「大膽叛徒，行刺教主！眾武士，快上殿擒拿叛徒。」

任我行見東方不敗閃避之狀極為顢頇，而童百熊與他相距尚遠，一時趕他不上，從懷中摸出三枚銅錢，運力於掌，向東方不敗擲了過去。盈盈叫道：「動手罷！」

令狐冲一躍而起，從綳帶中抽出長劍。向問天從擔架的木棍中抽出兵刃，分交任我行和盈盈，跟著用力一抽，擔架下的繩索原來是一條軟鞭。四個人展開輕功，搶將上去。

只聽得東方不敗「啊」的一聲叫，額頭上中了一枚銅錢，鮮血涔涔而下。任我行發射這三枚銅錢時和他相距甚遠，擲中他額頭時力道已盡，所受的只是一些肌膚輕傷。但東方不敗號稱武功天下第一，居然連這樣的一枚銅錢也避不開，自是情理之所無。

任我行哈哈大笑，叫道：「這東方不敗是假貨。」

向問天刷的一鞭，捲住了楊蓮亭的雙足，登時便將他拖倒。

東方不敗掩面狂奔。令狐冲斜刺裏兜過去，截住他去路，長劍一指，喝道：「站住！」豈知東方不敗急奔之下，竟不會收足，身子便向劍尖上撞來。令狐冲急忙縮劍，左掌輕輕拍出，東方不敗仰天直摔了出去。

任我行縱身搶到，一把抓住東方不敗後頸，將他提到殿口，大聲道：「眾人聽著，這傢伙假冒東方不敗，禍亂我日月神教，大家看清了他的嘴臉。」

但見這人五官相貌，和東方不敗實在十分相似，只是此刻神色惶急，和東方不敗平素那泰然自若、胸有成竹的神態，卻有天壤之別。眾武士面面相覷，都驚得說不出話來。

任我行大聲道：「你叫甚麼名字？不好好說，我把你腦袋砸得稀爛。」

那人只嚇得全身發抖，顫聲說道：「小……小……人……人……叫……叫……叫……」

向問天已點了楊蓮亭數處穴道，將他拉到殿口，喝道：「這人到底叫甚麼名字？」

楊蓮亭昂然道：「你是甚麼東西，也配來問我？我認得你是反教叛徒向問天。日月神教早將你革逐出教，你憑甚麼重回黑木崖來？」

向問天冷笑道：「我上黑木崖來，便是為了收拾你這奸徒！」右掌一起，喀的一聲，將他左腿小腿骨斬斷了。豈知楊蓮亭武功平平，為人居然極是硬朗，喝道：「你有種便將我殺了，這等折磨老子，算甚麼英雄好漢？」向問天笑道：「有這等便宜的事？」手起掌落，喀的一聲響，又將他右腿小腿骨斬斷，左手一椿，將他頓在地下。

楊蓮亭雙足著地，小腿上的斷骨戳將上來，劇痛可想而知，可是他竟然哼也不哼一聲。

向問天大拇指一翹，讚道：「好漢子！我不再折磨你便了。」在那假東方不敗肚子上輕輕一拳，問道：「你叫甚麼名字？」那人「啊」的大叫，說道：「小……小……人……名……名叫……包……包……包……」向問天道：「你姓包，是不是？」那人道：「是……是……是……包……包……包……」結結巴巴的半天，也沒說出叫包甚麼名字。

眾人隨即聞到一陣臭氣，只見他褲管下有水流出，原來是嚇得屎尿直流。

任我行道：「事不宜遲，咱們去找東方不敗要緊！」提起那姓包漢子，大聲道：「你們大家都瞧見了，此人冒充東方不敗，擾亂我教。咱們這就要去查明真相。我是你們的真正教主任我行，你們認不認得？」

眾武士均是二十來歲的青年，從未見過他，自是不識。自東方不敗接任教主，手下親信揣摩到他心意，相識不提前任教主之事，因此這些武士連任我行的名字也沒聽見過，倒似日月神教創教數百年，自古至今便是東方不敗當教主一般。眾武士面面相覷，不敢接話。

上官雲大聲道：「東方不敗多半早給楊蓮亭他們害死了。這位任教主，便是本教教主。自今而後，大夥兒須得盡忠於任教主。」說著便向任我行跪下，說道：「屬下參見任教主，教主千秋萬載，一統江湖！」

眾武士認得上官雲是本教職位極高的大人物，見他向任我行參拜，又見東方教主確是冒充假貨，而權勢顯赫的楊蓮亭被人折斷雙腿，拋在地下，更無半分反抗之力，當下便有數人向任我行跪倒，說道：「教主千秋萬載，一統江湖！」其餘眾武士先後跟著跪倒。那「教主千秋萬載，一統江湖」十字，大家每日裏都說上好幾遍，說來順口純熟之至。

任我行哈哈大笑，一時之間，志得意滿，說道：「你們嚴守上下黑木崖的通路，任何人不得上崖下崖。」眾武士齊聲答應。這時向問天已呼過紫衫侍者，將童百熊的銬鐐打開。

童百熊關心東方不敗的安危存亡，抓起楊蓮亭的後頸，喝道：「你……你……你一定害死了我那東方兄弟，你……你……」心情激動，喉頭哽咽，兩行眼淚流將下來。

楊蓮亭雙目一閉，不去睬他。童百熊一個耳光打過去，喝道：「我那東方兄弟到底怎樣了？」向問天忙叫：「下手輕些！」但已不及，童百熊只使了三成力，卻已將楊蓮亭打得暈了過去。童百熊拚命搖晃他身子，楊蓮亭雙眼翻白，便似死了一般。

任我行向一干紫衫侍者道：「有誰知道東方不敗下落的，儘速稟告，重重有賞。」連問三句，無人答話。

霎時之間，任我行心中一片冰涼。他困囚西湖湖底十餘年，除了練功之外，便是想像脫困之後，如何折磨東方不敗，天下快事，無逾於此。那知今日來到黑木崖上，找到的竟是個假貨。顯然東方不敗早已不在人世，否則以他的機智武功，怎容得楊蓮亭如此胡作非為，命人來冒充於他？而折磨楊蓮亭和這姓包的混蛋，又有甚麼意味？

他向數十名散站殿周的紫衫侍者瞧去，只見有些人顯得十分恐懼，有些惶惑，有些隱隱現著狡譎之色。任我行失望之餘，煩躁已極，喝道：「你們這些傢伙，明知東方不敗是個假貨，卻夥同楊蓮亭欺騙教下兄弟，個個罪不容誅！」身子一晃，欺將過去，拍拍拍拍四聲輕響，手掌到處，四名紫衫侍者哼也不哼一聲，便即斃命。其餘侍者駭然驚呼，四散逃開。任我行獰笑道：「想逃！逃到那裏去？」拾起地下從童百熊身上解下來的銬鐐鐵鏈，向人叢中猛擲過去，登時血肉橫飛，又有七八人斃命。任我行哈哈大笑，叫道：「跟隨東方不敗的，一個都活不了！」

盈盈見父親舉止有異，大有狂態，叫道：「爹爹！」過去牽住了他手。

忽見眾侍者中走出一人，跪下說道：「啟稟教主，東方教……東方不敗並沒有死！」任我行大喜，搶過去抓住他肩頭，問道：「東方不敗沒死？」那人道：「是！啊！」大叫一聲，暈了過去，原來任我行激動之下，用力過巨，竟揑碎了他雙肩肩骨。任我行將他身子搖了幾下，這人始終沒有轉醒。他轉頭向眾侍者喝道：「東方不敗在那裏？快些帶路！遲得片刻，一個個都殺了。」

一名侍者跪下說道：「啟稟教主，東方不敗所居的處所十分隱秘，只有楊蓮亭知道如何開啟秘門。咱們把這姓楊的反教叛徒弄醒過來，他能帶引教主前往。」

任我行道：「快取冷水來！」

這些紫衫侍者都是十分伶俐之徒，當即有五人飛奔出殿，卻只三人回來，各自端了一盆冷水，其餘兩人卻逃走了。三盆冷水都潑在楊蓮亭頭上。只見他慢慢睜開眼睛，醒了過來。

向問天道：「姓楊的，我敬重你是條硬漢，不來折磨於你。此刻黑木崖上下通路早已斷絕，東方不敗如非身有雙翼，否則無法逃脫。你快帶我們去找他，男子漢大丈夫，何必藏頭露尾？大家爽爽快快的作個了斷，豈不痛快？」

楊蓮亭冷笑道：「東方教主天下無敵，你們膽敢去送死，那是再好也沒有了。好，我就帶你們去見他。」

向問天對上官雲道：「上官兄，我二人暫且做一下轎夫，抬這傢伙去見東方不敗。」說著抓起楊蓮亭，將他放在擔架上。上官雲道：「是！」和向問天二人抬起了擔架。楊蓮亭道：「向裏面走！」

向問天和上官雲抬著他在前領路。任我行、令狐冲、盈盈、童百熊四人跟隨其後。

一行人走到成德殿後，經過一道長廊，到了一座花園之中，走入西首一間小石屋。楊蓮亭道：「推左首牆壁。」童百熊伸手一推，那牆原來是活的，露出一扇門來。裏面尚有一道鐵門。楊蓮亭從身邊摸出一串鑰匙，交給童百熊，打開了鐵門，裏面是一條地道。

眾人從地道一路向下。地道兩旁點著幾盞油燈，昏燈如豆，一片陰沉沉地。任我行心想：「東方不敗這廝將我關在西湖湖底，那知道報應不爽，他自己也是身入牢籠。這條地道，比之孤山梅莊的也好不了多少。」那知轉了幾個彎，前面豁然開朗，露出天光。眾人突然聞到一陣花香，胸襟為之一爽。

從地道中出來，竟是置身於一個極精緻的小花園中，紅梅綠竹，青松翠柏，布置得極具匠心，池塘中數對鴛鴦悠游其間，池旁有四隻白鶴。眾人萬料不到會見到這等美景，無不暗暗稱奇。繞過一堆假山，一個大花圃中盡是深紅和粉紅的玫瑰，爭芳競艷，嬌麗無儔。

盈盈側頭向令狐冲瞧去，見他臉孕笑容，甚是喜悅，低聲問：「你說這裏好不好？」令狐冲微笑道：「咱們把東方不敗趕跑後，我和你在這裏住上幾個月，你教我彈琴，那才叫快活呢。」盈盈道：「你這話可不是騙我？」令狐冲道：「就怕我學不會，婆婆可別見怪。」盈盈嗤的一聲，笑了出來。

兩人觀賞美景，便落了後，見向問天和上官雲抬著楊蓮亭已走進一間精雅的小舍，令狐冲和盈盈忙跟著進去。一進門，便聞到一陣濃烈花香。見房中掛著一幅仕女圖，圖中繪著三個美女，椅上鋪了繡花錦墊。令狐冲心想：「這是女子的閨房，怎地東方不敗住在這裏？是了，這是他愛妾的居所。他身處溫柔鄉中，不願處理教務了。」

只聽得內室一人說道：「蓮弟，你帶誰一起來了？」聲音尖銳，嗓子卻粗，似是男子，又似女子，令人一聽之下，不由得寒毛直豎。

楊蓮亭道：「是你的老朋友，他非見你不可。」

內室那人道：「你為甚麼帶他來？這裏只有你一個人才能進來。除了你之外，我誰也不愛見。」最後這兩句說得嗲聲嗲氣，顯然是女子聲調，但聲音卻明明是男人。

任我行、向問天、盈盈、童百熊、上官雲等和東方不敗都甚熟悉，這聲音確然是他，只是恰如捏緊喉嚨學唱花旦一般，嬌媚做作，卻又不像是開玩笑。各人面面相覷，盡皆駭異。

楊蓮亭嘆了口氣道：「不行啊，我不帶他來，他便要殺我。我怎能不見你一面而死？」房內那人尖聲道：「有誰這樣大膽，敢欺侮你？是任我行嗎？你叫他進來！」

任我行聽他只憑一句話便料到是自己，不禁深佩他的才智，作個手勢，示意各人進去。上官雲掀起繡著一叢牡丹的錦緞門帷，將楊蓮亭抬進，眾人跟著入內。

房內花團錦簇，脂粉濃香撲鼻，東首一張梳妝台畔坐著一人，身穿粉紅衣衫，左手拿著一個繡花綳架，右手持著一枚繡花針，抬起頭來，臉有詫異之色。

但這人臉上的驚訝神態，卻又遠不如任我行等人之甚。除了令狐冲之外，眾人都認得這人明明便是奪取了日月神教教主之位、十餘年來號稱武功天下第一的東方不敗。可是此刻他剃光了鬍鬚，臉上竟然施了脂粉，身上那件衣衫式樣男不男、女不女，顏色之妖，便穿在盈盈身上，也顯得太嬌艷、太刺眼了些。

這樣一位驚天動地、威震當世的武林怪傑，竟然躲在閨房之中刺繡！

任我行本來滿腔怒火，這時卻也忍不住好笑，喝道：「東方不敗，你在裝瘋嗎？」

東方不敗尖聲道：「果然是任教主！你終於來了！蓮弟，你……你……怎麼了？是給他打傷了嗎？」撲到楊蓮亭身旁，把他抱了起來，輕輕放在床上。東方不敗臉上一副愛憐無限的神情，連問：「疼得厲害嗎？」又道：「只是斷了腿骨，不要緊的，你放心好啦，我立刻給你接好。」慢慢給他除了鞋襪，拉過薰得噴香的繡被，蓋在他身上，便似一個賢淑的妻子服侍丈夫一般。

眾人不由得相顧駭然，人人想笑，只是這情狀太過詭異，卻又笑不出來。珠簾錦帷、富麗燦爛的繡房之中，竟充滿了陰森森的妖氛鬼氣。

東方不敗從身邊摸出一塊綠綢手帕，緩緩替楊蓮亭拭去額頭的汗水和泥污。楊蓮亭怒道：「大敵當前，你跟我這般婆婆媽媽幹甚麼？你能打發得了敵人，再跟我親熱不遲。」東方不敗微笑道：「是，是！你別生氣，腿上痛得厲害，是不是？真叫人心疼。」

如此怪事，任我行、令狐冲等皆是從所未見，從所未聞。男風孌童固是所在多有，但東方不敗以堂堂教主，何以竟會甘扮女子，自居妾婦？此人定然是瘋了。楊蓮亭對他說話，聲色俱厲，他卻顯得十分的「溫柔嫻淑」，人人既感奇怪，又有些噁心。

童百熊忍不住踏步上前，叫道：「東方兄弟，你……你到底在幹甚麼？」東方不敗抬起頭來，陰沉著臉，問道：「傷害我蓮弟的，也有你在內嗎？」童百熊道：「你為甚麼受楊蓮亭這廝擺弄？他叫一個混蛋冒充了你，任意發號施令，胡作非為，你可知道麼？」

東方不敗道：「我自然知道。蓮弟是為我好，對我體貼。他知道我無心處理教務，代我操勞，那有甚麼不好？」童百熊指著楊蓮亭道：「這人要殺我，你也知道麼？」東方不敗緩緩搖頭，道：「我不知道。蓮弟既要殺你，一定是你不好。那你為甚麼不讓他殺了？」

童百熊一怔，仰起頭來，哈哈大笑，笑聲中盡是悲憤之意，笑了一會，才道：「他要殺我，你便讓他殺我，是不是？」

東方不敗道：「蓮弟喜歡幹甚麼，我便得給他辦到。當世就只他一人真正待我好，我也只待他一個好。童大哥，咱們一向是過命的交情，不過你不應該得罪我的蓮弟啊。」

童百熊滿臉脹得通紅，大聲道：「我還道你是失心瘋了，原來你心中明白得很，知道咱們是好朋友，一向是過命的交情。」東方不敗道：「正是。你得罪我，那沒有甚麼。得罪我蓮弟，卻是不行。」童百熊大聲道：「我已經得罪他了，你待怎地？這奸賊想殺我，可是未必能夠如願。」

東方不敗伸手輕輕撫摸楊蓮亭的頭髮，柔聲道：「蓮弟，你想殺了他嗎？」楊蓮亭怒道：「快快動手！婆婆媽媽的，令人悶煞。」東方不敗笑道：「是！」轉頭向童百熊道：「童兄，今日咱們恩斷義絕，須怪不了我。」

童百熊來此之前，已從殿下武士手中取了一柄單刀，當即退了兩步，抱刀在手，立個門戶。他素知東方不敗武功了得，此刻雖見他瘋瘋顛顛，畢竟不敢有絲毫輕忽，抱元守一，凝目而視。

東方不敗冷冷一笑，嘆道：「這可真教人為難了！童大哥，想當年在太行山之時，潞東七虎向我圍攻。其時我練功未成，又被他們忽施偷襲，右手受了重傷，眼見得命在頃刻，若不是你捨命相救，做兄弟的又怎能活得到今日？」童百熊哼了一聲，道：「你竟還記得這些舊事。」東方不敗道：「我怎不記得？當年我接掌日月神教大權，朱雀堂羅長老心中不服，囉裏囉唆，是你一刀將羅長老殺了。從此本教之中，再也沒第二人敢有半句異言。你這擁戴的功勞，可著實不小啊。」童百熊氣憤憤的道：「只怪我當年胡塗！」

東方不敗搖頭道：「你不是胡塗，是對我義氣深重。我十一歲上就識得了你。那時我家境貧寒，全蒙你多年救濟。我父母故世後無以為葬，喪事也是你代為料理的。」童百熊左手一擺，道：「過去之事，提來幹麼？」東方不敗嘆道：「那可不得不提。童大哥，做兄弟的不是沒良心，不顧舊日恩情，只怪你得罪了我蓮弟。他要取你性命，我這叫做無法可施。」童百熊大叫：「罷了，罷了！」

突然之間，眾人只覺眼前有一團粉紅色的物事一閃，似乎東方不敗的身子動了一動。但聽得噹的一聲響，童百熊手中單刀落地，跟著身子晃了幾晃。

只見童百熊張大了口，忽然身子向前直撲下去，俯伏在地，就此一動也不動了。他摔倒時雖只一瞬之間，但任我行等高手均已看得清楚，他眉心、左右太陽穴、鼻下人中四處大穴上，都有一個細小紅點，微微有血滲出，顯是被東方不敗用手中的繡花針所刺。

任我行等大駭之下，不由自主都退了幾步。令狐冲左手將盈盈一扯，自己擋在她身前。一時房中一片寂靜，誰也沒喘一口大氣。

任我行緩緩拔出長劍，說道：「東方不敗，恭喜你練成了『葵花寶典』上的武功。」東方不敗道：「任教主，這部『葵花寶典』是你傳給我的。我一直念著你的好處。」任我行冷笑道：「是嗎？因此你將我關在西湖湖底，教我不見天日。」東方不敗道：「我沒殺你，是不是？只須我叫江南四友不送水給你喝，你能捱得十天半月嗎？」任我行道：「這樣說來，你待我還算不錯了？」東方不敗道：「正是。我讓你在杭州西湖頤養天年。常言道，上有天堂，下有蘇杭。西湖風景，那是天下有名的了，孤山梅莊，更是西湖景色絕佳之處。」

任我行哈哈一笑，道：「原來你讓我在西湖湖底的黑牢中頤養天年，可要多謝你了。」

東方不敗嘆了口氣，道：「任教主，你待我的種種好處，我永遠記得。我在日月神教，本來只是風雷堂長老座下一名副香主，你破格提拔，連年升我的職，甚至連本教至寶『葵花寶典』也傳了給我，指定我將來接替你為本教教主。此恩此德，東方不敗永不敢忘。」

令狐冲向地下童百熊的屍體瞧了一眼，心想：「你剛才不斷讚揚童長老對你的好處，突然之間，對他猛下殺手。現下你又想對任教主重施故技了。他可不會上你這個當。」

但東方不敗出手實在太過迅捷，如雷閃，如雷轟，事先又無半分朕兆，委實可怖可畏。令狐冲提起長劍，指住了他胸口，只要他四肢微動，立即便挺劍疾刺，只有先行攻擊，方能制他死命，倘若讓他佔了先機，這房中又將有一人殞命了。任我行、向問天、上官雲、盈盈四人也都目不轉瞬的注視著東方不敗，防他暴起發難。

只聽東方不敗又道：「初時我一心一意只想做日月神教教主，想甚麼千秋萬載，一統江湖，於是處心積慮的謀你的位，翦除你的羽翼。向兄弟，我這番計謀，可瞞不過你。日月神教之中，除了任教主和我東方不敗之外，要算你是個人才了。」

向問天手握軟鞭，屏息凝氣，竟不敢分心答話。

東方不敗嘆了口氣，說道：「我初當教主，那可意氣風發了，說甚麼文成武德，中興聖教，當真是不要臉的胡吹法螺。直到後來修習『葵花寶典』，才慢慢悟到了人生妙諦。其後勤修內功，數年之後，終於明白了天人化生、萬物滋長的要道。」

眾人聽他尖著嗓子說這番話，漸漸的手心出汗，這人說話有條有理，腦子十分清楚，但是這副不男不女的妖異模樣，令人越看越是心中發毛。

東方不敗的目光緩緩轉到盈盈臉上，問道：「任大小姐，這幾年來我待你怎樣？」盈盈道：「你待我很好。」東方不敗又嘆了口氣，幽幽的道：「很好是談不上，只不過我一直很羡慕你。一個人生而為女子，已比臭男子幸運百倍，何況你這般千嬌百媚，青春年少。我若得能和你易地而處，別說是日月神教的教主，就算是皇帝老子，我也不做。」

令狐冲笑道：「你若和任大小姐易地而處，要我愛上你這個老妖怪，可有點不容易！」

任我行等聽他這麼說，都是一驚。

東方不敗雙目凝視著他，眉毛漸漸豎起，臉色發青，說道：「你是誰？竟敢如此對我說話，膽子當真不小。」這幾句話音尖銳之極，顯得憤怒無比。

令狐冲明知危機已迫在眉睫，卻也忍不住笑道：「是鬚眉男兒漢也好，是千嬌百媚的姑娘也好，我最討厭的，是男扮女裝的老旦。」東方不敗尖聲怒道：「我問你，你是誰？」令狐冲道：「我叫令狐冲。」

東方不敗怒色登斂，微微一笑，說道：「啊！你便是令狐冲。我早想見你一見，聽說任大小姐愛煞了你，為了你連頭都割得下來，可不知是如何一位英俊的郎君。哼，我看也平平無奇，比起我那蓮弟來，可差得遠了。」

令狐冲笑道：「在下沒甚麼好處，勝在用情專一。這位楊君雖然英俊，就可惜太過喜歡拈花惹草，到處留情……」

東方不敗突然大吼：「你……你這混蛋，胡說甚麼？」一張臉脹得通紅，突然間粉紅色人影一晃，繡花針向令狐冲疾刺。

令狐冲說那兩句話，原是要惹他動怒，但見他衣袖微擺，便即刷的一劍，向他咽喉疾刺過去。這一劍刺得快極，東方不敗若不縮身，立即便會利劍穿喉。但便在此時，令狐冲只覺左頰微微一痛，跟著手中長劍向左盪開。

卻原來東方不敗出手之快，實是不可思議，在這電光石火的一剎那間，他已用針在令狐冲臉上刺了一下，跟著縮回手臂，用針擋開了令狐冲這一劍。幸虧令狐冲這一劍刺得也是極快，又是攻敵之所不得不救，而東方不敗大怒之下攻敵，不免略有心浮氣粗，這一針才刺得偏了，沒刺中他的人中要穴。東方不敗手中這枚繡花針長不逾寸，幾乎是風吹得起，落水不沉，竟能撥得令狐冲的長劍直盪了開去，武功之高，當真不可思議。

令狐冲大驚之下，知道今日遇到了生平從所未見的強敵，只要一給對方有施展手腳的餘暇，自己立時性命不保，當即刷刷刷刷連刺四劍，都是指向對方要害。

東方不敗「咦」的一聲，讚道：「劍法很高啊。」左一撥，右一撥，上一撥，下一撥，將令狐冲刺來的四劍盡數撥開。令狐冲凝目看他出手，這繡花針四下撥擋，周身竟無半分破綻，當此之時，決不容他出手回刺，當即大喝一聲，長劍當頭直砍。東方不敗右手大拇指和食指拈住繡花針，向上一舉，擋住來劍，長劍便砍不下去。

令狐冲手臂微感酸麻，但見紅影閃處，似有一物向自己左目戳來。此刻既已不及擋架，又不及閃避，百忙中長劍顫動，也向東方不敗的左目急刺，竟是兩敗俱傷的打法。

這一下劍刺敵目，已是跡近無賴，殊非高手可用的招數，但令狐冲所學的「獨孤劍法」本無招數，他為人又是隨隨便便，素來不以高手自居，危急之際更不暇細思，但覺左邊眉心微微一痛，東方不敗已跳了開去，避開了他這一劍。

令狐冲知道自己左眉已為他繡花針所刺中，幸虧他要閃避自己長劍這一刺，繡花針才失了準頭，否則一隻眼睛已給他刺瞎了，駭異之餘，長劍便如疾風驟雨般狂刺亂劈，不容對方緩出手來還擊一招。東方不敗左撥右擋，兀自好整以暇的嘖嘖連讚：「好劍法，好劍法！」

任我行和向問天見情勢不對，一挺長劍，一揮軟鞭，同時上前夾擊。這當世三大高手聯手出戰，勢道何等厲害，但東方不敗兩根手指拈著一枚繡花針，在三人之間穿來插去，趨退如電，竟沒半分敗象。上官雲拔出單刀，衝上助戰，以四敵一。鬥到酣處，猛聽得上官雲大叫一聲，單刀落地，一個觔斗翻了出去，雙手按住右目，這隻眼睛已被東方不敗刺瞎。

令狐冲見任我行和向問天二人攻勢凌厲，東方不敗已緩不出手來向自己攻擊，當下展動長劍，儘往他身上各處要害刺去。但東方不敗的身形如鬼如魅，飄忽來去，直似輕煙。令狐冲的劍尖劍鋒總是和他身子差著數寸。

忽聽得向問天「啊」的一聲叫，跟著令狐冲也是「嘿」的一聲，二人身上先後中針。任我行所練的「吸星大法」功力雖深，可是東方不敗身法快極，難與相觸，二來所使兵刃是一根繡花針，無法從針上吸他內力。又鬥片刻，任我行也是「啊」的一聲叫，胸口、喉頭都受到針刺，幸好其時令狐冲攻得正急，東方不敗急謀自救，以致一針刺偏了準頭，另一針刺得雖準，卻只深入數分，未能傷敵。

四人圍攻東方不敗，未能碰到他一點衣衫，而四人都受了他的針刺。盈盈在旁觀戰，越來越擔心：「不知他針上是否餵有毒藥，要是有毒，那可不堪設想！」但見東方不敗身子越轉越快，一團紅影滾來滾去。任我行、向問天、令狐冲連聲吆喝，聲音中透著又是憤怒，又是惶急。三人兵刃上都是貫注了內力，風聲大作。東方不敗卻不發出半點聲息。

盈盈暗想：「我若加入混戰，只有阻手阻腳，幫不了忙，那可如何是好？看來東方不敗以一敵三，還能取勝。」一瞥眼間，只見楊蓮亭已坐在床上，凝神觀鬥，滿臉關切之情。盈盈心念一動，慢慢移步走向床邊，突然左手短劍一起，嗤的一聲，刺在楊蓮亭右肩。楊蓮亭猝不及防，大叫一聲。盈盈跟著又是一劍，斬在他的大腿之上。

楊蓮亭這時已知她用意，是要自己呼叫出聲，分散東方不敗的心神，強忍疼痛，竟再也不哼一聲。盈盈怒道：「你叫不叫？我把你手指一根根的斬了下來。」長劍一顫，斬落了他右手的一根手指。不料楊蓮亭十分硬氣，雖然傷口劇痛，卻沒發出半點聲息。

但楊蓮亭的第一聲呼叫已傳入東方不敗耳中。他斜眼見到盈盈站在床邊，正在揮劍折磨楊蓮亭，罵道：「死丫頭！」一團紅雲斗向盈盈撲去。

盈盈急忙側頭縮身，也不知是否能避得開東方不敗刺來的這一針。令狐冲、任我行雙劍向東方不敗背上疾戳。向問天刷的一鞭，向楊蓮亭頭上砸去。東方不敗不顧自己生死，反手一針，刺入了向問天胸口。

向問天只覺全身一麻，軟鞭落地，便在此時，令狐冲和任我行兩柄劍都插入了東方不敗後心。東方不敗身子一顫，撲在楊蓮亭身上。

任我行大喜，拔出劍來，以劍尖指住他後頸，喝道：「東方不敗，今日終於……終於教你落在我手裏。」劇鬥之餘，說話時氣喘不已。

盈盈驚魂未定，雙腿發軟，身子搖搖欲墜。令狐冲搶過去扶住，只見細細一行鮮血，從她左頰流了下來。盈盈卻道：「你可受了不少傷。」伸袖在令狐冲臉上一抹，只見袖上斑斑點點，都是鮮血。令狐冲轉頭問向問天：「受傷不重罷？」向問天苦笑道：「死不了！」

東方不敗背上兩處傷口中鮮血狂湧，受傷極重，不住呼叫：「蓮弟，蓮弟，這批奸人折磨你，好不狠毒！」

楊蓮亭怒道：「你往日自誇武功蓋世，為甚麼殺不了這幾個奸賊？」東方不敗道：「我已……我……」楊蓮亭怒道：「你甚麼？」東方不敗道：「我已盡力而為，他們……武功都強得很。」突然身子一晃，滾倒在地。任我行怕他乘機躍起，一劍斬在他左腿之上。

東方不敗苦笑道：「任教主，終於是你勝了，是我敗了。」任我行哈哈大笑，道：「你這大號，可得改一改罷？」東方不敗搖頭道：「那也不用改。東方不敗既然落敗，也不會再活在世上。」他本來說話聲音極尖，此刻卻變得低沉起來，又道：「倘若單打獨鬥，你是不能打敗我的。」

任我行微一猶豫，說道：「不錯，你武功比我高，我很是佩服。」東方不敗道：「令狐冲，你劍法極高，但若單打獨鬥，也打不過我。」令狐冲道：「正是。其實我們便是四人聯手，也打你不過，只不過你顧著那姓楊的，這才分心受傷。閣下武功極高，不愧稱得『天下第一』四字，在下十分欽佩。」

東方不敗微微一笑，說道：「你二位能這麼說，足見男子漢大丈夫氣概。唉，冤孽，冤孽，我練那『葵花寶典』，照著寶典上的秘方，自宮練氣，煉丹服藥，漸漸的鬍子沒有了，說話聲音變了，性子也變了。我從此不愛女子，把七個小妾都殺了，卻……卻把全副心意放在楊蓮亭這鬚眉男子身上。倘若我生為女兒身，那就好了。任教主，我……我就要死了，我求你一件事，請……你瞧在我這些年來善待你大小姐的份上……」

任我行問道：「甚麼事？」東方不敗道：「請你饒了楊蓮亭一命，將他逐下黑木崖去便是。」任我行笑道：「我要將他千刀萬剮，分一百天凌遲處死，今天割一根手指，明天割半根腳趾。」

東方不敗怒叫：「你……你好狠毒！」猛地縱起，向任我行撲去。

他重傷之餘，身法已遠不如先前迅捷，但這一撲之勢仍是凌厲驚人。任我行長劍直刺，從他前胸通到後背。便在此時，東方不敗手指一彈，繡花針飛了出去，插入了任我行右目。

任我行撤劍後躍，砰的一聲，背脊撞在牆上，喀喇喇一響，一座牆被他撞塌了半邊。盈盈忙搶前瞧父親右眼，只見那枚繡花針正插在瞳仁之中。幸好其時東方不敗手勁已衰，否則這針直貫入腦，不免性命難保，但這隻眼珠恐怕終不免是廢了。

盈盈伸指去抓繡花針的針尾，但鋼針甚短，露出在外者不過一分，實無著手處。她轉過身來，拾起東方不敗拋下的繡花繃子，抽了一根絲線，款款輕送，穿入針鼻，拉住絲線，向外一拔。任我行大叫一聲。那繡花針帶著幾滴鮮血，掛在絲線之下。

任我行怒極，飛腿猛向東方不敗的屍身上踢去。屍身飛將起來，砰的一聲響，撞在楊蓮亭頭上。任我行盛怒之下，這一腿踢出時使足了勁力，東方不敗和楊蓮亭兩顆腦袋一撞，盡皆頭骨碎破，腦漿迸裂。

任我行得誅大仇，重奪日月神教教主之位，卻也由此而失了一隻眼睛，一時喜怒交迸，仰天長笑，聲震屋瓦。但笑聲之中，卻也充滿了憤怒之意。

上官雲道：「恭喜教主，今日誅卻大逆。從此我教在教主庇蔭之下，揚威四海。教主千秋萬載，一統江湖。」

任我行笑罵：「胡說八道！甚麼千秋萬載？」忽然覺得倘若真能千秋萬載，一統江湖，確是人生至樂，忍不住又哈哈大笑。這一次大笑，那才是真的稱心暢懷，志得意滿。

向問天給東方不敗一針刺中左乳下穴道，全身麻了好一會，此刻四肢才得自如，也道：「恭喜教主，賀喜教主！」任我行笑道：「這一役誅奸復位，你實佔首功。」轉頭向令狐冲道：「冲兒的功勞自然也不在小。」

令狐冲見到盈盈皎白如玉的臉頰上一道殷紅的血痕，想起適才的惡戰，兀自心有餘悸，說道：「若不是盈盈去對付楊蓮亭，要殺東方不敗，可當真不易。」頓了一頓，又道：「幸好他繡花針上沒餵毒。」

盈盈身子一顫，低聲道：「別說啦。這不是人，是妖怪。唉，我小時候，他常抱著我去山上採果子遊玩，今日卻變得如此下場。」

任我行伸手到東方不敗衣衫袋中，摸出一本薄薄的舊冊頁，隨手一翻，其中密密麻麻的寫滿了字。他握在手中揚了揚，說道：「這本冊子，便是『葵花寶典』了，上面注明，『欲練神功，引刀自宮』，老夫可不會沒了腦子，去幹這等傻事，哈哈，哈哈……」隨即沉吟道：「可是寶典上所載的武功實在厲害，任何學武之人，一見之後決不能不動心。那時候幸好我已學得『吸星大法』，否則跟著去練這寶典上的害人功夫，卻也難說。」他在東方不敗屍身上又踢了一腳，笑道：「饒你奸詐似鬼，也猜不透老夫傳你『葵花寶典』的用意。你野心勃勃，意存跋扈，難道老夫瞧不出來嗎？哈哈，哈哈！」

令狐冲心中一寒：「原來任教主以『葵花寶典』傳他，當初便就沒懷善意。兩人爾虞我詐，各懷機心。」見任我行右目中不絕流出鮮血，張嘴狂笑，顯得十分的面目猙獰，心中更感到一陣驚怖。

任我行伸手到東方不敗胯下一摸，果覺他的兩枚睪丸已然割去，笑道：「這部『葵花寶典』要是教太監去練，那就再好不過。」將那「葵花寶典」放在雙掌中一搓，功力到處，一本原已十分陳舊的冊頁登時化作碎片。他雙手一揚，許多碎片隨風吹到了窗外。

盈盈吁了一口氣道：「這種害人東西，毀了最好！」令狐冲笑道：「你怕我去練麼？」盈盈滿臉通紅，啐了一口，道：「說話就沒半點正經。」

盈盈取出金創藥，替父親及上官雲敷了眼上的傷。各人臉上被刺的針孔，一時也難以計數。盈盈對鏡一照，只見左頰上劃了一道血痕，雖然極細，傷愈之後，只怕仍要留下些微痕跡，不由得鬱鬱不樂。

令狐冲道：「你佔盡了天下的好處，未免為鬼神所妒，臉上小小破一點相，那便後福無窮。」盈盈道：「我佔盡了甚麼天下的好處？」令狐冲道：「你聰明美貌，武功高強，父親是神教教主，自己又為天下豪傑所敬服。兼之身為女子，東方不敗就羨慕得不得了。」盈盈給他逗得噗嗤一笑，登時將臉上受傷之事擱在一旁。

任我行等五人從東方不敗的閨房中出來，經過花園、地道，回入殿中。

任我行傳下號令，命各堂長老、香主，齊來會見。他坐入教主的座位，笑道：「東方不敗這廝倒有不少鬼主意，高高在上的坐著，下屬和他相距既遠，敬畏之心自是油然而生。這叫做甚麼殿啊？」

上官雲道：「啟稟教主，這叫作『成德殿』，那是頌揚教主文成武德之意。」任我行呵呵而笑，道：「文成武德！文武全才，那可不容易哪。」向令狐冲招招手，道：「冲兒，你過來。」令狐冲走到他座位之前。

任我行道：「冲兒，當日我在杭州，邀你加盟本教。其時我光身一人，甫脫大難，所許下的種種諾言，你都未必能信，此刻我已復得教主之位，第一件事便是舊事重提……」說到這裏，右手在椅子扶手上拍了幾拍，說道：「這個位子，遲早都是你坐的，哈哈，哈哈！」

令狐冲道：「教主、盈盈待我恩重如山，你要我做甚麼事，原是不該推辭。只是我已答應了人，有一件大事要辦，加盟神教之事，請恕晚輩不能應命。」

任我行雙眉漸漸豎起，陰森森的道：「不聽我吩咐，日後會有甚麼下場，你該知道！」

盈盈移步上前，挽住令狐冲的手，道：「爹爹，今日是你重登大位的好日子，何必為這種小事傷神？他加盟本教之事，慢慢再說不遲。」

任我行側著一隻左目，向二人斜睨，鼻中哼了一聲，道：「盈盈，你就只要丈夫，不要老父了，是不是？」

向問天在旁陪笑道：「教主，令狐兄弟是位少年英雄，性子執拗得很，待屬下慢慢開導於他……」正說到這裏，殿外有十餘人朗聲說道：「玄武堂屬下長老、堂主、副堂主，五枝香香主、副香主參見文成武德、仁義英明聖教主。教主中興聖教，澤被蒼生，千秋萬載，一統江湖。」

任我行喝道：「進殿！」只見十餘條漢子走進殿來，一排跪下。

任我行以前當日月神教教主，與教下部屬兄弟相稱，相見時只是抱拳拱手而已，突見眾人跪下，當即站起，將手一擺，道：「不必……」心下忽想：「無威不足以服眾。當年我教主之位為奸人篡奪，便因待人太過仁善之故。這跪拜之禮既是東方不敗定下了，我也不必取消。」當下將「多禮」二字縮住了不說，跟著坐了下來。

不多時，又有一批人入殿參見，向他跪拜時，任我行便不再站起，只點了點頭。

令狐冲這時已退到殿口，與教主的座位相距已遙，燈光又暗，遠遠望去，任我行的容貌已頗為朦朧，心下忽想：「坐在這位子上的，是任我行還是東方不敗，卻有甚麼分別？」

只聽得各堂堂主和香主讚頌之辭越說越響，顯然眾人心懷極大恐懼，自知過去十餘年來為東方不敗盡力，言語之中，更不免有得罪前任教主之處，今日任教主重登大位，倘若要算舊帳，不知會受到如何慘酷的刑罰。更有一干新進，從來不知任我行是何等人，只知努力奉承東方不敗和楊蓮亭便可升職免禍，料想換了教主仍是如此，是以人人大聲頌揚。

令狐冲站在殿口，太陽光從背後射來，殿外一片明朗，陰暗的長殿之中卻是近百人伏在地下，口吐頌辭。他心下說不出厭惡，尋思：「盈盈對我如此，她如真要我加盟日月神教，我原非順她之意不可。等得我去了嵩山，阻止左冷禪當上五嶽派的掌門，對方證大師和冲虛道長二位有了交代，再在恆山派中選出女弟子來接任掌門，我身一獲自由，加盟神教，也可商量。可是要我學這些人的樣，豈不是枉自為人？我日後娶盈盈為妻，任教主是我岳父，向他磕頭跪拜，那是應有之義，可是甚麼『中興聖教，澤被蒼生』，甚麼『文成武德，仁義英明』，男子漢大丈夫整日價說這些無恥的言語，當真玷污了英雄豪傑的清白！我當初只道這些無聊的玩意兒，只是東方不敗與楊蓮亭所想出來折磨人的手段，但瞧這情形，任教主聽著這些諛詞，竟也欣然自得，絲毫不覺得肉麻！」

又想：「當日在華山思過崖後洞石壁之上，見到魔教十長老所刻下的武功，曾想魔教前輩之中，著實有不少英雄好漢。若非如此，日月教焉能與正教抗衡百年，互爭雄長，始終不衰？即以當世之士而論，向大哥、上官雲、賈布、童百熊、孤山梅莊中的江南四友，那一個不是奇材傑出之士？這樣一羣豪傑之士，身處威逼之下，每日不得不向一個人跪拜，口中唸唸有辭，心底暗暗詛咒。言者無恥，受者無禮。其實受者逼人行無恥之事，自己更加無恥。這等屈辱天下英雄，自己又怎能算是英雄好漢？」

只聽得任我行洋洋得意的聲音從長殿彼端傳了出來，說道：「你們以前都在東方不敗手下服役，所幹過的事，本教主暗中早已查得清清楚楚，一一登錄在案。但本教主寬大為懷，既往不咎。今後只須大家盡忠本教主，本教主自當善待爾等，共享榮華富貴。」

瞬時之間，殿中頌聲大作，都說教主仁義蓋天，胸襟如海，大人不計小人過，眾部屬自當謹奉教主令旨，忠字當頭，赴湯蹈火，萬死不辭，立下決心，為教主盡忠到底。

任我行待眾人說了一陣，聲音漸漸靜了下來，又道：「但若有誰膽敢作逆造反，不服令旨，那便嚴懲不貸。一人有罪，全家老幼凌遲處死。」眾人齊聲道：「屬下萬萬不敢。」

令狐冲聽這些人話聲顫抖，顯是十分害怕，暗道：「任教主還是和東方不敗一樣，以恐懼之心威懾教眾。眾人面子上恭順，心底卻憤怒不服，這個『忠』字，從何說起？」

只聽得有人向任我行揭發東方不敗的罪惡，說他如何忠言逆耳，偏信楊蓮亭一人，如何亂殺無辜，賞罰有私，愛聽恭維的言語，禍亂神教。有人說他敗壞本教教規，亂傳黑木令，強人服食三尸腦神丸。另有一人說他飲食窮侈極欲，吃一餐飯往往宰三頭牛、五口豬、十口羊。

令狐冲心道：「一個人食量再大，又怎食得三頭牛、五口豬、十口羊？他定是宴請朋友或是與眾部屬同食。東方不敗身為一教之主，宰幾頭牛羊，又怎算是甚麼大罪？」

但聽各人所提東方不敗罪名，越來越多，也越來越加瑣碎。有人罵他喜怒無常，哭笑無端；有人罵他愛穿華服，深居不出。更有人說他見識膚淺，愚蠢胡塗；另有一人說他武功低微，全仗裝腔作勢嚇人，其實沒半分真實本領。

令狐冲尋思：「你們指罵東方不敗如何如何，我也不知你們說得對不對。可是適才我們五人敵他一人，個個死裏逃生，險些兒盡數命喪他繡花針下。倘若東方不敗武功低微，世上更無一個武功高強之人了。當真是胡說八道之至。」

接著又聽一人說東方不敗荒淫好色，強搶民女，淫辱教眾妻女，生下私生子無數。令狐冲心想：「東方不敗為練『葵花寶典』中的奇功，早已自宮，甚麼淫辱婦女，生下私生子無數，哈哈，哈哈！」他想到這裏，再也忍耐不住，不由得笑出聲來。

這一縱聲大笑，登時聲傳遠近。長殿中各人一齊轉過頭來，向他怒目而視。

盈盈知道他闖了禍，搶過來挽住了他手，道：「冲哥，他們在說東方不敗的事，沒甚麼聽的，咱們到崖下逛逛去。」令狐冲伸了伸舌頭，笑道：「可別惹你爹爹生氣。」

二人並肩而出，經過那座漢白玉的牌樓，從竹籃下掛了下去。

二人偎倚著坐在竹籃之中，眼見輕煙薄霧從身旁飄過，與崖上長殿中的情景換了另一個世界。令狐冲向黑木崖上望去，但見日光照在那漢白玉牌樓上，發出閃閃金光，心下感到一陣快慰：「我終於離此而去，昨晚的事情便如做了一場惡夢。從此而後，說甚麼也不再踏上黑木崖來了。」

盈盈道：「冲哥，你在想甚麼？」令狐冲道：「你能和我一起去嗎？」盈盈臉上一紅，道：「我們……我們……」令狐冲道：「甚麼？」盈盈低頭道：「我們又沒成婚，我……我怎能跟著你去？」令狐冲道：「以前你不也和我一起在江湖行走？」盈盈道：「那是迫不得已，何況，也因此惹起了不少閒言閒語。剛才爹爹說我……說我只向著你，不要爹爹了，倘若我跟了你去，爹爹一定大大的不高興。爹爹受了這十幾年牢獄之災，性子很有些不同了，我想多陪陪他。只要你此心不渝，今後咱們相聚的日子可長著呢。」說到最後這兩句話，聲音細微，幾不可聞。

恰好一團白雲飄來，將竹籃和二人都裹在雲中。令狐冲望出來時但覺朦朦朧朧，盈盈雖偎依在他身旁，可是和她相距卻又似極遠，好像她身在雲端，伸手不可觸摸。

竹籃到得崖下，二人跨出籃外。盈盈低聲道：「你這就要去了？」令狐冲道：「左冷禪邀集五嶽劍派於三月十五聚會，推舉五嶽派的掌門。他野心勃勃，將不利於天下英雄。嵩山之會，我是必須去的。」盈盈點了點頭，道：「冲哥，左冷禪劍術非你敵手，但你須提防他詭計多端。」令狐冲應道：「是。」

盈盈道：「我本該跟你一起去，只不過我是魔教妖女，倘若和你同上嵩山，有礙你的大計。」她頓了一頓，黯然道：「待得你當上了五嶽派的掌門，名震天下，咱二人正邪不同，那……那……那可更加難了。」

令狐冲握住她手，柔聲道：「到這時候，難道你還信我不過麼？」盈盈淒然一笑，道：「信得過。」隔了一會，幽幽的道：「只是我覺得，一個人武功越練越高，在武林中名氣越來越大，往往性子會變。他自己並不知道，可是種種事情，總是和從前不同了。東方叔叔是這樣，我擔心爹爹，說不定也會這樣。」令狐冲微笑道：「你爹爹不會去練『葵花寶典』上的武功，那寶典早已給他撕得粉碎，便是想練，也不成了。」

盈盈道：「我不是說武功，是說一個人的性子。東方叔叔就是不練『葵花寶典』，他當上了日月神教的教主，大權在手，生殺予奪，自然而然的會狂妄自大起來。」

令狐冲道：「盈盈，你不妨擔心別人，卻決計不必為我擔心。我生就一副浪子性格，永不會裝模作樣。就算我狂妄自大，在你面前，永遠永遠就像今天這樣。」

盈盈嘆了口氣，道：「那就好了。」

令狐冲忽然想起一事，說道：「我倆的事，早已天下皆知。給你充軍到東海荒島的那些朋友們，可以讓他們回來了罷？」盈盈微笑道：「我就派人，坐船去接他們回來就是。」

令狐冲拉近她身子，輕輕摟了摟她，說道：「我這就向你告辭。嵩山的大事一了，我便來尋你，自此而後，咱二人也不分開了。」盈盈眼中一亮，閃出異樣的神采，低聲道：「但願你事事順遂，早日前來。我……我在這裏日日夜夜望著。」令狐冲道：「是了！」伸嘴在她臉頰上輕輕一吻。盈盈滿臉飛紅，嬌羞無限，伸手推開了他。

令狐冲哈哈大笑，牽過馬來，上馬出了日月教。

三十二 併派

嵩山絕巔獨立天心，萬峯在下。
其時雲開日朗，纖翳不生，
北望遙見成皋玉門，黃河有如一線，
西向隱隱見到洛陽伊闕，
東南兩方皆是重重疊疊的山峯。

不一日，令狐冲回到恒山。在山腳下守望的恒山弟子望見了，報上山去，羣弟子齊來迎接。接著居於恒山別院中的羣豪，也一窩蜂的湧過來相見。令狐冲問起別來情況。祖千秋道：「啟稟掌門人，男弟子們都住在別院，沒一人敢上主峯，規矩得很。」令狐冲喜道：「那就好極。」

儀和笑道：「他們確是誰也沒上主峯來，至於是否規矩得很，只怕未必。」令狐冲問：「怎麼？」儀和道：「我們在主庵之中，白天晚上，總是聽得通元谷中喧譁無比，沒片刻安靜。」令狐冲哈哈大笑，道：「要這些朋友們有片刻安靜，可就難了。」

令狐冲當下簡略說了任我行奪回教主之位的事。羣豪歡聲雷動，叫嚷聲響徹山谷。大家都想：「任教主奪回大位，聖姑自然權重。大夥兒今後的日子一定好過得多。」

令狐冲上了見性峯，到無色庵中，在定閒等三位師太靈位前磕了頭，與儀和、儀清等大弟子商議，離三月十五嵩山之會已無多日，恒山派該當首途去河南了。儀和等都說，為了對抗嵩山派的併派之議，帶同通元谷羣豪上嵩山固然聲勢浩大，但難免引得泰山、衡山、華山三派的非議，也讓左冷禪多了反對恒山派的藉口。儀和道：「掌門師兄劍法上勝了左冷禪，出任五嶽掌門人就已順理成章，但如通元谷的大批仁兄在旁，勢必多生枝節。」令狐冲微笑道：「咱們的主旨是讓左冷禪吞併不了其餘四派。我做恒山派掌門人已挺不像樣，更不用說做五嶽派掌門人了。大家都說不帶通元谷這些仁兄們去嵩山，那麼不帶便是。」

他去通元谷悄悄向計無施、祖千秋、老頭子三人說了。計無施等也說以不帶通元谷羣豪為妥，要令狐冲帶同眾女弟子先去，他三人自會向羣豪解釋明白。當晚令狐冲和羣豪縱酒痛飲，喝得爛醉如泥，原定次日動身前赴嵩山，但酒醒時日已過午，一切都未收拾定當，只得順延一日。到第三日早晨，令狐冲才率同一眾女弟子向嵩山進發。

一行人行了數日，這天來到一處市鎮，眾人在一座破敗的大祠堂中做飯休息。鄭萼等七名女弟子出外四下查察，以防嵩山派又搞甚麼陰謀詭計。

過不多時，鄭萼和秦絹飛步奔來，叫道：「掌門師兄，快來看！」兩人臉上滿是笑容，顯是見到了滑稽之極的事。儀和忙問：「甚麼事？」秦絹笑道：「師姊你自己去看。」

令狐冲等跟著她二人奔進一家客店，走到西邊廂一間客房門外，只見一張炕上幾人疊成一團，正是桃谷六仙。六人都是動彈不得。

令狐冲大為駭異，忙走進房中，將放在最上的桃根仙抱了下來，見他口中塞有一個麻核桃，便給他挖出。桃根仙立時破口大罵：「你奶奶的，你十八代祖宗個個不得好死，十八代灰孫子個個生下來沒屁股眼……」令狐冲笑道：「喂，桃根仙大哥，我可沒得罪你啊。」桃根仙道：「我怎麼會罵你？你別纏夾！這狗娘養的，老子見了他，將他撕成八塊、十六塊、三十四塊……」令狐冲問道：「你罵誰？」桃根仙道：「他奶奶的，老子不罵他罵誰？」

令狐冲又將餘下五人中堆得最高的桃花仙抱下，取出了他口中麻核。

麻核只取出一半，桃花仙便已急不及待，嘰哩咕嚕的含糊說話，待得麻核離口，便道：「大哥，你說得不對，八塊的一倍是十六塊，十六塊的一倍是三十二塊，你怎麼說是三十四塊？」桃根仙道：「我偏偏喜歡說三十四塊，卻又怎地？我又沒說是一倍？我心中想的是一倍加二。」桃花仙道：「為甚麼一倍加二？那可沒有道理。」兩人身上穴道尚未解開，只嘴巴一得自由，立即辯了起來。

令狐冲笑道：「兩位且別吵，到底是怎麼回事？」

桃花仙罵道：「不戒和不可不戒這兩個臭和尚，他祖宗十八代個個是臭和尚！」

令狐冲笑道：「怎麼罵起不戒大師來啦？」桃根仙道：「不罵他罵誰？你不告而別，祖千秋跟大夥兒一說，我六兄弟怎肯不去嵩山瞧熱鬧？自然跟了來啦。我們還要搶在你頭裏。走到這裏，遇見了不可不戒這臭和尚，假裝跟我們喝酒，又說見到六隻狗子咬死一頭大蟲，騙我們出去瞧。那知道他太師父不戒這臭和尚卻躲在門角落裏，冷不防把我們一個個都點了穴道，像堆柴草般堆在一起，說道我們如上嵩山，定要壞了令狐掌門的大事。他奶奶的，我們怎會壞你的大事？」

令狐冲這才明白，笑道：「這一次是桃谷六仙贏了，不戒大師輸了。下次你們六兄弟見到他師徒倆，千萬不能提起這件事，更不可跟他們二人動手。否則的話，天下英雄好漢問起原因，都知道不戒大師折在桃谷六仙手裏，他面目無光，太丟人了。」桃根仙和桃花仙連連點頭，說道：「下次見到這兩個臭和尚，我們只裝作沒事人一般便了，免得他師徒倆難以做人。」令狐冲笑道：「趕快解開這幾位的穴道要緊，他們可給彆得狠了。」當下伸手替桃花仙解了穴道，走出房外，帶上了房門，以免聽他六兄弟纏夾不清的爭吵。

鄭萼笑問：「大師哥，這六兄弟在幹甚麼？」秦絹笑道：「他們在疊羅漢。」桃花仙登時便罵：「小尼姑，胡說八道，誰說我們是在疊羅漢？」秦絹笑道：「我可不是小尼姑。」桃根仙道：「你和小尼姑在一起，也就是小尼姑了。」秦絹道：「令狐掌門跟我們在一起，他也是小尼姑嗎？」鄭蕚笑道：「你和我們在一起，那麼你們六兄弟也都是小尼姑了。」

桃根仙和桃花仙無言以對，互相埋怨，都怪對方不好，以致弄得自己也變成了小尼姑。

令狐冲和儀和等在房外候了好半晌，始終不見桃谷六仙出來。令狐冲又推門入內，卻見桃花仙笑吟吟的走來走去，始終沒給五兄弟解開穴道。令狐冲哈哈大笑，忙伸手給五人都解了穴道，急速退出房外。但聽得砰嘭、喀喇之聲大作，房中已打成一團。

令狐冲笑嘻嘻的走開，轉了個彎，行出數丈，便到了田邊小路之上。但見一株桃樹上生滿了蓓蕾，只待春風一至，便即盛開，心想：「這桃花何等嬌艷，可是桃谷六仙卻又這等顛三倒四，和桃花可拉不上半點干係。」

他閒步一會，心想六兄弟的架該打完了，不妨便去跟他們一起喝酒，忽聽得身後腳步聲輕響，有個女子聲音叫道：「令狐大哥！」令狐冲轉過身來，見是儀琳。她走上前來，輕聲道：「我問你一句話，成不成？」令狐冲微笑道：「當然成啊，甚麼事？」儀琳道：「到底你喜歡任大小姐多些，還是喜歡你那個姓岳的小師妹多些？」

令狐冲一怔，微感尷尬，道：「你怎麼忽然問起這件事來？」儀琳道：「是儀和、儀清師姊她們叫我問的。」令狐冲更感奇怪，微笑道：「她們怎地想到要問這些話？」儀琳低下了頭，道：「令狐大哥，你小師妹的事，我從來沒跟旁人說過。那日儀和師姊劍傷岳小姐，雙方生了嫌隙。儀真、儀靈兩位師姊奉你之命送去傷藥，華山派非但不收，還把兩位師姊轟了出來。大家怕惹你生氣，也沒敢跟你說。後來于嫂和儀文師姊又上華山去，報知你接任恆山掌門，卻讓華山派給扣了起來。」令狐冲微微一驚，道：「你怎知道？」

儀琳忸怩道：「是那田……不可不戒說的。」令狐冲道：「田伯光？」儀琳道：「正是。你去了黑木崖之後，師姊們叫他上華山去探聽訊息。」令狐冲點頭道：「田伯光輕功了得，打探消息，不易為人發覺。他見到了報訊的兩位師姊？」儀琳道：「是。不過華山派看守得很嚴，他無法相救，好在兩位師姊也沒吃苦。再說，我寫給他的條子上說，千萬不可得罪了華山派，更加不得動手傷人，以免惹你生氣。」令狐冲微笑道：「你寫了條子對他說，倒像是師父的派頭！」儀琳臉上一紅，道：「我在見性峯，他在通元谷，有事通知他，只好寫了條子，叫佛婆送去給他。」令狐冲笑道：「是了，我是說笑話。田伯光又說些甚麼？」

儀琳道：「他說見到一場喜事，你從前的師父招女婿……」突然之間，只見令狐冲臉色大變，她心下驚恐，便停了口。

令狐冲喉頭哽住，呼吸艱難，喘著氣道：「你說好啦，不……不要緊。」聽到自己語音乾澀，幾乎不像是自己說的話。

儀琳柔聲道：「令狐大哥，你別難過。儀和、儀清師姊她們都說，任大小姐雖是魔教中人，但容貌既美，武功又高，那一點都比岳小姐強上十倍。」

令狐冲苦笑道：「我難過甚麼？小師妹有了個好好的歸宿，我歡喜還來不及呢。他……他……田伯光見到了我小師妹……」

儀琳道：「田伯光說華山玉女峯上張燈結綵，熱鬧得很，各門各派中有不少人到賀。岳先生卻沒通知咱們恆山派，竟把咱們當作敵人看待。」

令狐冲點了點頭。儀琳又道：「于嫂和儀文師姊好意去華山報訊。他們不派人送禮，不來祝賀你接任掌門，那也罷了，幹麼卻將報訊的使者扣住了不放？」令狐冲呆呆出神，沒回答她的話。儀琳又道：「儀和、儀清兩位師姊說，他華山派行事不講道理，咱們也不能太客氣了。在嵩山見到了，咱們應該當眾質問，叫他們放人。」令狐冲又點了點頭。儀琳見他失神落魄的模樣，嘆了口氣，柔聲道：「令狐大哥，你自己保重。」緩步走開。

令狐冲見她漸漸走遠，喚道：「師妹！」儀琳停步回頭。令狐冲問道：「和我師妹成親的，是……是……」

儀琳點頭道：「是！是那個姓林的。」她快步走到令狐冲面前，拉住他右手衣袖，說道：「令狐大哥，那姓林的沒半分及得上你。岳小姐是個胡塗人，才肯嫁給他，師姊們怕你生氣，一直沒敢跟你說。可是桃谷六仙說，我爹爹和田伯光便在左近。田伯光見到了你，多半會跟你說。就算田伯光不說，再過幾天，便上嵩山了，定會遇上岳小姐和她丈夫。那時你見到她改了裝，穿著新媳婦的打扮，說不定……說不定……有礙大事。大家都說，倘若任大小姐在你身邊，那就好了。眾師姊叫我來勸勸你，別把那個胡塗的岳姑娘放在心上。」

令狐冲臉露苦笑，心想：「她們都關心我，怕我傷心，因此一路上對我加意照顧。」忽覺手背上落上幾滴水點，一側頭，只見儀琳正自流淚，奇道：「你……你怎麼了？」

儀琳淒然道：「我見到你傷心的……傷心的模樣，令狐大哥，你如要哭，就……就哭出聲來好了。」

令狐冲哈哈一笑，道：「我為甚麼要哭？令狐冲是個無行浪子，為師父師娘所不齒，早給逐出了師門。小師妹怎會……怎會……哈哈，哈哈！」縱聲大笑，發足往山道上奔去。

這一番奔馳，直奔出二十餘里，到了一處荒無人跡的所在，只覺悲從中來，不可抑制，撲在地下，放聲大哭。哭了好一會，心中才稍感舒暢，尋思：「我這時回去，雙目紅腫，若教儀和她們見了，不免笑話於我，不如晚上再回去罷。」但轉念又想：「我久出不歸，她們定然擔心。大丈夫要哭便哭，要笑便笑。令狐冲苦戀岳靈珊，天下知聞。她棄我有若敝屣，我若不傷心，反倒是矯情作假了。」

當下放開腳步，回到鎮尾的破祠堂中。儀和、儀清等正散在各處找尋，見他回來，無不喜動顏色。桌上早已安排了酒菜，令狐冲自斟自飲，大醉之後，伏案而睡。

數日後到了嵩山腳下，離會期尚有兩天。等到三月十五正日，令狐冲率同眾弟子，一早動身上山。走到半山，四名嵩山弟子上來迎接，執禮甚恭，說道：「嵩山末學後進，恭迎恒山派令狐掌門大駕，敝派左掌門在山上恭候。」又說：「泰山、衡山、華山三派的師伯叔和師兄們，昨天便都已到了。令狐掌門和眾位師姊到來，嵩山派上下盡感榮寵。」

令狐冲一路上山，只見山道上打掃乾淨，每過數里，便有幾名嵩山弟子備了茶水點心，迎接賓客，足見嵩山派這次準備得甚是周到，但也由此可見，左冷禪對這五嶽派掌門之位志在必得，決不容有人阻攔。

行了一程，又有幾名嵩山弟子迎上來，和令狐冲見禮，說道：「崑崙、峨嵋、崆峒、青城各派的掌門人和前輩名宿，今日都要聚會嵩山，參與五嶽派推舉掌門人大典。崑崙和青城派的各位都已到了。令狐掌門來得正好，大家都在山上候你駕到。」這幾人眉宇之間頗有傲色，聽他們語氣，顯然認為五嶽派掌門一席，說甚麼也脫不出嵩山掌門的掌心。

行了一程，忽聽得水聲如雷，峭壁上兩條玉龍直掛下來，雙瀑並瀉，屈曲迴旋，飛躍奔逸。眾人自瀑布之側上峯。

嵩山派領路的弟子說道：「這叫作勝觀峯。令狐掌門，你看比之恒山景物卻又如何？」令狐冲道：「恒山靈秀而嵩山雄偉，風景都是挺好的。」那人道：「嵩山位居天下之中，在漢唐二朝邦畿之內，原是天下羣山之首。令狐掌門請看，這等氣象，無怪歷代帝王均建都於嵩山之麓了。」其意似說嵩山為羣山之首，嵩山派也當為諸派的領袖。令狐冲微微一笑，道：「不知我輩江湖豪士，跟帝王官吏拉得上甚麼干係？左掌門時常結交官府嗎？」那人臉上一紅，便不再說。

由此而上，山道越來越險，領路的嵩山派弟子一路指點，道：「這是青岡峯，青岡坪。這是大鐵梁峽，小鐵梁峽。」鐵梁峽之右盡是怪石，其左則是萬仞深壑，渺不見底。一名嵩山弟子拾起一塊大石拋下壑去，大石和山壁相撞，初時轟然如雷，其後聲響極小，終至杳不可聞。儀和道：「請問這位師兄，今日來到嵩山的有多少人啊？」那漢子道：「少說也有二千人了。」儀和道：「每一個客人上山，你們都投一塊大石示威，過不多時，這山谷可讓你們嵩山派給填滿了。」那漢子哼了一聲，並不答話。

轉了一個彎，前面雲霧迷濛，山道上有十餘名漢子手執兵刃，攔在當路。一人陰森森的道：「令狐冲幾時上來？朋友們倘若見到，跟我瞎子說一聲。」

令狐冲見說話之人鬚髯似戟，臉色陰森可怕，一雙眼卻是瞎的，再看其餘各人時，竟個個都是瞎子，不由得心中一凜，朗聲道：「令狐冲在此，閣下有何見教？」

他一說「令狐冲在此」五字，十幾名瞎子立時齊聲大叫大罵，挺著兵刃，便欲撲上，都罵：「令狐冲賊小子，你害得我好苦，今日這條命跟你拚了。」

令狐冲登時省悟：「那晚華山派荒廟遇襲，我以新學的獨孤九劍劍法刺瞎了不少敵手的眼睛。這些人的來歷一直猜想不出，此刻想來，自是嵩山派所遣，不料今日在此處重會。」眼見地勢險惡，這些人倘若拚命，只要給其中一人抱住，不免一齊墮下萬丈深谷。

又見引路的嵩山弟子嘴角含笑，一副幸災樂禍之意，尋思：「我在龍泉鑄劍谷所殺嵩山派人物著實不少，今日上得嵩山，可半分大意不得。」說道：「這些瞎朋友，是嵩山派門下的弟子嗎？請閣下叫他們讓路。」那嵩山弟子笑道：「他們不是敝派的。在下說出來的話管不了事。還是請令狐掌門自行打發的好。」

忽聽得一人大聲喝道：「老子先打發了你再說。」正是不戒和尚到了。他身後跟著不可不戒田伯光。不戒大踏步走上前去，一伸手，抓住兩名嵩山弟子，向眾瞎子投將過去，叫道：「令狐冲來也。」眾瞎子揮兵刃亂砍亂劈，總算兩名嵩山弟子武功不低，身在半空，仍能拔劍抵擋，大叫：「是嵩山派自己人，快讓開了。」

眾瞎子急忙閃避，亂成一團。不戒搶上前去，又抓住了兩名嵩山弟子，喝道：「你不叫這些瞎子們讓開，老子把你這兩個混蛋拋了下去。」雙臂運勁，將二人向天投去。不戒和尚膂力雄健無比，兩名嵩山弟子給他投向半空，直飛上七八丈，登時魂飛魄散，齊聲慘叫，只道這番定是跌入了下面萬丈深谷，頃刻間便成為一團肉泥了。

不戒和尚待他二人跌落，雙臂齊伸，又抓住了二人後頸，說道：「要不要再來一次？」一名漢子忙道：「不……不要了！」另一名嵩山弟子甚是乖覺，大聲叫道：「令狐冲，你往那裏逃？眾位瞎子朋友，快追，快追！」十餘名瞎子聽了，信以為真，拔足便奔。

田伯光怒道：「令狐掌門的名字，也是你這小子叫得的？」伸手拍拍兩記耳光，大聲呼喚：「令狐大俠在這裏！令狐掌門在這裏！那一個瞎子有種，便過來領教他的劍法。」

眾瞎子受了嵩山弟子的慫恿，又想到雙目被令狐冲刺瞎的仇怨，滿腔憤怒，便在山道上守候，但聽得兩名嵩山弟子的慘呼，不由得心寒，跟著在山道上來回亂奔，雙目不能見物，一時無所適從，茫然站立。

令狐冲、不戒、田伯光及恒山諸弟子從眾瞎子身畔走過，更向上行。陡見雙峯中斷，天然現出一個門戶，疾風從斷絕處吹出，雲霧隨風撲面而至。不戒喝道：「這叫作甚麼所在？怎地變啞巴了？」那嵩山弟子苦著臉道：「這叫作朝天門。」

眾人折向西北，又上了一段山路，望見峯頂的曠地之上，無數人眾聚集。引路的數名嵩山弟子加快腳步，上峯報訊。跟著便聽得鼓樂聲響起，歡迎令狐冲等上峯。

左冷禪身披土黃色布袍，率領了二十名弟子，走上幾步，拱手相迎。令狐冲此刻雖是恒山掌門，但先前一直叫他「左師伯」，畢竟是後輩，當下躬身行禮，說道：「晚輩令狐冲，拜見嵩山掌門。」左冷禪道：「多日不見，令狐世兄丰采尤勝往昔。世兄英俊年少而執掌恒山派門戶，開武林中千古未有之局面，可喜可賀。」他向來冷口冷面，這時口中說「可喜可賀」，臉上神色，卻絕無絲毫「可喜可賀」的模樣。

令狐冲明白他言語中皮裏陽秋，說甚麼「開武林中千古未有之局面」，其實是諷刺他以男子而做羣尼的領袖，「英俊年少」四字，更是不懷好意，說道：「晚輩奉定閒師太遺命，執掌恆山門戶，志在為兩位師太復仇雪恨。報仇大事一了，自當退位讓賢。」他說著這幾句話時，雙目緊緊和左冷禪的目光相對，瞧他臉上是否現出慚色，抑或有憤怒憎恨之意，卻見左冷禪臉上連肌肉也不牽動一下，說道：「五嶽劍派向來同氣連枝，今後五派歸一，定閒、定逸兩位師太的血仇，不單是恆山之事，也是我五嶽派之事。令狐兄弟有志於此，那好得很啊。」他頓了一頓，說道：「泰山天門道兄、衡山莫大先生、華山岳先生，以及前來觀禮道賀的不少武林朋友都已到達，請過去相見罷。」

令狐冲道：「是。少林方證大師和武當冲虛道長到了沒有？」左冷禪淡淡的道：「他二位住得雖近，但自持身分，是不會來的。」說著向令狐冲瞪了一眼，目光中深有恨意。令狐冲一怔，便即省悟：「我接任掌門，這兩位武林前輩親臨道賀。左冷禪卻以為他們今日不會來，因此不但恨上了方證大師和冲虛道長，對我可恨得更加厲害了。」

便在此時，忽見山道上兩名黃衣弟子疾奔而上，全力快跑，顯是身有急事。峯頂上諸人不約而同的都向這二人瞧去。不多時兩人奔到左冷禪身前，稟道：「恭喜師父，少林寺方丈方證大師、武當派掌門冲虛道長，率領兩派門人弟子，正上山來。」

左冷禪道：「他二位老人家也來了？那可客氣得很啊。這可須得下去迎接了。」他語氣似乎沒將這件事放在心上。但令狐冲見到他衣袖微微顫動，心中喜悅之情畢竟難以盡掩。

在嵩山絕頂的羣雄聽到少林方證大師、武當冲虛道長齊到，登時聳動，不少人跟在左冷禪之後，迎下山去。令狐冲和恆山弟子避在一旁，讓眾人下山。

只見泰山派天門道人、衡山派莫大先生以及丐幫幫主、青城派掌門松風觀觀主余滄海等前輩名宿，果然都已到了。令狐冲和眾人一一見禮，忽見黃牆後轉出一羣人來，正是師父、師娘和華山派一眾師弟師妹。他心中一酸，快步搶前，跪下磕頭，說道：「令狐冲拜見兩位老人家。」

岳不羣身子一側，冷冷的道：「令狐掌門何以行此大禮？那不是笑話奇談嗎？」令狐冲拜畢站起，退立道側。岳夫人眼圈一紅，說道：「聽說你當了恆山派掌門。以後只須不再胡鬧，也未始不能安身立命。」岳不羣冷笑道：「他不再胡鬧？那是日頭從西方出來了。他第一日當掌門，恆山派便收了成千名旁門左道的人物，那還不夠胡鬧？聽說他又同大魔頭任我行聯手，殺了東方不敗，讓任我行重登魔教教主寶座。恆山派掌門人居然去參預魔教這等大事，還不算胡鬧得到了家嗎？」

令狐冲道：「是，是。」不願多說此事，岔開了話題：「今日嵩山之會，瞧左師伯的用意，是要五嶽劍派合而為一，合成一個五嶽派。不知二位老人家意下如何？」岳不羣問道：「你意下如何？」令狐冲道：「弟子……」岳不羣微笑道：「『弟子』二字，那是不用提了。你倘若還念著昔日華山之情，那就……那就……」微微沉吟，似乎以下的話不易措詞。

令狐冲自被逐出華山門牆以來，從未見過岳不羣對自己如此和顏悅色，忙道：「你老人家有何吩咐，弟子……晚輩無有不遵。」

岳不羣點頭道：「我也沒甚麼吩咐，只不過我輩學武之人，最講究的是正邪是非之辨。當日你不能再在華山派躭下去，並不是我和你師娘狠心，不能原宥你的過失，實在你是犯了武林的大忌。我雖將你自幼撫養長大，待你有如親生兒子，卻也不能徇私。」

令狐冲聽到這裏，眼淚涔涔而下，哽咽道：「師父師娘的大恩，弟子粉身碎骨，也是難以報答。」岳不羣輕拍他的肩頭，意示安慰，又道：「那日在少林寺中，鬧到我師徒二人兵刃相見。我所使的那幾招劍招，其中實含深意，盼你回心轉意，重入我華山門牆。但你堅執不從，可令我好生灰心。」

令狐冲垂首道：「那日在少林寺中胡作非為，弟子當真該死。如得重列師父門牆，原是弟子畢生大願。」岳不羣微笑道：「這句話，只怕有些口是心非了。你身為恒山一派掌門，指揮號令，一任己意，那是何等風光，何等自在，又何必重列我夫婦門下？再說，以你此刻武功，我又怎能再做你師父？」說著向岳夫人瞧了一眼。

令狐冲聽得岳不羣口氣鬆動，竟有重新收自己為弟子之意，心中喜不自勝，雙膝一屈，便即跪下，說道：「師父、師娘，弟子罪大惡極，今後自當痛改前非，遵奉師父、師娘的教誨。只盼師父、師娘慈悲，收留弟子，重列華山門牆。」

只聽得山道上人聲喧譁，羣雄簇擁著方證大師和冲虛道人，上得峯來。岳不羣低聲道：「你起來，這件事慢慢商量不遲。」令狐冲大喜，又磕了個頭，道：「多謝師父、師娘！」這才站起。

岳夫人又悲又喜，說道：「你小師妹和你林師弟，上個月在華山已成……成了親。」她口氣頗有些擔憂，生怕令狐冲所以如此急切的要重回華山，只是為了岳靈珊，一聽到她嫁人的訊息，就算不發作吵嚷，那也非大失所望不可。

令狐冲心中一陣酸楚，微微側頭，向岳靈珊瞧去，只見她已改作了少婦打扮，衣飾頗為華麗，但容顏一如往昔，並無新嫁娘那種容光煥發的神情。

她目光和令狐冲一觸，突然間滿臉通紅，低下頭去。

令狐冲胸口便如給大鐵鎚重重打了一下，霎時間眼前金星亂冒，身子搖晃，站立不定，耳邊隱隱聽得有人說道：「令狐掌門，你是遠客，反先到了。少林寺和峻極禪院近在咫尺，老衲卻來得遲了。」令狐冲覺得有人扶住了自己左臂，定了定神，見方證大師笑容可掬的站在身前，忙道：「是，是！」拜了下去。

左冷禪朗聲道：「大夥兒不用多禮了。否則幾千人拜來拜去，拜到明天也拜不完。請進禪院坐地。」

嵩山絕頂，古稱「峻極」。嵩山絕頂的峻極禪院本是佛教大寺，近百年來卻已成為嵩山派掌門的住所。左冷禪的名字中雖有一個「禪」字，卻非佛門弟子，其武功近於道家。

羣雄進得禪院，見院子中古柏森森，殿上並無佛像，大殿雖也極大，比之少林寺的大雄寶殿卻有不如，進來還不到千人，已連院子中也站滿了，後來者更無插足之地。

左冷禪朗聲道：「我五嶽劍派今日聚會，承蒙武林中同道友好賞臉，光臨者極眾，大出在下意料之外，以致諸般供應，頗有不足，招待簡慢，還望各位勿怪。」羣豪中有人大聲道：「不用客氣啦，只不過人太多，這裏站不下。」左冷禪道：「由此更上二百步，是古時帝皇封禪嵩山的封禪台，地勢寬闊，本來極好。只是咱們布衣草莽，來到封禪台上議事，流傳出去，有識之士未免要譏刺諷嘲，說咱們太過僭越了。」

古代帝皇為了表彰自己功德，往往有封禪泰山，或封禪嵩山之舉，向上天呈表遞文，乃是國家盛事。這些江湖豪傑，又怎懂得「封禪」是怎麼回事？只覺擠在這大殿中氣悶之極，別說坐地，連呼口氣也不暢快，紛紛說道：「咱們又不是造反做皇帝，既有這等好所在，何不便去？旁人愛說閒話，去他媽的！」說話之間，已有數人衝出院門。

左冷禪道：「既是如此，大夥兒便去封禪台下相見。」

令狐冲心想：「左冷禪事事預備得十分周到，遇到商議大事之際，反讓眾人擠得難以轉身，天下寧有是理？他自是早就想要眾人去封禪台，只是不好意思自己出口，卻由旁人來倡議而已。」又想：「這封禪台不知是甚麼玩意兒？他說跟皇帝有關，他引大夥兒去封禪台，難道當真以皇帝自居麼？方證大師和冲虛道長說他野心極大，混一了五嶽劍派之後，便圖掃滅日月教，再行併吞少林、武當。嘿嘿，他和東方不敗倒是志同道合得很，『千秋萬載，一統江湖』！」

他跟著眾人，走到封禪台下，尋思：「聽師父的口氣，是肯原宥我的過失，准我重回華山門下。為甚麼師父從前十分嚴厲，今日卻臉色甚好？是了，多半他打聽之下，得知我在恆山行為端正，絕無穢亂恆山門戶，心中喜歡。小師妹嫁了林師弟，他二位老人家對我又覺得有些過意不去，再加上師娘一再勸說，師父這才回心轉意。今日左冷禪力圖吞併四派，師父身為華山掌門，自要竭力抗拒。他待我好些，我就可以和他聯手，力保華山一派。這一節我自當盡力，不負他老人家的期望，同時也保全了恆山派。」

封禪台為大麻石所建，每塊大石都鑿得極是平整，想像當年帝皇為了祭天祀福，不知驅使幾許石匠，始成此巨構。令狐冲細看時，見有些石塊上斧鑿之印甚新，雖已塗抹泥苔，仍可看出是新近補上，顯然這封禪台年深月久，頗已毀敗，左冷禪曾命人好好修整過一番，只是著意掩飾，不免欲蓋彌彰，反而令人看出來其居心不善。

羣豪來到這嵩山絕頂，都覺胸襟大暢。這絕巔獨立天心，萬峯在下。其時雲開日朗，纖翳不生。令狐冲向北望去，遙見成皋玉門，黃河有如一線，西向隱隱見到洛陽伊闕，東南兩方皆是重重疊疊的山峯。

只見三個老者向著南方指指點點。一人說道：「這是大熊峯，這是小熊峯，兩峯筆立並峙的是雙圭峯，三峯插雲的是三尤峯。」另一位老者道：「這一座山峯，便是少林寺所在的少室山。那日我到少林寺去，頗覺少室之高，但從此而望，少林寺原來是在嵩山腳下。」三名老者都大笑起來。令狐冲瞧這三人服色打扮並非嵩山派中人，口中卻說這等言語，以山為喻，推崇嵩山，菲薄少林。再瞧這三人雙目炯炯有光，內力大是了得，看來左冷禪這次約了不少幫手，若是有變，出手的不僅僅是嵩山一派而已。

只見左冷禪正在邀請方證大師和冲虛道長登上封禪台去。方證笑道：「我們兩個方外的昏庸老朽之徒，今日到來只是觀禮道賀，卻不用上台做戲，丟人現眼了。」左冷禪道：「方丈大師說這等話，那是太過見外了。」冲虛道：「賓客都已到來，左掌門便請勾當大事，不用老是陪著我們兩個老傢伙了。」

左冷禪道：「如此遵命了。」向兩人一抱拳，拾級走上封禪台。上了數十級，距台頂尚有丈許，他站在石級上朗聲說道：「眾位朋友請了。」嵩山絕頂山風甚大，羣豪又散處在四下裏觀賞風景，左冷禪這一句話卻清清楚楚的傳入了各人耳中。

眾人一齊轉過頭來，紛紛走近，圍到封禪台旁。

左冷禪抱拳說道：「眾位朋友瞧得起左某，惠然駕臨嵩山，在下感激不盡。眾位朋友來此之前，想必已然風聞，今日乃是我五嶽劍派協力同心、歸併為一派的好日子。」台下數百人齊聲叫了起來：「是啊，是啊，恭喜，恭喜！」左冷禪道：「各位請坐。」

羣雄當即就地坐下，各門各派的弟子都隨著掌門人坐在一起。

左冷禪道：「想我五嶽劍派向來同氣連枝，百餘年來攜手結盟，早便如同一家，兄弟忝為五派盟主，亦已多歷年所。只是近年來武林中出了不少大事，兄弟與五嶽劍派的前輩師兄們商量，均覺若非聯成一派，統一號令，則來日大難，只怕不易抵擋。」

忽聽得台下有人冷冷的道：「不知左盟主和那一派的前輩師兄們商量過了？怎地我莫某人不知其事？」說話的正是衡山派掌門人莫大先生。他此言一出，顯見衡山派是不贊成合併的了。

左冷禪道：「兄弟適才說道，武林中出了不少大事，五派非合而為一不可，其中一件大事，便是咱們五派中人，自相殘殺戕害，不顧同盟義氣。莫大先生，我嵩山派弟子大嵩陽手費師弟，在衡山城外喪命，有人親眼目睹，說是你莫大先生下的毒手，不知此事可真？」

莫大先生心中一凜：「我殺這姓費的，只有劉師弟、曲洋、令狐冲、恆山派一名小尼，以及曲洋的孫女親眼所見。其中三人已死，難道令狐冲酒後失言，又或那小尼姑少不更事，走漏風聲？」其時台下數千道目光，都集於莫大先生臉上。莫大先生神色自若，搖頭說道：「並無其事！諒莫某這一點兒微末道行，怎殺得了大嵩陽手？」

左冷禪冷笑道：「若是正大光明的單打獨鬥，莫大先生原未必能殺得了我費師弟，但如忽施暗算，以衡山派這等百變千幻的劍招，再強的高手也難免著了道兒。我們細查費師弟屍身上傷痕，創口是給人搗得稀爛了，可是落劍的部位卻改不了啊，那不是欲蓋彌彰嗎？」

莫大先生心中一寬，搖頭道：「你妄加猜測，又如何作得準？」心想原來他只是憑費彬屍身上的劍創推想，並非有人洩漏，我跟他來個抵死不認便了。但這麼一來，衡山派與嵩山派總之已結下了深仇，今日是否能生下嵩山，可就難說得很。

左冷禪續道：「我五嶽劍派合而為一，是我五派立派以來最大的大事。莫大先生，你我均是一派之主，當知大事為重，私怨為輕。只要於我五派有利，個人的恩怨也只好擱在一旁了。莫兄，這件事你也不用太過擔心，費師弟是我師弟，等我五派合併之後，莫兄和我也是師兄弟了。死者已矣，活著的人又何必再逞兇殺，多造殺孽？」他這番話聽來平和，含意卻著實咄咄逼人，意思顯是說，倘若莫大先生贊同合派，那麼殺死費彬之事便一筆勾銷，否則自是非清算不可。他雙目瞪視莫大先生，問道：「莫兄，你說是不是呢？」莫大先生哼了一聲，不置可否。

左冷禪皮笑肉不笑的微微一笑，說道：「南嶽衡山派於併派之議，是無異見了。東嶽泰山派天門道兄，貴派意思如何？」

天門道人站起身來，聲若洪鐘的說道：「泰山派自祖師爺東靈道長創派以來，已三百餘年。貧道無德無能，不能發揚光大泰山一派，可是這三百多年的基業，說甚麼也不能自貧道手中斷絕。這併派之議，萬萬不能從命。」

泰山派中一名白鬚道人站了起來，朗聲說道：「天門師姪這話就不對了。泰山一派，四代共有四百餘眾，可不能為了你一個人的私心，阻撓了利於全派的大業。」眾人見這白鬚道人臉色枯槁，說話中氣卻十分充沛。有人識得他的，便低聲相告：「他是玉璣子，是天門道人的師叔。」

天門道人臉色本就甚是紅潤，聽得玉璣子這麼說，更是脹得滿臉通紅，大聲道：「師叔你這話是甚麼意思？師姪自從執掌泰山門戶以來，那一件事不是為了本派的聲譽基業著想？我反對五派合併，正是為了保存泰山一派，那又有甚麼私心了？」玉璣子嘿嘿一笑，說道：「五派合併，行見五嶽派聲勢大盛，五嶽派門下弟子，那一個不沾到光？只是師姪你這掌門人卻做不成了。」天門道人怒氣更盛，大聲道：「我這掌門人，做不做有甚麼干係？只是泰山一派，說甚麼也不能在我手中給人吞併。」玉璣子道：「你嘴上說得漂亮，心中卻就是為了放不下掌門人的名位。」

天門道人怒道：「你真道我是如此私心？」一伸手，從懷中取出了一柄黑黝黝的鐵鑄短劍，大聲道：「從此刻起，我這掌門人是不做了。你要做，你去做去！」

眾人見這柄短劍貌不驚人，但五嶽劍派中年紀較長的，都知是泰山派創派祖師東靈道人的遺物，近三百年來代代相傳，已成為泰山派掌門人的信物。

玉璣子退了一步，冷笑道：「你倒捨得？」天門道人怒道：「為甚麼捨不得？」玉璣子道：「既是如此，那就給我！」右手疾探，已抓住了天門道人的手中鐵劍。天門道人全沒料到他竟會真的取劍，一怔之下，鐵劍已被玉璣子奪了過去。他不及細想，刷的一聲，抽出了腰間長劍。

玉璣子飛身退開，兩條青影晃處，兩名老道仗劍齊上，攔在天門道人面前，齊聲喝道：「天門，你以下犯上，忘了本門的戒條麼？」

天門道人看這二人時，卻是玉磬子、玉音子兩個師叔。他氣得全身發抖，叫道：「二位師叔，你們親眼瞧見了，玉璣……玉璣師叔剛才幹甚麼來！」

玉音子道：「我們確是親眼瞧見了。你已把本派掌門人之位，傳給了玉璣師兄，退位讓賢，那也好得很啊。」玉磬子道：「玉璣師兄既是你師叔，眼下又是本派掌門人，你仗劍行兇，對他無禮，這是欺師滅祖、犯上作亂的大罪。」天門道人眼見兩個師叔無理偏袒，反而指責自己的不是，怒不可遏，大聲道：「我只是一時的氣話，本派掌門人之位，豈能如此草草……草草傳授，就算要讓人，他……他……他媽的，我也決不能傳給玉璣。」急怒之餘，竟忍不住口出穢語。玉音子喝道：「你說這種話，配不配當掌門人？」

泰山派人羣中一名中年道人站起身來，大聲說道：「本派掌門向來是俺師父，你們幾位師叔祖在搗甚麼鬼？」這中年道人法名建除，是天門道人的第二弟子。跟著又有一人站起來喝道：「天門師兄將掌門人之位交給了俺師父，這裏嵩山絕頂數千對眼睛都見到了，數千對耳朵都聽到了，難道是假的？天門師兄剛才說道：『從此刻起，我這掌門人是不做了，你要做，你去做去！』你沒聽見嗎？」說這話的是玉璣子的弟子。

泰山派中一百幾十人齊叫：「舊掌門退位，新掌門接位！舊掌門退位，新掌門接位！」天門道人是泰山派的長門弟子，他這一門聲勢本來最盛，但他五六個師叔暗中聯手，突然同時跟他作對，泰山派來到嵩山的二百來人中，倒有一百六十餘人和他敵對。

玉璣子高高舉起鐵劍，說道：「這是東靈祖師爺的神兵。祖師爺遺言：『見此鐵劍，如見東靈』，咱們該不該聽祖師爺的遺訓？」一百多名道人大聲呼道：「掌門人說得對！」又有人叫道：「逆徒天門犯上作亂，不守門規，該當擒下發落。」

令狐冲見了這般情勢，料想這均是左冷禪暗中布置。天門道人性子暴躁，受不起激，三言兩語，便墮入了彀中。此時敵方聲勢大盛，天門又乏應變之才。徒然暴跳如雷，卻是一籌莫展。令狐冲舉目向華山派人羣中望去，見師父負手而立，臉上絲毫不動聲色，心想：「玉璣子他們這等搞法，師父自是大大的不以為然，但他老人家目前並不想插手干預，當是暫且靜觀其變。我一切唯他老人家馬首是瞻便了。」

玉璣子左手揮了幾下，泰山派的一百六十餘名道人突然散開，拔出長劍，將其餘五十多名道人圍在垓心，被圍的自然都是天門座下的徒眾了。天門道人怒吼：「你們真要打？那就來拚個你死我活。」玉璣子朗聲道：「天門聽著：泰山派掌門有令，叫你棄劍降服，你服不服東靈祖師爺的鐵劍遺訓？」天門怒道：「呸，誰說你是本派的掌門人了？」玉璣子叫道：「天門座下諸弟子，此事與你們無干，大家抛下兵刃，過來歸順，那便概不追究，否則嚴懲不貸。」

建除道人大聲道：「你若能對祖師爺的鐵劍立下重誓，決不讓祖師爺當年辛苦締造的泰山派在江湖中除名，那麼大家擁你為本派掌門，原也不妨。但若你一當掌門，立即將本派出賣給嵩山派，那可是本派的千古罪人，你就死了，也無面目去見祖師爺。」

玉音子道：「你後生小子，憑甚麼跟我們『玉』字輩的前人說話？五派合併，嵩山派還不是一樣的除名？五嶽派這『五嶽』二字，就包括泰山在內，又有甚麼不好了？」

天門道人道：「你們暗中搗鬼，都給左冷禪收買了。哼，哼！要殺我可以，要我答應歸降嵩山，那是萬萬不能。」

玉璣子道：「你們不服掌門人的鐵劍號令，小心頃刻間身敗名裂，死無葬身之地。」天門道人道：「忠於泰山派的弟子們，今日咱們死戰到底，血濺嵩山。」站在他身周的羣弟子齊聲呼道：「死戰到底，決不投降。」他們人數雖少，但個個臉上現出堅毅之色。玉璣子倘若揮眾圍攻，一時之間未必能將他們盡數殺了。封禪台旁聚集了數千位英雄好漢，少林派方證大師、武當派冲虛道人這些前輩高人，也決不能讓他們以眾欺寡，幹這屠殺同門的慘事。玉璣子、玉磬子、玉音子等數人面面相覷，一時拿不定主意。

忽聽得左側遠處有人懶洋洋的道：「老子走遍天下，英雄好漢見得多了，然而說過了話立刻就賴的狗熊，倒是少見。」眾人一齊向聲音來處瞧去，只見一個麻衣漢子斜倚在一塊大石旁，左手拿著一頂范陽斗笠，當扇子般在面前搧風。這人身材瘦長，瞇著一雙細眼，一臉不以為然的神氣。眾人都不知他的來歷，也不知道他這幾句話是在罵誰。只聽他又道：「你明明已把掌門讓了給人家，難道說過的話便是放屁？天門道人，你名字中這個『天』字，只怕得改一改，改個『屁』字，那才相稱。」玉璣子等才知他是在相助己方，都笑了起來。

天門怒道：「是我泰山派自己的事，用不著旁人多管閒事。」那麻衣漢子仍懶洋洋的道：「老子見到不順眼之事，那閒事便不得不管。今日是五嶽劍派併派為一的好日子，你這牛鼻子卻在這裏拔劍使刀，大呼小叫，敗人清興，當真是放屁之至。」

突然間眾人眼一花，只見這麻衣漢子斗然躍起身來，迅捷無比的衝進了玉璣子等人的圈子，左手斗笠一起，便向天門道人頭頂劈落。天門道人竟不招架，挺劍往他胸口刺去。那人倏地一撲，從天門道人的胯下鑽過，右手據地，身子倒了轉來，砰的一聲，足跟重重的踢中了天門道人背心。這幾下招數怪異之極，峯上羣英聚集，各負絕藝，但這漢子所使的招數，眾人卻都是見所未見，聞所未聞。天門猝不及防，登時給他踢中了穴道。

天門身側的幾名弟子各挺長劍向那漢子刺去。那漢子哈哈一笑，抓住天門後心，擋向長劍，眾弟子縮劍不迭。那漢子喝道：「再不拋劍，我把這牛鼻子的腦袋給扭了下來。」說著右手揪住了天門頭頂的道髻。天門空負一身武功，給他制住之後，竟全然動彈不得，一張紅臉已變得鐵青。瞧這情勢，那漢子只消雙手用力一扭，天門的頸骨立時會給他扭斷了。

建除道：「閣下忽施偷襲，不是英雄好漢之所為。閣下尊姓大名。」那人左手一揚，拍的一聲，打了天門道人一個耳光，懶洋洋的道：「誰對我無禮，老子便打他師父。」天門道人的眾弟子見師尊受辱，無不又驚又怒，各人挺著長劍，只消同時攢刺，這麻衣漢子當場便得變成一隻刺蝟，但天門道人為他所制，投鼠忌器，誰也不敢妄動。一名青年罵道：「你這狗畜生……」那漢子舉起手來，拍的一聲，又打了天門一記耳光，說道：「你教出來的弟子，便只會說髒話嗎？」

突然之間，天門道人哇的一聲大叫，腦袋一轉，和那麻衣漢子面對著面，口中一股鮮血直噴了出來。那漢子吃了一驚，待要放手，已然不及。霎時之間，那漢子滿頭滿臉都給噴滿了鮮血，便在同時，天門道人雙手環轉，抱住了他頭頸，但聽得喀的一聲，那人頸骨竟被硬生生的折斷。天門道人右手一抬，那人直飛了出去，拍的一聲響，跌在數丈之外，扭曲得幾下，便已死去。

天門道人身材本就十分魁梧，這時更是神威凜凜，滿臉都是鮮血，令人見之生怖。過了一會，他猛喝一聲，身子一側，倒在地下。原來他被這漢子出其不意的突施怪招制住，又當眾連遭侮辱，氣憤難當之際，竟甘捨己命，運內力衝斷經脈，由此而解開被封的穴道，奮力一擊，殺斃敵人，但自己經脈俱斷，也活不成了。

天門座下眾弟子齊叫「師父」，搶去相扶，見他已然氣絕，登時大哭起來。

人叢中忽然有人說道：「左掌門，你派了『青海一梟』這等人物來對付天門道長，未免太過份了罷？」眾人向說話之人瞧去，見是個形貌猥瑣的老者，有人認得他名叫何三七，常自挑了副餛飩擔，出沒三湘五澤市井之間。被天門道人擊斃的那漢子到底是何來歷，誰也不知，聽何三七說叫做「青海一梟」。「青海一梟」是何來頭，知道的人卻也不多。

左冷禪道：「這可是笑話奇談了，這位季兄，和在下今天是初次見面，怎能說是在下所派？」何三七道：「左掌門和『青海一梟』或許相識不久，但和這人的師父『白板煞星』，交情定然大非尋常。」

這「白板煞星」四字一出口，人叢中登時轟的一聲。令狐冲依稀記得，許多年前，師娘曾提到「白板煞星」的名字。那時岳靈珊還只六七歲，不知為甚麼事哭鬧不休，岳夫人嚇她道：「你再哭，『白板煞星』來捉你去了。」令狐冲便問：「『白板煞星』是甚麼東西？」岳夫人道：「『白板煞星』是個大惡人，專捉愛哭的小孩子去咬來吃。這人沒有鼻子，臉孔是平的，好像一塊白板那樣。」當時岳靈珊一害怕，便不哭了。令狐冲想起往事，凝目向岳靈珊望去，只見她眼望遠處青山，若有所思，眉目之間微帶愁容，顯然沒留心到何三七提及「白板煞星」這名字，恐怕幼時聽岳夫人說過的話，也早忘了。

令狐冲心想：「小師妹新婚燕爾，林師弟是她心中所愛，該當十分喜歡才是，又有甚麼不如意事了？難道小夫婦兩個鬧別扭嗎？」眼見林平之站在她身邊，臉上神色頗為怪異，似笑非笑，似怒非怒。令狐冲又是一驚：「這是甚麼神氣？我似乎在誰臉上見過的。」但在甚麼地方見過，卻想不起來。

只聽得左冷禪道：「玉璣道兄，恭喜你接任泰山派掌門。於五嶽劍派合併之議，道兄高見若何？」眾人聽得左冷禪不答何三七的問話，顧左右而言他，那麼於結交「白板煞星」一節，是默認不辯了。「白板煞星」的惡名響了二三十年，但真正見過他、吃過他苦頭的人，卻也沒有幾個，似乎他的惡名主要還是從形貌醜怪而起，然從他弟子「青海一梟」的行止瞧來，自然師徒都非正派人物。

玉璣子手執鐵劍，得意洋洋的說道：「五嶽劍派併而為一，於我五派上下人眾，惟有好處，沒半點害處。只有像天門道人那樣私心太重之人，貪名戀棧，不顧公益，那才會創議反對。左盟主，在下執掌泰山派門戶，於五派合併的大事，全心全意贊成。泰山全派，決在你老人家麾下效力，跟隨你老人家之後，發揚光大五嶽派的門戶。倘若有人惡意阻撓，我泰山派首先便容他們不得。」

泰山派中百餘人轟然應道：「泰山派全派盡數贊同併派，有人妄持異議，泰山全派誓不與之干休。」這些人同聲高呼，雖然人數不多，但聲音整齊，倒也震得羣山鳴響。令狐冲心想：「他們顯然是事先早就練熟了的，否則縱然大家贊同併派，也決不能每一個字都說得一模一樣。」又聽玉璣子的語氣，對左冷禪老人家前、老人家後的，恭敬萬分，料想左冷禪若不是暗中已給了他極大好處，便是曾以毒辣手段，制得他服服貼貼。

天門道人座下的徒眾眼見師尊慘死，大勢已去，只好默不作聲，有人咬牙切齒的低聲咒詛，有人握緊了拳頭，滿臉悲憤之色。

左冷禪朗聲道：「我五嶽劍派之中，衡山、泰山兩派，已然贊同併派之議，看來這是大勢所趨，既然併派一舉有百利而無一害，我嵩山派自也當追隨眾位之後，共襄大舉。」

令狐冲心下冷笑：「這件事全是你一人策劃促成，嘴裏卻說得好不輕鬆漂亮，居然還是追隨眾人之後，倒像別人在創議，而你不過是依附眾意而已。」

只聽左冷禪又道：「五派之中，已有三派同意併派，不知恆山派意下如何？恆山派前掌門定閒師太，曾數次和在下談起，於併派一事，她老人家是極力贊成的。定靜、定逸兩位師太，也均持此見。」

恆山派眾黑衣女弟子中，一個清脆的聲音說道：「左掌門，這話可不對了。我們掌門人和兩位師伯、師叔圓寂之前，對併派之議痛心疾首，極力反對。三位老人家所以先後不幸逝世，就是為了反對併派。你怎可擅以己見，加之於她三位老人家身上？」眾人齊向說話之人瞧去，見是個圓臉女郎。這姑娘是能言善道的鄭萼，她年紀尚輕，別派人士大都不識。

左冷禪道：「你師父定閒師太武功高強，見識不凡，實是我五嶽劍派中最最了不起的人物，老夫生平深為佩服。只可惜在少林寺中不幸為奸徒所害。倘若她老人家今日尚在，這五嶽派掌門一席，自是非她莫屬。」他頓了一頓，又道：「當日在下與定閒、定靜、定逸三位師太談及併派之事，在下就曾極力主張，併派之事不行便罷，倘若如議告成，則五嶽派的掌門一席，必須請定閒師太出任。當時定閒師太雖然謙遜推辭，但在下全力擁戴，後來定閒師太也就不怎麼堅辭了。唉，可嘆，可嘆，這樣一位佛門女俠，竟然大功未成身先死，喪身少林寺中，實令人不勝嘆息。」他連續兩次提及少林寺，言語之中，隱隱將害死定閒師太的罪責加之於少林寺。就算害死她的不是少林派中人，但少林寺為武學聖地，居然有人能在其中害死這樣兩位武學高人，則少林派縱非串謀，也逃不了縱容兇手、疏於防範之責。

忽然有個粗糙的聲音說道：「左掌門此言差矣。當日定閒師太跟我說道，她老人家本來是想推舉你做五嶽派掌門的。」

左冷禪心頭一喜，向那人瞧去，見那人馬臉鼠目，相貌十分古怪，不知是誰，但身穿黑衫，乃是恆山派中的人物，他身旁又站著五個容貌類似、衣飾相同之人，卻不知道六人便是桃谷六仙。他心中雖喜，臉上不動聲色，說道：「這位尊兄高姓大名？定閒師太當時雖有這等言語，但在下與她老人家相比，那可萬萬不及了。」

先前說話之人乃是桃根仙，他大聲道：「我是桃根仙，這五個都是我的兄弟。」左冷禪道：「久仰，久仰。」桃枝仙道：「你久仰我們甚麼？是久仰我們武功高強呢，還是久仰我們見識不凡？」左冷禪心想：「撕裂成不憂的，原來是這麼六個渾人。」念在桃根仙為自己捧場的份上，便道：「六位武功高強，見識不凡，我都是久仰的。」

桃幹仙道：「我們的武功，也沒有甚麼，六人齊上，比你左盟主高些，單打獨鬥，就差得遠了。」桃花仙道：「但說到見識，可真比你左掌門高得不少。」左冷禪皺起眉頭，哼了一聲，道：「是嗎？」桃花仙道：「半點不錯。當日定閒師太便這麼說。」桃葉仙道：「定閒師太和定靜師太、定逸師太三位老人家在庵中閒話，說起五嶽劍派合併之事。定逸師太說道：『五嶽劍派不併派便罷，倘要併派，須得請嵩山派左冷禪先生來當掌門。』這一句話，你信不信？」左冷禪心下暗喜，說道：「那是定逸師太瞧得起在下，我可不敢當。」

桃根仙道：「你別忙歡喜。定靜師太卻道：『當世英雄好漢之中，嵩山派左掌門也算得是位人物，倘若由他來當五嶽派掌門人，倒也是一時之選。只不過他私心太重，胸襟太窄，不能容物，如果是他當掌門，我座下這些女弟子們，苦頭可吃得大了。』」桃幹仙接著道：「定閒師太便說：『以大公無私而言，倒有六位英雄在此。他們不但武功高強，而且見識不凡，足可當得五嶽派的掌門人。』」

左冷禪冷笑道：「六位英雄？是那六位？」桃花仙道：「那便是我們六兄弟了。」此言一出，山上數千人登時轟然大笑。這些人雖然大半不識桃谷六仙，但瞧他們形貌古怪，神態滑稽，這時更自稱英雄，說甚麼「武功高強，見識不凡」，自是忍不住好笑。

桃枝仙道：「當時定閒師太一提到『六位英雄』四字，定靜、定逸兩位師太立即便想到是我們六兄弟，當下一齊鼓掌喝采。那時候定逸師太說甚麼來？兄弟，你記得嗎？」桃實仙道：「我當然記得。那時候定逸師太說道：『桃谷六仙嘛，比之少林寺方證大師，見識是差一些了。比之武當派冲虛道長，武功是有所不及了。但在五嶽劍派中，倒也無人能及。兩位師姊，你們以為如何？』定靜師太便道：『我卻以為不然。定閒師妹的武功見識，決不在桃谷六仙之下。只可惜咱們是女流之輩，又是出家人，要做五嶽派掌門，作五嶽派數千位英雄好漢的首領，總是不便。所以啊，咱們還是推舉桃谷六仙為是。』」桃葉仙道：「定閒師太當下連連點頭，說道：『五嶽劍派如果真要併派，若不是由他六兄弟出任掌門，勢必難以發揚光大，昌大門戶。』」

令狐冲越聽越好笑，情知桃谷六仙是在故意與左冷禪搗亂。左冷禪既妄造死者的言語，桃谷六仙依樣葫蘆，以子之矛，攻子之盾，左冷禪倒也無法可施。

嵩山上羣雄之中，除了嵩山一派以及為左冷禪所籠絡的人物之外，對於五嶽併派一舉，大都頗具反感。有的高瞻遠矚之士如方證方丈、冲虛道長等人，深恐左冷禪羽翼一成，便即為禍江湖；有的眼見天門道人慘死，而左冷禪咄咄逼人，深感憎惡；更有的料想五嶽併派之後，五嶽派聲勢大張，自己這一派不免相形見絀；而如令狐冲等恒山派中人，料得定閒等三位師太是為左冷禪所害，只盼誅他報仇，自然敵意更盛。眾人耳聽得桃谷六仙胡說八道，卻又說得似模似樣，左冷禪幾乎無法辯駁，大都笑吟吟的頗以為喜，年輕的更笑出聲來。

忽然有個粗豪的聲音說道：「桃谷六怪，恒山派定閒師太說這些話，有誰聽到了？」

桃根仙道：「恒山派的幾十名女弟子都是親耳聽到的。鄭姑娘，你說是不是？」

鄭蕚忍住了笑，正色道：「不錯。左掌門，你說我師父贊成五派合併，那些言語，又有誰聽到了？恒山派的師姊師妹們，左掌門說的話，有誰聽見咱們師尊說過沒有？」百餘名女弟子齊聲答道：「沒聽見過。」有人大聲道：「多半是左掌門自己揑造出來的。」更有一名女弟子道：「和左掌門相比，我師父還是對桃谷六仙推許多些。我們隨侍三位老人家多年，豈有不知師尊心意之理？」

眾人轟笑聲中，桃枝仙大聲道：「照啊，我們並沒說謊，是不是？後來定閒師太又道：『五派合併，掌門人只有一個，他桃谷六仙共有六人，卻是請誰來當的好？』兄弟，定靜師太卻怎麼說啊？」桃花仙道：「這個……嗯，是了，定靜師太說道：『五派雖然併而為一，但泰山、衡山、華山、恒山、嵩山這東南西北中五嶽，卻是併不到一塊的。左冷禪又不是玉皇大帝，難道他還能將五座大山搬在一起嗎？請桃谷六仙中的五兄弟分駐五山，賸下一個做總掌門也就是了。』」桃葉仙道：「不錯！定逸師太便說：『師姊此見甚是。原來桃谷六仙的父母當年甚有先見，知道日後左冷禪要合併五嶽劍派，因此生下他六個兄弟來，既不是五個，又不是七個，佩服啊佩服！』」

羣雄一聽，登時笑聲震天。

左冷禪籌劃這一場五嶽併派，原擬辦得莊嚴隆重，好教天下英雄齊生敬畏之心，不料斜刺裏鑽了這六個憊懶傢伙出來，插科打諢，將一個盛大的典禮搞得好似一場兒戲，心下之惱怒實非言語所能形容，只是他乃嵩山之主，可不能隨便發作，只得強忍氣惱，暗暗打定了主意：「一待大事告成，若不殺了這六個無賴，我可真不姓左了。」

桃實仙突然放聲大哭，叫道：「不行，不行！我六兄弟自出娘胎，從來寸步不離，這一做五嶽派掌門，從此要分駐五嶽，那可不幹，萬萬的不幹。」他哭得情意真切，恰似五嶽派掌門名位已定，他六兄弟面臨生離死別之境了。

桃幹仙道：「六弟不須煩惱，咱們六人是不能分開的，兄弟固然捨不得，做哥哥的也是捨不得。但既然眾望所歸，這五嶽派掌門又非我們六兄弟來做不可，我們只好反對五嶽派合而為一了。」桃根仙等五人齊聲道：「對，對，五嶽劍派一如現狀，併他作甚？」

桃實仙破涕為笑，說道：「就算真的要併，也得五嶽派中將來有了一位大英雄大豪傑，比我六兄弟見識更高，武功更強，也如我六兄弟那樣的眾望所歸。有這樣的人來做掌門，那時再併不遲。」

左冷禪眼見再與這六個傢伙糾纏下去，只有越鬧越糟，須以快刀斬亂麻手法，截斷他們的話題，當下朗聲說道：「恆山派的掌門，到底是你們六位大英雄呢，還是另有其人？恆山派的事，你們六位大英雄作得了主呢，還是作不了主？」

桃枝仙道：「我們六位大英雄要當恆山派掌門，本來也無不可。但想到嵩山派掌門是你左老弟，我們六人一當恆山掌門，便得和你姓左的相提並論，未免有點，嘿嘿，這個……那個……」桃花仙道：「和他相提並論，我們六位大英雄當然是大失身分，因此上這恆山派掌門人之位，只好請令狐冲來勉為其難了。」

左冷禪只氣得七竅生煙，冷冷的道：「令狐掌門，你執掌恆山派門戶，於貴派門下卻不好生約束，任由他們在天下英雄之前胡說八道，出醜露乖。」

令狐冲微笑道：「這六位桃兄說話天真爛漫，心直口快，卻不是瞎造謠言之人。他們轉述本派先掌門定閒師太的遺言，當比派外之人的胡說八道靠得住些。」

左冷禪哼了一聲，道：「五嶽劍派今日併派，貴派想必是要獨持異議了？」

令狐冲搖頭道：「恆山派卻也不是獨持異議。華山派掌門岳先生，是在下啟蒙傳藝的恩師，在下今日雖然另歸別派，卻不敢忘了昔日恩師的教誨。」左冷禪道：「這麼說來，你仍聽從華山岳先生的話？」令狐冲道：「不錯，我恆山派與華山派並肩攜手，協力同心。」

左冷禪轉頭瞧向華山派人眾，說道：「岳先生，令狐掌門不忘你舊日對他的恩義，可喜可賀。閣下於五派合併之舉，贊成也罷，反對也罷，令狐掌門都唯你馬首是瞻。但不知閣下尊意若何？」

岳不羣道：「承左盟主詢及，在下雖於此事曾細加考慮，但要作出一個極為妥善周詳的抉擇，卻亦不易。」

一時峯上羣雄的數千對目光都向他望去，許多人均想：「衡山派勢力孤弱，泰山派內鬨分裂，均不足與嵩山派相抗。此刻華山、恆山兩派聯手，再加上衡山派，當可與嵩山派一較短長了。」

只聽岳不羣說道：「我華山創派二百餘年，中間曾有氣宗、劍宗之爭。眾位武林前輩都知道的。在下念及當日兩宗自相殘殺的慘狀，至今兀自不寒而慄……」

令狐冲尋思：「師父曾說，華山氣劍二宗之爭，是本派門戶之羞，實不足為外人道，為甚麼他此刻卻當著天下英雄公然談論？」又聽得岳不羣語聲尖銳，聲傳數里，每說一句話，遠處均有回音，心想：「師父修習『紫霞神功』，又到了更高的境界，說話聲音，內力的運用，都跟從前不同了。」

岳不羣續道：「因此在下深覺武林中的宗派門戶，分不如合。千百年來，江湖上仇殺鬥毆，不知有多少武林同道死於非命，推原溯因，泰半是因門戶之見而起。在下常想，倘若武林之中並無門戶宗派之別，天下一家，人人皆如同胞手足，那麼種種流血慘劇，十成中至少可以減去九成。英雄豪傑不致盛年喪命，世上也少了許許多多無依無靠的孤兒寡婦。」

他這番話中充滿了悲天憫人之情，極大多數人都不禁點頭。有人低聲說道：「華山岳不羣人稱『君子劍』，果然名不虛傳，深具仁者之心。」

方證大師合什而道：「善哉，善哉！岳居士這番言語，宅心仁善。武林中人只要都如岳居士這般想法，天下的腥風血雨，刀兵紛爭，便都泯於無形了。」

岳不羣道：「大師過獎了，在下的一些淺見，少林寺歷代高僧大德，自然早已想到過。以少林寺在武林中的聲望地位，登高一呼，各家各派中的高明卓識之士，聞風響應，千百年來必能有所建樹。固然各家各流武術源流不同，修習之法大異，要武學之士不分門戶派別，那是談何容易？但『君子和而不同』，武功儘可不同，卻大可和和氣氣。可是直至今日，江湖上仍是派別眾多，或明爭，或暗鬥，無數心血性命，都耗費於無謂的意氣之爭。既然歷來高明之士，都知門戶派別的紛歧大有禍害，為甚麼不能痛下決心，予以消除？在下大惑不解，於此事苦思多年，直至前幾日，才恍然大悟，明白了其中的關竅所在。此事關係到武林全體同道的生死禍福，在下不敢自秘，謹提出請各位指教。」

羣雄紛紛道：「請說，請說。」「岳先生的見地，定然是很高明的。」「不知到底是甚麼原因？」「要清除門戶派別之見，那可是難於登天了！」

岳不羣待人聲一靜，說道：「在下潛心思索，發覺其中道理，原來在於一個『急』字與『漸』字的差別。歷來武林中的有心人，盼望消除門戶派別，往往操之過急，要一舉而將天下所有宗派門戶之間的界限，盡數消除。殊不知積重難返，武林中的宗派，大者數十，小者過千，每個門戶都有數十年乃至千百年的傳承，要一舉而消除之，確是難於登天。」

左冷禪道：「以岳先生的高見，要消除宗派門戶之別，那是絕不可能了？如此說來，豈不令人失望？」

岳不羣搖頭道：「雖然艱難萬分，卻也非絕無可能。在下適才言道，其間差別，在於緩急之不同。常言道得好，欲速則不達。只須方針一變，天下同道協力以赴，期之以五十年、一百年，決無不成之理。」

左冷禪嘆道：「五十年、一百年，這裏的英雄好漢，十之八九是屍骨已寒了。」

岳不羣道：「吾輩只須盡力，事功是否成於我手，卻不必計較。所謂前人種樹後人涼，咱們只是種樹，讓後人得享清涼之福，豈非美事？再說，五十年、一百年，乃是期於大成，若說小有成就，則十年八年之間，也已頗有足觀。」

左冷禪道：「十年八年便有小成，那倒很好，卻不知如何共策進行？」

岳不羣微微一笑，說道：「左盟主眼前所行，便是大有福於江湖同道的美事。咱們要一舉而泯滅門戶宗派之見，那是無法辦到的。但各家各派如擇地域相近，武功相似，又或相互交好，先行儘量合併，則十年八年之內，門戶宗派便可減少一大半。咱們五嶽劍派合成五嶽派，就可為各家各派樹一範例，成為武林中千古艷稱的盛舉。」

他此言一出，眾人都叫了起來：「原來華山派贊成五派合併。」

令狐冲更是大吃一驚，心道：「料不到師父竟然贊成併派。我說過恆山派唯華山派馬首是瞻，師父說贊成併派，我可不能食言。」心中焦急，舉目向方證大師與冲虛道人望去，只見二人都搖了搖頭，神色頗為沮喪。

左冷禪一直擔心岳不羣會力持異議，此人能言善辯，江湖上聲名又好，不能對他硬來，萬料不到他竟會支持併派，當真大喜過望，說道：「嵩山派贊成五派合併，老實說，本來只是念到眾志成城的道理，只覺合則力強，分則力弱。但今日聽了岳先生一番大道理，令在下茅塞頓開，方知原來五派合併，於武林前途有這等重大關係，卻不單單是於我五派有利之事了。」

岳不羣道：「我五派合併之後，如欲張大己力，以與各家門派爭雄鬥勝，那麼只有在武林中徒增風波，於我五嶽派固然未必有甚麼好處，於江湖同道更是禍多於福。因此併派的宗旨，必須著眼於『息爭解紛』四字之上。在下推測同道友好的心情，以為我五派合併之後，於別派或有不利，此點諸位大可放心。」

羣雄聽了他這幾句話，有的似乎鬆了口氣，有的卻是將信將疑。

左冷禪道：「如此說來，華山派是贊成併派的？」

岳不羣道：「正是。」他頓了頓，眼望令狐冲，說道：「恆山派令狐掌門，以前曾在華山門下，在下與他曾有二十年師徒之情。他出了華山門牆之後，承他不棄，仍念念不忘昔日在下對他的情誼，盼望與在下終於同居一派。在下今日已答應於他，要同歸一派，亦不是難事。」說到這裏，臉上露出笑容。

令狐冲胸口一震，登時醒悟：「他答應我重入他門下，原來並非回歸華山，而是五派合併之後，我和師父、師娘又在一派之中，那也好得很啊。」又想：「聽師父適才言道：五派合併，宗旨當在『息爭解紛』四字，如果真是如此，五派合併倒是好事而非壞事了。看來前途之吉凶，在於五嶽派是照我師父的宗旨去做呢，還是照左冷禪的宗旨去做。如果我華山、恆山兩派協力同心，再加上衡山派，以及泰山派中的一些道友，我們三派半對抗嵩山派和泰山派的半數，未始不能佔到贏面。」

令狐冲心下思潮起伏，聽得左冷禪道：「恭賀岳先生與令狐掌門，自今日起，賢師徒重歸同一門派，那真是天大的喜事。」羣雄中便有數百人跟著鼓掌叫好。

突然間桃枝仙大聲說道：「這件事不妥，不妥，大大的不妥。」桃幹仙道：「為甚麼不妥？」桃枝仙道：「這恆山派的掌門，本來是我六兄弟做的，是不是？」桃幹仙等五人齊聲應道：「是！」桃枝仙道：「後來我們客氣，因此讓給了令狐冲來做，是不是？讓給令狐冲做，有一個條款，便是要他為定閒、定靜、定逸三位師太報仇，是不是？」他問一句，桃幹仙等五人都答道：「是！」

桃枝仙道：「可是殺害定閒師太她們三位的，卻在五嶽劍派之中，依我看來，多半是個若非姓左、便是姓右之人，又或是不左不右、姓中之人，如果令狐冲加入了五嶽派，和這個姓左姓右又或姓中之人，變成了同門師兄弟，如何還可動刀動槍，為定閒師太報仇？」桃谷五仙齊聲道：「半點也不錯。」

左冷禪心下大怒，尋思：「你這六個傢伙如此當眾辱我，再留你們多活幾個時辰，只怕更將有不少胡言亂語說了出來。」

只聽桃根仙又道：「如果令狐冲不替定閒師太報仇，便做不得恆山派掌門，是不是？如果他不是恆山派掌門，便拿不得恆山派的主意，是不是？如果他拿不得恆山派的主意，那麼恆山派是否加入五嶽派，便不能由令狐冲來說話了，是不是？」他問一句，桃谷五仙又齊聲答一句：「是！」

桃幹仙道：「一派不能沒有掌門，令狐冲既然做不得恆山派掌門，便須另推高明，是不是？恆山派中有那六位英雄武功高強，識見不凡，當年定閒師太固然早有定評，連五嶽劍派左盟主剛才也說：『六位武功高強，見識不凡，我都是久仰的』，是不是？」

桃幹仙這麼問，他五兄弟便都答一聲：「是！」問的人聲音越來越響，答的人也是越答越起勁。與會的羣雄一來確是覺得好笑，二來見到有人與嵩山派搗蛋，多少有些幸災樂禍的心情，頗有人跟著起鬨，數十人隨著桃谷五仙齊聲叫道：「是！」

當岳不羣贊成五派合併之後，令狐冲心中便即大感混亂，這時聽桃谷六仙胡說八道的搗亂，內心深處頗覺喜歡，似乎這六兄弟正在設法替自己解圍脫困，但再聽一會，突然奇怪：「桃谷六仙說話素來纏夾，前言不對後語，可是來到嵩山之後，每一句竟都含有深意。剛才這些言語似乎是強辭奪理，可是事先早有伏筆，教人難以辯駁，和他們平素亂扯一頓的情形大不相同。難道暗中另有高人在指點嗎？」

只聽得桃花仙道：「恆山派中這六位武功卓絕、識見不凡的大英雄是誰，各位不是蠢人，想來也必知道，是不是？」百餘人笑著齊聲應道：「是！」桃花仙道：「天下是非自有公論，公道自在人心。請問各位，這六位大英雄是誰？」二百餘人在大笑聲中說道：「自然是你們桃谷六仙了。」

桃根仙道：「照啊，如此說來，恆山派掌門的位子，我們六兄弟只好當仁不讓，勉為其難，德高望重，眾望所歸，水到渠成，水落石出，高山滾鼓，門戶大門……」

他越說越是不知所云，羣雄無不捧腹大笑。

嵩山派中不少人大聲吆喝起來：「你六個傢伙在這裏搗甚麼亂？快跟我滾下山去。」

桃枝仙道：「奇哉怪也！你們嵩山派千方百計的要搞五派合併，我恆山派的六位大英雄賞光來到嵩山，你們居然要趕我們下去。我們六位大英雄一走，恆山派其餘的小英雄、女英雄們，自然跟著也都下了嵩山，你們這五派合併，便稀哩呼嚕，搞不成了。好！恆山派的朋友們，咱們都下山去，讓他們搞四派合併。左冷禪愛做四嶽派掌門，便由他做去。咱們恆山派可不湊這個熱鬧。」

儀和、儀清等女弟子對左冷禪恨之入骨，聽桃枝仙這麼一說，立時齊聲答應，紛紛呼叫：「咱們走罷！」

左冷禪一聽，登時發急，心想：「恆山派一走，五嶽派變了四嶽派。自古以來，天下便是五嶽，決無缺一而成四嶽之理。就算四派合併，我當了四嶽派的掌門，說起來也無光采。非但沒有威風，反而成為武林中的笑柄了。」當即說道：「恆山派的眾位朋友，有話慢慢商量，何必急在一時？」

桃根仙道：「是你的狐羣狗黨、蝦兵蟹將大聲吆喝，要趕我們下去，可不是我們自己要走。」

左冷禪哼了一聲，向令狐冲道：「令狐掌門，咱們學武之人，說話一諾千金，你說過要以岳先生的意旨為依歸，那可不能說過了不算。」

令狐冲舉目向岳不羣望去，見他滿臉殷切之狀，不住向自己點頭；令狐冲轉頭又望方證大師和冲虛道人，卻見他二人連連搖頭，正沒做道理處，忽聽得岳不羣道：「冲兒，我和你向來情若父子，你師娘更是待你不薄，難道你就不想和我們言歸於好，就同從前那樣嗎？」

令狐冲聽了這句話，霎時之間熱淚盈眶，更不思索，朗聲說道：「師父、師娘，孩兒所盼望的便是如此。你們贊同五派合併，孩兒不敢違命。」他頓了頓，又道：「可是，三位師太的血海深仇……」

岳不羣朗聲道：「恆山派定閒、定靜、定逸三位師太不幸遭人暗算，武林同道，無不痛惜。今後咱們五派合併，恆山派的事，也便是我岳某人的事。眼前首要急務，莫過於查明真兇，然後以咱們五派之力，再請此間所有武林同道協助，那兇手便是金剛不壞之身，咱們也把他砍成了肉泥。冲兒，你不用過慮，這兇手就算是我五嶽派中的頂尖兒人物，咱們也決計放他不過。」這番話大義凜然，說得又是斬釘截鐵，絕無迴旋餘地。

恆山派眾女弟子登時喝采。儀和高聲叫道：「岳先生之言不錯。尊駕若能主持大局，替我們三位師尊報得血海深仇，恆山上下，盡皆深感大德。」

岳不羣道：「這事著落在我身上，三年之內，岳某人若不能為三位師太報仇，武林同道便可說我是無恥之徒，卑鄙小人。」

他此言一出，恆山派女弟子更是大聲歡呼，別派人眾也不禁鼓掌喝采。

令狐冲尋思：「我雖決心為三位師太報仇，但要限定時日，卻是不能。大家疑心左冷禪是兇手，但如何能夠證明？就算將他制住逼問，他也決不承認。師父何以能說得這般肯定？是了，他老人家定然已確知兇手是誰，又拿到了確切證據，則三年之內自能對付他。」他先前隨同岳不羣贊成併派，還怕恆山派的弟子們不願，此刻見她們大聲歡呼，無人反對，心中為之一寬，朗聲道：「如此極好。我師父岳先生已然說過，只要查明戕害三位師太的真兇是誰，就算他是五嶽派中的頂尖兒人物，也決計放他不過。左掌門，你贊同這句話嗎？」

左冷禪冷冷的道：「這句話很對啊。我為甚麼不贊成？」

令狐冲道：「今日天下眾英雄在此，大夥兒都聽見了，只要查到害死三位師太的主兇是誰，是他親自下手也好，是指使門下弟子所幹的也好，不論他是甚麼尊長前輩，人人得而誅之。」羣雄之中，倒有一半人轟聲附和。

左冷禪待人聲稍靜，說道：「五嶽劍派之中，東嶽泰山，南嶽衡山，西嶽華山，北嶽恒山，中嶽嵩山，五派一致同意併派。那麼自今而後，這五嶽劍派的五個名字，便不再在武林出現了。我五派的門人弟子，都成為新的五嶽派門下。」

他左手一揮，只聽得山左山右鞭炮聲大作，跟著砰拍、砰拍之巨響不絕，許多大炮仗升入天空，慶祝「五嶽派」正式開山立派。羣雄你瞧瞧我，我瞧瞧你，臉上都露出笑容，均想：「左冷禪預備得如此周到，五嶽劍派合派之舉，自是勢在必行。倘若今日合派不成，這嵩山絕頂，只怕腥風血雨，非有一場大廝殺不可。」峯上硝煙瀰漫，紙屑紛飛，鞭炮聲越來越響，誰都無法說話，直過了良久良久，鞭炮聲方歇。

便有若干江湖豪士紛紛向左冷禪道賀，看來這些或是嵩山派事先邀來助拳的，或是眼見五嶽合派已成，左冷禪聲勢大張，當即搶先向他奉承討好的。左冷禪口中不住謙遜，冷冰冰的臉上居然也露出一二絲笑容。

忽聽得桃根仙說道：「既然五嶽劍派併成了一個五嶽派，我桃谷六仙也就順其自然，這叫做識時務者為俊傑。」

左冷禪心想：「你這六怪來到峯上之後，只這句話才像人話。」

桃幹仙道：「不論那一個門派，都有個掌門人。這五嶽派的掌門人，由誰來當好？如果大夥一致推舉桃谷六仙，我們也只好當仁不讓了。」桃枝仙道：「適才岳先生言道：五派合併，乃是為了武林的公益，不是為謀私利。既是如此，雖然當這五嶽派掌門責任重大，事務繁多，我六兄弟也只好勉為其難了。」桃葉仙長長嘆了口氣，說道：「大夥兒都這麼熱心，我六兄弟焉可袖手旁觀，不為江湖上同道出一番力氣？」他六人你吹我唱，便似眾人已公舉他六兄弟作了五嶽派掌門人一般。

嵩山派中一名身材高大的老者大聲說道：「是誰推舉你們作五嶽派掌門人了？這般瘋瘋顛顛的胡說，太不成話了！」這是左冷禪的師弟「托塔手」丁勉。嵩山派中登時許多人都鼓噪起來，有一人說：「今日若不是五派合併的大喜日子，將你們六個瘋子的十二條腿都砍了下來。」丁勉又道：「令狐掌門，這六個瘋子儘是在這裏胡鬧，你也不管管。」

桃花仙大聲道：「你叫令狐冲作『令狐掌門』，你舉他為五嶽派掌門人嗎？適才左冷禪說過，恆山派啦，華山派啦，這些名字在武林中從此不再留存，你既叫他作令狐掌門，心中自然認他是五嶽派掌門人了。」

桃實仙道：「要令狐冲做五嶽派掌門，雖然比我六兄弟差著一籌，但不得已而求其次，也可將就將就。」桃根仙提高嗓子，叫道：「嵩山派提名令狐冲為五嶽派掌門人，大夥兒以為如何？」只聽得百餘名女子嬌聲叫好，那自然都是恆山派的女弟子了。

丁勉只因順口叫了聲「令狐掌門」，給桃谷六仙抓住了話柄，不由得尷尬萬分，滿臉通紅，不知如何是好，只是說：「不，不！我……我不是……不是這個意思，我沒提名令狐冲做五嶽派掌門……」

桃幹仙道：「你說不是要令狐冲做五嶽派掌門，那麼定然認為，非由桃谷六仙出馬不可了。閣下既如此抬愛，我六兄弟卻之不恭，居之有愧。」桃枝仙道：「這樣罷，咱們不妨先做上一年半載，待得大局已定，再行退位讓賢，亦自不妨。」桃谷五仙道：「對，對，這也不失為折衷之策。」

左冷禪冷冷的道：「六位說話真多，在這嵩山絕頂放言高論，將天下英雄視若無物，讓別人也來說幾句話行不行？」

桃花仙道：「行，行，為甚麼不行？有話請說，有屁請放。」他說了這「有屁請放」四字，一時之間，封禪台下一片寂靜，誰也沒有出聲，免得一開口就變成放屁。

過了好一會，左冷禪才道：「眾位英雄，請各抒高見。這六個瘋子胡說八道，大家不必理會，免得掃了清興。」

桃谷六仙六鼻齊吸，嗤嗤有聲，說道：「放屁甚多，不算太臭。」

嵩山派中站出一名瘦削的老者，朗聲說道：「五嶽劍派同氣連枝，聯手結盟，近年來均由左掌門為盟主。左掌門統率五派已久，威望素著，今日五派合併，自然由左盟主為我五嶽派掌門人，若是換作旁人，有誰能服？」當年曾參與衡山劉正風金盆洗手之會的，都認得這人名叫陸柏。他和丁勉、費彬三人曾殘殺劉正風的滿門，甚是心狠手辣。

桃花仙道：「不對，不對！五派合併，乃是推陳出新的盛舉，這個掌門人嘛，也得破舊立新，除舊更新，換一個新人。」桃實仙道：「正是。倘若仍由左冷禪當掌門，那是換湯不換藥，沒半分新氣象，然則五派又何必合併？」桃枝仙道：「這五嶽派的掌門人，誰都可以做，就是左冷禪不能做。」桃幹仙道：「以我高見，不如大家輪流來做。一個人做一天，今天你做，明天我做，個個有份，決不落空。那叫做公平交易，老少無欺，貨真價實，皆大歡喜。」桃根仙鼓掌道：「這法子妙極，那應當由年紀最小的小姑娘輪起。我推恆山派的秦絹秦家小妹妹，做五嶽派今天的掌門人。」

恆山派一眾女弟子情知桃谷六仙如此說法，旨在和左冷禪搗蛋，都是大聲叫好。千餘名事不關己、只盼越亂越好之輩，便也隨著起鬨。一時嵩山絕頂又是亂成一團。

三十三 比劍

鏦的一聲輕響，
雙劍劍尖竟在半空中抵住了，
濺出星星火花，兩柄長劍彎成了弧形，
跟著二人左手推出，雙掌相交，
同時借力飄了開去。

泰山派一名老道朗聲道：「五嶽派掌門一席，自須推舉一位德才並備、威名素著的前輩高人擔任，豈有輪流來做之理？」這人語聲高亢，眾人在一片嘈雜之中，仍聽得清清楚楚。

桃枝仙道：「德才兼備，威名素著？夠得上這八字考語的，武林之中，我看也只有少林寺方丈方證大師了。」

每當桃谷六仙說話之時，旁人無不嘻笑，誰也沒當他們是一回事，但此刻桃枝仙提到方證大師的名字，頃刻之間，嵩山絕頂之上的數千人登時鴉雀無聲。方證大師武功高強，慈悲俠義，於武林中紛爭向來主持公道，數十年來人所共仰，而少林派聲勢極盛，又是武林中的第一門派，這「德才兼備，威名素著」八個字加在他的身上，誰都沒有絲毫異議。

桃根仙大聲道：「少林寺方證方丈，算不算得是德才具備，威名素著？」數千人齊聲應道：「算得！」桃根仙道：「好了，那是眾口一詞，眾望所歸。比之我們桃谷六仙的眾望所歸，方證大師的眾望所歸，那是更加眾望所歸些。既是如此，這五嶽派的掌門人，便請方證大師擔任。」

嵩山派與泰山派中登時便有不少人叫道：「胡說八道！方證大師是少林派的掌門人，跟我們五嶽派有甚麼相干？」

桃枝仙道：「剛才這位老道說要請一位德才兼備、威名素著的前輩高人來做掌門，我好容易找到了一位，這位方證大師難道不是德才兼備？難道不是威名素著？又難道不是前輩高人？依你們所說，方證大師無德無才，全無威名，他老人家是後輩低人？真正豈有此理！那一個膽敢這麼說，不要他做掌門人，我桃谷六仙跟他拚命。」

桃幹仙道：「方證大師做掌門已做了十幾年，少林派的掌門人也做得，為甚麼五嶽派的掌門人便做不得？難道五嶽派今天便已蓋過了少林派？那一個大膽狂徒，敢說方證大師不會做掌門人，不配做掌門人？」

泰山派的玉璣子皺眉道：「方證大師德高望重，那是誰都敬重的，可是今日我們是在推舉五嶽派的掌門人。方證大師乃是貴客，怎可將他老人家拉扯在一起？」

桃幹仙道：「方證大師不能做五嶽派掌門人，依你說，是為了少林派和五嶽派無關。」玉璣子道：「正是。」桃幹仙道：「少林派為甚麼和五嶽派無關？我說關係大得很呢！五嶽派是那五派？」玉璣子道：「閣下是明知故問了。五嶽派便是嵩山、泰山、華山、衡山，恆山五派。」

桃花仙和桃實仙齊聲道：「錯了，錯了！適才左冷禪言道，五嶽劍派合併之後，甚麼嵩山派、泰山派之名不再留存，怎地你又重提五派之名？」桃葉仙道：「足見他對原來宗派念念不忘，戀派成狂，一有機緣，便圖復辟，要將好好一個五嶽派打得稀巴爛，重建泰山派的雄風，再整日觀峯的威名。」

羣雄中不少人都笑出聲來，均想：「莫看這桃谷六仙瘋瘋顛顛，但只要有人說錯了半句話，立即給他們抓住，再也難以脫身。」他們那知桃谷六仙打從兩三歲起能說話以來，便即互相辯駁不休，專捉兄弟中說話的漏洞，數十年來習以為常，再加上六個腦袋齊用，六張嘴巴齊開，旁人焉是他六兄弟的對手？

玉璣子臉上青一陣、紅一陣，只道：「五嶽派中有了你們六個寶貝，也叫倒霉。」

桃花仙道：「你說五嶽派倒霉，那是瞧不起五嶽派，不願自居於五嶽派之中。」桃實仙道：「我們五嶽派第一日開山立派，你便立心詛咒，說他倒霉。五嶽派將來張大門戶，要在武林中揚眉吐氣，與少林、武當鼎足而三，成為江湖上人所共仰的大門派。玉璣道長，你為甚麼不存好心，今天來說這等不吉利的話？」桃葉仙道：「足見玉璣道人身在五嶽，心在泰山，只盼五嶽派開派不成，第一天便摔個大觔斗，如此用心，我五嶽派如何容得了他？」

江湖上學武之人，過的是在刀口上舐血的日子，於這吉祥兆頭，忌諱最多。各人聽桃谷六仙這麼一說，均覺言之有理，玉璣子在今天這個好日子中說五嶽派倒霉，確是大大不該。連左冷禪心中也對玉璣子這話頗為不滿。玉璣子自知說錯了話，當下默不作聲，暗自氣惱。

桃幹仙道：「我說少林派和嵩山有關，玉璣道人卻說無關。到底是有關無關？是你對還是我對？」玉璣道人氣憤憤的道：「你愛說有關，便算有關好了。」桃幹仙道：「哈，天下之事，抬不過一個理字。少林寺是在那一座山中？嵩山派又是在那一座山中？」桃花仙道：「少林室在少室山，嵩山派在太室山，少室太室，都屬嵩山，是不是？為甚麼說少林派與嵩山無關？」這一句倒確非強辭奪理，羣雄聽得一齊點頭。

桃枝仙道：「適才岳先生言道，各派合併，可以減少江湖上的門戶紛爭，他所以贊成五嶽併派，便是為此。他又言道，各派可擇武功相近，或是地域相鄰，互求合併。說到地域之近，無過於少林和嵩山。兩大門派，同在一山之中。少林派和嵩山派若不合併，那麼岳先生的說話，未免怕有點跡近放……放……放那個……一種氣了。」

羣雄聽得他強行將那個「屁」字忍住，都是哈哈大笑起來，心中卻都覺得，少林和嵩山合併，未免匪夷所思，可是桃枝仙的說話，卻也是言之成理，是順著岳不羣先前一片大道理推論下來的。令狐冲暗暗稱奇：「桃谷六仙要抓別人話中的岔子，那是拿手好戲，但這一番話卻料想他們說不出來。卻不知是誰在旁提示指點？」

桃幹仙道：「方證大師眾望所歸，本來大夥兒要請他老人家當五嶽派掌門人。只是有人提出，方證大師不屬五嶽派。那麼只須少林與五嶽派合併，成為一個『少林五嶽派』，方證大師便可成為這個新派的掌門人了。」桃根仙道：「正是。當今之世，要找一位比方證大師更合式的掌門人，那是誰也沒有法子。」桃實仙道：「我桃谷六仙服了方證大師，難道還有旁人不服的？」

桃花仙道：「若有人不服的，不妨站出來，和我桃谷六仙較量較量。打贏了桃谷六仙，不妨再和方證大師較量較量。打贏了方證大師，再和少林派中達摩堂、羅漢堂、戒律院、藏經閣的眾位大師高手較量較量。打贏了少林派達摩堂、羅漢堂、戒律院、藏經閣的眾位大師高手，可以再和武當派的冲虛道長較量較量……」桃實仙道：「五哥，怎麼要和武當派的冲虛道長較量較量？」桃花仙道：「武當派和少林派的兩位掌門人是過命的交情，同榮共辱。有人打贏了少林派的方證大師，武當派的冲虛道長豈有不出頭之理？」桃葉仙道：「正是，一點兒也不錯，打贏了武當派的掌門冲虛道長，再來和我們桃谷六仙較量較量。」

桃根仙道：「咦，他和我們桃谷六仙已經較量過了，怎麼又要較量較量？」桃葉仙道：「第一次我們打輸了，桃谷六仙難道就此甘心認輸？自然是死纏爛打，陰魂不散，跟那些臭王八蛋再來較量較量。」

羣雄聽了，盡皆大笑，有的怪聲叫好，有的隨著起鬨。

玉璣子心頭惱怒，再也不可抑止，縱身而出，手按劍柄，叫道：「桃谷六怪，我玉璣子便是不服，要和你們較量較量。」桃根仙道：「咱們大夥兒都是五嶽派門下，動起手來，豈不是自相殘殺？」玉璣子道：「你們說話太多，神憎鬼厭。五嶽派門下少了你們六個人，大家樂得眼目清涼，耳根清淨。」桃幹仙道：「好啊，你手按劍柄，心中動了殺機，只想拔出劍來，擦擦擦擦擦擦六聲，砍了我們六兄弟的腦袋？」玉璣子哼了一聲，給他來個默認，目光中殺氣更盛。桃枝仙道：「今日我五派合併，第一天你泰山派便動手殺了我恆山派的六大高手，五嶽派今後怎說得上齊心協力，和衷共濟？」

玉璣子心想此言倒是不錯，今日倘若殺了這六人，只怕以後紛爭無窮，恆山派中勢必定有人為他六兄弟報仇，當下強忍怒氣，說道：「你們既知道要齊心協力，和衷共濟，那麼有礙大局的胡說八道，便不可再說。」將長劍抽出劍鞘尺許，刷的一聲，送回劍鞘。

桃葉仙道：「倘若是有益於光大五嶽派前途，有利於全體武林同道的好話呢？」玉璣子冷笑道：「哼，諒你們也說不出那種話來！」桃花仙道：「五嶽派的掌門人由誰來當，這件事是不是與我派前途、武林同道的禍福大有關連？我六兄弟苦口婆心，想推舉一位眾望所歸的前輩高人來當掌門，你總是存了私心，想叫那個給了你三千兩黃金、四個美女的人來做掌門。」玉璣子大怒，喝道：「胡說八道！誰說有人給了我三千兩黃金、四個美女？」桃花仙道：「嗯，我說錯了數目，也是有的，不是三千兩，定是四千兩了。不是四名美女，那麼不是三名，便是五名。是誰給你，難道你不知道嗎？你想推舉誰做掌門，便是誰給你了。」

玉璣子刷的一聲，拔出了長劍，喝道：「你再胡言亂語，我便叫你血濺當場。」

桃花仙哈哈一笑，昂首挺胸，向他走了過去，說道：「你用卑鄙手段，害死了泰山派掌門人天門道人，還想繼續害人嗎？天門道人已給你害得血濺當場，戕害同門，原是你的拿手好戲，你倒在我身上試試看。」說著一步步向玉璣子走去。

玉璣子長劍挺出，厲聲喝道：「停步，你再向前走一步，我便不客氣了。」桃花仙笑道：「難道你現下對我客氣得很嗎？這嵩山絕頂，又不是你玉璣子私有之地，我偏偏要邁邁方步，東走西行，你又管得著我？」說著又向前走了幾步，和玉璣子相距已不過數尺。

玉璣子看到他醜陋的長長馬臉，露出一副焦黃牙齒，裂嘴而笑，厭憎之情大生，長劍一挺，嗤的一聲響，便向桃花仙胸口刺去。

桃花仙急忙閃避，罵道：「臭賊，你真……真打啊！」玉璣子已深得泰山派劍術精髓，一劍既出，二劍隨至，劍招迅疾無倫。桃花仙說話之間，已連避了他四劍。但玉璣子劍招越來越快，桃花仙手忙腳亂，哇哇大叫，想要抽出腰間短鐵棍招架，卻緩不出手來。劍光閃爍之中，噗的一聲響，桃花仙左肩中劍。

便在此時，玉璣子長劍脫手，飛上半天，跟著身子離地，雙手雙腳已被桃根、桃幹、桃枝、桃葉四仙分別抓住。這一下兔起鶻落，變化迅速之極。但見黃影一閃，挾著一道劍光，有人揮劍向桃枝仙頭頂砍落，桃實仙早已護持在旁，伸短鐵棍架住。那人又是一劍向桃根仙胸口刺去。桃花仙抽鐵棍擋開，看那人時，正是嵩山派掌門左冷禪。

左冷禪知道桃谷六仙雖然說話亂七八糟，身上卻實負驚人藝業，當年在華山絕頂，曾將自己所派去的華山劍宗高手成不憂撕成四截，一見玉璣子為他六兄弟所擒，知道只要相救稍遲，玉璣子立遭裂體之厄，是以自己雖是主人身分，實不宜隨便出手，當此危急之際，也只得拔劍相救。他兩劍急攻桃枝仙和桃根仙，用意是在迫使二人放手退避，不料桃谷六仙相互配合得猶如天衣無縫，四人抓住敵人手腳，餘下二人便在旁護持，左冷禪這兩劍招式精奇，勢道淩厲，還是分別給桃實仙和桃花仙架開了。其時玉璣子生死繫於一線，在這一霎之間，左冷禪已從桃實仙、桃花仙出棍相架的招式與內力之中，知道要迫退二人，至少須在六招以外，待得拆到六招，玉璣子早給四人撕裂，當下長劍圈轉，劍光閃爍。

只聽得玉璣子大叫一聲，腦袋摔在地下。桃根仙、桃枝仙手中各握一隻斷手，桃幹仙手中握著一隻斷腳，只有桃葉仙手中所握著的那隻腳，仍連在玉璣子身上。原來左冷禪知道無法在這瞬息之間迫得桃谷六仙放手，只有當機立斷，砍斷了玉璣子的雙手和一隻足踝，使得桃谷四仙無法將他撕裂，那是毒蛇螫手、壯士斷腕之意。左冷禪切斷了他三肢，料想桃谷六仙不會再難為這個廢人，當即冷笑一聲，退了開去。

桃枝仙道：「咦，左冷禪，你送黃金美女給玉璣子，要他助你做掌門，為甚麼反來斷他手腳，是想殺他滅口嗎？」桃根仙道：「他怕我們把玉璣子撕成四塊，因此出手相救，那全是會錯意了。」桃實仙道：「自作聰明，可嘆，可笑。我們抓住玉璣子，只不過跟他開開玩笑。今日是五嶽派開山立派的好日子，又有誰敢胡亂殺人了？」桃花仙道：「玉璣子確想殺我，但我們念及同門之誼，怎能殺他？只不過將他拋上天空，摔將下來，又再接住，嚇他一嚇。左冷禪出手如此魯莽，腦筋胡塗得緊。」

桃葉仙拖著只賸獨腳、全身是血的玉璣子，走到左冷禪身前，鬆開了玉璣子的左腳，連連搖頭，說道：「左冷禪，你下手太過毒辣，怎地將一個好好的玉璣子傷成這般模樣？他沒了雙手，只有一隻獨腳，今後叫他如何做人？」

左冷禪怒氣填膺，心想：「剛才我只要出手遲得片刻，玉璣子早給你們撕成四塊，那裏還有命在？這會兒卻來說這風涼話！只是無憑無據，一時卻說不明白。」

桃根仙道：「左冷禪要殺玉璣子，一劍刺死了他，倒也乾淨，卻斷了他雙手一足，叫他不生不死，當真殘忍，可說是大大的不仁。」桃幹仙道：「大家都是五嶽派中的同門，便有甚麼事過不去，也可好好商量，為甚麼下手如此毒辣？沒半點同門的義氣。」

「托塔手」丁勉大聲道：「你們六個怪人，動不動便將人撕成四塊。左掌門出手相救玉璣子道長，正是瞧在同門的份上，你們卻來胡說。」

桃枝仙道：「我們明明跟玉璣子開玩笑，左冷禪卻信以為真，真假難辨，是非不分，那是不智之極。」桃葉仙道：「男子漢大丈夫，一人作事一人當。你既然傷了玉璣子，便當直承其事，卻又閃閃縮縮，意圖抵賴，竟無半分勇氣。殊不知這嵩山絕頂，數千位英雄好漢，眾目睽睽，個個見到玉璣子的手足是你砍斷的，難道還能賴得了嗎？」桃花仙道：「不仁、不義、不智、不勇，五嶽派的掌門人，豈能由這樣的人來充當嗎？左冷禪，你也未免太過異想天開了。」說罷，六兄弟一起搖頭。

其實左冷禪若不以精妙絕倫的劍法斬斷玉璣子的雙手一足，這個做了泰山派掌門還不到一個時辰的道人，當時便被撕成四截了。封禪台旁的一流高手自然都看出來，心下不免稱讚左冷禪劍法精妙，應變神速。但桃谷六仙如此振振有辭的說來，旁人卻也難以辯駁。知道左冷禪吃了冤枉的，肚裏暗自好笑；沒看出其中原由的，均覺左冷禪此舉若非過於魯莽，便是十分的兇狠毒辣，臉上均有不滿之色。

令狐冲與桃谷六仙相處日久，深知他們為人，尋思：「今日桃谷六仙所說的話，句句擊中左冷禪的要害。他六兄弟的腦筋怎能如此清楚？多半暗中另行有人指點。」當下慢慢走近桃谷六仙身旁，想察看到底是那位高人隱身其側，但見桃谷六仙聚在一起，身邊並無旁人，五兄弟正在手忙腳亂的替桃花仙肩頭止血。令狐冲轉過頭來，向西首瞧去，耳中忽然傳來細若蚊鳴的聲音：「冲哥，你是在找我嗎？」

令狐冲又驚又喜，聲音雖細，但清清楚楚，正是盈盈的聲音。他微微側頭，向聲音來處瞧去，只見一名身材臃腫的虬髯大漢倚在一塊大石之旁，懶洋洋的伸手在頭上搔癢。在這嵩山絕頂之上，如這般的虬髯大漢少說也有一二百人，誰都沒加注意，令狐冲略一凝神，突然從那大漢的眼光之中，看到了一絲又狡獪又嫵媚的笑意。他大喜之下，向她走去。

盈盈傳音說道：「別過來，不可拆穿了西洋鏡。」這聲音如一縷細絲，遠遠傳來，鑽入他耳中。令狐冲當即停步，心想：「我倒不知你有這樣的傳音功夫，定然又是你父親的一項秘傳了。」立時明白：「桃谷六仙所說的那些話，原來都是你教他們的，難怪這六個粗胚，居然講出甚麼不仁不義、不智不勇的話來？」心下喜悅，忍不住要發洩，大聲道：「桃谷七仙的話，當真有理。我本來只道桃谷只有六仙，那知道還有一位又聰明、又美麗的七仙女桃蕁仙！」

羣雄聽得令狐冲突然開口，說的言語卻如此不倫不類，盡皆愕然。

盈盈傳音道：「這當口事關重大，你是恆山派掌門，可別胡說八道。左冷禪此刻狼狽萬分，正是你當五嶽派掌門的好機會。」

令狐冲心中一凜，暗道：「盈盈喬裝改扮來到嵩山，原來要助我當五嶽派掌門。她是日月教教主之女，是此間正教門下的死敵，倘若給人發覺了，那可危險之極。她干冒奇險，一心助我在武林中得享大名，對我如此深情，我……我……我真不知如何報答？」

只聽得桃根仙道：「方證大師這樣的前輩高人，你們不願讓他做掌門人。玉璣子斷手斷腳，左冷禪不仁不義，自然都不能做掌門了。我們便推舉一位劍術當世第一的少年英雄，來做五嶽派掌門人。有那一個不服的，不妨來領教領教他的劍法。」他說到這裏，左掌攤開，向令狐冲一擺。

桃幹仙道：「這位令狐少俠，原是恆山派掌門，與華山派岳先生淵源極深，跟衡山派莫大先生又是好友。五嶽劍派之中，已有三派是一定擁戴他的了。」桃枝仙道：「泰山派門下的羣道並非都是胡塗蟲，自然也是擁戴他的多，反對他的少。」桃葉仙道：「五嶽派中人人使劍，誰的劍法最高，誰就理所當然、不可不戒的做掌門人。」他說了「理所當然」四字，順口便加上「不可不戒」，也不理會通與不通。桃花仙按住肩頭傷口，說道：「左冷禪，你倘若不服，不妨便和令狐少俠比比劍。誰贏了，誰做五嶽派掌門。這叫做比劍奪帥！」

此次來到嵩山的羣雄，除了五嶽劍派門下以及方證大師、冲虛道人這等有心之人外，大都是存著瞧熱鬧之心。此刻各人均知五派合併，已成定局，爭奪之鵠的，當在掌門人一席。這些江湖上好漢最怕的是長篇大論的爭執，適才桃谷六仙跟左冷禪瞎纏，只因說得有趣，倒不氣悶，但若個個似岳不羣那麼滿口仁義道德，說到太陽落山，還是沒了沒完，那可悶死人了，是以眾人一聽到桃花仙說出「比劍奪帥」四字，登時轟天價叫起好來。羣豪上得山來，見到天門道人自戕斃敵，左冷禪劍斷三肢，這兩幕看得人驚心動魄，可說此行已然不虛，但如五嶽派中眾高手為爭奪掌門人而大戰一場，好戲紛呈，那可更加過癮了。因此羣雄鼓掌喝采，甚是真誠熱烈。

令狐冲心想：「我答應方證大師和冲虛道長，力阻左冷禪為五嶽派掌門，以免他為禍武林。只要師父做了掌門，他老人家大公無私，自然人人心悅誠服。除了他老人家之外，五嶽劍派中，又有誰配當此重任？」朗聲道：「眼前有一位最適宜的前輩，怎地大家忘了？五嶽派若不由君子劍岳先生來當掌門人，那裏還找得出第二位來？岳先生武功既高，識見更是卓超。他老人家為人仁義，眾所周知，否則怎地會得了『君子劍』三字的外號？我恆山派推舉岳先生為五嶽派掌門。」他說了這番話，華山派的羣弟子登時大聲鼓掌喝采。

嵩山派中有人說道：「岳先生雖然不錯，比之左掌門卻總是遜著一籌。」有人道：「左掌門是五嶽劍派盟主，已當了這麼多年，由他老人家出任五嶽派掌門，那是順理成章之事。又何必另推旁人？」又有人道：「以我之見，五嶽派掌門當然由左掌門來當，另外可設四位副手，由岳先生、莫大先生、令狐少俠、玉……玉……玉……那個玉磬子或是玉音子道長分別擔任，那就妥當得很了。」

桃枝仙叫道：「玉璣子還沒死呢，他斷了兩隻手一隻腳，你們就不要他了？」

桃葉仙道：「比劍奪帥，比劍奪帥！誰的武功高，誰就做掌門！」

千餘名江湖漢子跟著叫嚷：「對！對！比劍奪帥，比劍奪帥！」

令狐冲心想：「今日的局面，必須先將左冷禪打倒，斷了嵩山派眾人的指望，否則我師父永遠做不了五嶽派掌門。」當下仗劍而出，叫道：「左先生，天下英雄在此，眾口一辭，要咱們比劍奪帥。在下和你二人拋磚引玉，先來過過招如何？」暗自思忖：「左冷禪的陰寒掌力十分厲害，我拳腳上功夫可跟他天差地遠，但劍法決計不會輸他。我贏了左冷禪之後，再讓給師父，誰也沒有話說。就算莫大先生要爭，他也未必勝得了師父。泰山派的兩大高手一死一傷，不會有甚麼好手賸下了。就算我劍法也不是左冷禪的對手，但也得在千餘招之後方才落敗，大耗他內力之後，師父再下場跟他相鬥，那便頗有勝望。」他長劍虛劈兩劍，說道：「左先生，咱們五嶽劍派門下，人人都使劍，在劍上分勝敗便了。」他這麼說，那是先行封住了左冷禪的口，免得他提出要比拳腳、比掌法。

羣雄紛紛喝采：「令狐少俠快人快事，就在劍上比勝敗。」「勝者為掌門，敗者聽奉號令，公平交易，最妙不過。」「左先生，下場去比劍啊。有甚麼顧忌，怕輸麼？」「說了這半天話，有甚麼屁用？早就該動手打啦。」

一時嵩山絕頂之上，羣雄叫嚷聲越來越響，人數一多，人人跟著起鬨，縱然平素極為老成持重之輩，也忍不住大叫大吵。這些人只是左冷禪邀來的賓客，五嶽派由誰出任掌門，如何決定掌門席位，本來跟他們毫不相干，他們原也無由置喙，但比武奪帥，大有熱鬧可瞧，大家都盼能多看幾場好戲。這股聲勢一成，竟然喧賓奪主，變得若不比武，這掌門人便無法決定了。

令狐冲見眾人附和己見，心下大喜，叫道：「左先生，你如不願和在下比劍，那麼當眾宣布決不當這五嶽派的掌門人，那也不妨。」

羣雄紛紛叫嚷：「比劍，比劍！不比的不是英雄，乃是狗熊！」

嵩山派中不少人均知令狐冲劍法精妙，左冷禪未必有勝他的把握，但要說左冷禪不能跟他比劍，卻也舉不出甚麼正大光明的理由，一時都皺起了眉頭，默不作聲。

喧譁聲中，一個清亮的聲音拔眾而起：「各位英雄眾口一辭，都願五嶽派掌門人一席，以比劍決定，我們自也不能拂逆了眾位的美意。」說話之人正是岳不羣。

羣雄叫道：「岳先生言之不差，比劍奪帥，比劍奪帥。」

岳不羣道：「比劍奪帥，原也是一法，只不過我五嶽劍派合而為一，本意是減少門戶紛爭，以求武林中同道和睦友愛，因此比武只可點到為止，一分勝敗便須住手，切不可傷殘性命。否則可大違我五派合併的本意了。」

眾人聽他說得頭頭是道，都靜了下來。有一大漢說道：「點到為止固然好，但刀劍不生眼睛，真有死傷，那也是自己晦氣，怪得誰來？」又有一人道：「倘若怕死怕傷，不如躲在家裏抱娃娃，又何必來奪這五嶽派的掌門？」羣雄都轟笑起來。岳不羣道：「話雖如此，總是以不傷和氣為妙。在下有幾點淺見，說出來請各位參詳參詳。」

有人叫道：「快動手打，又說些甚麼了？」另有人道：「別瞎搗亂，且聽岳先生說甚麼話。」先前那人道：「誰搗亂了？你回家問你大妹子去！」那邊跟著也對罵了起來。

岳不羣道：「那一個有資格參與比武奪帥，可得有個規定……」他內力充沛，一出聲說話，便將污言對罵之人的聲音壓了下來，只聽他繼續道：「比武奪帥，這帥是五嶽派之帥，因此若不是五嶽派門下，不論他有通天本領，可也不能見獵心喜，一時手癢，下場角逐。否則的話，爭的是『武功天下第一』的名號，卻不是為決定五嶽派掌門了。」

羣雄都道：「對！不是五嶽派門下，自然不能下場比武。」也有人道：「大夥兒亂打一起，爭那『武功天下第一』的名號，可也不錯啊。」這人顯是胡鬧，旁人也沒加理會。

岳不羣道：「至於如何比武，方不致傷殘人命，不傷同門和氣，請左先生一抒宏論。」

左冷禪冷冷的道：「既然動上了手，定要不可傷殘人命，不得傷了同門和氣，那可為難得緊。不知岳先生有何高見？」

岳不羣道：「在下以為，最好是請方證大師、沖虛道長、丐幫解幫主、青城派余觀主等幾位德高望重的武林前輩出來作公證。誰勝誰敗，由他們幾位評定，免得比武之人纏鬥不休。咱們只分高下，不決生死。」

方證道：「善哉，善哉！『只分高下，不決生死』這八個字，便消弭了無數血光之災，左先生意下如何？」

左冷禪道：「這是大師對敝派慈悲眷顧，自當遵從。原來的五嶽劍派五派，每一派只能派出一人比武奪帥，否則每一派都出數百人，不知比到何年何月，方有結局。」

羣雄雖覺五嶽劍派每派只出一人比武，五派便只有五人，未免太不熱鬧。但這五派若都是掌門人出手，他本派中人決不會有人向他挑戰。只聽得嵩山派中數百人大聲附和，旁人也就沒有異議。

桃枝仙忽道：「泰山派的掌門人是玉璣子，難道由他這個斷手斷足的牛鼻子來比武奪帥麼？」桃葉仙道：「他斷手斷足，為甚麼便不能參與比武？他還賸下一隻獨腳，大可起飛腳踢人。」羣雄聽了，無不大笑。

泰山派的玉音子怒道：「你這六個怪物，害得我玉璣子師兄成了殘廢，還在這裏出言譏笑，終須叫你們一個個也都斷手斷足。有種的，便來跟你道爺單打獨鬥，比試一場。」說著挺劍而出，站在當場。這玉音子身形高瘦，氣宇軒昂，這麼出來一站，風度儼然，道袍隨風飄動，更顯得神采飛揚。羣雄見了，不少人大聲喝采。

桃根仙道：「泰山派中，由你出來比武奪帥嗎？」桃葉仙道：「是你同門公舉的呢，還是你自告奮勇？」玉音子道：「跟你又有甚麼相干？」桃葉仙道：「當然相干。不但相干，而且大大的相干，非常相干之至。如果是泰山派公舉你出來比武奪帥，那麼你落敗之後，泰山派中第二人便不能再來比武。」玉音子道：「第二人不能出來比武，那便如何？」

忽然泰山派中有人說道：「玉音子師弟並非我們公舉，如果他敗了，泰山派另有好手，自然可再出手。」正是玉磬子。桃花仙道：「哈哈，另有好手，只怕便是閣下了？」玉磬子道：「不錯，說不定便是你道爺。」桃實仙叫道：「大家請看，泰山派中又起內鬨，天門道人死了，玉璣道人傷了，這玉磬、玉音二人，又爭著做泰山派的新掌門。」

玉音子道：「胡說八道！」玉磬子卻冷笑著數聲，並不說話。桃花仙道：「泰山派中，到底是那一個出來比武？」玉磬子和玉音子齊聲道：「是我！」桃根仙道：「好，你們哥兒倆自已先打一架，且看是誰強些。嘴上說不清，打架定輸贏。」

玉磬子越眾而出，揮手道：「師弟，你且退下，可別惹得旁人笑話。」玉音子道：「為甚麼會惹得旁人笑話？玉璣師兄身受重傷，我要替他報仇雪恨。」玉磬子道：「你是要報仇呢，還是比武奪帥？」玉音子道：「憑咱們這點兒微末道行，還配當五嶽派掌門嗎？那不是癡心妄想？我泰山派眾人，早就已一致主張，請嵩山左盟主為五嶽派掌門，我哥兒倆又何必出來獻醜？」玉磬子道：「既然如此，你且退下，泰山派眼前以我居長。」玉音子冷笑道：「哼，你雖居長，可是平素所作所為，服得了人嗎？上下人眾，都聽你話麼？」

玉磬子勃然變色，厲聲道：「你說這話，是何用意？你不理長幼之序，欺師滅祖，本派門規第一條怎麼說？」玉音子道：「哈哈，你可別忘了，咱們此刻都已是五嶽派門下，大夥兒同年同月同時一齊入五嶽派，有甚麼長幼之序？五嶽派門規還未訂下，又有甚麼第一條、第二條？你動不動提出泰山派門規來壓人，只可惜這當兒卻只有五嶽派，沒有泰山派了。」玉磬子無言可對，左手食指指著玉音子鼻子，氣得只是說：「你……你……你……」

千餘名漢子齊聲大叫：「上去打啊，那個本事高強，打一架便知道了。」玉磬子手中長劍不住晃動，卻不上前，他雖是師兄，但平素沉溺酒色，武功劍法比之玉音子已大有不如。此後五嶽劍派合併，但五嶽派人眾必將仍然分居五嶽，每一處名山定有一人為首。玉磬子、玉音子二人自知本事與左冷禪差得甚遠，原無作五嶽派掌門的打算，但頗想回歸本山之後，便為泰山之長。這時羣雄慫恿之下，師兄弟勢必兵戎相見，玉磬子可不敢貿然動手，只是在天下英雄之前為玉音子所屈，心中卻也不甘；何況這麼一來，左掌門多半會派玉音子為泰山之長，從此聽他號令，終身抬不起頭來了。一時之間，師兄弟二人怒目相向，僵持不決。

突然人羣中一個尖利的聲音說道：「我看泰山派武功的精要，你二人誰都摸不著半點邊兒，偏有這麼厚臉皮，在這裏囉唆爭吵，虛耗天下英雄的時光。」

眾人向說話之人瞧去，見是個長身玉立的青年，相貌俊美，但臉色青白，嘴角邊微帶冷嘲，正是華山派的林平之。有人識得他的，便叫了出來：「這是華山派岳先生的新女婿。」

令狐冲心道：「林師弟向來甚是拘謹，不多說話，不料士別三日，便當刮目相看，竟在天下英雄之前，出言譏諷這兩個賊道。」適才玉磬子、玉音子二道與玉璣子狼狽為奸，逼死泰山派掌門人天門道人，向左冷禪諂媚討好，令狐冲心中對二道極是不滿，聽得林平之如此辱罵，頗為痛快。

玉音子道：「我摸不著泰山派武功的邊兒，閣下倒摸得著了？卻要請閣下施展幾手泰山派武功，好讓天下英雄開開眼界。」他特別將「泰山派」三字說得極響，意思說，你是華山派弟子，武功再強，也只是華山派的，決不會連我泰山派的武功也會練。

林平之冷笑一聲，說道：「泰山派武功博大精深，豈是你這等認賊為父、戕害同門的不肖之徒所能領略……」岳不羣喝道：「平兒，玉音道長乃是長輩，不得無禮！」林平之應道：「是！」

玉音子怒道：「岳先生，你調教的好徒兒，好女婿！連泰山派的武功如何，他也能來胡言亂語。」

突然一個女子的聲音道：「你怎知他是胡言亂語？」一個俊俏的少婦越眾而出，長裙拂地，衣帶飄風，鬢邊插著一朵小小紅花，正是岳靈珊。她背上負著一柄長劍，右手反過去握住劍柄，說道：「我便以泰山派的劍法，會會道長的高招。」

玉音子認得她是岳不羣的女兒，心想岳不羣這番大力贊同五派合併，左冷禪言語神情中對他甚是客氣，倒也不敢得罪了她，微微一笑，說道：「岳姑娘大喜，貧道沒有來賀，討一杯喜酒喝，難道為此生我的氣了嗎？貴派劍法精妙，貧道向來是十分佩服的。但華山派門人居然也會使泰山派劍法，貧道今日還是首次得聞。」

岳靈珊秀眉一軒，道：「我爹爹要做五嶽派掌門人，對五嶽劍派每一派的劍法，自然都得鑽研一番。否則的話，就算我爹爹打贏了四派掌門人，那也只是華山派獨佔鰲頭，算不得是五嶽派真正的掌門人。」

此言一出，羣雄登時聳動。有人道：「岳先生要做五嶽派掌門人？」有人大聲道：「難道泰山、衡山、嵩山、恒山四派的武功，岳先生也都會嗎？」

岳不羣朗聲道：「小女信口開河，小孩兒家的話，眾位不可當真。」

岳靈珊卻道：「嵩山左師伯，如果你能以泰衡華恒四派劍法，分別打敗我四派好手，我們自然服你做五嶽派掌門。否則你嵩山派的劍法就算獨步天下，也不過嵩山派的劍法十分高明而已，跟別的四派，終究拉不上干係。」

羣雄均想：這話確然不錯。如果有人精擅五嶽劍派各派劍法，以他來做五嶽派掌門，自是再合適不過。可是五嶽劍派每一派的劍法，都是數百年來經無數好手嘔心瀝血鍛鍊而成。有人縱得五派名師分別傳授，經數十年苦練，也未必能學全五派的全部劍法，而各派秘招絕藝，都是非本派弟子不傳，如說一人而能同時精擅五嶽派劍法，決計無此可能。

左冷禪卻想：「岳不羣的女兒為甚麼說這番話？其中必有用意。難道岳不羣當真痰迷了心竅，想跟我爭奪這五嶽派掌門人之位嗎？」

玉音子道：「原來岳先生已然精通五派劍法，那可是自從五嶽劍派創派以來，從所未有的大事。貧道便請岳姑娘指點指點泰山派的劍法。」

岳靈珊道：「甚好！」刷的一聲，從背上劍鞘中拔出了長劍。

玉音子心下大是著惱：「我比你父親還長著一輩，你這女娃娃居然敢向我拔劍！」他只道岳不羣定會出手阻攔，就算真要動手，華山派中也只有岳不羣夫婦才堪與自己匹敵，豈知岳不羣只是搖頭嘆息，說道：「小孩子家不知天高地厚。玉音、玉磬兩位前輩，乃是泰山派的一等一好手。你要用泰山派劍法跟他們過招，那不是自討苦吃嗎？」

玉音子心中一凜：「岳不羣居然叫女兒用泰山劍法跟我過招。」一瞥眼間，只見岳靈珊右手長劍斜指而下，左手五指正在屈指而數，從一數到五，握而成拳，又將拇指伸出，次而食指，終至五指全展，跟著又屈拇指而屈食指，再屈中指，登時大吃一驚：「這女娃娃怎地懂得這一招『岱宗如何』？」

玉音子在三十餘年前，曾聽師父說過這一招「岱宗如何」的要旨，這一招可算得是泰山派劍法中最高深的絕藝，要旨不在右手劍招，而在左手的算數。左手不住屈指計算，算的是敵人所處方位、武功門派、身形長短、兵刃大小，以及日光所照高低等等，計算極為繁複，一經算準，挺劍擊出，無不中的。當時玉音子心想，要在頃刻之間，將這種種數目盡皆算得清清楚楚，自知無此本領，其時並未深研，聽過便罷。他師父對此術其實也未精通，只說：「這招『岱宗如何』使起來太過艱難，似乎不切實用，實則威力無儔。你既無心詳參，那是與此招無緣，也只好算了。你的幾個師兄弟都不及你細心，他們更不能練。可惜本派這一招博大精深、世無其匹的劍招，從此便要失傳了。」玉音子見師父並未勉強自己苦練苦算，暗自欣喜，此後在泰山派中也從未見人練過，不料事隔數十年，竟見岳靈珊這樣一個年輕少婦使了出來，霎時之間，額頭上出了一片汗珠。

他從未聽師父說過如何對付此招，只道自己既然不練，旁人也決不會使這奇招，自無需設法拆解，豈知世事之奇，竟有大出於意料之外者。情急智生，自忖：「我急速改變方位，竄高伏低，她自然算我不準。」當即長劍一晃，向右滑出三步，一招「朗月無雲」，轉過身來，身子微矮，長劍斜刺，離岳靈珊右肩尚有五尺，便已圈轉，跟著一招「峻嶺橫空」，去勢奇疾而收劍極快。只見岳靈珊站在原地不動，右手長劍的劍尖不住晃動，左手五指仍是伸屈不定。玉音子展開劍勢，身隨劍走，左邊一拐，右邊一彎，越轉越急。

這路劍法叫做「泰山十八盤」，乃泰山派昔年一位名宿所創，他見泰山三天門下十八盤處羊腸曲折，五步一轉，十步一迴，勢甚險峻，因而將地勢融入劍法之中，與八卦門的「八卦遊身掌」有異曲同工之妙。泰山「十八盤」越盤越高，越行越險，這路劍招也是越轉越加狠辣。玉音子每一劍似乎均要在岳靈珊身上對穿而過，其實自始至終，並未出過一招真正的殺著。

他雙目所注，不離岳靈珊左手五根手指的不住伸屈。昔年師父有言：「這一招『岱宗如何』，可說是我泰山劍法之宗，擊無不中，殺人不用第二招。劍法而到這地步，已是超凡入聖。你師父也不過是略知皮毛，真要練到精絕，那可談何容易？」想到師父這些話，背上冷汗一陣陣的滲了出來。

那泰山「十八盤」，有「緩十八、緊十八」之分，十八處盤旋較緩，另外十八處盤旋甚緊，一步高一步，所謂「後人見前人履底，前人見後人髮頂」。泰山派這路劍法，純從泰山這條陡道的地勢中化出，也是忽緩忽緊，迴旋曲折。

令狐冲見岳靈珊既不擋架，也不閃避，左手五指不住伸屈，似乎在計算數目，不由得心下大急，只想大叫：「小師妹，小心！」但這五個字塞在喉頭，始終叫不出來。

玉音子這路劍法將要使完，長劍始終不敢遞到岳靈珊身周二尺之處。岳靈珊長劍倏地刺出，一連五劍，每一劍的劍招皆蒼然有古意。玉磬子失聲叫道：「『五大夫劍！』」泰山有松極古，相傳為秦時所封之「五大夫松」，虬枝斜出，蒼翠相掩。玉磬子、玉音子的師伯祖曾由此而悟出一套劍法來，便稱之為「五大夫劍」。這套劍法招數古樸，內藏奇變，玉磬子二十餘年前便已學得精熟，但眼見岳靈珊這五招似是而非，與自己所學頗有不同，卻顯然又比原來劍法高明得多，正驚詫間，岳靈珊突然纖腰一彎，挺劍向他刺去，叫道：「這也是你泰山派的劍法嗎？」

玉磬子急忙舉劍相架，叫道：「『來鶴清泉』，如何不是泰山劍法，不過……」這一招雖然架開，卻已驚得出了一身冷汗，敵劍之來，方位與自己所學大不相同，這一劍險些便透胸而過。岳靈珊道：「是泰山劍法就好！」刷的一聲，反手砍向玉音子。玉磬子道：「石關迴馬！你使得不……不大對……」岳靈珊道：「劍招名字，你記得倒熟。」長劍展開，刷刷兩劍，只聽玉音子「啊」的一聲大叫，右胸口中了一劍。幾乎便在同一刹那，玉磬子右膝中劍，一個踉蹌，右腿一屈，跪了下來，急忙以劍支地撐起，力道用得猛了，劍尖又剛好撐在一塊麻石之上，拍的一響，長劍斷為兩截，口中兀自說道：「『快活三』！不過……不過……」

岳靈珊一聲冷笑，將長劍反手插入背上劍鞘。

旁觀羣雄轟然叫好。這樣一位年輕美貌的少婦，竟在舉手投足之間，以泰山派劍法將兩位泰山派高手殺敗，劍法之妙，令人看得心曠神怡，這一番采聲，當真山谷鳴響。

左冷禪與嵩山派的幾名高手對望一眼，都大為疑慮：「這女娃娃所使確是泰山劍法。然而其中大有更改，劍招老練狠辣，決非這女娃娃所能琢磨而得，定是岳不羣暗中練就了傳授於她。要練成這路劍法，不知要花多少時日，岳不羣如此處心積慮，其志決不在小。」

玉音子突然大叫：「你……你……這不是『岱宗如何』！」他於中劍受傷之後，這才省悟，岳靈珊只不過擺個「岱宗如何」的架子，其實並非真的會算，否則的話，她一招即已取勝，又何必再使「五大夫劍」、「來鶴清泉」、「石關迴馬」、「快活三」等等招數？更氣人的是，她竟將泰山派的劍招在關鍵處忽加改動，自己和師哥二人倉卒之際，不及多想，自然而然以數十年來練熟了的劍招拆解，而她出劍方位陡變，以致師兄弟倆雙雙中計落敗。倘若她使的是別派劍法，不論招式如何精妙，憑著自己劍術上的修為，決不能輸了給這嬌怯怯的少婦。但她使的確是泰山派劍法，卻又不是假的，心中又是慚愧氣惱，又是驚惶詫異，更有三分上了當的不服氣。

令狐冲眼見岳靈珊以這幾招劍法破敵，心下一片迷茫，忽聽得背後有人低聲道：「令狐公子，這幾招劍法是你教她的？」令狐冲回過頭來，見說話的是田伯光，便搖了搖頭。田伯光微笑道：「那日在華山頂上，你和我動手，記得你便曾使過這一招來鶴清甚麼的，只不過那時你還沒使熟。」

令狐冲神色茫然，宛如不聞。當岳靈珊一出手，他便瞧了出來，她所使的乃是華山思過崖後洞石壁上所刻的泰山派劍法。但自己在後洞石壁上發現劍招石刻之事，並未與人提過，當日離開思過崖，記得已將後洞的洞口掩好，岳靈珊怎會發見？轉念又想：「我既能發見後洞，小師妹當然也能發見。何況我已在無意中打開了洞口，小師妹便易找得多了。」

他在華山思過崖後洞，見到石壁上所刻五嶽劍法的絕招，以及魔教諸長老破解各家劍法的法門，雖於所刻招數記得頗熟，但這些招數叫作甚麼名字，卻全然不知。眼見岳靈珊最後三劍使得猶似行雲流水，大有善御者駕輕車而行熟路之意，三劍之間擊傷泰山派兩名高手，將石壁上的劍招發揮得淋漓盡致，心下也是暗自讚嘆。又聽得玉磬子說了「快活三」三字，想起當年曾隨師父去過泰山，過水簾洞後，一條長長的山道斜坡，名為「快活三」，意思說連續三里，順坡而下，走起來十分快活，想不到這連環三劍，竟是從這條斜坡化出。

一個瘦削的老者緩步而出，說道：「岳先生精擅五嶽劍派各派劍法，實是武林中從所未有。老朽潛心參研本派劍法，有許多處所無法明白，今日正好向岳先生請教。」他左手拿著一把撫摩得晶光發亮的胡琴，右手從琴柄中慢慢抽出一柄劍身極細的短劍，正是衡山派掌門莫大先生。

岳靈珊躬身道：「莫師伯手下留情。姪女胡亂學得幾手衡山派劍法，請莫師伯指點。」

莫大先生口說「今日正好向岳先生請教」，原是向岳不羣索戰，不料岳靈珊一句話便接了過去，還言明是用衡山派劍法。莫大先生江湖上威名素著。羣雄適才又聽得左冷禪言道，嵩山派好手大嵩陽手費彬便死在他的劍下，均想：「難道岳靈珊以泰山劍法傷了兩名泰山派高手，又能以衡山劍法與他對敵？」

莫大先生微笑道：「很好，很好！了不起，了不起！」岳靈珊道：「姪女如敵不過莫師伯，再由我爹爹下場。」莫大先生喃喃的道：「敵得過的，敵得過的！」短劍慢慢指出，突然間在空中一顫，發出嗡嗡之聲，跟著便是嗡嗡兩劍。岳靈珊舉劍招架，莫大先生的短劍如鬼如魅，竟然已繞到了岳靈珊背後。

岳靈珊急忙轉身，耳邊只聽得嗡嗡兩聲，眼前有一團頭髮飄過，卻是自己的頭髮已被莫大先生削了一截下來。她大急之下，心念電轉：「他這是手下留情，否則適才這一劍已然殺了我。他既不傷我，便可和他對攻。」當下更不理會對方劍勢來路，刷刷兩劍，分向莫大先生小腹與額頭刺去。

莫大先生微微一驚：「這兩招『泉鳴芙蓉』、『鶴翔紫蓋』，確是我衡山派絕招，這小姑娘如何學得了去？」

衡山七十二峯，以芙蓉、紫蓋、石廩、天柱、祝融五峯最高。衡山派劍法之中，也有五路劍法，分別以這五座高峯為名。莫大先生眼見適才岳靈珊所出，均是「一招包一路」的劍法，在一招之中，包含了一路劍法中數十招的精要。「芙蓉劍法」三十六招，「紫蓋劍法」四十八招。「泉鳴芙蓉」與「鶴翔紫蓋」兩招劍法，分別將芙蓉劍法、紫蓋劍法每一路數十招中的精奥之處，融會簡化而入一招，一招之中有攻有守，威力之強，為衡山劍法之冠，是以這五招劍法，合稱「衡山五神劍」。

眾人只聽得錚錚錚之聲不絕，不知兩人誰攻誰守，也不知在頃刻之間兩人已拆了幾招。

莫大先生事事謀定而後動，「比劍奪帥」之議既決，他便即籌思對策。他絕無半分要當五嶽派掌門人之念，更知不是左冷禪和令狐冲的敵手，但身為衡山掌門，不能自始至終龜縮不出。他氣惱玉磬子為虎作倀，逼死天門道人，本擬和這道人一拚，豈知泰山三子一上來便先後受傷，於是臏下的對手便只岳不羣一人。他在少林寺中，已將岳不羣的武功瞧得清清楚楚，自己不致輸了於他，但上來動手的竟是岳不羣的女兒。岳靈珊會使衡山派劍法，他已是一驚，而她所使的更是衡山劍法中最上乘的「一招包一路」，更令他心中盡是驚懼惶惑。

莫大先生的師祖和師叔祖，當年在華山絕頂與魔教十長老會鬥，雙雙斃命。其時莫大先生的師父年歲尚輕，芙蓉、紫蓋等五路劍法是學全了，但「一招包一路」的「泉鳴芙蓉」、「鶴翔紫蓋」那五招衡山神劍，卻只知了個大概。莫大先生自然也未得師父詳加傳授指點。豈知此刻竟會在別派一個年輕女子劍底顯了出來。雖然岳靈珊那兩招只得劍形而未得其意，否則的話，莫大先生心神激盪之際，在第二招上便已落敗。

他好容易接過了這兩招，只見岳靈珊長劍晃動，正是一招「石廩書聲」，跟著又是一招「天柱雲氣」。那「天柱劍法」主要是從雲霧中變化出來，極盡詭奇之能事，動向無定，不可捉摸。莫大先生一見岳靈珊使出「天柱雲氣」，他見機極快，當即不架而走。所謂不架而走，那不過說得好聽，其實是打不過而逃跑。只是他劍法變化繁複，逃走之際，短劍東刺西削，使人眼花繚亂，不知他已是在使三十六策中的上策。

他知衡山五大神劍之中，除了「泉鳴芙蓉」、「鶴翔紫蓋」、「石廩書聲」、「天柱雲氣」之外，最厲害的一招叫做「雁迴祝融」。衡山五高峯中，以祝融峯最高，這招「雁迴祝融」，在衡山五神劍中也是最為精深。莫大先生的師父當年說到這一招時，含糊其詞，並說自己也不大清楚，如果岳靈珊再使出這一招來，自己縱不喪命當場，那也非大大出醜不可。他腳下急閃，短劍急揮，心念急轉：「她雖學到了奇招，看來只會呆使，不會隨機應便。說不得，只好冒險跟她拚上一拚，否則莫大今後也不用再在江湖上混了。」

眼見岳靈珊腳步微一遲疑，知她一時之間拿不定主意，到底要追呢還是不追，莫大先生暗叫：「慚愧！畢竟年輕人沒見識。」岳靈珊以這招「天柱雲氣」逼得莫大先生轉身而逃，他雖然掩飾得高明，似乎未呈敗象，但武功高明之士，人人都已見到他不敵而走的窘態。倘若岳靈珊立時收劍行禮，說道：「莫師伯，承讓！姪女得罪。」那麼勝敗便已分了。莫大先生何等身分地位，豈能敗了一招之後，再轉身與後輩女子纏鬥？可是岳靈珊竟然猶豫，實是莫大先生難得之極的良機。

但見岳靈珊笑靨甫展，櫻唇微張，正要說話，莫大先生手中短劍嗡嗡作響，向她直撲過去。這幾下急劍，乃是莫大先生畢生功力之所聚，劍發琴音，光環亂轉，霎時之間已將岳靈珊裹在一團劍光之中。岳靈珊一聲驚呼，連退了幾步。莫大先生豈容她緩出手來，施展那招「雁迴祝融」？他手中短劍越使越快，一套「百變千幻雲霧十三式」有如雲捲霧湧，旁觀者不由得目為之眩，若不是羣雄覺得莫大先生頗有以長凌幼、以男欺女之嫌，采聲早已大作。

當岳靈珊使出「泉鳴芙蓉」等幾招時，令狐冲更無懷疑，她這幾路劍法，是從華山思過崖後洞的石壁上學來的，尋思：「小師妹為甚麼會到思過崖去？師父、師娘對她甚是疼愛，當然不會罰她在這荒僻的危崖上靜坐思過。就算她犯了甚麼重大過失，師父、師娘也不過嚴加斥責而已。思過崖與華山主峯相距不近，地形又極凶險，即令是一個尋常女弟子，也不會罰她孤零零的去住在崖上。難道是林師弟被罰到崖上思過，小師妹每日去送飯送茶，便像她從前待我那樣嗎？」想到此處，不由得心口一熱。

又想：「林師弟沉默寡言，循規蹈矩，宛然便是一位『小君子劍』。他正因此而得到師父、師娘和小師妹的歡心，怎會犯錯而被罰到崖上思過？不會，不會，決計不會。」猛然想起：「難道小師妹……小師妹……」內心深處突然浮起一個念頭，可是這念頭太過荒唐，剛浮入腦海，便即壓下，一時心中恍恍惚惚，到底是個甚麼念頭，自己也不大清楚。

便在此時，只聽得岳靈珊「啊」的一聲驚呼，長劍脫手斜飛，左足一滑，仰跌在地。莫大先生手中短劍伸出，指向她的左肩，笑道：「姪女請起，不用驚慌！」

突然間拍的一聲響，莫大先生手中短劍斷折，卻是岳靈珊從地下拾起了兩塊圓石，左手圓石砸在莫大先生劍上，那短劍劍身甚細，一砸之下，立即斷成兩截。跟著岳靈珊右手的圓石向左急擲。莫大先生兵刃斷折，吃了一驚，又見她將一塊圓石向左擲出，左側並無旁人，此舉甚是古怪，不明其意。驀地裏那圓石竟然飛了轉來，撞在莫大先生右胸。砰的一聲，跟著喀喇幾響，他胸口肋骨登時有數根撞斷，一張口，鮮血直噴。

這幾下變幻莫測，岳靈珊的動作又是快得甚奇，每一下卻又乾淨利落，眾人盡皆呆了。人人都看得分明，莫大先生佔了先機之後，不再進招，只說：「姪女請起，不用驚慌。」那原是長輩和晚輩過招佔勝後應有之義。可是岳靈珊拾起圓石所使的那兩招，卻實有鬼神莫測之機。令狐冲卻明白，岳靈珊這兩招，正是當年魔教長老破解衡山劍法的絕招。不過石壁上所刻人形所使的是一對銅鎚。岳靈珊以圓石當銅鎚使，要拆招久戰，當然不行，但一招間擲出飛回，只要練成了運力的巧勁，圓石與銅鎚並無二致。

岳不羣飛身入場，拍的一聲響，打了岳靈珊一個耳光，喝道：「莫大師伯明明讓你，你何敢對他老人家無禮？」彎腰扶起莫大先生，說道：「莫兄，小女不知好歹，小弟當真抱歉之至。尚請原諒。」

莫大先生苦笑道：「將門虎女，果然不凡。」說了這兩句話，又是哇的一聲，一口鮮血噴出。衡山派兩名弟子奔了出來，將他扶回。岳不羣怒目向女兒瞪了一眼，退在一旁。

令狐冲見岳靈珊左邊臉頰登時腫起，留下了五個手指印，足見她父親這一掌打得著實不輕。岳靈珊眼淚涔涔而下，可是嘴角微撇，神情頗為倔強。令狐冲便即想起：「從前我和她同在華山，她有時頑皮，受到師父師娘的責罵，心中委屈，便是這麼一副又可憐又可愛的神氣。那時我必千方百計的哄得她喜歡。小師妹最開心的，莫過於和我比劍而勝，只不過我必須裝得似模似樣，似乎真的偶一疏忽而給她佔了先機，決不能讓她看出是故意讓她……」

想到這裏，腦海中一個本來十分模糊的念頭，突然之間，顯得清晰異常：「她怎麼會到思過崖去？多半她是在婚前婚後，思念昔日我對她的深情，因而孤身來到崖上，緬懷舊事。後洞的入口我本是用石子封砌好了的，若非在崖上長久逗留，不易發見。如此說來，她在崖上所留時間不短，去了也不止一次。」轉頭向林平之瞥了一眼，尋思：「林師弟和她新婚，該當喜氣洋洋，心花怒放才是。為甚麼他始終神色鬱鬱？小師妹給她父親當眾打了一掌，他做丈夫的既不過去勸慰，也無關心之狀，未免太過不近人情。」

他想岳靈珊為了掛念自己而到思過崖去追憶昔情，只是他一廂情願的猜測，可是他似乎已迷迷惘惘的見到，岳靈珊如何在崖上淚如雨下，如何痛悔嫁錯了林平之，如何為了辜負自己的一片深情而傷心不已。一抬頭，只見岳靈珊正在彎腰拾劍，淚水滴在青草之上，一根青草因淚水的滴落而彎了下去，令狐冲胸口一陣衝動：「我當然要哄得她破涕為笑！」在他眼中看出來，這嵩山絕頂的封禪台側，已成為華山的玉女峯，數千名江湖好漢，不過是一棵棵樹木，便只一個他刻骨相思、傾心而戀的意中人，為了受到父親的責打而在哭泣。他一生之中，曾哄過她無數次，今日怎可置之不理？

他大踏步而出，說道：「小師……小……」隨即想起，要哄得她喜歡，必須真打，一顆心撲通撲通的跳動，說道：「你勝了泰山、衡山兩派掌門人，劍法非同小可。我恒山派心下不服，你能以恒山派劍法，和我較量較量麼？」

岳靈珊緩緩轉身，一時卻不抬頭，似在思索甚麼，過了好一會，這才慢慢抬起頭來，突然間臉上一紅。令狐冲道：「岳先生本領雖高，但居然能盡通五嶽劍派各派劍法，我可難以相信。」岳靈珊抬起頭來，說道：「你本來也不是恆山派的，今日為恆山掌門，不是也精通了恆山派劍法嗎？」臉頰上兀自留著淚水。

令狐冲聽她這幾句話語氣甚和，頗有友善之意，心下喜不自勝，暗道：「我定要裝得極像，不可讓她瞧出來我是故意容讓。」說道：「『精通』二字，可不敢說。但我已在恆山多時，恆山派劍法應當習練。此刻我以恆山派劍法領教，你也當以恆山派劍法拆解。倘若所使劍法不是恆山一派，那麼雖勝亦敗，你意下如何？」他已打定了主意，自己劍法比她高明得多，那是眾所周知之事，倘若假裝落敗，別人固然看得出，連岳靈珊也不會相信，只有鬥到後來，自己突然在無意之間，以一招「獨孤九劍」或是華山派的劍法將她擊敗，那時雖然取勝，亦作敗論，人人不會懷疑。

岳靈珊道：「好，咱們便比劃比劃！」提起長劍，劃了個半圈，斜斜向令狐冲刺去。只聽得恆山派一羣女弟子中，同時響起了「咦」的一聲。羣雄之中便有不識得恆山派劍法的，聽得這些女弟子這聲驚呼，而呼叫中顯是充滿了欽佩之意，也已即知岳靈珊這招確是恆山劍法，而且招式著實不凡。

她所使的，正是思過崖後洞的招式，而這招式，卻是令狐冲曾傳過恆山派女弟子的。

令狐冲揮劍擋開。他知道恆山派劍法以圓轉為形，綿密見長，每一招劍法中都隱含陰柔之力，與人對敵之時，往往十招中有九招都是守勢，只有一招才乘虛突襲。他與恆山派弟子相處已久，又親眼見過定靜師太數次與敵人鬥劍，這時施展出來的，招招成圓，餘意不盡，顯然已深得恆山派劍法的精髓。

方證大師、冲虛道長、丐幫幫主、左冷禪等人於恆山劍法均熟識已久，眼見令狐冲並非恆山派出身，卻將恆山劍法使得中規中矩，於極平凡的招式之中暗蓄鋒芒，深合恆山派武功「綿裏藏針」的要訣，無不暗讚。他們都知數百年來恆山門下均以女尼為主，出家人慈悲為本，女流之輩更不宜妄動刀劍，學武只是為了防身。這「綿裏藏針」訣，便如是暗藏鋼針的一團棉絮。旁人倘若不加觸犯，棉絮輕柔溫軟，於人無忤，但若以手力揑，棉絮中所藏鋼針便刺入手掌；刺入的深淺，並非決於鋼針，而決於手掌上使力的大小。使力小則受傷輕，使力大則受傷重。這武功要訣，本源便出於佛家因果報應、業緣自作、善惡由心之意。

令狐冲學過「獨孤九劍」後，於各式武功皆能明其要旨。他所使劍法原是重意不重招，這時所使的恆山劍法，方位變化與原來招式頗有歧異，但恆山劍意卻清清楚楚的顯了出來。各家高手雖然識得恆山劍法，但所知的只是大要，於細微曲折處的差異自是不知，是以見到令狐冲的劍意，均想：「這少年身為恆山掌門，果然不是倖致！原來早得定閒、定靜諸師太的真傳。」只有恆山派門下弟子儀和、儀清等人，才看出他所使招式與師傳並不相符。但招式雖異，於本門劍法的含意，卻只有體會得更加深切。

令狐冲和岳靈珊二人所使的恆山派劍法，均是從思過崖後洞中學來，但令狐冲劍法根柢比岳靈珊強得太多，加之他與恆山派師徒相處日久，所知恆山派劍法的範圍，自非岳靈珊所及。二人一交上劍，若不是令狐冲故意相讓，只在數招之間便即勝了。拆到三十餘招後，岳靈珊從石壁上學來的劍招已窮，只好從頭再使。好在這套劍法精妙繁複，使動時圓轉如意，一招與一招之間絕少斧鑿之痕，從第一招到三十六招，便如是一氣呵成的一式大招。她劍招重複，除了令狐冲也學過石壁劍法之外，誰也看不出來。

岳靈珊的劍招使得綿密，令狐冲依法與之拆解。兩人所學劍招相同，俱是恆山派劍法的精華，打來絲絲入扣，極是悅目動人。旁觀羣雄看得高興，忍不住喝采。

有人道：「令狐冲是恆山派掌門，這路劍法使得如此精采，也沒甚麼希奇。岳家姑娘明明是華山派的，怎麼也會使恆山劍法？」有人道：「令狐冲本來也是岳先生的門下，還是華山派的大弟子呢，否則他怎麼也會這路劍法了？若不是岳先生一手親授，兩個人怎會拆解得這等合拍？」又有人道：「岳先生精通華山、泰山、衡山、恆山四派劍法，看來於嵩山劍法也必熟悉。這五嶽派掌門人一席，那是非他莫屬了。」另一人道：「那也不見得。嵩山左掌門的劍法比岳先生高得多。武功之道，貴精不貴多，你就算於天下武功無所不會，通統都是三腳貓，又有甚麼用處？左掌門單是一路嵩山劍法，便能擊敗岳先生的五派劍法。」先一人道：「你又怎麼知道了，當真是大言不慚。」那人怒道：「甚麼大言不慚？你有種，咱們便來賭五十兩銀子。」先一人道：「甚麼有種沒種？咱們賭一百兩。現銀交易，輸了賴的便是恆山派門下。」那人道：「好，賭一百兩！甚麼恆山派門下？」先一人道：「那個賴的，便是尼姑！」那人「呸」的一聲，在地下吐了一口痰。

這時岳靈珊出招越來越快，令狐冲瞧著她婀娜的身形，想起昔日同在華山練劍的情景，漸漸的神思恍惚，不由得癡了，眼見她一劍刺到，順手還了一招。不想這一招並非恆山派劍法。岳靈珊一怔，低聲道：「青梅如豆！」跟著還了一劍，削向令狐冲額間。令狐冲也是一呆，低聲道：「柳葉似眉。」

他二人於所拆的恆山劍法，只知其式不知其名，適才交換的這兩招，卻不是恆山劍法，而是兩人在華山練劍時共創的「冲靈劍法」。「冲」是令狐冲，「靈」是岳靈珊，是二人好玩而共同鑽研出來的劍術。令狐冲的天份比師妹高得多，不論做甚麼事都喜不拘成法，別創新意，這路劍法雖說是二人共創，十之八九卻是令狐冲想出來的。當時二人武功造詣尚淺，這路劍法中也並沒甚麼厲害的招式，只是二人常在無人處拆解，練得卻十分純熟。令狐冲無意間使了一招「青梅如豆」，岳靈珊便還了一招「柳葉似眉」。兩人原無深意，可是突然之間，臉上都是一紅。令狐冲手上不緩，還了一招「霧中初見」，岳靈珊隨手便是一招「雨後乍逢」。這套劍法，二人在華山已不知拆過了多少遍，但怕岳先生、岳夫人知道後責罵，從不讓第三人知曉，此刻卻情不自禁，在天下英雄之前使了出來。

這一接上手，頃刻間便拆了十來招，不但令狐冲早已回到了昔日華山練劍的情景之中，連岳靈珊心裏，也漸漸忘卻了自己此刻是已嫁之身，是在數千江湖漢子之前，為了父親的聲譽而出手試招，眼中所見，只是這個倜儻瀟灑的大師哥，正在和自己試演二人合創的劍法。

令狐冲見她臉上神色越來越柔和，眼中射出喜悅的光芒，顯然已將適才給父親打了記耳光的事淡忘了，心想：「今天我見她一直鬱鬱不樂，容色也甚憔悴，現下終於高興起來了。唉，但願這套冲靈劍法有千招萬招，一生一世也使不完。」自從他在思過崖上聽得岳靈珊口哼福建小調以來，只有此刻，小師妹對他才像從前這般相待，不由歡喜無限。

又拆了二十來招，岳靈珊長劍削向他左腿，令狐冲左足飛起，踢向她劍身。岳靈珊劍刃一沉，砍向他足面。令狐冲長劍急攻她右腰，岳靈珊劍鋒斜轉，噹的一聲，雙劍相交，劍尖震起。二人同時挺劍急刺向前，同時疾刺對方咽喉，出招迅疾無比。

瞧雙劍去勢，誰都無法挽救，勢必要同歸於盡，旁觀羣雄都忍不住驚叫。卻聽得錚的一聲輕響，雙劍劍尖竟在半空中抵住了，濺出星星火花，兩柄長劍彎成弧形，跟著二人左手一推，雙掌相交，同時借力飄了開去。這一下變化誰都料想不到，這兩把長劍竟有如此巧法，居然在疾刺之中，會在半空中相遇而劍尖相抵，這等情景，便有數千數萬次比劍，也難得碰到一次，而他二人竟然在生死繫於一線之際碰到了。

殊不知雙劍如此在半空中相碰，在旁人是數千數萬次比劍不曾遇上一次，他二人卻是練了數千數萬次要如此相碰，而終於練成了的。這招劍法必須二人同使，兩人出招的方位力道又須拿捏得分毫不錯，雙劍才會在迅疾互刺的一瞬之間劍尖相抵，劍身彎成弧形。這劍法以之對付旁人，自無半分克敵制勝之效，在令狐冲與岳靈珊，卻是一件又艱難又有趣的玩意。二人練成招數之後，更進一步練得劍尖相碰，濺出火花。

當他二人在華山上練成這一招時，岳靈珊曾問，這一招該當叫作甚麼。令狐冲道：「你說叫甚麼好？」岳靈珊笑道：「雙劍疾刺，簡直是不顧性命，叫作『同歸於盡』罷？」令狐冲道：「同歸於盡，倒似你我有不共戴天之仇似的，還不如叫作『你死我活』！」岳靈珊啐道：「為甚麼我死你活？你死我活才對。」令狐冲道：「我本來說是『你死我活』。」岳靈珊道：「你啊我啊的，纏夾不清，這一招誰都沒死，便叫作『同生共死』好了。」令狐冲拍手叫好。岳靈珊一想「同生共死」這四字太過親熱，一撤劍，掉頭便跑了。

旁觀羣雄見二人在必死之境中逃了出來，實是驚險無比，手中無不揑了把冷汗，連那一聲喝采也都忘了。那日在少林寺中，岳不羣與令狐冲拔劍動手，為了勸他重歸華山門下，也曾使過幾招「冲靈劍法」，但這一招卻沒使過。岳不羣雖曾在暗中窺看二人練劍，得知冲靈劍法的招式，卻並未花下心血時間去練這招既無聊又無用的「同生共死」。因此連方證、冲虛、左冷禪等人見到這一招時，也都大吃一驚。盈盈心中的驚駭，更是不在話下。

只見他二人在半空中輕身飄開，俱是嘴角含笑，姿態神情，便似裹在一團和煦的春風之中。兩人挺劍再上，隨即又鬥在一起。二人在華山創製這套劍法時，師兄妹間情投意合，互相依戀，因之劍招之中，也是好玩的成份多，而兇殺的意味少。此刻二人對劍，不知不覺之間，都回想到從前的情景，出劍轉慢，眉梢眼角，漸漸流露出昔日青梅竹馬的柔情。這與其說是「比劍」，不如說是「舞劍」，而「舞劍」兩字，又不如「劍舞」之妥貼，這「劍舞」卻又不是娛賓，而是為了自娛。

突然間人叢中「嘿」的一聲，有人冷笑。岳靈珊一驚，聽得出是丈夫林平之的聲音，心中一寒：「我和大師哥如此打法，那可不對。」長劍一圈，自下而上，斜斜撩出一劍，勢勁力疾，姿式美妙已極，卻是華山派「玉女劍十九式」中的一式。

林平之那一聲冷笑，令狐冲也聽見了，眼見岳靈珊立即變招，來劍毫不容情，再不像適才使冲靈劍法那樣充滿了纏綿之意。他胸口一酸，種種往事，霎時間都湧向心頭，想起自己被師父罰去思過崖面壁思過，小師妹每日給自己送飯，一日大雪，二人竟在山洞共處一宵；

又想起小師妹生病，二人相別日久，各懷相思之苦，但便在此時，不知如何，林平之竟討得了她的歡心，自此之後，兩人之間隔膜日深一日；又想起那日小師妹學得師娘所授的「玉女劍十九式」後，來崖上與自己試招，自己心中酸苦，出手竟不容讓……

這許許多多念頭，都是一瞬之間在他腦海中電閃而過，便在此時，岳靈珊長劍已撩到他胸前。令狐冷腦中混亂，左手中指彈出，錚的一聲輕響，正好彈在她長劍之上。岳靈珊把捏不住，長劍脫手飛出，直射上天。

令狐冲一指彈出，暗叫一聲：「糟糕！」只見岳靈珊神色苦澀，似乎勉強要笑，卻那裏笑得出來？當日令狐冲在思過崖上，便是以這麼一彈，將她寶愛的「碧水劍」彈入深谷之中，二人由此而生芥蒂，不料今日又是舊事重演。這些日子來，他有時靜夜自思，早知所以彈去岳靈珊的長劍，其實是自己在喝林平之的醋，激情洶湧，難以克制，自不免自怨自艾。豈知今日聽得林平之的冷笑之聲，眼見岳靈珊神態立變，自己又舊病復發。當日在思過崖上，他一指已能將岳靈珊手中長劍彈脫，此刻身上內力，與其時相去不可道里計，但見那長劍直衝上天，一時竟不落下。

他心念電轉：「我本要敗在小師妹手裏，哄得她歡喜。現下我卻彈去了她長劍，那是故意在天下英雄之前削她面子，難道我竟以這等卑鄙手段，去報答小師妹待我的情義？」一瞥之間，只見那長劍正自半空中向下射落，當即身子一晃，叫道：「好恆山劍法！」似是竭力閃避，其實卻是將身子往劍尖湊將過去，噗的一聲響，長劍從他左肩後直插了進去。令狐冲向前一撲，長劍竟將他釘在地下。

這一下變故來得突兀無比，羣雄發一聲喊，無不驚得呆了。

岳靈珊驚道：「你……大師哥……」只見一名虬髯漢子衝將上來，拔出長劍，抱起了令狐冲。令狐冲肩背上傷口中鮮血狂湧，恆山派十餘名女弟子圍了上去，競相取出傷藥，給他敷治。岳靈珊不知他生死如何，奔過去想看。劍光晃動，兩柄長劍攔住去路，一名女尼喝道：「好狠心的女子！」岳靈珊一怔，退了幾步，一時不知如何是好。

只聽得岳不羣縱聲長笑，朗聲說道：「珊兒，你以泰山、衡山、恆山三派劍法，力敗三派掌門，也算難得！」

岳靈珊長劍脫手，羣雄明明見到是給令狐冲伸指彈落，但令狐冲為她長劍所傷，卻也是事實。這一招到底是否恆山劍法，誰也說不上來。他二人以冲靈劍法相鬥之時，旁人早已看得全然摸不著頭腦，眼見這路劍法招數稚拙，全無用處，偏偏又舞得這生好看；最後這一招變生不測，誰都為這突如其來的結局所震驚，這時聽岳不羣稱讚女兒以三派劍法打敗三派掌門，想來岳靈珊這招長空落劍，定然也是恆山劍法了。雖然有人懷疑，覺得這與恆山劍法大異其趣，但無法說得出其來龍去脈，也不便公然與岳不羣辯駁。

岳靈珊拾起地下長劍，只見劍身上血跡殷然。她心中怦怦亂跳，只是想：「不知他性命如何？只要他能不死，我便……我便……」

三十四 奪帥

左冷禪慢慢提起長劍，劍尖對準了他胸口。

岳不羣雙手反背攏入袖中，目不轉瞬的盯住劍尖。

左冷禪右手衣袖鼓了起來，猶似吃飽了風的帆篷一般。

羣豪紛紛議論聲中，一個洪亮的聲音說道：「華山一派，在岳先生精心鑽研之下，連泰山、衡山、恆山諸派劍法也都通曉，不但通曉，而且精絕，實令人讚嘆不已。這五嶽派掌門一席，若不是岳先生來擔任，普天下更選不出第二位了。」說話之人衣衫襤褸，正是丐幫解幫主。他與方證、沖虛兩人心意相同，也早料到左冷禪將五嶽劍派併而為一，勢必不利於武林同道，遲早會惹到丐幫頭上，以彬彬君子的岳不羣出任五嶽派掌門，遠勝於野心勃勃的左冷禪。丐幫自來在江湖中潛力極強，丐幫幫主如此說，等閒之人便不敢貿然而持異議。

忽聽一人冷森森的道：「岳姑娘精通泰山、衡山、恆山三派劍法，確是難能可貴，若能以嵩山劍法勝得我手中長劍，我嵩山全派自當奉岳先生為掌門。」說話的正是左冷禪。他說著走到場中，左手在劍鞘上一按，嗤的一聲響，長劍在劍鞘中躍出，青光閃動，長劍上騰，他右手伸處，挽住了劍柄。這一手悅目之極，而左手一按劍鞘，便能以內力逼出長劍，其內功之深，當真罕見罕聞。嵩山門下弟子固然大聲歡呼，別派羣雄也是采聲雷動。

岳靈珊道：「我……我只出一十三劍，十三劍內倘若勝不得左師伯……」左冷禪心中大怒：「你這小女娃敢公然接我劍招，已是大膽之極，居然還限定十三招。你如此說，直是將我姓左的視若無物。」冷冷的道：「倘若你十三招內取不了姓左的項上人頭，那便如何？」岳靈珊道：「我……我怎能是左師伯的對手？姪女只不過學到十三招嵩山派劍法，是爹爹親手傳我的，想在左師伯手下印證印證。」左冷禪哼了一聲。岳靈珊道：「我爹爹說，這一十三招嵩山劍法，雖是嵩山派的高明招數，但在我手下使將出來，只怕一招之間，便給左師伯震飛了長劍，要再使第二招也是艱難。」左冷禪又是哼了一聲，不置可否。

岳靈珊初說之時，聲音發顫，也不知是酣鬥之餘力氣不足，還是與左冷禪這樣一位武林大豪面對面說話，不禁害怕，說到此時，聲音漸漸平靜，續道：「我對爹爹說：『左師伯是嵩山派中第一高手，當然絕無疑問，但他未必是我五嶽劍派中的第一高手。他武功再高，也未必能如爹爹這樣，精通五嶽劍派的劍法。』我爹爹說道：『精通二字，談何容易？為父的也不過粗知皮毛而已。你若不信，你初學乍練、三腳貓般的嵩山劍法，能在左師伯威震天下的嵩山劍法之前使得上三招，我就誇你是乖女兒了。』」

左冷禪冷笑道：「如果你在三招之內將左某擊敗，那你更是岳先生的乖女兒了。」

岳靈珊道：「左師伯劍法通神，乃嵩山派數百年罕見的奇材，姪女剛得爹爹傳授，學得幾招嵩山劍法，如何敢有此妄想？爹爹叫我接左師伯三招，姪女卻癡心妄想，盼望能在左師伯跟前，使上一十三招嵩山派劍法，也不知是否能夠如願。」

左冷禪心想：「別說一十三招，要是我讓你使上了三招，姓左的已然面目無光。」伸出左手拇指、食指、中指三根手指，握住了劍尖，右手一鬆，長劍突然彈起，劍柄在前，不住晃動，說道：「進招罷！」

左冷禪露了這手絕技，羣雄登時為之聳動。左手使劍已然極不順手，但他竟以三根手指握住劍尖，以劍柄對敵，這比之空手入白刃更要艱難十倍，以手指握住劍尖，劍刃只須稍受震盪，便割傷了自己手指，那裏還用得上力？他使出這手法，固然對岳靈珊十分輕蔑，心中卻也大是惱怒，存心要以驚世駭俗的神功威震當場。

岳靈珊見他如此握劍，心中不禁一寒，尋思：「他這是甚麼武功，爹爹可沒教過。」心下隱隱生了怯意，又想：「事已如此，怕有何用？」百忙中向恆山派羣弟子瞥了一眼，見她們仍是圍成一團，沒聽見哭聲，料想令狐冲受傷雖重，性命卻是無礙。當下長劍一立，舉劍過頂，彎腰躬身，使一招「萬岳朝宗」，正是嫡系正宗的嵩山劍法。

這一招含意甚是恭敬，嵩山羣弟子都轟的一聲，頗感滿意。嵩山弟子和本派長輩拆招，必須先使此招，意思說並非敢和前輩動手，只是請你老人家指教。左冷禪微一點頭，心道：「你居然會使此招，總算是乖覺的，看在這一招份上，我不讓你太過出醜便了。」

岳靈珊一招「萬岳朝宗」使罷，突然間劍光一吐，長劍化作一道白虹，向左冷禪直刺過來。這一招端嚴雄偉，正是嵩山劍法的精要所在，但饒是左冷禪於嵩山派劍法「內八路，外九路」、一十七路長短、快慢各路劍法盡皆通曉，卻也從來沒有見過。他心頭一震：「這一招是甚麼招數？我嵩山派一十七路劍法之中，似乎沒一招比得上，這可奇了。」他不但是嵩山派的宗師，亦是當代武學大家，一見到本派這一招雄奇精奧的劍招，自要看個明白。眼見岳靈珊這一劍刺來，內力並不強勁，只須刺到自己身前數寸處，自己以手指一彈，立時可將她長劍震飛，不妨看清楚這一招的後著，是否尚有古怪變化。但見岳靈珊這一劍刺到他胸口尚有尺許，便已縮轉，一斜身，長劍圈轉，向他左肩削落。

這一劍似是嵩山劍法中的「千古人龍」，但「千古人龍」清儁過之，無其古樸；又似是「疊翠浮青」，但較之「疊翠浮青」，卻勝其輕靈而輸其雄傑；也有些像是「玉井天池」，可是「玉井天池」威儀整肅，這一招在岳靈珊這樣一個年輕女子劍下使將出來，另具一股端麗飄逸之態。

左冷禪眼光何等敏銳，對嵩山劍法又是畢生浸淫其間，每一招每一式的精粗利弊，縱是最最細微曲折之處，也無不了然於胸，這時突然見到岳靈珊這一招中蘊藏了嵩山劍法中數大名招的長處，似乎尚能補足各招中所含破綻，不由得手心發熱，又是驚奇，又是喜歡，便如陡然見到從天上掉下來一件寶貝一般。

當年五嶽劍派與魔教十長老兩度會戰華山，五派好手死傷殆盡，五派劍法的許多精藝絕招，隨五派高手而逝。左冷禪會集本派殘存的耆宿，將各人所記得的劍招，不論精粗，盡數錄了下來，匯成一部劍譜。這數十年來，他去蕪存菁，將本派劍法中種種不夠狠辣的招數，不夠堂皇的姿式，一一修改，使得本派一十七路劍招完美無缺。他雖未創設新的劍路，卻算得是整理嵩山劍法的大功臣。此刻陡然間見到岳靈珊所使的嵩山劍法，卻是本派劍譜中所未載，而比之現有嵩山劍法的諸式劍招，顯得更為博大精深，不由得歡喜讚嘆，看出了神。

倘若這劍法是在一個勁敵手下使出，比如是任我行或令狐冲，又或是方證大師、冲虛道人，左冷禪自當全神貫注的迎敵，縱見對方劍招精絕，也只有竭力應付，那有餘暇來細看敵手劍法？但岳靈珊內力低淺，殊不足畏，真到危急關頭，隨時可以震去她的長劍，當下打起精神，潛心觀察她劍勢的法度變化。

羣雄眼見岳靈珊長劍飛舞，每一招都是離對方身子尺許而止，似是故意容讓，又似是存心畏懼，左冷禪卻呆呆不動，臉上神色忽喜忽憂，倒像是失魂落魄一般。如此比武，實是從所未見。羣雄你望望我，我瞧瞧你，都是驚奇不已。

只有嵩山派門下羣弟子，個個目不轉瞬的凝神觀看，生怕漏過了一招半式。岳靈珊這幾招嵩山劍法，正是從思過崖後洞石壁上學來。石壁上所刻招式共有六七十招，岳不羣細心參研後，料想其中的四十餘招左冷禪多半會使，另有數招雖然精采，卻尚不足以動其心目，只有這一十三招，倘若陡然使出，定要令他張口結舌，說甚麼也要瞧個究竟不可。石壁上所刻招式，畢竟是死的，未能極盡變化，岳靈珊只依樣葫蘆的使出，但左冷禪看後，所有前招後著，自行在腦中加以補足，越想越覺無窮無盡。

岳靈珊堪堪將這一十三招使完，第十四招又是從頭使起，左冷禪心念一動：「再看下去呢，還是將她長劍震飛？」這兩件事在他都是輕而易舉，若要繼續觀看，岳靈珊劍招再高，畢竟也傷他不得；要震飛她兵刃，那也只是舉手之勞。可是要在這兩件事中作一抉擇，卻大非易事。霎時之間，在他心中轉過了無數念頭：「這些嵩山劍法如此奇妙，過了此刻，日後只怕再也沒機緣見到。要殺傷了這小妮子容易，可是這些劍法，卻再從何處得見？我又怎能去求岳先生試演？但我如容她繼續使下去，顯得左某人奈何不了華山門下一個年輕女子，於我臉面何存？啊喲，只怕已過了一十三招！」

一想到「一十三招」這四字，領袖武林的念頭登時壓倒了鑽研武學的心意，左手三根手指一轉，手中長劍翻了上來，噹的一聲響，與岳靈珊的長劍一撞，喀喀喀十餘聲輕響過去，岳靈珊手中只剩了一個劍柄，劍刃寸斷，折成數十截掉在地下。

岳靈珊縱身反躍，倒退數丈，朗聲道：「左師伯，姪女在你老人家跟前，已使了幾招嵩山劍法？」左冷禪閉住雙目，將岳靈珊所使的那些劍招，一招招在心中回想了一遍，睜開眼來，說道：「你使了一十三招！很好，不容易。」岳靈珊躬身行禮，道：「多承左師伯手下容情，得讓姪女在你面前班門弄斧，使了一十三招嵩山劍法。」

左冷禪以絕世神功，震斷了岳靈珊手中長劍，羣雄無不嘆服。只是岳靈珊先前有言，要在左冷禪面前施展一十三招嵩山劍招，大多數人想來，就算她能使三招，也已不易，決計無法使到一十三招，不料左冷禪忽似心智失常，竟容她使到第十四招上，方始出手。各人心下暗自駭異，有人還想到了歪路上去，只道左冷禪是個好色之徒，見到對手是個美貌少婦，便給她迷得失魂落魄。

嵩山派中一名瘦削老者走了出來，正是「仙鶴手」陸柏，朗聲道：「左掌門神功蓋世，眾所共見，兼且雅量高致，博大能容。這位岳大小姐學得了我嵩山派劍法一些皮毛，便在他老人家面前妄自賣弄。左掌門直等她技窮，這才一擊而將之制服。足見武學之道，貴精不貴多，不論那一門那一派的武功，只須練到登峯造極之境，皆能在武林中矯然自立……」

他說到這裏，羣雄都不禁點頭。這一番話，正打中了各人心坎。這些江湖漢子除了極少數高手之外，所學的均只一派武功，陸柏說武學貴精不貴多，眾人自表贊同，這些人於這個「精」字是否能夠做到，固然難說得很，至於「多」，那是決計多不了的。

陸柏續道：「這位岳大小姐仗著一點小聰明，當別派同道練劍之時，暗中窺看，偷學到了一些劍法，便自稱是精通五嶽劍派的各派劍法。其實各派武功均有秘傳的師門心法，偷看到一些招式的外形，如何能說到『精通』二字？」羣雄又是點頭，均想：「偷學別派武功，原是武林中的大忌。這筆帳其實該當算在岳不羣頭上。」那老者又道：「倘若一見到旁人使出幾下精妙的招式，便學了過來，自稱是精通了這一派的武功，武林之中，那裏還有甚麼獨門秘技、還有甚麼精妙絕招？你偷我的，我偷你的，豈不是一塌胡塗了？」

他說到這裏，羣雄中便有許多人轟笑起來。岳靈珊以衡山劍法打敗莫大先生，以恆山劍法打敗令狐冲，對方不免有容讓之意，但她以泰山劍法力敗玉磬子和玉音子，卻是真真實實的功夫。她所使的石壁劍招比玉磬子、玉音子所學為精，又攻了他們一個出其不意，仍不免有取巧之意，然劍法較精，便該得勝，所取巧者，只是假裝會使「岱宗如何」這一招而已，這事除了泰山派中少數高手之外，誰也不知。可是羣雄不願見到旁人通曉各派武功，人同此心，陸柏這麼一說，登時便有許多人隨聲附和，倒不僅以嵩山弟子為然。

陸柏見一番話博得眾人讚賞，神情極是得意，提高了嗓子說道：「所以哪，這五嶽派掌門一席，實非左掌門莫屬。也由此可知，一家之學而練到爐火純青的境地，那可比貪多嚼不爛的大雜燴高明得多了。」他這幾句話，直是明指岳不羣而言。嵩山派中便有數十名青年弟子跟著叫好起鬨。陸柏道：「五嶽劍派之中，若有誰自信武功勝得了左掌門的，便請出來，一顯身手。」他接連說了兩遍，無人接腔。

本來桃谷六仙必定會出來胡說八道一番，但此時盈盈正急於救治令狐冲，再也無暇指點桃谷六仙去跟嵩山派搗蛋。桃根仙等六人面面相覷，一時拿不定主意，該當如何才好。

「托塔手」丁勉大聲道：「既然無人向左掌門挑戰，左掌門眾望所歸，便請出任我五嶽派的掌門人。」左冷禪假意謙遜，說道：「五嶽派中人才濟濟，在下無德無能，可不敢當此重任。」嵩山派第七太保湯英鶚朗聲道：「五嶽派掌門一席，位高任重，務請左掌門勉為其難，替五嶽派門下千餘弟子造福，也替江湖同道盡力。請左掌門登壇！」

只聽得鑼鼓之聲大作，爆竹又是連串響起，都是嵩山弟子早就預備好了的。爆竹劈啪聲中，嵩山派眾弟子以及左冷禪邀來助陣壯威的朋友齊聲吶喊：「請左掌門登台，請左掌門登台！」

左冷禪縱起身子，輕飄飄落在封禪台上。他身穿杏黃色布袍，其時夕陽即將下山，日光斜照，映射其身，顯得金光燦爛，大增堂皇氣象。他抱拳轉身，向台下眾人作了個四方揖，說道：「既承眾位朋友推愛，在下倘若再不答允，出任艱巨，倒顯得過於保身自愛，不肯為武林同道盡力了。」嵩山門下數百人歡聲雷動，大力鼓掌。

忽聽得一個女子聲音說道：「左師伯，你震斷了我的長劍，就這樣，便算是五嶽派的掌門人嗎？」說話的正是岳靈珊。

左冷禪道：「天下英雄在此，大家原說好比劍奪帥。岳小姐如能震斷我手中長劍，則大夥兒奉岳小姐為五嶽派掌門，亦無不可。」

岳靈珊道：「要勝過左師伯，姪女自然無此能耐，但咱們五嶽派之中，武功勝過左師伯的，未必就沒有了。」

左冷禪在五嶽派諸人之中，真正忌憚的只有令狐冲一人，眼見他與岳靈珊比劍而身受重傷，心頭早就已放下一塊大石，這時聽岳靈珊如此說，便道：「以岳小姐之見，五嶽派中武功劍法勝過在下的，是令尊呢、令堂呢，還是尊夫？」嵩山羣弟子又都轟笑起來。

岳靈珊道：「我夫君是後輩，比之左師伯不免要遜一籌。我媽媽的劍法自可與左師伯旗鼓相當。至於我爹爹，想來比左師伯要高明些。」

嵩山羣弟子怪聲大作，有的猛吹口哨，有的頓足擂地。

左冷禪對著岳不羣道：「岳先生，令愛對閣下的武功，倒是推許得很呢。」

岳不羣道：「小女孩兒口沒遮攔，左兄不必當真。在下的武功劍法，比之少林派方證大師、武當派冲虛道長，以及丐幫解幫主諸位前輩英雄，那可是望塵莫及。」左冷禪臉上登時變色。岳不羣提到方證大師等三人，偏就不提左冷禪的名字，人人都聽了出來，那顯是自承比他高明。丁勉道：「比之左掌門卻又如何？」岳不羣道：「在下和左兄神交多年，相互推重。嵩山華山兩派劍法，各擅勝場，數百年來從未分過高下。丁兄這一句話，在下可難答得很了。」丁勉道：「聽岳先生的口氣，倒似乎自以為比左掌門強著些兒？」

岳不羣道：「子曰：『君子無所爭，必也，射乎？』較量武功高低，自古賢者所難免，在下久存向左師兄討教之心。只是今日五嶽派新建，掌門人尚未推出，在下倘若和左師兄比劍，倒似是來爭做這五嶽派掌門一般，那不免惹人閒話了。」左冷禪道：「岳兄只消勝得在下手中長劍，五嶽派掌門一席，自當由岳兄承當。」岳不羣搖手道：「武功高的，未必人品也高。在下就算勝得了左兄，也不見得能勝過五嶽派中其餘高手。」他口中說得謙遜，但每一句話扣得極緊，始終顯得自己比左冷禪高上一籌。

左冷禪越聽越怒，冷冷的道：「岳兄『君子劍』三字，名震天下。『君子』二字，人所共知。這個『劍』字到底如何，卻是耳聞者多，目睹者少。今日天下英雄畢集，便請岳兄露一手高明劍法，也好讓大夥兒開開眼界！」

許多人都大叫起來：「到台上去打，到台上去打。」「光說不練，算甚麼英雄好漢？」「上台比劍，分個強弱，自吹自擂有甚麼用？」

岳不羣雙手負在背後，默不作聲，臉上神情肅穆，眉間微有憂意。

左冷禪在籌謀合併五嶽劍派之時，於四派中高手的武功根柢，早已了然於胸，自信四派中無一能勝得過自己，這才不遺餘力的推動其事。否則若有人武功強過於他，那麼五嶽劍派合併之後，掌門人一席反為旁人奪去，豈不是徒然為人作嫁？岳不羣劍法高明，修習「紫霞神功」造詣已頗不低，那是他所素知。他慫恿封不平、成不憂等劍宗好手上華山明爭，又遣十餘異派好手赴藥王廟伏擊，雖然所謀不成，卻已摸清了岳不羣武功的底細。待得在少林寺中親眼見到他與令狐冲相鬥，更大為放心，他劍法雖精，畢竟非自己敵手，岳不羣腳踢令狐冲，反而震斷了右腿，則內功修為亦不過爾爾。只是令狐冲一個後生小子突然劍法大進，卻始料所不及，然總不能為了顧忌這無行浪子，就此放棄這籌劃了十數年的大計，何況令狐冲所長者只是劍術，拳腳功夫平庸之極，當真比武動手，劍招倘若不勝，大可同時再出拳掌，便立時能取他性命，待見令狐冲甘願傷在岳靈珊劍底，天下事便無足慮。

左冷禪這時聽得岳不羣父女倆口出大言，心想：「你不知如何，學到了五嶽劍派一些失傳的絕招，便狂妄自大起來。你若在和我動手之際，突然之間使將出來，倒可嚇人一跳，可是偏偏行錯了一著棋，叫你女兒先使，我既已有備，復有何用？」又想：「此人極工心計，若不當著一眾豪傑之前打得他從此抬不起頭來，則此人留在我五嶽派中，必有後患。」說道：「岳兄，天下英雄都請你上台，一顯身手，怎地不給人家面子？」

岳不羣道：「左兄既如此說，在下恭敬不如從命。」當下一步一步的拾級上台。

羣雄見有好戲可看，都鼓掌叫好。

岳不羣拱手道：「左兄，你我今日已份屬同門，咱們切磋武藝，點到為止，如何？」

左冷禪道：「兄弟自當小心，盡力不要傷到了岳兄。」

嵩山派眾門人叫了起來：「還沒打就先討饒，不如不用打了。」「刀劍不生眼睛，一動上手，誰保得了你不死不傷？」「若是害怕，趁早乖乖的服輸下台，也還來得及。」

岳不羣微微一笑，朗聲道：「刀劍不生眼睛，一動上手，難免死傷，這話不錯。」轉頭向華山派羣弟子道：「華山門下眾人聽著：我和左師兄是切磋武藝，絕無仇怨，倘若左師兄失手殺了我，或是打得我身受重傷，乃是激鬥之際，不易拿捏分寸，大夥兒不可對左師伯懷恨，更不可與嵩山門下尋仇生事，壞了我五嶽派同門的義氣。」岳靈珊等都高聲答應。

左冷禪聽他如此說，倒頗出於意料之外，說道：「岳兄深明大義，以本派義氣為重，那好得很啊。」

岳不羣微笑道：「我五派合併為一，那是十分艱難的大事。倘若因我二人論劍較技，傷了和氣，五嶽派同門大起紛爭，那可和併派的原意背道而馳了。」

左冷禪道：「不錯！」心想：「此人已生怯意，我正可乘勢一舉而將其制服。」

高手比武，內勁外招固然重要，而勝敗之分，往往只差在一時氣勢之盛衰，左冷禪見他示弱，心下暗暗歡喜，刷的一聲響，抽出了長劍。這一下長劍出鞘，竟然聲震山谷。原來他潛運內力，長劍出鞘之時，劍刃與劍鞘內壁不住相撞，震盪而發巨聲。不明其理之人，無不駭異。嵩山門人又大聲喝起采來。

岳不羣將長劍連劍鞘從腰間解下，放在封禪台一角，這才慢慢將劍抽了出來。單從二人拔劍的聲勢姿式看來，這場比劍可說高下已分，大可不必比了。

令狐冲給長劍插入肩胛，自背直透至前胸，受傷自是極重。盈盈看得分明，心急之下，顧不得掩飾自己身分，搶過去拔起長劍，將他抱起。恒山派眾女弟子紛紛圍了上來。儀和取出「白雲熊膽丸」，手忙腳亂的倒出五六顆丸藥，餵入令狐冲口裏。盈盈早已伸指點了他前胸後背傷口四周的穴道，止住鮮血迸流。儀清和鄭萼分別以「天香斷續膠」搽在他傷口上。掌門人受傷，羣弟子那裏會有絲毫吝惜？敷藥唯恐不多，將千金難買的靈藥，當作石灰爛泥一般，厚厚的塗上他傷口。

令狐冲受傷雖重，神智仍是清醒，見到盈盈和恒山弟子情急關切，登感歉仄：「為了哄小師妹一笑，卻累得盈盈和恒山眾師姊妹如此擔驚受怕。」當下強露笑容，說道：「不知怎地，一個不小心，竟讓……竟讓這劍給傷了。不……不要緊的。不用……不用……」

盈盈道：「別作聲。」她雖儘量放粗了喉嚨，畢竟女音難掩。恒山弟子聽得這個虬髯漢子話聲嬌嫩，均感詫異。

令狐冲道：「我……我瞧瞧……瞧瞧……」儀清應道：「是。」將擋在他身前的兩名師妹拉開，讓他觀看岳靈珊與左冷禪比劍。此後岳靈珊施展嵩山劍法，左冷禪震斷她劍刃，以及左冷禪與岳不羣同上封禪台，他都模模糊糊的看在眼裏。

岳不羣長劍指地，轉過身來，臉露微笑，與左冷禪相距約有二丈。其時羣雄盡皆屏息凝氣，一時嵩山絕頂之上，寂靜無聲。

令狐冲卻隱隱聽到一個極低的聲音在誦唸經文：「若惡獸圍繞，利牙爪可怖，念彼觀音力，疾去無邊方。蚖蛇及蝮蠍，氣毒煙火然，念彼觀音力，尋聲自迴去。雲雷鼓掣電，降雹澍大雨，念彼觀音力，應時得消散。眾生被困厄，無量苦逼身，觀音妙智力，能救世間苦……」令狐冲聽到唸經聲中所充滿的虔誠和熱切之情，便知是儀琳又在為自己向觀世音祈禱，求懇這位救苦救難的菩薩解除自己的苦楚。許多日子以前，在衡山城郊，儀琳曾為他誦唸這篇經文。這時他並未轉頭去看，但當時儀琳那含情脈脈的眼光，溫雅秀美的容貌，此刻又清清楚楚的出現在眼前。他心中湧起一片柔情：「不但是盈盈，還有這儀琳小師妹，都將我看得比自己性命還重。我縱然粉身碎骨，也難報答深恩。」

左冷禪見岳不羣橫劍當胸，左手揑了個劍訣，似是執筆寫字一般，知道這招華山劍法的「詩劍會友」，是華山派與同道友好過招時所使的起手式，意思說，文人交友，聯句和詩，武人交友則是切磋武藝。使這一招，是表明和對手絕無怨仇敵意，比劍只決勝敗，不可性命相搏。左冷禪嘴角邊也現出一絲微笑，說道：「不必客氣。」心想：「岳不羣號稱君子，我看還是偽君子的成份較重。他對我不露絲毫敵意，未必真是好心，一來是心中害怕，二來是叫我去了戒懼之意，漫不經心，他便可突下殺手，打我一個措手不及。」他左手向外一分，右手長劍向右掠出，使的是嵩山派劍法「開門見山」。他使這一招，意思說要打便打，不用假惺惺的裝腔作勢，那也含有諷刺對方是偽君子之意。

岳不羣吸一口氣，長劍中宮直進，劍尖不住顫動，劍到中途，忽然轉而向上，乃是華山劍法的一招「青山隱隱」，端的是若有若無，變幻無方。

左冷禪一劍自上而下的直劈下去，真有石破天驚的氣勢。旁觀羣豪中不少人都「咦」的一聲，叫了出來。本來嵩山劍法中並無這一招，左冷禪是借用了拳腳中的一個招式，以劍為掌，突然使出。這一招「獨劈華山」，甚是尋常，凡是學過拳腳的無不通曉。

五嶽劍派數百年聲氣互通，嵩山劍法中別說並無此招，就算本來就有，礙在華山派的名字，也當捨棄不用，或是變換其形。此刻左冷禪卻有意化成劍招，自是存心要激怒岳不羣。嵩山劍法原以氣勢雄偉見長，這一招「獨劈華山」，招式雖平平無奇，但呼的一聲響，從空中疾劈而下，確有開山裂石的聲勢，將嵩山劍法之所長發揮得淋漓盡致。

岳不羣側身閃過，斜刺一劍，還的是一招「古柏森森」。左冷禪見他法度嚴謹，不求有功，但求無過，正是久戰長鬥之策，對自己「開門見山」與「獨劈華山」這兩招中的含意，絕未顯出惱怒，心想此人確是勁敵，我若再輕視於他，亂使新招，別讓他佔了先機，當下長劍自左而右急削過去，正是一招嵩山派正宗劍法「天外玉龍」。

嵩山羣弟子都學過這一招，可是有誰能使得這等奔騰矯夭，氣勢雄渾？但見他一柄長劍自半空中橫過，劍身似曲似直，長劍便如一件活物一般，登時采聲大作。

別派羣雄來到嵩山之後，見嵩山派門人又打鑼鼓，又放爆竹，左冷禪不論說甚麼話，都是鼓掌喝采，羣相附和，人人心中都不免有厭惡之情。但此刻聽到嵩山弟子大聲喝采，卻覺實是理所當然，將自己心意也喝了出來。左冷禪這一招「天外玉龍」，將一柄死劍使得如靈蛇，如神龍，不論是使劍或是使別種兵刃的，無不讚嘆。泰山、衡山等派中的名宿高手一見此招，都不禁暗自慶幸：「幸虧此刻在封禪台上和他對敵的，是岳不羣而不是我！」

只見左岳二人各使本派劍法，鬥在一起。嵩山劍氣象森嚴，便似千軍萬馬奔馳而來，長槍大戟，黃沙千里；華山劍輕靈機巧，恰如春日雙燕飛舞柳間，高低左右，迴轉如意。岳不羣一時雖未露敗象，但封禪台上劍氣縱橫，嵩山劍法佔了八成攻勢。岳不羣的長劍儘量不與對方兵刃相交，只是閃避遊鬥，眼見他劍法雖然精奇，但單仗一個「巧」字，終究非嵩山劍法堂堂之陣、正正之師的敵手。

似他二人這等武學宗師，比劍之時自無一定理路可循。左冷禪將一十七路嵩山劍法夾在一起使用。岳不羣所用劍法較少，但華山劍法素以變化繁複見長，招數亦自層出不窮。再拆了二十餘招，左冷禪忽地右手長劍一舉，左掌猛擊而出，這一掌籠罩了對方上盤三十六處要穴，岳不羣若是閃避，立時便受劍傷。只見他臉上紫氣大盛，也伸出左掌，與左冷禪擊來的一掌相對，砰的一聲響，雙掌相交。岳不羣身子飄開，左冷禪卻端立不動。岳不羣叫道：「這掌法是嵩山派武功嗎？」

令狐冲見他二人對掌，「啊」的一聲，叫了出來，極是關切。他知左冷禪的陰寒內力厲害無比，以任我行內功之深厚，中了他內力之後，發作時情勢仍十分凶險，竟使得四人都變成了雪人。岳不羣雖久練氣功，終究不及任我行，只要再對數掌，就算不致當場凍僵，也定然抵受不住。

左冷禪笑道：「這是在下自創的掌法，將來要在五嶽派中選擇弟子，量才傳授。」岳不羣道：「原來如此，那可要向左兄多討教幾招。」左冷禪道：「甚好。」心想：「他華山派的『紫霞神功』倒也了得，接了我的『寒冰神掌』之後，居然說話聲音並不顫抖。」當下舞動長劍，向岳不羣刺去。岳不羣仗劍封住，數招之後，砰的一聲，又是雙掌相交。岳不羣長劍圈轉，向左冷禪腰間削去。左冷禪豎劍擋開，左掌加運內勁，向他背心直擊而下，這一掌居高臨下，勢道奇勁。岳不羣反轉左掌一托，拍的一聲輕響，雙掌第三次相交。岳不羣矮著身子，向外飛了出去。

左冷禪左手掌心中但覺一陣疼痛，舉手一看，只見掌心中已刺了一個小孔，隱隱有黑血滲出。他又驚又怒，罵道：「好奸賊，不要臉！」心想岳不羣在掌中暗藏毒針，冷不防在自己掌心中刺了一針，滲出鮮血既現黑色，自是針上餵毒，想不到此人號稱「君子劍」，行事卻如此卑鄙。他吸一口氣，右手伸指在自己左肩上點了三點，不讓毒血上行，心道：「這區區毒針，豈能奈何得了我？只是此刻須當速戰，可不能讓他拖延時刻了。」當下長劍如疾風驟雨般攻了過去。岳不羣揮劍還擊，劍招也變得極為狠辣猛惡。

這時候暮色蒼茫，封禪台上二人鬥劍不再是較量高下，竟是性命相搏，台下人人都瞧了出來。方證大師說道：「善哉，善哉！怎地突然之間，戾氣大作？」

數十招過去，左冷禪見對方封得嚴密，擔心掌中毒質上行，劍力越運越勁。岳不羣左支右絀，似是抵擋不住，突然間劍法一變，劍刃忽伸忽縮，招式詭奇絕倫。

台下羣雄大感詫異，紛紛低聲相詢：「這是甚麼劍法？」問者儘管問，答者卻無言可對，只是搖頭。

令狐冲倚在盈盈身上，突然見到師父使出的劍法既快又奇，與華山派劍法大相逕庭，心下甚是詫異，一轉眼間，卻見左冷禪劍法一變，所使劍招的路子與師父竟然極為相似。

二人攻守趨避，配合得天衣無縫，便如同門師兄弟數十年來同習一套劍法，這時相互在拆招一般。二十餘招過去，左冷禪著著進逼，岳不羣不住倒退。令狐冲最善於查察旁人武功中的破綻，眼見師父劍招中的漏洞越來越大，情勢越來越險，不由得大為焦急。

眼見左冷禪勝勢已定，嵩山派羣弟子大聲吶喊助威。左冷禪一劍快似一劍，見對方劍法散亂，十招之內便可將他手中兵刃擊飛，不禁心中暗喜，手上更是連連催勁。果然他一劍橫削，岳不羣舉劍擋格，手上勁力頗為微弱，左冷禪迴劍疾撩，岳不羣把捏不住，長劍直飛上天。嵩山派弟子歡聲雷動。

驀地裏岳不羣空手猱身而上，雙手擒拿點拍，攻勢凌厲之極。他身形飄忽，有如鬼魅，轉了幾轉，移步向西，出手之奇之快，直是匪夷所思。左冷禪大駭，叫道：「這……這……這……」奮劍招架。岳不羣的長劍落了下來，插在台上，誰都沒加理會。

盈盈低聲道：「東方不敗！」令狐冲心中念頭相同，此時師父所使的，正是當日東方不敗持繡花針和他四人相鬥的功夫。他驚奇之下，竟忘了傷處劇痛，站起身來。旁邊一隻小手伸了過來，托在他腋下，他全然不覺；一雙妙目怔怔的瞧著他，他也茫無所知。

這時嵩山絕頂之上，數千對眼睛，只有一雙眼睛才不瞧左岳二人相鬥。自始至終，儀琳的眼光未有片刻離開過令狐冲的身子。

猛聽得左冷禪一聲長叫，岳不羣倒縱出去，站在封禪台的西南角，離台邊不到一尺，身子搖晃，似乎便要摔下台去。左冷禪右手舞動長劍，越使越急，使的盡是嵩山劍法，一招接一招，護住了全身前後左右的要穴。但見他劍法精奇，勁力威猛，每一招都激得風聲虎虎，許多人都喝起采來。

過了片刻，見左冷禪始終只是自行舞劍，並不向岳不羣進攻，情形似乎有些不對。他的劍招只是守禦，絕非向岳不羣攻擊半招，如此使劍，倒似是獨自練功一般，那裏是應付勁敵的打法？突然之間，左冷禪一劍刺出，停在半空，不再收回，微微側頭，似在傾聽甚麼奇怪的聲音。只見他雙眼中流下兩道極細的血線，橫過面頰，直掛到下頦。

人叢中有人說道：「他眼睛瞎了！」

這一聲說得並不甚響，左冷禪卻大怒起來，叫道：「我沒有瞎，我沒有瞎！那一個狗賊說我瞎了？岳不羣，岳不羣你這奸賊，有種的，就過來和你爺爺再戰三百回合。」他越叫越響，聲音中充滿了憤怒、痛楚和絕望，便似是一頭猛獸受了致命重傷，臨死時全力嗥叫。

岳不羣站在台角，只是微笑。

人人都看了出來，左冷禪確是雙眼給岳不羣刺瞎了，自是盡皆驚異無比。

只有令狐冲和盈盈，才對如此結局不感詫異。岳不羣長劍脫手，此後所使的招數，便和東方不敗的武功大同小異。那日在黑木崖上，任我行、令狐冲、向問天、上官雲四人聯手和東方不敗相鬥，尚且不敵，直到盈盈轉而攻擊楊蓮亭，這才僥倖得手，饒是如此，任我行終究還是被刺瞎了一隻眼睛，當時生死所差，只是一線。岳不羣身形之飄忽迅捷，比之東方不敗雖然頗有不如，但料到單打獨鬥，左冷禪非輸不可，果然過不多時，他雙目便被針刺瞎。

令狐冲見師父得勝，心下並不喜悅，反而突然感到說不出的害怕。岳不羣性子溫和，待他向來親切，他自小對師父摯愛實勝於敬畏。後來師父將他逐出門牆，他也深知自己行事乖張任性，實是罪有應得，只盼能得師父師娘寬恕，從未生過半分怨懟之意。但這時見到師父大袖飄飄的站在封禪台邊，神態儒雅瀟灑，不知如何，心中竟然生起了強烈的憎恨。或許由於岳不羣所使的武功，令他想到了東方不敗的怪模怪樣，也或許他覺得師父勝得殊不正大光明，他呆了片刻，傷口一陣劇痛，便即頹然坐倒。

盈盈和儀琳同時伸手扶住，齊問：「怎樣？」

令狐冲搖了搖頭，勉強露出微笑，道：「沒……沒甚麼。」

只聽得左冷禪又在叫喊：「岳不羣，你這奸賊，有種的便過來決一死戰，躲躲閃閃的，真是無恥小人！你……你過來，過來再打！」

嵩山派中湯英鶚說道：「你們去扶師父下來。」

兩名大弟子史登達和狄修應道：「是！」飛身上台，說道：「師父，咱們下去罷！」

左冷禪叫道：「岳不羣，你不敢來嗎？」

史登達伸手去扶，說道：「師……」

突然間寒光一閃，左冷禪長劍一劍從史登達左肩直劈到右腰，跟著劍光帶過，狄修已齊胸而斷。這兩劍勢道之凌厲，端的是匪夷所思，只是閃電般一亮，兩名嵩山派大弟子已被斬成四截。

台下羣雄齊聲驚呼，盡皆駭然。

岳不羣緩步走到台中，說道：「左兄，你已成殘廢，我也不會來跟你一般見識。到了此刻，你還想跟我爭這五嶽派掌門嗎？」

左冷禪慢慢提起長劍，劍尖對準了他胸口。岳不羣手中並無兵器，他那柄長劍從空中落下後，兀自插在台上，在風中微微晃動。岳不羣雙手攏在大袖之中，目不轉瞬的盯住胸口三尺外的劍尖。劍尖上的鮮血一滴滴的掉在地下，發出輕輕的嗒嗒聲響。左冷禪右手衣袖鼓了起來，猶似吃飽了風的帆篷一般，左手衣袖平垂，與尋常無異，足見他全身勁力都集中到右臂之上，內力鼓盪，連衣袖都欲脹裂，直是非同小可。這一劍之出，自是雷霆萬鈞之勢。

突然之間，白影急晃，岳不羣向後滑出丈餘，立時又回到了原地，一退一進，竟如常人一霎眼那麼迅捷。他站立片刻，又向左後方滑出丈餘，跟著快迅無倫的回到原處，以胸口對著左冷禪的劍尖。人人都看得清楚，左冷禪這乾坤一擲的猛擊，不論如何厲害，終究不能及於岳不羣之身。

左冷禪心中無數念頭紛至沓來，這一劍倘若不能直刺入岳不羣胸口，只要給他閃避了過去，自己雙眼已盲，那便只有任其宰割的份兒，想到自己花了無數心血，籌劃五派合併，料不到最後霸業為空，功敗垂成，反中暗算，突然間心中一酸，熱血上湧，哇的一聲，一口鮮血直噴出來。

岳不羣微一側身，早已避在一旁，臉上忍不住露出笑容。

左冷禪右手一抖，長劍自中而斷，隨即拋下斷劍，仰天哈哈大笑，笑聲遠遠傳了出去，山谷為之鳴響。長笑聲中，他轉過身來，大踏步下台，走到台邊時左腳踏空，但心中早就有備，右足踢出，飛身下台。

嵩山派幾名弟子搶過去，齊叫：「師父，咱們一齊動手，將華山派上下斬為肉泥。」

左冷禪朗聲道：「大丈夫言而有信！既說是比劍奪帥，各憑本身武功爭勝，岳先生武功遠勝左某，大夥兒自當奉他為掌門，豈可更有異言？」

他雙目初盲之時，驚怒交集，不由得破口大罵，但略一寧定，便即恢復了武學大宗師的身分氣派。羣雄見他拿得起，放得下，的是一代豪雄，無不佩服。否則以嵩山派人數之眾，所約幫手之盛，又佔了地利，若與華山派羣毆亂鬥，岳不羣武功再高，也難以抵敵。

五嶽劍派和來到嵩山看熱鬧的人羣之中，自有不少趨炎附勢之徒，聽左冷禪這麼說，登時大聲歡呼：「岳先生當五嶽派掌門，岳先生當五嶽派掌門！」華山派的一門弟子自是叫喊得更加起勁，只是這變故太過出於意料之外，華山門人實難相信眼前所見乃是事實。

岳不羣走到台邊，拱手說道：「在下與左師兄比武較藝，原盼點到為止。但左師兄武功太高，震去了在下手中長劍，危急之際，在下但求自保，下手失了分寸，以致左師兄雙目受損，在下心中好生不安。咱們當尋訪名醫，為左師兄治療。」

台下有人說道：「刀劍不生眼睛，那能保得絕無損傷。」另一人道：「閣下沒有趕盡殺絕，足見仁義。」岳不羣道：「不敢！」他拱手不語，也無下台之意。台下有人叫道：「那一個想做五嶽派掌門，上台去較量啊。」另一人道：「那一個招子太亮，上台去請岳先生剜了出來，也無不可。」數百人齊聲叫道：「岳先生當五嶽派掌門，岳先生當五嶽派掌門！」

岳不羣待人聲稍靜，朗聲說道：「既是眾位抬愛，在下也不敢推辭。五嶽派今日新創，百廢待舉，在下只能總領其事。衡山的事務仍請莫大先生主持。恆山事務仍由令狐冲賢弟主持。泰山事務請玉磬、玉音兩位道長，再會同天門師兄的門人建除道長，三人共同主持。嵩山派的事務嘛，左師兄眼睛不便，卻須斟酌……」

岳不羣頓了一頓，眼光向嵩山派人羣中射去，緩緩說道：「依在下之見，暫時請湯英鶚湯師兄、陸柏陸師兄，會同左師兄，三位一同主理日常事務。」陸柏大出意料之外，說道：「這個……這個……」嵩山門人與別派人眾也都甚是詫異。湯英鶚長期來做左冷禪的副手，那也罷了，陸柏適才一直出言與岳不羣為難，冷嘲熱諷，甚是無禮，不料岳不羣居然不計前嫌，指定他會同主領嵩山派的事務。嵩山派門人本來對左冷禪雙目被刺一事極為忿忿，許多人正欲俟機生事，但聽岳不羣派湯英鶚、陸柏、左冷禪三人料理嵩山事務，然則嵩山派一如原狀，岳不羣不來強加干預，登時氣憤稍平。

岳不羣道：「咱們五嶽劍派今日合派，若不和衷同濟，那麼五派合併云云，也只有虛名而已。大家今後都是份屬同門，再也休分彼此。在下無德無能，暫且執掌本門門戶，種種興革，還須和眾位兄弟從長計議，在下不敢自專。現下天色已晚，各位都辛苦了，便請到嵩山本院休息，喝酒用飯！」羣雄齊聲歡呼，紛紛奔下峯去。

岳不羣下得台來，方證大師、冲虛道人等都過來向他道賀。方證和冲虛本來擔心左冷禪混一五嶽派後，野心不息，更欲吞併少林、武當，為禍武林。各人素知岳不羣乃謙謙君子，由他執掌五嶽一派門戶，自是大為放心，因之各人的道賀之意均十分誠懇。

方證大師低聲道：「岳先生，此刻嵩山門下，只怕頗有人心懷叵測，欲對施主不利。常言道得好，害人之心不可有，防人之心不可無。施主身在嵩山，可須小心在意。」岳不羣道：「是，多謝方丈大師指點。」方證道：「少室山與此相距只咫尺之間，呼應極易。」岳不羣深深一揖，道：「大師美意，岳某銘感五中。」

他又向冲虛道人、丐幫解幫主等說了幾句話，快步走到令狐冲跟前，問道：「冲兒，你的傷不礙事麼？」自從他將令狐冲逐出華山以來，這是第一次如此和顏悅色叫他「冲兒」。令狐冲卻心中一寒，顫聲道：「不……不打緊。」岳不羣道：「你便隨我同去華山養傷，和你師娘聚聚如何？」岳不羣如在幾個時辰前提出此事，令狐冲自是大喜若狂，答應之不暇，但此刻竟大為躊躇，頗有些怕上華山。岳不羣道：「怎麼樣？」令狐冲道：「恒山派的金創藥好，弟子……弟子養好了傷，再來拜見師父師娘。」

岳不羣側頭凝視他臉，似要查察他真正的心意，過了好一會，才道：「那也好！你安心養傷，盼你早來華山。」令狐冲道：「是！」掙扎著想站起來行禮。岳不羣伸手扶住他右臂，溫言道：「不用啦！」令狐冲身子一縮，臉上不自禁的露出了懼意。岳不羣哼的一聲，眉間閃過一陣怒色，但隨即微笑，嘆道：「你小師妹還是跟從前一樣，出手不知輕重，總算沒傷到你要害！」跟著和儀和、儀清等恒山派二大弟子點頭招呼，這才慢慢轉過身來。

數丈外有數百人等著，待岳不羣走近，紛紛圍攏，大讚他武功高強，為人仁義，處事得體，一片諂諛奉承聲中，簇擁著下峯。

令狐冲目送著師父的背影在山峯邊消失，各派人眾也都走下峯去，忽聽得背後一個女子聲音說道：「偽君子！」

令狐冲身子一晃，傷處劇烈疼痛，這「偽君子」三字，便如是一個大鐵椎般，在他當胸重重一擊，霎時之間，他幾乎氣也喘不過來。

三十五

復仇

月色如水，
瀉在一條又寬又直的官道上，
輕煙薄霧，籠罩道旁樹梢，
野花香氣忽濃忽淡，微風拂面。
令狐冲久未飲酒，此刻情懷，
卻如微醺薄醉一般。

天色漸黑，封禪台旁除恒山派外已無旁人。儀和問道：「掌門師兄，咱們也下去嗎？」她仍叫令狐冲「掌門師兄」，顯是既不承認五派合併，更不承認岳不羣是本派掌門。令狐冲道：「咱們便在這裏過夜，好不好？」只覺和岳不羣離開得越遠越好，實不願再到嵩山本院和他見面。

他此言一出，恒山派許多女弟子都歡呼起來，人同此心，誰都不願下去。當日在福州城中，她們得悉師長有難，曾求華山派援手，岳不羣不顧「五嶽劍派，同氣連枝」之義，一口拒絕，恒山弟子對此一直耿耿於懷。今日令狐冲又為岳靈珊所傷，自是人人氣憤，待見岳不羣奪得了五嶽派掌門之位，各人均是不服，在這封禪台旁露宿一宵，倒是耳目清淨。

儀清道：「掌門師兄不宜多動，在這裏靜養最好。只是這位大哥……」說時眼望盈盈。

令狐冲笑道：「這位不是大哥，是任大小姐。」盈盈一直扶著令狐冲，聽他突然洩露自己身分，不由得大羞，急忙抽身站起，逃出數步。令狐冲不防，身子向後便仰。儀琳站在他身旁，一伸手，托住他的左肩，叫道：「小心了！」

儀和、儀清等早知盈盈和令狐冲戀情深摯，非比尋常。一個為情郎少林寺捨命，一個為她率領江湖豪士攻打少林寺。令狐冲就任恒山派掌門人，這位任大小姐又親來道賀，擊破了魔教的奸謀，可說大有惠於恒山派，聽得眼前這個虬髯大漢竟然便是任大小姐，都是驚喜交集。恒山眾弟子心目中早就將這位任大小姐當作是未來的掌門夫人，相見之下，甚是親熱。當下儀和等取出乾糧、清水，分別吃了，眾人便在封禪台旁和衣而臥。

令狐冲重傷之餘，神困力竭，不久便即沉沉睡去。睡到中夜，忽聽得遠處有女子聲音喝道：「甚麼人？」令狐冲雖受重傷，內力極厚，一聽之下，便即醒轉，知是巡查守夜的恆山弟子盤問來人。聽得有人答道：「五嶽派同門，掌門人岳先生座下弟子林平之。」守夜的恆山弟子問道：「夤夜來此，為了何事？」林平之道：「在下約得有人在封禪台下相會，不知眾位師姊在此休息，多有得罪。」言語甚為有禮。

便在這時，一個蒼老的聲音從西首傳來：「姓林的小子，你在這裏伏下五嶽派同門，想倚多為勝，找老道的麻煩嗎？」令狐冲認出是青城派掌門余滄海，微微一驚：「林師弟與余滄海有殺父殺母的大仇，約他來此，當是索還這筆血債了。」

林平之道：「恆山眾師姊在此歇宿，我事先並不知情。咱們另覓處所了斷，免得騷擾了旁人清夢。」余滄海哈哈大笑，說道：「免得騷擾旁人清夢？嘿嘿，你擾都擾了，卻在這裏裝濫好人。有這樣的岳父，便有這樣的女婿。你有甚麼話，爽爽快快的說了，大家好安穩睡覺。」林平之冷冷的道：「要安穩睡覺，你這一生是別妄想了。你青城派來到嵩山的，連你共有三十四人。我約你一齊前來相會，幹麼只來了三個？」

余滄海仰天大笑，說道：「你是甚麼東西？也配叫我這樣那樣麼？你岳父新任五嶽派掌門，我是瞧在他臉上，才來聽你有甚麼話說。你有甚麼屁，趕快就放。要動手打架，那便亮劍，讓我瞧瞧你林家的辟邪劍法，到底有甚麼長進。」

令狐冲慢慢坐起身來，月光之下，只見林平之和余滄海相對而立，相距約有三丈。令狐冲心想：「那日我在衡山負傷，這余矮子想一掌將我擊死，幸得林師弟仗義，挺身而出，這才救了我一命。倘若當日余矮子一掌打在我身上，令狐冲焉有今日？林師弟入我華山門下之後，武功自是大有進境，但與余矮子相比，畢竟尚有不逮。他約余矮子來此，想必師父、師娘定然在後相援。但若師父師娘不來，我自也不能袖手不理。」

余滄海冷笑道：「你要是有種，便該自行上我青城山來尋仇，卻鬼鬼祟祟的約我到這裏來，又在這裏伏下一批尼姑，好一齊向老道下手，可笑啊可笑。」

儀和聽到這裏，再也忍耐不住，朗聲說道：「姓林的小子跟你有恩有仇，和我們恆山派有甚麼相干？你這矮道人便會胡說八道。你們儘可拚個你死我活，咱們只是看熱鬧。你心中害怕，可不用將恆山派拉扯在一起。」她對岳靈珊大大不滿。愛屋及烏，恨屋也及烏，連帶的將岳靈珊的丈夫也憎厭上了。

余滄海與左冷禪一向交情不壞，此次左冷禪又先後親自連寫了兩封信，邀他上山觀禮，兼壯聲勢。余滄海來到嵩山之時，料定左冷禪定然會當五嶽派掌門，因此雖與華山派門人有仇，卻絲毫不放在心上，那知這五嶽派掌門一席竟會給岳不羣奪了去，大為始料所不及，覺得在嵩山殊無意味，即晚便欲下山。

青城派一行從嵩山絕頂下來之時，林平之走到他身旁，低聲相約，要他今晚子時，在封禪台畔相會。林平之說話雖輕，措詞神情卻無禮已極，令他難以推託。余滄海尋思：「你華山派新掌五嶽派門戶，氣燄不可一世，但你羽翼未豐，五嶽派內四分五裂，我也不來怕你。只是須得提防你邀約幫手，對我羣起而攻。」他故意赴約稍遲，跟在林平之身後，看他是否有大批幫手，眼見林平之竟孤身上峯赴約。他暗暗心喜，本來帶齊了青城派門人，當下只帶了兩名弟子上峯，其餘門人則散布峯腰，一見到有人上峯應援，便即發聲示警。

上得峯來，見封禪台旁有多人睡臥，余滄海暗暗叫苦，心想：「三十老娘，倒繃嬰兒。我只去查他有無帶同大批幫手上峯，沒想到他大批幫手早在峯頂相候。老道身入伏中，可得籌劃脫身之計。」

他素知恆山派的武功劍術決不在青城派之下，雖然三位前輩師太圓寂，令狐冲又身受重傷，此刻恆山派中人材凋零，並無高手，但畢竟人多勢眾，如果數百名尼姑結成劍陣圍攻，那可棘手得緊。待聽得儀和如此說，雖然直呼自己為「矮子」，好生無禮，但言語之中顯是表明兩不相助，不由得心中一寬，說道：「各位兩不相助，那是再好不過。大家不妨把眼睛睜得大大的，且看我青城派的劍術，與華山派劍法相較卻又如何。」頓了一頓，又道：「各位別以為岳不羣僥倖勝得嵩山左師兄，他的劍法便如何了不起。武林中各家各派，各有各的絕技，華山劍法未必就能獨步天下。以我看來，恆山劍法就比華山高明得多。」

他這幾句話的絃外之意，恆山門人如何聽不出來，儀和卻不領他的情，說道：「你們兩個，要打便爽爽快快的動手，半夜三更在這裏嘰哩咕嚕，擾人清夢，未免太不識相。」

余滄海心下暗怒，尋思：「今日老道要對付姓林的小子，又落了單，不能跟你們這些臭尼姑算帳。日後你恆山門人在江湖上撞在老道手中，總教你們有苦頭吃的。」他為人極是小氣，一向又自尊自大慣了的，武林後輩見到他若不恭恭敬敬的奉承，他已老大不高興，儀和如此說話，倘在平時，他早就大發脾氣了。

林平之走上兩步，說道：「余滄海，你為了覬覦我家劍譜，害死我父母雙親，我福威鏢局中數十口人丁，都死在你青城派手下，這筆血債，今日要鮮血來償。」

余滄海氣往上衝，大聲道：「我親生孩兒死在你這小畜生手下，你便不來找我，我也要將你這小狗千刀萬剮。你托庇華山門下，以岳不羣為靠山，難道就躲得過了？」嗆啷一聲，長劍出鞘。這日正是十五，皓月當空，他身子雖矮，劍刃卻長。月光與劍光映成一片，溶溶如水，在他身前晃動，只這一拔劍，氣勢便大是不凡。

恆山弟子均想：「這矮子成名已久，果然非同小可。」

林平之仍不拔劍，又走上兩步，與余滄海相距已只丈餘，側頭瞪視著他，眼睛中如欲迸出火來。

余滄海見他並不拔劍，心想：「你這小子倒也托大，此刻我只須一招『碧淵騰蛟』，長劍挑起，便將你自小腹而至咽喉，劃一道兩尺半的口子。只不過你是後輩，我可不便先行動手。」喝道：「你還不拔劍？」他蓄勢以待，只須林平之手按劍柄，長劍抽動，不等他長劍出鞘，這一招「碧淵騰蛟」便剖了他肚子。恆山弟子那就只能讚他出手迅捷，不能說他突然偷襲。

令狐冲眼見余滄海手中長劍的劍尖不住顫動，叫道：「林師弟，小心他刺你小腹。」

林平之一聲冷笑，驀地裏疾衝上前，當真是動如脫兔，一瞬之間，與余滄海相距已不到一尺，兩人的鼻子幾乎要碰在一起。這一衝招式之怪，無人想像得到，而行動之快，更是難以形容。他這麼一衝，余滄海的雙手，右手中的長劍，便都已到了對方的背後。他長劍無法彎過來戳刺林平之的背心，而林平之左手已拿住了他右肩，右手按上了他心房。

余滄海只覺「肩井穴」上一陣痠麻，右臂竟無半分力氣，長劍便欲脫手。

眼見林平之一招制住強敵，手法之奇，恰似岳不羣戰勝左冷禪時所使的招式，路子也是一模一樣，令狐冲轉過頭來，和盈盈四目交視，不約而同的低呼：「東方不敗！」兩人都從對方的目光之中，看到了驚恐和惶惑之意。顯然，林平之這一招，便是東方不敗當日在黑木崖所使的功夫。

林平之右掌蓄勁不吐，月光之下，只見余滄海眼光中突然露出極大的恐懼。林平之心中說不出的快意，只覺倘若一掌將這大仇人震死了，未免太過便宜了他。便在此時，只聽得遠處岳靈珊的聲音響了起來：「平弟，平弟！爹爹叫你今日暫且饒他。」

她一面呼喚，一面奔上峯來。見到林平之和余滄海面對面的站著，不由得一呆。她搶前幾步，見林平之一手已拿住余滄海的要穴，一手按在他胸口，便噓了口氣，說道：「爹爹說道，余觀主今日是客，咱們不可難為了他。」

林平之哼的一聲，搭在余滄海「肩井穴」的左手加催內勁。余滄海穴道中酸麻加甚，但隨即覺察到，對方內力實在平平無奇，苦在自己要穴受制，否則以內功修為而論，和自己可差得遠了，一時之間，心下悲怒交集，明明對方武功稀鬆平常，再練十年也不是自己對手，偏偏一時疏忽，竟為他怪招所乘，一世英名固然付諸流水，而且他要報父母大仇，多半不聽師父的吩咐，便即取了自己性命。

岳靈珊道：「爹爹叫你今日饒他性命。你要報仇，還怕他逃到天邊去嗎？」

林平之提起左掌，拍拍兩聲，打了余滄海兩個耳光。余滄海怒極，但對方右手仍然按在自己心房之上，這少年內力不濟，但稍一用勁，便能震壞自己心脈，這一掌如將自己就此震死，倒也一了百了，最怕的是他以第四五流的內功，震得自己死不死，活不活，那就慘了。在一剎那間他權衡輕重利害，竟不敢稍有動彈。

林平之打了他兩記耳光，一聲長笑，身子倒縱出去，已離開他有三丈遠近，側頭向他瞪視，一言不發。余滄海挺劍欲上，但想自己以一代宗主，一招之間便落了下風，眾目睽睽之下若再上前纏鬥，那是痞棍無賴的打法，較之比武而輸，更是羞恥百倍，雖跨出了一步，第二步卻不再踏出。林平之一聲冷笑，轉身便走，竟也不去理睬妻子。

岳靈珊頓了頓足，一瞥眼見到令狐冲坐在封禪台之側，當即走到他身前，說道：「大師哥，你……你的傷不礙事罷？」令狐冲先前一聽到她的呼聲，心中便已怦怦亂跳，這時更加心神激盪，說道：「我……我……我……」儀和向岳靈珊冷冷的道：「你放心，死不了！」岳靈珊聽而不聞，眼光只是望著令狐冲，低聲說道：「那劍脫手，我……我不是有心想傷你的。」令狐冲道：「是，我當然知道，我當然知道……我……我……我當然知道。」他向來豁達灑脫，但在這小師妹面前，竟是呆頭呆腦，變得如木頭人一樣，連說了三句「我當然知道」，直是不知所云。岳靈珊道：「你受傷很重，我十分過意不去，但盼你不要見怪。」令狐冲道：「不，不會，我當然不會怪你。」岳靈珊幽幽嘆了口氣，低下了頭，輕聲道：「我去啦！」令狐冲道：「你……你要去了嗎？」失望之情，溢於言表。

岳靈珊低頭慢慢走開，快下峯時，站定腳步，轉身說道：「大師哥，恆山派來到華山的兩位師姊，爹爹說我們多有失禮，很對不起。我們一回華山，立即向兩位師姊陪罪，恭送她們下山。」

令狐冲道：「是，很好，很……很好！」目送她走下山峯，背影在松樹後消失，忽然想起，當時在思過崖上，她天天給自己送酒送飯，離去之時，也總是這麼依依不捨，勉強想些說話出來，多講幾句才罷，直到後來她移情於林平之，情景才變。

他回思往事，情難自已，忽聽得儀和一聲冷笑，說道：「這女子有甚麼好？三心二意，待人沒半點真情，跟咱們任大小姐相比，給人家提鞋兒也不配。」

令狐冲一驚，這才想起盈盈便在身邊，自己對小師妹如此失魂落魄的模樣，當然都給她瞧在眼裏了，不由得臉上一陣發熱。只見盈盈倚在封禪台的一角，似在打盹，心想：「只盼她是睡著了才好。」但盈盈如此精細，怎會在這當兒睡著？令狐冲這麼想，明知是自己欺騙自己，訕訕的想找幾句話來跟她說，卻又不知說甚麼好。

對付盈盈，他可立刻聰明起來，這時既無話可說，最好便是甚麼話都不說，但更好的法子，是將她心思引開，不去想剛才的事，當下慢慢躺倒，忽然輕輕哼了一聲，顯得觸到背上的傷痛。盈盈果然十分關心，過來低聲問道：「碰痛了嗎？」令狐冲道：「還好。」伸過手去，握住了她手。盈盈想要甩脫，但令狐冲抓得很緊。她生怕使力之下，扭痛了他傷口，只得任由他握著。令狐冲失血極多，疲困殊甚，過了一會，迷迷糊糊的也就睡著了。

次晨醒轉，已是紅日滿山。眾人怕驚醒了他，都沒敢說話。令狐冲覺得手中已空，不知甚麼時候，盈盈已將手抽回了，但她一雙關切的目光卻凝視著他臉。令狐冲向她微微一笑，坐起身來，說道：「咱們回恒山去罷！」

這時田伯光已砍下樹木，做了個擔架，當下與不戒和尚二人抬起令狐冲，走下峯來。眾人行經嵩山本院時，只見岳不羣站在門口，滿臉堆笑的相送，岳夫人和岳靈珊卻不在其旁。令狐冲道：「師父，弟子不能向你老人家叩頭告別了。」岳不羣道：「不用，不用。等你養好傷後，咱們再行詳談。我做這五嶽派掌門，沒甚麼得力之人匡扶，今後仗你相助的地方正多著呢。」令狐冲勉強一笑。不戒和田伯光抬著他行走如飛，頃刻間走得遠了。

山道之上，盡是這次來嵩山聚會的羣豪。到得山腳，眾人僱了幾輛騾車，讓令狐冲、盈盈等人乘坐。

傍晚時分，來到一處小鎮，見一家茶館的木棚下坐滿了人，都是青城派的，余滄海也在其內。他見到恒山弟子到來，臉上變色，轉過了身子。小鎮上別無茶館飯店，恒山眾人便在對面屋簷下的石階上坐下休息。鄭萼和秦絹到茶館中去張羅了熱茶來給令狐冲喝。

忽聽得馬蹄聲響，大道上塵土飛揚，兩乘馬急馳而來。到得鎮前，雙騎勒定，馬上一男一女，正是林平之和岳靈珊夫婦。林平之叫道：「余滄海，你明知我不肯干休，幹麼不趕快逃走？卻在這裏等死？」

令狐冲在騾車中聽得林平之的聲音，問道：「是林師弟他們追上來了？」秦絹坐在車中正服侍他喝茶，當下捲起車帷，讓他觀看車外情景。

余滄海坐在板凳之上，端起了一杯茶，一口口的呷著，並不理睬，將一杯茶喝乾，才道：「我正要等你前來送死。」

林平之喝道：「好！」這「好」字剛出口，便即拔劍下馬，反手挺劍刺出，跟著飛身上馬，一聲吆喝，和岳靈珊並騎而去。站在街邊的一名青城弟子胸口鮮血狂湧，慢慢倒下。

林平之這一劍出手之奇，實是令人難以想像。他拔劍下馬，顯是向余滄海攻去。余滄海見他拔劍相攻，正是求之不得的事，心下暗喜。料定一和他鬥劍，便可取其性命，以報昨晚封禪台畔的奇恥大辱，日後岳不羣便來找自己的晦氣，理論此事，那也是將來的事了。那料到對方的這一劍竟會在中途轉向，快如閃電般刺死一名青城弟子，便即策馬馳去。余滄海驚怒之下，躍起追擊，但對方二人坐騎奔行迅速，再也追趕不上。

林平之這一劍奇幻莫測，迅捷無倫，令狐冲只看得撟舌不下，心想：「這一劍若是向我刺來，如果我手中沒有兵刃，那是決計無法抵擋，非給他刺死不可。」他自忖以劍術而論，林平之和自己相差極遠，可是他適才這一招如此快法，自己卻確無拆解之方。

余滄海指著林平之馬後的飛塵，頓足大罵，但林平之和岳靈珊早已去得遠了，那裏還聽得到他的罵聲？他滿腔怒火，無處發洩，轉身罵道：「你們這些臭尼姑，明知姓林的要來，便先行過來為他助威開路。好，姓林的小畜生逃走了，有膽子的，便過來決一死戰。」恆山弟子比青城派人數多上數倍，兼之有不戒和尚、盈盈、桃谷六仙、田伯光等好手在內，倘若動手，青城派決無勝望。雙方強弱懸殊，余滄海不是不知，但他狂怒之下，雖然向來老謀深算，這時竟也按捺不住。

儀和當即抽出長劍，怒道：「要打便打，誰還怕了你不成？」

令狐冲道：「儀和師姊，別理會他。」

盈盈向桃谷六仙低聲說了幾句話。桃根仙、桃幹仙、桃枝仙、桃葉仙四人突然間飛身而起，撲向繫在涼棚上的一匹馬。

那馬便是余滄海的坐騎。只聽得一聲嘶鳴，桃谷四仙已分別抓住那馬的四條腿，四下裏一拉，豁啦一聲巨響，那馬竟被撕成了四片，臟腑鮮血，到處飛濺。這馬腿高身壯，竟然被桃谷四仙以空手撕裂，四人膂力之強，實是罕見。青城派弟子無不駭然變色，連恆山門人也都嚇得心下怦怦亂跳。

盈盈說道：「余老道，姓林的跟你有仇。我們兩不相幫，只是袖手旁觀，你可別牽扯上我們。當真要打，你們不是對手，大家省些力氣罷。」

余滄海一驚之下，氣勢怯了，刷的一聲，將長劍還入鞘中，說道：「大家既是河水不犯井水，那就各走各路，你們先請罷。」盈盈道：「那可不行，我們得跟著你們。」余滄海眉頭一皺，問道：「那為甚麼？」盈盈道：「實不相瞞，那姓林的劍法太怪，我們須得看個清楚。」令狐冲心頭一凜，盈盈這句話正說中了他的心事，林平之劍術之奇，連「獨孤九劍」也無法破解，確是非看個清楚不可。

余滄海道：「你要看那小子的劍法，跟我有甚麼相干？」這句話一出口，便知說錯了，自己與林平之仇深似海，林平之決不會只殺一名青城弟子，就此罷手，定然又會再來尋仇。恆山派眾人便是要看林平之如何使劍，如何來殺戮他青城派的人眾。

任何學武之人，一知有奇特的武功，定欲一睹為快，恆山派人人使劍，自不肯放過這大好機會。只是他們跟定了青城派，倒似青城派已成待宰的羔羊，只看屠夫如何操刀一割，世上欺人之甚，豈有更逾於此？他心下大怒，便欲反唇相稽，話到口邊，終於強行忍住，鼻孔中哼了一聲，心道：「這姓林的小子只不過忽使怪招，卑鄙偷襲，兩次都攻了我一個措手不及，難道他還有甚麼真實本領？否則的話，他又怎麼不敢跟我正大光明的動手較量？好，你們跟定了，叫你們看得清楚，瞧道爺怎地一劍一劍，將這小畜生斬成肉醬。」

他轉過身來，回到涼棚中坐定，拿起茶壺來斟茶，只聽得嗒嗒嗒之聲不絕，卻是右手發抖，茶壺蓋震動作聲。適才林平之在他跟前，他鎮定如恆，慢慢將一杯茶呷乾，渾沒將大敵當前當一回事，可是此刻心中不住說：「為甚麼手發抖？為甚麼手發抖？」勉力運氣寧定，茶壺蓋總是不住的發響。他門下弟子只道是師父氣得厲害，其實余滄海內心深處，卻知自己實在是害怕之極，林平之這一劍倘若刺向自己，決計抵擋不了。

余滄海喝了一杯茶後，心神始終不能寧定，吩咐眾弟子將死去的弟子抬了，到鎮外荒地掩埋，餘人便在這涼棚中宿歇。鎮上居民遠遠望見這一夥人鬥毆殺人，早已嚇得家家閉門，誰敢過來瞧上一眼？

恆山派一行散在店鋪與人家的屋簷下。盈盈獨自坐在一輛騾車之中，與令狐冲的騾車離得遠遠地。雖然她與令狐冲的戀情早已天下知聞，但她靦腆之情，竟不稍減。恆山女弟子替令狐冲敷傷換藥，她正眼也不去瞧。鄭萼、秦絹等知她心意，不斷將令狐冲傷勢情形說給她聽，盈盈只微微點頭，不置一辭。

令狐冲細思林平之這一招劍法，劍招本身並沒甚麼特異，只是出手實在太過突兀，事先絕無半分朕兆，這一招不論向誰攻出，就算是絕頂高手，只怕也難以招架。當日在黑木崖上圍攻東方不敗，他手中只持一枚繡花針，可是四大高手竟然無法與之相抗，此刻細想，並非由於東方不敗內功奇高，也不是由於招數極巧，只是他行動如電，攻守進退，全然出於對手意料之外。林平之在封禪台旁制住余滄海，適才出劍刺死青城弟子，武功路子便與東方不敗一模一樣，而岳不羣刺瞎左冷禪雙目，顯然也便是這一路功夫。辟邪劍法與東方不敗所學的「葵花寶典」系出同源，料來岳不羣與林平之所使的，自然便是「辟邪劍法」了。

念及此處，不禁搖頭，喃喃道：「辟邪，辟邪！辟甚麼邪？這功夫本身便邪得緊。」心想：「當今之世，能對付得這門劍法的，恐怕只有風太師叔。我傷愈之後，須得再上華山，去向風太師叔請教，求他老人家指點破解之法。風太師叔說過不見華山派的人，我此刻可已不是華山派了。」又想：「東方不敗已死。岳不羣是我師父，林平之是我師弟，他二人決計不會用這劍法來對付我，然則又何必去鑽研破解這路劍法的法門？」突然間想起一事，猛地坐起身來，一動之下，騾車一震，傷口登時奇痛，忍不住哼了一聲。

秦絹站在車旁，忙問：「要喝茶嗎？」令狐冲道：「不要。小師妹，請你去請任姑娘過來。」秦絹答應了。

過了一會，盈盈隨著秦絹過來，淡淡問道：「甚麼事？」

令狐冲道：「我忽然想起了一件事，你爹爹曾說，你教中那部『葵花寶典』，是他傳給東方不敗的。當時我總道『葵花寶典』上所載的功夫，一定不及你爹爹自己修習的神功，可是……」盈盈道：「可是我爹爹的武功，後來卻顯然不及東方不敗，是不是？」令狐冲道：「正是。這其中的緣由，我可不明白了。」學武之人見到武學奇書，決無自己不學而傳給旁人之理，就算是父子、夫妻、師徒、兄弟、至親至愛之人，也不過是共同修習。捨己為人，那可大悖常情。

盈盈道：「這事我也問過爹爹。他說：第一，這部寶典上的武功是學不得的，學了大大有害。第二，他也不知寶典上的武功學成之後，竟有如此厲害。」令狐冲道：「學不得的？那為甚麼？」盈盈臉上一紅，道：「為甚麼學不得，我那裏知道？」頓了一頓，又道：「東方不敗如此下場，有甚麼好？」

令狐冲「嗯」了一聲，內心隱隱覺得，師父似乎正在走上東方不敗的路子。他這次擊敗左冷禪，奪到五嶽派掌門人之位，令狐冲殊無絲毫喜歡之情。「千秋萬載，一統江湖」，黑木崖上所見情景、所聞諛辭，在他心中，似乎漸漸要與岳不羣連在一起了。

盈盈低聲道：「你靜靜的養傷，別胡思亂想，我去睡了。」令狐冲道：「是。」掀開車帷，只見月光如水，映在盈盈臉上，突然之間，心下只覺十分的對她不起。盈盈慢慢轉過身去，忽道：「你那林師弟，穿的衣衫好花。」說了這句話，走向自己騾車。

令狐冲微覺奇怪：「她說林師弟穿的衣衫好花，那是甚麼意思？林師弟剛做新郎，穿的是新婚時的衣飾，那也沒甚麼希奇。這女孩子，不注意人家的劍法，卻去留神人家的衣衫，真是有趣。」他一閉眼，腦海中出現的只是林平之那一劍刺出時的閃光，到底林平之穿的是甚麼花式的衣衫，可半點也想不起來。

睡到中夜，遠遠聽得馬蹄聲響，兩乘馬自西奔來，令狐冲坐起身來，掀開車帷，但見恒山弟子和青城人眾一個個都醒了轉來。恒山眾弟子立即七個一羣，結成了劍陣，站定方位，凝立不動。青城人眾有的衝向路口，有的背靠土牆，遠不若恆山弟子的鎮定。

大路上兩乘馬急奔而至，月光下望得明白，正是林平之夫婦。林平之叫道：「余滄海，你為了想偷學我林家的辟邪劍法，害死了我父母。現下我一招一招的使給你看，可要瞧仔細了。」他將馬一勒，飛身下馬，長劍負在背上，快步向青城人眾走來。

令狐冲一定神，見他穿的是一件翠綠衫子，袍角和衣袖上都繡了深黃色的花朵，金線滾邊，腰中繫著一條金帶，走動時閃閃生光，果然是十分的華麗燦爛，心想：「林師弟本來十分樸素，一做新郎，登時大不相同了。那也難怪，少年得意，娶得這樣的媳婦，自是興高采烈，要盡情的打扮一番。」

昨晚在封禪台側，林平之空手襲擊余滄海，正是這麼一副模樣，此時青城派豈容他故技重施？余滄海一聲呼喝，便有四名弟子挺劍直上，兩把劍分刺他左胸右胸，兩把劍分自左右橫掃，斬其雙腿。

桃谷六仙看得心驚，忍不住呼叫。三個人叫道：「小子，小心！」另外三個叫道：「小心，小子！」

林平之右手伸出，在兩名青城弟子手腕上迅速無比的一按，跟著手臂回轉，在斬他下盤的兩名青城弟子手肘上一推，只聽得四聲慘呼，兩人倒了下來。這兩人本以長劍刺他胸膛，但給他在手腕上一按，長劍迴轉，竟插入了自己小腹。林平之叫道：「辟邪劍法，第二招和第三招！看清楚了罷？」轉身上鞍，縱馬而去。

青城人眾驚得呆了，竟沒上前追趕。看另外兩名弟子時，只見一人的長劍自下而上的刺入了對方胸膛，另一人也是如此。這二人均已氣絕，但右手仍然緊握劍柄，是以二人相互連住，仍直立不倒。

林平之這麼一按一推，令狐冲看得分明，又是驚駭，又是佩服，心道：「高明之極，這確是劍法，不是擒拿。只不過他手中沒有持劍而已。」

月光映照之下，余滄海矮矮的人形站在四具屍體之旁，呆呆出神。青城羣弟子圍在他的身周，離得遠遠地，誰都不敢說話。

隔了良久，令狐冲從車中望出去，見余滄海仍是站立不動，他的影子卻漸漸拉得長了，這情景說不盡的詭異。有些青城弟子已走了開去，有些坐了下來，余滄海仍是僵了一般。令狐冲心中突然生起一陣憐憫之意，這青城派的一代宗匠給人制得一籌莫展，束手待斃，不自禁的代他難過。

睡意漸濃，便合上了眼，睡夢中忽覺騾車馳動，跟著聽得吆喝之聲，原來已然天明，眾人啟行上道。他從車帷邊望出去，筆直的大道上，青城派師徒有的乘馬，有的步行，瞧著他們零零落落的背影，只覺說不出的淒涼，便如是一羣待宰的牛羊，自行走入屠場一般。他想：「這羣人都知林平之定會再來，也都知道決計無法與之相抗，倘若分散逃去，青城一派就此毀了。難道林平之找上青城山去，松風觀中竟然無人出來應接？」

中午時分，到了一處大鎮甸上，青城人眾在酒樓中吃喝，恆山派羣徒便在對面的飯館打尖。隔街望見青城師徒大塊肉大碗酒的大吃大喝，羣尼都是默不作聲。各人知道，這些人命在旦夕，多吃得一頓便是一頓。

行到未牌時分，來到一條江邊，只聽得馬蹄聲響，林平之夫婦又縱馬馳來。儀和一聲口哨，恆山人眾都停了下來。

其時紅日當空，兩騎馬沿江奔至。馳到近處，岳靈珊先勒定了馬，林平之繼續前行。余滄海一揮手，眾弟子一齊轉身，沿江南奔。林平之哈哈大笑，叫道：「余矮子，你逃到那裏去？」縱馬衝來。

余滄海猛地回身一劍，劍光如虹，向林平之臉上刺去。這一劍勢道竟如此厲害，林平之似乎吃了一驚，急忙拔劍擋架。青城羣弟子紛紛圍上。余滄海一劍緊似一劍，忽而竄高，忽而伏低，這個六十左右的老者，此刻矯健猶勝少年，手上劍招全採攻勢。八名青城弟子長劍揮舞，圍繞在林平之馬前馬後，卻不向馬匹身上砍斬。

令狐冲看得幾招，便明白了余滄海的用意。林平之劍法的長處，在於變化莫測，迅若雷電，他騎在馬上，這長處便大大打了個折扣，如要驟然進攻，只能身子前探，胯下的坐騎可不能像他一般趨退若神，令人無法捉摸。八名青城弟子結成劍網，圍在馬匹周圍，旨在迫得林平之不能下馬。令狐冲心想：「青城掌門果非凡庸之輩，這法子極是厲害。」

林平之劍法變幻，甚是奇妙，但既身在馬上，余滄海便儘自抵敵得住，令狐冲又看了數招，目光便射向遠處的岳靈珊，突然間全身一震，大吃一驚。

只見六名青城弟子已圍住了她，將她慢慢擠向江邊。跟著她所乘馬匹肚腹中劍，長聲悲嘶，跳將起來，將她從馬背上摔了下來。岳靈珊身子一側，架開削來的兩劍，站起身來。六名青城弟子奮力進攻，猶如拚命一般，令狐冲認得有侯人英和洪人雄兩人在內。侯人英左手使劍，仍極悍勇。岳靈珊雖學過思過崖後洞石壁上所刻的五派劍法，青城派劍法卻沒學過。石壁上的劍招對她而言，都是太過高明，她其實並未真正學會，只是經父親指點後，略得形似而已。在封禪台側以泰山劍法對付泰山派好手，以衡山劍法對付衡山派掌門，令對方大吃一驚，頗具先聲奪人的鎮懾之勢，但以之對付青城弟子，卻無此效。

令狐冲只看得數招，便知岳靈珊無法抵擋，正焦急間，忽聽得「啊」的一聲長叫，一名青城弟子的左臂被岳靈珊以一招衡山劍法的巧招削斷。令狐冲心中一喜，只盼這六名弟子就此嚇退，豈知其餘五人固沒退開半步，連那斷了左臂之人，也如發狂般撲上。岳靈珊見他全身浴血，神色可怖，嚇得連退數步，一腳踏空，摔在江邊的碎石灘上。

令狐冲驚呼一聲，叫道：「不要臉，不要臉！」忽聽盈盈說道：「那日咱們對付東方不敗，也就是這個打法。」不知在甚麼時候，她已到了身邊。令狐冲心想不錯，那日黑木崖之戰，己方四人已然敗定，幸虧盈盈轉而進攻楊蓮亭，分散了東方不敗的心神，才致他死命。此刻余滄海所使的正便是這個計策，他們如何擊斃東方不敗，余滄海自然不知，只是情急智生，想出來的法子竟然不謀而合。料想林平之見到愛妻遇險，定然分心，自當回身去救，不料他全力和余滄海相鬥，竟然全不理會妻子身處奇險。

岳靈珊摔倒後便即躍起，長劍急舞。六名青城弟子知道青城一派的存亡，自己的生死，決於是否能在這一役中殺了對手，都不顧性命的進逼。那斷臂之人已拋去長劍，著地打滾，右臂向岳靈珊小腿攬去。岳靈珊大驚，叫道：「平弟，平弟，快來助我！」

林平之朗聲道：「余矮子要瞧辟邪劍法，讓他瞧個明白，死了也好閉眼！」奇招迭出，只壓得余滄海透不過氣來。他辟邪劍法的招式，余滄海早已詳加鑽研，盡數了然於胸，可是這些並無多大奇處的招式之中，突然間會多了若干奇妙之極的變化，更以猶如雷轟電閃般的手法使出，只逼得余滄海怒吼連連，越來越是狼狽。余滄海知道對手內力遠不如己，不住以劍刃擊向林平之的長劍，只盼將之震落脫手，但始終碰它不著。

令狐冲大怒，喝道：「你……你……你……」他本來還道林平之給余滄海纏住了，分不出手來相救妻子，聽他這麼說，竟是沒將岳靈珊的安危放在心上，所重視的只是要將余滄海戲弄個夠。這時陽光猛烈，遠遠望見林平之嘴角微斜，臉上露出又是興奮又是痛恨的神色，想見他心中充滿了復仇的快意。若說像貓兒捉到了老鼠，要先殘酷折磨，再行咬死，貓兒對老鼠卻決無這般痛恨和惡毒。

岳靈珊又叫：「平弟，平弟，快來！」聲嘶力竭，已然緊急萬狀。林平之道：「這就來啦，你再支持一會兒，我得把辟邪劍法使全了，好讓他看個明白。余矮子跟我們原沒怨仇，一切都是為了這『辟邪劍法』，總得讓他把這套劍法有頭有尾的看個分明，你說是不是？」他慢條斯理的說話，顯然不是說給妻子聽，而是在對余滄海說，還怕對方不明白，又加了一句：「余矮子，你說是不是？」他身法美妙，一劍一指，極盡都雅，神態之中，竟大有華山派女弟子所學「玉女劍十九式」的風姿，只是帶著三分陰森森的邪氣。

令狐冲原想觀看他辟邪劍法的招式，此刻他向余滄海展示全貌，正是再好不過的機會。但他掛念岳靈珊的安危，就算料定日後林平之定會以這路劍招來殺他，也決無餘裕去細看一招，耳聽得岳靈珊連聲急叫，再也忍耐不住，叫道：「儀和師姊，儀清師姊，你們快去救岳姑娘。她……她抵擋不住了。」

儀和道：「我們說過兩不相助，只怕不便出手。」

武林中人最講究「信義」二字。有些旁門左道的人物，儘管無惡不作，但一言既出，卻也是決無反悔，倘若食言而肥，在江湖上頗為人所不齒。連田伯光這等採花大盜，也得信守諾言。令狐冲聽儀和這麼說，知道確是實情，前晚在封禪台之側，她們就已向余滄海說得明白，決不插手，如果此刻有人上前相救岳靈珊，那確是大大損及恒山一派的令譽，不由得心中大急，說道：「這……這……」叫道：「不戒大師呢？田伯光呢？」

秦絹道：「他二人昨天便跟桃谷六仙一起走了，說道瞧著余矮子的模樣太也氣悶，要去喝酒。再說，他們八個也都是恒山派的……」

盈盈突然縱身而出，奔到江邊，腰間一探，手中已多了兩柄短劍，朗聲說道：「你們瞧清楚了，我是日月神教任教主之女，任盈盈便是，可不是恒山派的。你們六個大男人，合手欺侮一個女流之輩，教人看不過去。任姑娘路見不平，這樁事得管上一管。」

令狐冲見盈盈出手，不禁大喜，吁了一口長氣，只覺傷口劇痛，坐倒車中。

青城六弟子對盈盈之來，竟全不理睬，仍拚命向岳靈珊進攻。岳靈珊退得幾步，噗的一聲，左足踩入了江水之中。她不識水性，一足入水，心中登時慌了，劍法更是散亂。便在此時，只覺左肩一痛，被敵人刺了一劍。那斷臂人乘勢撲上，伸右臂攬住了她右腿。岳靈珊長劍砍下，中其背心，那斷臂人張嘴往她腿上狠命咬落。岳靈珊眼前一黑，心想：「我就這麼死了？」遙見林平之斜斜刺出一劍，左手揑著劍訣，在半空中劃個弧形，姿式俊雅，正自好整以暇的賣弄劍法。她心頭一陣氣苦，險些暈去，突然間眼前兩把長劍飛起，跟著撲通、撲通聲響，兩名青城弟子摔入了江中。岳靈珊意亂神迷，摔倒在地。

盈盈舞動短劍，十餘招間，餘下五名青城弟子盡皆受傷，兵刃脫手，只得退開。盈盈將那垂死的獨臂人踢開，將岳靈珊拉起，只見她下半身浸入江中，裙子盡濕，衣裳上濺滿了鮮血，當下扶著她走上江岸。

只聽得林平之叫道：「我林家的辟邪劍法，你們都看清楚了嗎？」劍光閃處，圍在他馬旁的一名青城弟子眉心中劍。他哈哈大笑，叫道：「方人智，你這惡賊，如此死法，可便宜了你！」他一提韁繩，坐騎從正在倒下去的方人智身上躍過，馳了出來。

余滄海筋疲力竭，那敢追趕？

林平之勒馬四顧，突然叫道：「你是賈人達！」縱馬向前。賈人達本就遠遠縮在一旁，見他追來，大叫一聲，轉身狂奔。林平之卻也並不急趕，縱馬緩緩追上，長劍挺出，刺中他右腿。賈人達撲地摔倒。林平之一提韁繩，馬蹄便往他身上踏去。賈人達長聲慘呼，一時卻不得便死。林平之大笑聲中，拉轉馬頭，又縱馬往他身上踐踏，來回數次，賈人達終於寂無聲息。

林平之更不再向青城派眾人多瞧一眼，縱馬馳到岳靈珊和盈盈的身邊，向妻子道：「上馬！」

岳靈珊向他怒目而視，過了一會，咬牙說道：「你自己去好了。」林平之問道：「你呢？」岳靈珊道：「你管我幹甚麼？」林平之向恆山派羣弟子瞧了一眼，冷笑一聲，雙腿一挾，縱馬絕塵而去。

盈盈決計料想不到，林平之對他新婚妻子竟會如此絕情，不禁愕然，說道：「林夫人，你到我車中歇歇。」岳靈珊淚水盈眶，竭力忍住不讓眼淚流下，嗚咽道：「我……我不去。你……你為甚麼要救我？」盈盈道：「不是我救你，是你大師哥令狐冲要救你。」岳靈珊心中一酸，再也忍耐不住，眼淚湧出，說道：「你……請你借我一匹馬。」盈盈道：「好。」轉身去牽了一匹馬過來。岳靈珊道：「多謝，你……你……」躍上馬背，勒馬轉向東行，和林平之所去方向相反，似是回向嵩山。

余滄海見她馳過，頗覺詫異，但也沒加理會，心想：「過了一夜，這姓林的小畜生又會來殺我們幾人，要將我眾弟子一個個都殺了，叫我孤另另的一人，然後再向我下手。」

令狐冲不忍看余滄海這等失魂落魄的模樣，說道：「走罷！」趕車的應道：「是！」一聲吆喝，鞭子在半空中虛擊一記，拍的一響，騾子拖動車子，向前行去。令狐冲「咦」的一聲。他見岳靈珊向東回轉，心中自然而然的想隨她而去，不料騾車卻向西行。他心中一沉，卻不能吩咐騾車折向東行，掀開車帷向後望去，早已瞧不見她的背影，心頭沉重：「她身上受傷，孤身獨行，無人照料，那便如何是好？」忽聽得秦絹說道：「她回去嵩山，到她父母身邊，甚是平安，你不用擔心。」

令狐冲心下一寬，道：「是。」心想：「秦師妹心細得很，猜到了我的心思。」

次日中午，一行人在一家小飯店中打尖。這飯店其實算不上是甚麼店，只是大道旁的幾間草棚，放上幾張板桌，供過往行人喝茶買飯。恆山派人眾湧到，飯店中便沒這許多米，好在眾人帶得有米，連鍋子碗筷等等也一應俱備，當下便在草棚旁埋鍋造飯。

令狐冲在車中坐得久了，甚是氣悶，在恆山派金創藥內服外敷之下，傷勢已好了許多，鄭萼與秦絹二人攙扶著他，下車來在草棚中坐著休息。

他眼望東邊，心想：「不知小師妹會不會來？」

只見大道上塵土飛揚，一羣人從東而至，正是余滄海等一行。青城派人眾來到草棚外，也即下馬做飯打尖。余滄海獨自坐在一張板桌之旁，一言不發，呆呆出神。顯然他自知命運已然注定，對恆山派眾人也不迴避忌憚，當真是除死無大事，不論恆山派眾人瞧見他如何死法，都沒甚麼相干。

過不多久，西首馬蹄聲響，一騎馬緩緩行來，馬上乘客錦衣華服，正是林平之。他在草棚外勒定了馬，見青城派眾人對他正眼也不瞧上一眼，各人自顧煮飯的煮飯，喝茶的喝茶。這情形倒大出他意料之外，當下哈哈一笑，說道：「你們不動手，我一樣的要殺人。」一躍下馬來，在馬臀上一拍，那馬踱了開去，自去吃草。他見草棚中尚有兩張空著的板桌，便去一張桌旁坐下。

他一進草棚，令狐冲便聞到一股濃烈的香氣，但見林平之的服色考究之極，顯是衣衫上都薰了香，帽子上綴著一塊翠玉，手上戴了隻紅寶石戒指，每隻鞋頭上都縫著兩枚珍珠，直是家財萬貫的豪富公子打扮，那裏像是個武林人物？

令狐冲心想：「他家裏本來開福威鏢局，原是個極有錢的富家公子。在江湖上吃了幾年苦，現下學成了本事，那是要好好享用一番了。」只見他從懷中取出一塊雪白的綢帕，輕輕抹了抹臉。他相貌俊美，這幾下取帕、抹臉、抖衣，簡直便如是戲台上的花旦。林平之坐定後，淡淡的道：「令狐兄，你好！」令狐冲點了點頭，道：「你好！」

林平之側過頭去，見一名青城弟子捧了一壺熱茶上來，給余滄海斟茶，說道：「你叫于人豪，是不是？當年到我家來殺人，便有你的份兒。你便化成了灰，我也認得。」于人豪將茶壺往桌上重重一放，倏地回身，手按劍柄，退後兩步，說道：「老子正是于人豪，你待怎地？」他說話聲音雖粗，卻是語音發顫，臉色鐵青。林平之微微一笑，道：「英雄豪傑，青城四秀！你排第三，可沒半點豪傑的氣概，可笑啊可笑。」

「英雄豪傑，青城四秀」，是青城派武功最強的四名弟子，侯人英、洪人雄、于人豪、羅人傑。其中羅人傑已在湘南迴雁樓頭為令狐冲所殺，其餘三人都在眼前。林平之又冷笑一聲，說道：「那位令狐兄曾道：『狗熊野豬，青城四獸』，他將你們比作野獸，那還是看得起你們了。依我看來，哼哼，只怕連禽獸也不如。」

于人豪又怕又氣，臉色更加青了，手按劍柄，這把劍卻始終沒拔將出來。

便在此時，東首傳來馬蹄聲響，兩騎馬快奔而至，來到草棚前，前面一人勒住了馬。眾人回頭一看，有的人「咦」的一聲，叫了出來。前面馬上坐的是個身材肥矮的駝子，正是外號「塞北明駝」的木高峯。後面一匹馬上所乘的卻是岳靈珊。

令狐冲一見到岳靈珊，胸口一熱，心中大喜，卻見岳靈珊雙手被縛背後，坐騎的韁繩也是牽在木高峯手中，顯是被他擒住了，忍不住便要發作，轉念又想：「她丈夫便在這裏，何必要我外人強行出頭？倘若她丈夫不理，那時再設法相救不遲。」

林平之見到木高峯到來，當真如同天上掉下無數寶貝來一般，喜悅不勝，尋思：「害死我爹爹媽媽的，也有這駝子在內，不料陰差陽錯，今日他竟會自己送將上來，真叫做老天爺有眼。」

木高峯卻不識得林平之。那日在衡山劉正風家中，二人雖曾相見，但林平之裝作了個駝子，臉上貼滿了膏藥，與此刻這樣一個玉樹臨風般的美少年，自是渾不相同，後來雖知他是假裝駝子，卻也沒見過他真面目。木高峯轉頭向岳靈珊道：「難得有許多朋友在此，咱們走罷。」他見到青城和恆山兩派人眾，心下頗為忌憚，料想有人會出手相救岳靈珊，不如及早遠離的為是。他一聲吆喝，縱馬便行。

早一日岳靈珊受傷獨行，想回到嵩山爹娘身畔，但行不多時，便遇上了木高峯。木高峯心眼兒極窄，那日與岳不羣較量內功不勝，後來林震南夫婦又被他救了去，心下引為奇恥大辱，後來聽得林震南的兒子林平之投入華山門下，又娶岳不羣之女為妻，料想這部「辟邪劍譜」自然也帶入了華山門下，更是氣惱萬分。五嶽派開宗立派，他也得到了消息，只是五嶽劍派中人素來瞧他不起，左冷禪也沒給他請柬。他心中氣不過，伏在嵩山左近，只待五嶽派門人下山，若是成羣結隊，有長輩同行，他便不露面，只要有人落了單，他便要暗中料理幾個，以洩心中之憤。但見羣雄紛紛下山，都是數十人、數百人同行，欲待下手，不得其便，好容易見到岳靈珊單騎奔來，當即上前截住。

岳靈珊武功本就不及木高峯，加之身上受傷，木高峯又是忽施偷襲，佔了先機，終於被他所擒。木高峯聽她口出恫嚇之言，說是岳不羣的女兒，更是心花怒放，當下想定主意，要將她藏在一個隱秘之所，再要岳不羣用「辟邪劍譜」來換人。一路上縱馬急行，不料卻撞見了青城、恒山兩派人眾。

岳靈珊心想：「此刻若教他將我帶走了，那裏還有人來救我？」顧不得肩頭傷勢，斜身從馬背上摔了下來。木高峯喝道：「怎麼啦？」躍下馬來，俯身往岳靈珊背上抓去。

令狐冲心想林平之決不能眼睜睜的瞧著妻子為人所辱，定會出手相救，那知林平之全不理會，從左手衣袖中取出一柄泥金柄摺扇，輕輕揮動，一個翡翠扇墜不住晃動。其時三月天時，北方冰雪初銷，那裏用得著扇子？他這麼裝模作樣，顯然只不過故示閒暇。

木高峯抓著岳靈珊背心，說道：「小心摔著了。」手臂一舉，將她放上馬鞍，自己躍上馬背，又欲縱馬而行。

林平之說道：「姓木的，這裏有人說道，你的武功甚是稀鬆平常，你以為如何？」

木高峯一怔，眼見林平之獨坐一桌，既不似青城派的，也不似是恒山派的，一時摸不清他的來路，便問：「你是誰？」林平之微笑道：「你問我幹甚麼？說你武功稀鬆平常的，又不是我。」木高峯道：「是誰說的？」林平之拍的一聲，扇子合了攏來，向余滄海一指，道：「便是這位青城派的余觀主。他最近看到了一路精妙劍術，乃是天下劍法之最，好像叫作辟邪劍法。」

木高峯一聽到「辟邪劍法」四字，精神登時大振，斜眼向余滄海瞧去，只見他手中揑著茶杯，呆呆出神，對林平之的話似是聽而不聞，便道：「余觀主，恭喜你見到了辟邪劍法，這可不假罷？」

余滄海道：「不假！在下確是從頭至尾、一招一式都見到了。」木高峯又驚又喜，從馬背上一躍而下，坐到余滄海的桌畔，說道：「聽說這劍譜給華山派的岳不羣得了去，你又怎地見到了？」余滄海道：「我沒見到劍譜，只見到有人使這路劍法。」木高峯道：「哦，原來如此。辟邪劍法有真有假，福州福威鏢局的後人，就學得了一套他媽的辟邪劍法，使出來可教人笑掉了牙齒。你所見到的，想必是真的了？」余滄海道：「我也不知是真是假，使這路劍法之人，便是福州福威鏢局的後人。」木高峯哈哈大笑，說道：「枉為你是一派宗主，連劍法的真假也分不出。福威鏢局的那個林震南，不就是死在你手下的嗎？」余滄海道：「辟邪劍法的真假，我確然分不出。你木大俠見識高明，定然分得出了。」

木高峯素知這矮道人武功見識，俱是武林中第一流的人才，忽然說這等話，定是別有深意，他嘿嘿嘿的乾笑數聲，環顧四周，只見每個人都在瞧著他，神色甚是古怪，倒似自己說錯了極要緊的話一般，便道：「倘若給我見到，好歹總分辨得出。」

余滄海道：「木大俠要看，那也不難。眼前便有人會使這路劍法。」木高峯心中一凜，眼光又向眾人一掃，見到林平之神情最是漫不在乎，問道：「是這少年會使嗎？」余滄海道：「佩服，佩服！木大俠果然眼光高明，一眼便瞧了出來。」

木高峯上上下下的打量林平之，見他服飾華麗，便如是個家財豪富的公子哥兒，心想：「余矮子這麼說，定有陰謀詭計要對付我。對方人多，好漢不吃眼前虧，不用跟他們糾纏，及早動身的為是，只要岳不羣的女兒在我手中，不怕他不拿劍譜來贖。」當即打個哈哈，說道：「余矮子，多日不見，你還是這麼愛開玩笑。駝子今日有事，恕不奉陪了。辟邪劍法也好，降魔劍法也好，駝子從來就沒放在心上，再見了。」這句話一說完，身子彈起，已落上馬背，身法敏捷之極。

便在這時，眾人只覺眼前一花，似乎見到林平之躍了出去，攔在木高峯的馬前，但隨即又見他摺扇輕搖，坐在板桌之旁，卻似從未離座。眾人正詫異間，木高峯一聲吆喝，催馬便行。但令狐冲、盈盈、余滄海這等高手，卻清清楚楚見到林平之曾伸手向木高峯的坐騎點了兩下，定是做了手腳。

果然那馬奔出幾步，驀地一頭撞在草棚的柱上。這一撞力道極大，半邊草棚登時塌了下來。余滄海一躍而起，縱出棚外。令狐冲與林平之等人頭上都落滿了麥桿茅草。鄭萼伸手替令狐冲撥開頭上柴草。林平之卻毫不理會，目不轉睛的瞪視著木高峯。

木高峯微一遲疑，縱下馬背，放開了韁繩。那馬衝出幾步，又是一頭撞在一株大樹上，一聲長嘶，倒在地下，頭上滿是鮮血。這馬的行動如此怪異，顯是雙眼盲了，自是林平之適才以快速無倫的手法刺瞎了馬眼。

林平之用摺扇慢慢撥開自己左肩上的茅草，說道：「盲人騎瞎馬，可危險得緊哪！」

木高峯哈哈一笑，說道：「你這小子囂張狂妄，果然有兩下子。余矮子說你會使辟邪劍法，不妨便使給老爺瞧瞧。」

林平之道：「不錯，我確是要使給你看。你為了想看我家的辟邪劍法，害死了我爹爹媽媽，罪惡之深，與余滄海也不相上下。」

木高峯大吃一驚，沒想到眼前這公子哥兒便是林震南的兒子，暗自盤算：「他膽敢如此向我挑戰，當然是有恃無恐。他五嶽劍派已聯成一派，這些恆山派的尼姑，自然都是他的幫手了。」心念一動，回手便向岳靈珊抓去，心想：「敵眾我寡，這小娘兒原來是他老婆，挾制了她，這小子還不服服貼貼嗎？」

突然背後風聲微動，一劍劈到。木高峯斜身閃開，卻見這一劍竟是岳靈珊所劈。原來盈盈已割斷了縛在她手上的繩索，解開了她身上被封的穴道，再將一柄長劍遞在她手中。岳靈珊一劍將木高峯逼開，只覺傷口劇痛，穴道被封了這麼久，四肢酸麻，心下雖怒，卻也不再追擊。

林平之冷笑道：「枉為你也是成名多年的武林人物，竟如此無恥。你若想活命，爬在地下向爺爺磕三個響頭，叫三聲『爺爺』，我便讓你多活一年。一年之後，再來找你如何？」

木高峯仰天打個哈哈，說道：「你這小子，那日在衡山劉正風家中，扮成了駝子，向我磕頭，大叫『爺爺』，拚命要爺爺收你為徒。爺爺不肯，你才投入了岳老兒的門下，騙到了一個老婆，是不是呢？」

林平之不答，目光中滿是怒火，臉上卻又大有興奮之色，摺扇一攏，交於左手，右手撩起袍角，跨出草棚，直向木高峯走去。薰風過處，人人聞到一陣香氣。

忽聽得啊啊兩聲響，青城派中于人豪、吉人通臉色大變，胸口鮮血狂湧，倒了下去。旁人都不禁驚叫出聲，明明眼見他要出手對付木高峯，不知如何，竟會拔劍刺死了于吉二人。

他拔劍殺人之後，立即還劍入鞘，除了令狐冲等幾個高手之外，但覺寒光一閃，就沒瞧清楚他如何拔劍，更不用說見他如何揮劍殺人了。

令狐冲心頭閃過一個念頭：「我初遇田伯光的快刀之時，也是難以抵擋，待得學了獨孤九劍，他的快刀在我眼中便已殊不足道。然而林平之這快劍，田伯光只消遇上了，只怕擋不了他三劍。我呢？我能擋得了幾劍？」霎時之間，手掌中全是汗水。

木高峯在腰間一掏，抽出一柄劍。他這把劍的模樣可奇特得緊，彎成一個弧形，人駝劍亦駝，乃是一柄駝劍。林平之微微冷笑，一步步向他走去。突然間木高峯大吼一聲，有如狼嗥，身子撲前，駝劍劃了個弧形，向林平之脅下勾到。林平之長劍出鞘，反刺他前胸。這一劍後發先至，既狠且準，木高峯又是一聲大吼，身子彈了出去，只見他胸前棉襖破了一道大縫，露出胸膛上的一叢黑毛。林平之這一劍只須再遞前兩寸，木高峯便是破胸開膛之禍。

眾人「哦」的一聲，無不駭然。

木高峯這一招死裏逃生，可是這人兇悍之極，竟無絲毫畏懼之意，吼聲連連，連人和劍的向林平之撲去。

林平之連刺兩劍，噹噹兩聲，都給駝劍擋開。林平之一聲冷笑，出招越來越快。木高峯竄高伏低，一柄駝劍使得便如是一個劍光組成的鋼罩，將身子罩在其內。林平之長劍刺入，和他駝劍相觸，手臂便一陣酸麻，顯然對方內力比自己強得太多，稍有不慎，長劍還會給他震飛。這麼一來，出招時便不敢托大，看準了他空隙再以快劍進襲。木高峯只是自行使劍，一柄駝劍運轉得風雨不透，竟然不露絲毫空隙。林平之劍法雖高，一時卻也奈何他不得。但如此打法，林平之畢竟是立於不敗之地，縱然無法傷得對方，木高峯可並無還手的餘地。各高手都看了出來，只須木高峯一有還擊之意，劍網便會露出空隙，林平之快劍一擊之下，他絕無抵擋之能。這般運劍如飛，最耗內力，每一招都是用盡全力，方能使後一招與前一招如水流不斷，前力與後力相續。可是不論內力如何深厚，終不能永耗不竭。

在那駝劍所交織的劍網之中，木高峯吼聲不絕，忽高忽低，吼聲和劍招相互配合，神威凜凜。林平之幾次想要破網直入，總是給駝劍擋了出來。

余滄海觀看良久，忽見劍網的圈子縮小了半尺，顯然木高峯的內力漸有不繼。他一聲清嘯，提劍而上，唰唰唰急攻三劍，盡是指向林平之背心要害。林平之迴劍擋架。木高峯駝劍揮出，疾削林平之的下盤。按理說，余滄海與木高峯兩個成名前輩，合力夾擊一個少年，實是大失面子。但恆山派眾人一路看到林平之戕殺青城弟子，下手狠辣，絕不容情，余滄海非他敵手，這時眼見二大高手合力而攻，均不以為奇，反覺是十分自然之事。木余二人若不聯手，如何抵擋得了林平之勢若閃電的快劍？

既得余滄海聯手，木高峯劍招便變，有攻有守。三人堪堪又拆了二十餘招，林平之左手一圈，倒轉扇柄，驀地刺出，扇子柄上突出一枝寸半長的尖針，刺在木高峯右腿「環跳穴」上。木高峯吃了一驚，駝劍急掠，只覺左腿穴道上也是一麻。他不敢再動，狂舞駝劍護身，雙腿漸漸無力，不由自主的跪下來。

林平之哈哈大笑，叫道：「你這時候跪下磕頭，未免遲了！」說話之時，向余滄海急攻三招。

木高峯雙腿跪地，手中駝劍絲毫不緩，急砍急刺。他知已然輸定，每一招都是與敵人同歸於盡的拚命打法。初戰時他只守不攻，此刻卻豁出了性命，變成只攻不守。

余滄海知道時不我與，若不在數招之內勝得對手，木高峯一倒，自己孤掌難鳴，一柄劍使得有如狂風驟雨一般。突然間只聽得林平之一聲長笑，他雙眼一黑，再也瞧不見甚麼，跟著雙肩一涼，兩條手臂離身飛出。

只聽得林平之狂笑叫道：「我不來殺你！讓你既無手臂，又無眼睛，一個人獨闖江湖。你的弟子、家人，我卻要殺得一個不留，教你在這世上只有仇家，並無親人。」余滄海只覺斷臂處劇痛難當，心中卻十分明白：「他如此處置我，可比一劍殺了我殘忍萬倍。我這等活在世上，便是一個絲毫不會武功之人，也可任意凌辱折磨於我。」他辨明聲音，舉頭向林平之懷中撞去。

林平之縱聲大笑，側身退開。他大仇得報，狂喜之餘，未免不夠謹慎，兩步退到了木高峯身邊。木高峯駝劍狂揮而來，林平之豎劍擋開，突然間雙腿一緊，已被木高峯牢牢抱住。

林平之吃了一驚，眼見四下裏數十名青城弟子撲將上來，雙腿力掙，卻掙不脫木高峯手臂猶似鐵圈般的緊箍，當即挺劍向他背上駝峯直刺下去。波的一聲響，駝峯中一股黑水激射而出，腥臭難當。

這一下變生不測，林平之雙足急登，欲待躍開閃避，卻忘了雙腿已被木高峯抱住，登時滿臉都被臭水噴中，只痛得大叫起來。這些臭水竟是劇毒之物。原來木高峯駝背之中，竟然暗藏毒水皮囊。林平之左手擋住了臉，閉著雙眼，揮劍在木高峯身上亂砍亂斬。

這幾劍出手快極，木高峯絕無閃避餘裕，只是牢牢抱住林平之的雙腿。便在這時，余滄海憑著二人叫喊之聲，辨別方位，撲將上來，張嘴便咬，一口咬住林平之右頰，再也不放。三人纏成一團，都已神智迷糊。青城派弟子提劍紛向林平之身上斬去。

令狐冲在車中看得分明，初時大為驚駭，待見林平之被纏，青城羣弟子提劍上前，急叫：「盈盈，盈盈，你快救他。」

盈盈縱身上前，短劍出手，噹噹噹響聲不絕，將青城羣弟子擋在數步之外。

木高峯狂吼之聲漸歇，林平之兀自一劍一劍的往他背上插落。余滄海全身是血，始終牢牢咬住了林平之的面頰。過了好一會，林平之左手用力一推，將余滄海推得飛了出去，他同時一聲慘呼，但見他右頰上血淋淋地，竟被余滄海硬生生的咬下了一塊肉來。木高峯早已氣絕，卻仍緊緊抱住林平之的雙腿。林平之左手摸準了他手臂的所在，提劍一劃，割斷了他兩條手臂，這才得脫糾纏。盈盈見到他神色可怖，不由自主的倒退了幾步。

青城弟子紛紛擁到師父身旁施救，也不再來理會這個強仇大敵了。

忽聽得青城羣弟子哭叫：「師父，師父！」「師父死了，師父死了！」眾人抬了余滄海的屍身，遠遠逃開，唯恐林平之再來追殺。

林平之哈哈大笑，叫道：「我報了仇啦，我報了仇啦！」

恒山派眾弟子見到這驚心動魄的變故，無不駭然失色。

岳靈珊慢慢走到林平之的身畔，說道：「平弟，恭喜你報了大仇。」林平之仍是狂笑不已，大叫：「我報了仇啦，我報了仇啦。」岳靈珊見他緊閉著雙目，道：「你眼睛怎樣了？那些毒水得洗一洗。」林平之一呆，身子一晃，險些摔倒。岳靈珊伸手托在他腋下，扶著他一步一拐的走入草棚，端了一盤清水，從他頭上淋下去。林平之縱聲大叫，聲音慘厲，顯然痛楚難當。

站在遠處的青城羣弟子都嚇了一跳，又逃出了幾步。

令狐冲道：「小師妹，你拿些傷藥去，給林師弟敷上。扶他到我們的車中休息。」岳靈珊道：「多……多謝。」林平之大聲道：「不要！要他賣甚麼好！姓林的是死是活，跟他有甚麼相干？」令狐冲一怔，心想：「我幾時得罪你了？為甚麼你這麼恨我？」岳靈珊柔聲道：「恆山派的治傷靈藥，天下有名，難得……」林平之怒道：「難得甚麼？」岳靈珊嘆了口氣，又將一盆清水輕輕從他頭頂淋下。這一次林平之卻只哼了一聲，咬緊牙關，沒再呼叫，說道：「他對你這般關心，你又一直說他好，為甚麼不跟了他去？你還理我幹麼？」

恆山羣弟子聽了他這句話，盡皆相顧失色。儀和大聲道：「你……你……竟敢說這等不要臉的話？」儀清忙拉了拉她袖子，勸道：「師姊，他傷得這麼樣子，心情不好，何必跟他一般見識？」儀和怒道：「呸！我就是氣不過……」

這時岳靈珊拿了一塊手帕，正在輕按林平之面頰上的傷口。林平之突然右手用力一推。岳靈珊全沒防備，立時摔了出去，砰的一聲，撞在草棚外的一堵土牆上。

令狐冲大怒，喝道：「你……」但隨即想起，他二人是夫妻，夫妻間口角爭執，甚至打架，旁人也不便干預，何況聽林平之的言語，顯是對自己頗有疑忌，自己一直苦戀小師妹，林平之當然知道，他重傷之際，自己更不能介入其間，當即強行忍住，但已氣得全身發抖。

林平之冷笑道：「我說話不要臉？到底是誰不要臉了？」手指草棚之外，說道：「這姓余的矮子、姓木的駝子，他們想得我林家的辟邪劍法，便出手硬奪，害死我父親母親，雖然兇狠毒辣，也不失為江湖上惡漢光明磊落的行徑，那像……那像……」回身指向岳靈珊，續道：「那像你的父親君子劍岳不羣，卻以卑鄙奸猾的手段，來謀取我家的劍譜。」

岳靈珊正扶著土牆，慢慢站起，聽他這麼說，身子一顫，復又坐倒，顫聲道：「那……那有此事？」

林平之冷笑道：「無恥賤人！你父女倆串謀好了，引我上鉤。華山派掌門的岳大小姐，下嫁我這窮途末路、無家可歸的小子，那為了甚麼？還不是為了我林家的辟邪劍譜。劍譜既已騙到了手，還要我姓林的幹甚麼？」

岳靈珊「啊」的一聲，哭了出來，哭道：「你……冤枉好人，我若有此意，教我……教我天誅地滅。」

林平之道：「你們暗中設下奸計，我初時蒙在鼓裏，毫不明白。此刻我雙眼盲了，反而更加看得清清楚楚。你父女倆若非有此存心，為甚麼……為甚麼……」

岳靈珊慢慢走到他身畔，說道：「你別胡思亂想，我對你的心，跟從前沒半點分別。」林平之哼了一聲。岳靈珊道：「咱們回去華山，好好的養傷。你眼睛好得了也罷，好不了也罷。我岳靈珊有三心兩意，教我……教我死得比這余滄海還慘。」林平之冷笑道：「也不知你心中又在打甚麼鬼主意，來對我這等花言巧語。」

岳靈珊不再理他，向盈盈道：「姊姊，我想跟你借一輛大車。」盈盈道：「自然可以。要不要請兩位恆山派的姊姊送你們一程？」岳靈珊不住嗚咽，道：「不……不用了，多……多謝。」盈盈拉過一輛車來，將騾子的轠繩和鞭子交在她手裏。

岳靈珊扶著林平之的手臂，道：「上車罷！」林平之顯是極不願意，但雙目不能見物，實是寸步難行，遲疑了一會，終於躍入車中。岳靈珊咬牙跳上趕車的座位，向盈盈點了點頭示謝，鞭子一揮，趕車向西北行去，向令狐冲卻始終一眼不瞧。

令狐冲目送大車越走越遠，心中一酸，眼淚便欲奪眶而出，心想：「林師弟雙目已盲，小師妹又受了傷。他二人無依無靠，漫漫長路，如何是好？倘若青城派弟子追來尋仇，怎生抵敵？」一眼見青城羣弟子裹了余滄海的屍身，放上馬背，向西南方行去，雖和林平之、岳靈珊所行方向相反，焉知他們行得十數里後，不會折而向北，又向林、岳夫婦趕去？

再琢磨林平之和岳靈珊二人適才那一番話，只覺中間實藏著無數隱情，夫妻間的恩怨愛憎，雖非外人所得與聞，但林岳二人婚後定非和諧，當可斷言；想到小師妹青春年少，父母愛如掌珠，同門師兄弟對她無不敬重愛護，卻受林平之這等折辱，不自禁的流下淚來。

當日眾人只行出十餘里，便在一所破祠堂中歇宿。令狐冲睡到半夜，好幾次均為噩夢所纏，昏昏沉沉中忽聽得一縷微聲鑽入耳中，有人在叫：「冲哥，冲哥！」令狐冲嗯了一聲，醒了過來，只聽得盈盈的聲音道：「你到外面來，我有話說。」

令狐冲忙即坐起，走到祠堂外，只見盈盈坐在石級上，雙手支頤，望著白雲中半現的月亮。令狐冲走到她身邊，和她並肩而坐。夜深人靜，四下裏半點聲息也無。

過了好一會，盈盈道：「你在掛念小師妹？」令狐冲道：「是。許多情由，令人好生難以明白。」盈盈道：「你擔心她受丈夫欺侮？」令狐冲嘆了口氣，道：「他夫妻倆的事，旁人又怎管得了？」盈盈道：「你怕青城弟子趕去向他們生事？」令狐冲道：「青城弟子痛於師仇，又見到他夫妻已然受傷，趕去意圖加害，那也是情理之常。」盈盈道：「你怎地不設法前去相救？」令狐冲又嘆了口氣，道：「聽林師弟的語氣，對我頗有疑忌之心。我雖好意援手，只怕更傷了他夫妻間的和氣。」

盈盈道：「這是其一。你心中另有顧慮，生怕令我不快，是不是？」令狐冲點了點頭，伸出手去握住她左手，只覺她手掌甚涼，柔聲道：「盈盈，在這世上，我只有你一人，倘若你我之間也生了甚麼嫌隙，那做人還有甚麼意味？」

盈盈緩緩將頭倚了過去，靠在他肩頭上，說道：「你心中既這樣想，你我之間，又怎會生甚麼嫌隙？事不宜遲，咱們就追趕前去，別要為了避甚麼嫌疑，致貽終生之恨。」

令狐冲矍然而驚：「致貽終身之恨，致貽終生之恨！」似乎眼見數十名青城弟子正圍在林平之、岳靈珊所乘大車之旁，數十柄長劍正在向車中亂刺狠戳，不由得身子一顫。

盈盈道：「我去叫醒儀和、儀清兩位姊姊，你吩咐她們自行先回恆山，咱們暗中護送你小師妹一程，再回白雲庵去。」

儀和與儀清見令狐冲傷勢未愈，頗不放心，然見他心志已決，急於救人，也不便多勸，只得奉上一大包傷藥，送著他二人上車馳去。

當令狐冲向儀和、儀清吩咐之時，盈盈站在一旁，轉過了頭，不敢向儀和、儀清瞧上一眼，心想自己和令狐冲孤男寡女，同車夜行，只怕為她二人所笑，直到騾車行出數里，這才吁了口氣，頰上紅潮漸退。

她辨明了道路，向西北而行，此去華山，只是一條官道，料想不會岔失。拉車的是匹健騾，腳程甚快，靜夜之中，只聽得車聲轔轔，蹄聲得得，更無別般聲息。

令狐冲心下好生感激，尋思：「她為了我，甚麼都肯做。她明知我牽記小師妹，便和我同去保護。這等紅顏知己，令狐冲不知是前生幾世修來？」

盈盈趕著騾子，疾行數里，又緩了下來，說道：「咱們暗中保護你師妹、師弟。他們倘若遇上危難，咱們被迫出手，最好不讓他們知道。我看咱們還是易容改裝的為是。」令狐冲道：「正是。你還是扮成那個大鬍子罷！」盈盈搖搖頭道：「不行了。在封禪台側我現身扶你，你小師妹已瞧在眼裏了。」令狐冲道：「那改成甚麼才好？」

盈盈伸鞭指著前面一間農舍，說道：「我去偷幾件衣服來，咱二人扮成一……一……兩個鄉下兄妹罷。」她本想說「一對」，話到口邊，覺得不對，立即改為「兩個」。令狐冲自已聽了出來，知她最害羞，不敢隨便出言說笑，只微微一笑。盈盈正好轉過頭來，見到他的笑容，臉上一紅，問道：「有甚麼好笑？」令狐冲微笑道：「沒甚麼？我是在想，倘若這家鄉下人沒年輕女子，只是一位老太婆，一個小孩兒，那我又得叫你婆婆了。」

盈盈噗哧一笑，記起當日和令狐冲初識，他一直叫自己婆婆，心中感到無限溫馨，躍下騾車，向那農舍奔去。

令狐冲見她輕輕躍入牆中，跟著有犬吠之聲，但只叫得一聲，便沒了聲息，想是給盈盈一腳踢暈了。過了好一會，見她捧著一包衣物奔了出來，回到騾車之畔，臉上似笑非笑，神氣甚是古怪，突然將衣物往車中一拋，伏在車轅之上，哈哈大笑。

令狐冲提起幾件衣服，月光下看得分明，竟然便是老農夫和老農婦的衣服，尤其那件農婦的衫子十分寬大，鑲著白底青花的花邊，式樣古老，並非年輕農家姑娘或媳婦的衣衫。這些衣物中還有男人的帽子，女裝的包頭，又有一根旱煙筒。

盈盈笑道：「你是令狐半仙，猜到這鄉下人家有個婆婆，只可惜沒孩兒……」說到這裏便紅著臉住了口。令狐冲微笑道：「原來他們是兄妹二人，這兩兄妹當真要好，一個不娶，一個不嫁，活到七八十歲，還是住在一起。」盈盈笑著啐了一口，道：「你明知不是的。」令狐冲道：「不是兄妹麼？那可奇了。」

盈盈忍不住好笑，當下在騾車之後，將老農婦的衫裙罩在衣衫之上，又將包頭包在自己頭頂，雙手在道旁抓些泥塵，抹在自己臉上，這才幫著令狐冲換上老農的衣衫。令狐冲和她臉頰相距不過數寸，但覺她吹氣如蘭，不由得心中一蕩，便想伸手摟住她親上一親，只是想到她為人極是端嚴，半點褻瀆不得，要是冒犯了她，惹她生氣，有何後果，那可難以料想，當即收攝心神，一動也不敢動。

他眼神突然顯得異樣、隨又莊重克制之態，盈盈都瞧得分明，微笑道：「乖孫子，婆婆這才疼你。」伸出手掌，將滿掌泥塵往他臉上抹去。令狐冲閉住眼，只感她掌心溫軟柔滑，在自己臉上輕輕的抹來抹去，說不出的舒服，只盼她永遠的這麼撫摸不休。過了一會，盈盈道：「好啦，黑夜之中，你小師妹一定認不出，只是小心別開口。」令狐冲道：「我頭頸中也得抹些塵土才是。」

盈盈笑道：「誰瞧你頭頸了？」隨即會意，令狐冲是要自己伸手去撫摸他的頭頸，彎起中指，在他額頭輕輕打個爆栗，回身坐在車夫位上，一聲唿哨，趕騾便行，突然間忍不住好笑，越笑越響，竟然彎住了腰，身子難以坐直。

令狐冲微笑道：「你在那鄉下人家見到了甚麼？」

盈盈笑道：「不是見到了好笑的事。那老公公和老婆婆是……是夫妻兩個……」令狐冲笑道：「原來不是兄妹，是夫妻兩個。」盈盈道：「你再跟我胡鬧，不說了。」令狐冲道：「好，他們不是夫妻，是兄妹。」

盈盈道：「你別打岔，成不成？我跳進牆去，一隻狗叫了起來，我便將狗子拍暈了。那知這麼一叫，便將那老公公和老婆婆吵醒了。老婆婆說：『阿毛爹，別是黃鼠狼來偷雞。』老公公說：『老黑又不叫了，不會有黃鼠狼的。』老婆婆忽然笑了起來，說道：『只怕那黃鼠狼學你從前的死樣，半夜三更摸到我家裏來時，總帶一塊牛肉、騾肉來餵狗。』」

令狐冲微笑道：「這老婆婆真壞，她繞著彎兒罵你是黃鼠狼。」他知盈盈最是靦腆，她說到那老農夫婦當年的私情，自己只有假裝不懂，她或許還會說下去，否則自己言語中只須帶上一點兒情意，她立時便住口了。

盈盈笑道：「那老婆婆是在說他們沒成親時的事……」說到這裏，挺腰一提韁繩，騾子又快跑起來。令狐冲道：「沒成親時怎樣啦？他們一定規矩得很，半夜三更就是一起坐在大車之中，也一定不敢抱一抱，親一親。」盈盈呸了一聲，不再說了。令狐冲道：「好妹子，親妹子，他們說些甚麼，你說給我聽。」盈盈微笑不答。

黑夜之中，但聽得騾子的四隻蹄子打在官道之上，清脆悅耳。令狐冲向外望去，月色如水，瀉在一條又寬又直的官道上，輕煙薄霧，籠罩在道旁樹梢，騾車緩緩駛入霧中，遠處景物便看不分明，盈盈的背脊也裹在一層薄霧之中。其時正當初春，野花香氣忽濃忽淡，微風拂面，說不出的歡暢。令狐冲久未飲酒，此刻情懷，卻正如微醺薄醉一般。

盈盈臉上一直帶著微笑，她在回想那對老農夫婦的談話：

老公公道：「那一晚屋裏半兩肉也沒有，只好到隔壁人家偷一隻雞殺了，拿到你家來餵你的狗。那隻狗叫甚麼名字啊？」老婆婆道：「叫大花。」老公公道：「對啦，叫大花。牠吃了半隻雞，乖乖的一聲不出，你爹爹、媽媽甚麼也不知道。咱們的阿毛，就是這一晚有了的。」老婆婆道：「你就知道自己快活，也不理人家死活。後來我肚子大了，爹爹把我打得死去活來。」老公公道：「幸虧你肚子大了，否則的話，你爹怎肯把你嫁給我這窮小子？那時候哪，我巴不得你肚子快大！」老婆婆忽然發怒，罵道：「你這死鬼，原來你是故意的，你一直瞞著我，我……我決不能饒你。」老公公道：「別吵，別吵！阿毛也生了孩子啦，你還吵甚麼？」

當下盈盈生怕令狐冲記掛，不敢多聽，偷了衣服物品便走，在桌上放了一大錠銀子。她輕手輕腳，這一對老夫婦一來年老遲鈍，二來說得興起，竟渾不知覺。

盈盈想著他二人的說話，突然間面紅過耳，慶幸好得是在黑夜之中，否則教令狐冲見到自己臉色，那真不用做人了。

她不再催趕騾子，大車行得漸漸慢了，行了一程，轉了個彎，來到一座大湖之畔。湖旁都是垂柳，圓圓的月影倒映湖中，湖面水波微動，銀光閃閃。

盈盈輕聲問道：「冲哥，你睡著了嗎？」令狐冲道：「我睡著了，我正在做夢。」盈盈道：「你在做甚麼夢？」令狐冲道：「我夢見帶了一大塊牛肉，摸到黑木崖上，去餵你家的狗。」盈盈笑道：「你人不正經，做的夢也不正經。」

兩人並肩坐在車中，望著湖水。令狐冲伸過右手，按在盈盈左手的手背上。盈盈的手微微一顫，卻不縮回。令狐冲心想：「若得永遠如此，不再見到武林中的腥風血雨，便是叫我做神仙，也沒這般快活。」

盈盈道：「你在想甚麼？」令狐冲將適才心中所想說了出來。盈盈反轉左手，握住了他右手，說道：「冲哥，我真是快活。」令狐冲道：「我也是一樣。」盈盈道：「你率領羣豪攻打少林寺，我雖然感激，可也沒此刻歡喜。倘若我是你的好朋友，陷身少林寺中，你為了江湖上的義氣，也會奮不顧身前來救我。可是這時候你只想到我，沒想到你小師妹……」

她提到「你小師妹」四字，令狐冲全身一震，脫口而出：「啊喲，咱們快些趕去！」

盈盈輕輕的道：「直到此刻我才相信，在你心中，你終於是念著我多些，念著你小師妹少些。」她輕拉轠繩，轉過騾頭，騾車從湖畔回上了大路，揚鞭一擊，騾子快跑起來。

這一口氣直趕出了二十餘里，騾子腳力已疲，這才放緩腳步。轉了兩個彎，前面一望平陽，官道旁都種滿了高粱，溶溶月色之下，便似是一塊極大極大的綠綢，平鋪於大地。極目遠眺，忽見官道彼端有一輛大車似乎停著不動。令狐冲道：「這輛大車，好像就是林師弟他們的。」盈盈道：「咱們慢慢上去瞧瞧。」任由騾子緩步向前，與前車越來越近。

行了一會，才察覺前車其實也在行進，只是行得慢極，又見騾子之旁另有一人步行，竟是林平之，趕車之人看背影便是岳靈珊。

令狐冲好生詫異，伸出手去一勒轡繩，不令騾子向前，低聲道：「那是幹甚麼？」盈盈道：「你在這裏等著，我過去瞧瞧。」若是趕車上前，立時便給對方發覺，須得施展輕功，暗中偷窺。令狐冲很想同去，但傷處未愈，輕功提不起來，只得點頭道：「好。」

盈盈輕躍下車，鑽入了高粱叢中。高粱生得極密，一入其中，便在白天也看不到人影，只是其時高粱桿子尚矮，葉子也未茂密，不免露頭於外。她彎腰而行，辨明蹄聲的所在，趕上前去，在高粱叢中與岳靈珊的大車並肩而行。

只聽得林平之說道：「我的劍譜早已盡數交給你爹爹了，自己沒私自留下一招半式，你又何必苦苦的跟著我？」岳靈珊道：「你老是疑心我爹爹圖你的劍譜，當真好沒來由。你憑良心說，你初入華山門下，那時又沒甚麼劍譜，可是我早就跟你……跟你很好了，難道也是別有居心嗎？」林平之道：「我林家的辟邪劍法天下知名，余滄海、木高峯他們在我爹爹身上搜查不得，便來找我。我怎知你不是受了爹爹、媽媽的囑咐，故意來向我賣好？」岳靈珊嗚咽道：「你真要這麼想，我又有甚麼法子？」

林平之氣忿忿的道：「難道是我錯怪了你？這辟邪劍譜，你爹爹不是終於從我手中得去了嗎？誰都知道，要得辟邪劍譜，總須向我這姓林的小子身上打主意。余滄海、木高峯，哼哼，岳不羣，有甚麼分別了？只不過岳不羣成則為王，余滄海、木高峯敗則為寇而已。」

岳靈珊怒道：「你如此損我爹爹，當我是甚麼人了？若不是……若不是……哼哼……」

林平之站定了腳步，大聲道：「你要怎樣？若不是我瞎了眼，受了傷，你便要殺我，是不是？我一雙眼睛又不是今天才瞎的。」岳靈珊道：「原來你當初識得我，跟我要好，就是瞎了眼睛。」勒住韁繩，騾車停了下來。

林平之道：「正是！我怎知你如此深謀遠慮，為了一部辟邪劍譜，竟會到福州來開小酒店？青城派那姓余的小子欺侮你，其實你武功比他高得多，可是你假裝不會，引得我出手。哼，林平之，你這早瞎了眼睛的渾小子，憑這一手三腳貓的功夫，居然膽敢行俠仗義，打抱不平？你是爹娘的心肝肉兒，他們若不是有重大圖謀，怎肯讓你到外邊拋頭露面、幹這當鑪賣酒的低三下四勾當？」

岳靈珊道：「爹爹本是派二師哥去福州的。是我想下山來玩兒，定要跟著二師哥去。」

林平之道：「你爹爹管治門人弟子如此嚴厲，倘若他認為不妥，便任你跪著哀求三日三夜，也決計不會准許。自然因為他信不過二師哥，這才派你在旁監視。」

岳靈珊默然，似乎覺得林平之的猜測，也非全然沒有道理，隔了一會，說道：「你信也好，不信也好，總之我到福州之前，從未聽見過『辟邪劍譜』四字。爹爹只說，大師哥打了青城弟子，雙方生了嫌隙，現下青城派人眾大舉東行，只怕於我派不利，因此派二師哥和我去暗中查察。」

林平之嘆了口氣，似乎心腸軟了下來，說道：「好罷，我便再信你一次。可是我已變成這個樣子，你跟著我又有甚麼意思？你我僅有夫妻之名，並無夫妻之實。你還是處女之身，這就回頭……回頭到令狐冲那裏去罷！」

盈盈一聽到「你我僅有夫妻之名，並無夫妻之實，你還是處女之身」這句話，不由得吃了一驚，心道：「那是甚麼緣故？」隨即羞得滿面通紅，連脖子中也熱了，心想：「女孩兒家去偷聽人家夫妻的私話，已大大不該，卻又去想那是甚麼緣故，真是……真是……」轉身便行，但只走得幾步，好奇心大盛，再也按捺不住，當即停步，側耳又聽，但心下害怕，不敢回到先前站立處，和林岳二人便相隔遠了些，但二人的話聲仍清晰入耳。

只聽岳靈珊幽幽的道：「我只和你成親三日，便知你心中恨我極深，雖和我同房，卻不肯和我同床。你既然這般恨我，又何必……何必……娶我？」林平之嘆了口氣，說道：「我沒恨你。」岳靈珊道：「你不恨我？那為甚麼日間假情假意，對我親熱之極，一等晚上回到房中，連話也不跟我說一句？爸爸媽媽幾次三番查問你待我怎樣，我總是說你很好，很好，很好……哇……」說到這裏，突然縱聲大哭。

林平之一躍上車，雙手握住她肩膀，厲聲道：「你說你爹媽幾次三番的查問，要知道我待你怎樣，此話當真？」岳靈珊嗚咽道：「自然是真的，我騙你幹麼？」林平之問道：「明明我待你不好，從來沒跟你同床。那你又為甚麼說很好？」岳靈珊泣道：「我既然嫁了你，便是你林家的人了。只盼你不久便回心轉意。我對你一片真心，我……我怎可編排自己夫君的不是？」

林平之半晌不語，只是咬牙切齒，過了好一會，才慢慢的道：「哼，我只道你爹爹顧念著你，對我還算手下留情，豈知全仗你從中遮掩。你若不是這麼說，姓林的早就死在華山之巔了。」

岳靈珊抽抽噎噎的道：「那有此事？夫妻倆新婚，便有些小小不和，做岳父的豈能為此而將女婿殺了？」

盈盈聽到這裏，慢慢向前走了幾步。

林平之恨恨的道：「他要殺我，不是為我待你不好，而是為我學了辟邪劍法。」

岳靈珊道：「這件事我可真不明白了。你和爹爹這幾日來所使的劍法古怪之極，可是威力卻又強大無比。爹爹打敗左冷禪，奪得五嶽派掌門，你殺了余滄海、木高峯，難道……難道這當真便是辟邪劍法嗎？」

林平之道：「正是！這便是我福州林家的辟邪劍法！當年我曾祖遠圖公以這七十二路劍法威懾羣邪，創下『福威鏢局』的基業，天下英雄，無不敬仰，便是由此。」他說到這件事時，聲音也響了起來，語音中充滿了得意之情。

岳靈珊道：「可是，你一直沒跟我說已學會了這套劍法。」林平之道：「我怎麼敢說？令狐冲在福州搶到了那件袈裟，畢竟還是拿不去，只不過錄著劍譜的這件袈裟，卻落入了你爹爹手中……」岳靈珊尖聲叫道：「不，不會的！爹爹說，劍譜給大師哥拿了去，我曾求他還給你，他說甚麼也不肯。」林平之哼的一聲冷笑。岳靈珊又道：「大師哥劍法厲害，連爹爹也敵他不過，難道他所使的不是辟邪劍法？不是從你家的辟邪劍譜學的？」

林平之又是一聲冷笑，說道：「令狐冲雖然奸猾，但比起你爹爹來，可又差得遠了。再說，他的劍法亂七八糟，怎能和我家的辟邪劍法相比？在封禪台側比武，他連你也比不過，在你劍底受了重傷，哼哼，又怎能和我家的辟邪劍法相比？」岳靈珊低聲道：「他是故意讓我的。」林平之冷笑道：「他對你的情義可深著哪！」

這句話盈盈倘若早一日聽見，雖然早知令狐冲比劍時故意容讓，仍會惱怒之極，可是今宵兩人良夜同車，湖畔清談，已然心意相照，她心中反而感到一陣甜意：「他從前確是對你很好，可是現下卻待我好得多了。這可怪不得他，不是他對你變心，實在是你欺侮得他太也狠了。」

岳靈珊道：「原來大師哥所使的不是辟邪劍法，那為甚麼爹爹一直怪他偷了你家的辟邪劍譜？那日爹爹將他逐出華山門牆，宣布他罪名之時，那也是一條大罪。這麼說來，我……我可錯怪他了。」林平之冷笑道：「有甚麼錯怪？令狐冲又不是不想奪我的劍譜，實則他確已奪去了。只不過強盜遇著賊爺爺，他重傷之後，暈了過去，你爹爹從他身上搜了出來，乘機賴他偷了去，以便掩人耳目，這叫做賊喊捉賊……」岳靈珊怒道：「甚麼賊不賊的，說得這麼難聽！」林平之道：「你爹爹做這種事，就不難聽？他做得，我便說不得？」

岳靈珊嘆了口氣，說道：「那日在向陽巷中，這件袈裟是給嵩山派的壞人奪了去的。大師哥殺了這二人，將袈裟奪回，未必是想據為己有。大師哥氣量大得很，從小就不貪圖旁人的物事。爹爹說他取了你的劍譜，我一直有些懷疑，只是爹爹既這麼說，又見大師哥劍法突然大進，連爹爹也及不上，這才不由得不信。」

盈盈心道：「你能說這幾句話，不枉了冲郎愛你一場。」

林平之冷笑道：「他這麼好，你為甚麼又不跟他去？」岳靈珊道：「平弟，你到此刻，還是不明白我的心。大師哥和我從小一塊兒長大，在我心中，他便是我的親哥哥一般。我對他敬重親愛，只當他是兄長，從來沒當他是情郎。自從你來到華山之後，我跟你說不出的投緣，只覺一刻不見，心中也是拋不開，放不下，我對你的心意，永永遠遠也不會變。」

林平之道：「你和你爹爹原有些不同，你……你更像你媽媽。」語氣轉為柔和，顯然對岳靈珊的一片真情，心中也頗為感動。

兩人半晌不語，過了一會，岳靈珊道：「平弟，你對我爹爹成見很深，你們二人今後在一起也不易和好的了。我是嫁鷄……我……我總之是跟定了你。咱們還是遠走高飛，找個隱僻的所在，快快活活過日子。」

林平之冷笑道：「你倒想得挺美。我這一殺余滄海、木高峯，已鬧得天下皆知，你爹爹自然知道我已學了辟邪劍法，他又怎能容得我活在世上？」

岳靈珊嘆道：「你說我爹爹謀你的劍譜，事實俱在，我也不能為他辯白。但你口口聲聲說，為了你學過辟邪劍法，他定要殺你，天下焉有是理？辟邪劍譜本是你家之物，你學這劍法，乃是天經地義，理所當然。我爹爹就算再不通情理，也決不能為此殺你。」

林平之道：「你這麼說，只因為你既不明白你爹爹為人，也不明白這辟邪劍譜到底是甚麼東西。」岳靈珊道：「我雖對你死心塌地，可是對你的心，我實在也不明白。」林平之道：「是了，你不明白！你不明白！你何必要明白？」說到這裏，語氣又暴躁起來。

岳靈珊不敢再跟他多說，道：「嗯，咱們走罷！」林平之道：「上那裏去？」岳靈珊道：「你愛去那裏，我也去那裏。天涯海角，總是和你在一起。」林平之道：「你這話當真？將來不論如何，可都不要後悔。」岳靈珊道：「我決心和你好，決意嫁你，早就打定了一輩子的主意，那裏還會後悔？你的眼睛受傷，又不是一定治不好，就算真的難以復元，我也是永遠陪著你，服侍你，直到我倆一起死了。」

這番話情意真摯，盈盈在高粱叢中聽著，不禁心中感動。

林平之哼了一聲，似乎仍是不信。岳靈珊輕聲說道：「平弟，你心中仍然疑我。我……我……今晚甚麼都交了給你，你……你總信得過我了罷。我倆今晚在這裏洞房花燭，做真正的夫妻，從今而後，做……真正的夫妻……」她聲音越說越低，到後來已幾不可聞。

盈盈又是一陣奇窘，心想：「到了這時候，我再聽下去，以後還能做人嗎？」當即緩步移開，暗罵：「這岳姑娘真不要臉！在這陽關大道之上，怎能……怎能……呸！」

猛聽得林平之一聲大叫，聲音甚是淒厲，跟著喝道：「滾開！別過來！」盈盈大吃一驚，心道：「幹甚麼了？為甚麼這姓林的這麼兇？」跟著便聽得岳靈珊哭了出來。林平之喝道：「走開，走開！快走得遠遠的，我寧可給你父親殺了，不要你跟著我。」岳靈珊哭道：「你這樣輕賤於我……到底……到底我做錯了甚麼……」林平之道：「我……我……」頓了一頓，又道：「你……你……」但又住口不說。

岳靈珊道：「你心中有甚麼話，儘管說個明白。倘若真是我錯了，即或是你怪我爹爹，不肯原諒，你明白說一句，也不用你動手，我立即橫劍自刎。」刷的一聲響，拔劍出鞘。

盈盈心道：「她這可要給林平之逼死了，非救她不可！」快步走回，離大車甚近，以便搶救。

林平之又道：「我……我……」過了一會，長嘆一聲，說道：「這不是你的錯，是我自己不好。」岳靈珊抽抽噎噎的哭個不停，又羞又急，又是氣苦。林平之道：「好，我跟你說了便是。」岳靈珊泣道：「你打我也好，殺我也好，就別這樣教人家不明不白。」林平之道：「你既對我並非假意，我也就明白跟你說了，好教你從此死了這心。」岳靈珊道：「為甚麼？」

林平之道：「為甚麼？我林家的辟邪劍法，在武林中向來大大有名。余滄海和你爹爹都是一派掌門，自身原以劍法見長，卻也要千方百計的來謀我家的劍譜。可是我爹爹的武功卻何以如此不濟？他任人欺凌，全無反抗之能，那又為甚麼？」岳靈珊道：「或者因為公公他老人家天性不宜習武，又或者自幼體弱。武林世家的子弟，也未必個個武功高強的。」林平之道：「不對。我爹爹就算劍法不行，也不過是學得不到家，內功根柢淺，劍法造詣差。可是他所教我的辟邪劍法，壓根兒就是錯的，從頭至尾，就不是那一回事。」岳靈珊沉吟道：「這……這可就奇怪得很了。」

林平之道：「其實說穿了也不奇怪。你可知我曾祖遠圖公，本來是甚麼人？」岳靈珊道：「不知道。」林平之道：「他本來是個和尚。」岳靈珊道：「原來是出家人。有些武林英雄，在江湖上創下了轟轟烈烈的事業，臨到老來看破世情，出家為僧，也是有的。」林平之道：「不是。我曾祖不是老了才出家，他是先做和尚，後來再還俗的。」岳靈珊道：「英雄豪傑，少年時做過和尚，也不是沒有。明朝開國皇帝太祖朱元璋，小時候便曾在皇覺寺出家為僧。」

盈盈心想：「岳姑娘知道丈夫心胸狹窄，不但沒一句話敢得罪他，還不住口的寬慰。」

只聽岳靈珊又道：「咱們曾祖遠圖公少年時曾出過家，想必是公公對你說的。」林平之道：「我爹爹從未說過，恐怕他也不會知道。我家向陽巷老宅的那座佛堂，那一晚我和你一起去過。」岳靈珊道：「是。」林平之道：「這辟邪劍譜為甚麼抄錄在一件袈裟上？只因為他本來是和尚，見到劍譜之後，偷偷的抄在袈裟上，盜了出來。他還俗之後，在家中起了一座佛堂，沒敢忘了禮敬菩薩。」岳靈珊道：「你的推想很有道理。可是，也說不定是有一位高僧，將劍譜傳給了遠圖公，這套劍譜本來就是寫在袈裟上的。遠圖公得到這套劍譜，手段本就光明正大。」

林平之道：「不是的。」岳靈珊道：「你既這麼推測，想必不錯。」林平之道：「不是我推測，是遠圖公親筆寫在袈裟上的。」岳靈珊道：「啊，原來如此。」林平之道：「他在劍譜之末註明，他原在寺中為僧，以特殊機緣，從旁人口中聞此劍譜，錄於袈裟之上。他鄭重告誡，這門劍法太過陰損毒辣，修習者必會斷子絕孫。尼僧習之，已然甚不相宜，大傷佛家慈悲之意，俗家人更萬萬不可研習。」岳靈珊道：「可是他自己竟又學了。」林平之道：「當時我也如你這麼想，這劍法就算太過毒辣，不宜修習，可是遠圖公習了之後，還不是一般的娶妻生子，傳種接代？」岳靈珊道：「是啊。不過也可能是他先娶妻生子，後來再學劍法。」

林平之道：「決計不是。天下習武之人，任你如何英雄了得，定力如何高強，一見到這劍譜，決不可能不會依法試演一招。試了第一招之後，決不會不試第二招；試了第二招後，更不會不試第三招。不見劍譜則已，一見之下，定然著迷，再也難以自拔，非從頭至尾修習不可。就算明知將有極大禍患，那也是一切都置之腦後了。」

盈盈聽到這裏，心想：「爹爹曾道，這辟邪劍譜，其實和我教的葵花寶典同出一源，基本原理並無二致，無怪岳不羣和這林平之的劍法，竟然和東方不敗如此近似。」又想：「爹爹說道，葵花寶典上的功夫習之有損無益。他知道學武之人一見到內容精深的武學秘籍，縱然明知習之有害，卻也會陷溺其中，難以自拔。他根本自始就不翻看寶典，那自是最明智的上上之策。」腦中忽然閃過一個念頭：「那他為甚麼傳給了東方不敗？」

想到這一節，自然而然的就會推斷：「原來當時爹爹已瞧出東方不敗包藏禍心，傳他寶典是有意陷害於他。向叔叔卻還道爹爹顢頇瞳矇，給東方不敗蒙在鼓裏，空自著急。其實以爹爹如此精明厲害之人，怎會長期的如此胡塗？只不過人算不如天算，東方不敗竟然先下手為強，將爹爹捉了起來，囚入西湖湖底。總算他心地還不是壞得到家，倘若那時竟將爹爹一刀殺了，或者吩咐不給飲食，爹爹那裏還有報仇雪恨的機會？其實我們能殺了東方不敗，那也是僥倖之極的事，若無冲郎在旁援手，爹爹、向叔叔、上官雲和我四人，一上來就給東方不敗殺了。又若無楊蓮亭在旁亂他心神，東方不敗仍是不敗。」

想到這裏，不由得覺得東方不敗有些可憐，又想：「他囚禁了我爹爹之後，待我著實不薄，禮數周到。我在日月神教之中，便和公主娘娘無異。今日我親生爹爹身為教主，我反無昔時的權柄風光。唉，我今日已有了冲郎，還要那些勞什子的權柄風光幹甚麼？」

回思往事，想到父親的心計深沉，不由得暗暗心驚：「直到今天，爹爹還是沒答允將散功的法門傳授冲郎。冲郎體內積貯了別人的異種真氣，不加發散，禍胎越結越巨，遲早必生大患。爹爹說道，只須他入了我教，不但立即傳他此術，還宣示教眾，立他為教主的承繼之人，可是冲郎偏偏不肯低頭屈從，當真是為難得很。」一時喜，一時憂，悄立於高粱叢中，雖說是思潮雜沓，但想來想去，總是歸結在令狐冲身上。

這時林平之和岳靈珊也是默默無言。過了好一會，聽得林平之說道：「遠圖公一見劍譜之後，當然立即就練。」岳靈珊道：「這套劍法就算真有禍患，也決不會立即發作，總是在練了十年八年之後，才有不良後果。遠圖公娶妻生子，自是在禍患發作之前的事了。」林平之道：「不……是……的。」這三個字拖得很長，可是語意中並無絲毫猶疑，頓了一頓，道：「我初時也如你這般想，只過得幾天，便知不然。我爺爺決不能是遠圖公的親生兒子，多半是遠圖公領養的。遠圖公娶妻生子，只是為了掩人耳目。」

岳靈珊「啊」的一聲，顫聲道：「掩人耳目？那……那為了甚麼？」

林平之哼了一聲不答，過了一會，說道：「我見到劍譜之時，和你好事已近。我幾次三番想要等到和你成親之後，真正做了夫妻，這才起始練劍。可是劍譜中所載的招式法門，非任何習武之人所能抗拒。我終於……我終於……自宮習劍……」

岳靈珊失聲道：「你……你自……自宮練劍？」林平之陰森森的道：「正是。這辟邪劍譜的第一道法訣，便是：『武林稱雄，揮劍自宮』。」岳靈珊道：「那……那為甚麼？」林平之道：「練這辟邪劍法，自練內功入手。若不自宮，一練之下，立即慾火如焚，登時走火入魔，僵癱而死。」岳靈珊道：「原來如此。」語音如蚊，幾不可聞。

盈盈心中也道：「原來如此！」這時她才明白，為甚麼東方不敗一代梟雄，武功無敵於天下，卻身穿婦人裝束，拈針繡花，而對楊蓮亭這樣一個虬髯魁梧、俗不可耐的臭男人，卻又如此著迷，原來為了練這邪門武功，他已成了不男不女之身。

只聽得岳靈珊輕輕啜泣，說道：「當年遠圖公假裝娶妻生子，是為了掩人耳目，你……你也是……」林平之道：「不錯，我自宮之後，仍和你成親，也是掩人耳目，不過只是要掩你爹爹一人的耳目。」

岳靈珊嗚嗚咽咽的只是低泣。林平之道：「我一切都跟你說了，你痛恨我入骨，這就走罷。」岳靈珊哽咽道：「我不恨你，你是為情勢所逼，無可奈何。我只恨……只恨當年寫下那辟邪劍譜之人，為甚麼……為甚麼要這樣害人。」林平之嘿嘿一笑，說道：「這位前輩英雄，是個太監。」

岳靈珊「嗯」了一聲，說道：「然則……然則我爹爹……也是……也是像你這樣……」林平之道：「既練此劍法，又怎能例外？你爹爹身為一派掌門，倘若有人知道他揮劍自宮，傳將出去，豈不是騰笑江湖？因此他如知我習過這門劍法，非殺我不可。他幾次三番查問我對你如何，便是要確知我有無自宮。假如當時你稍有怨懟之情，我這條命早已不保了。」岳靈珊道：「現下他是知道了。」林平之道：「我殺余滄海，殺木高峯，數日之內，便將傳遍武林，天下皆知。」言下甚是得意。岳靈珊道：「照這麼說，只怕……只怕我爹爹真的放你不過，咱們到那裏去躲避才好？」

林平之奇道：「咱們？你既已知道我這樣了，還願跟著我？」岳靈珊道：「這個自然。平弟，我對你一片心意，始終……始終如一。你的身世甚是可憐……」她一句話沒說完，突然「啊」的一聲叫，躍下車來，似是給林平之推了下來。

只聽得林平之怒道：「我不要你可憐，誰要你可憐了？林平之劍術已成，甚麼也不怕。等我眼睛好了以後，林平之雄霸天下，甚麼岳不羣、令狐冲，甚麼方證和尚、冲虛道士，都不是我的對手。」

盈盈心下暗怒：「等你眼睛好了？哼，你的眼睛好得了嗎？」對林平之遭際不幸，她本來頗有惻然之意，待聽到他對妻子這等無情無義，又這等狂妄自大，不禁頗為不齒。

岳靈珊嘆了口氣，道：「你總得先找個地方，暫避一時，將眼睛養好了再說。」林平之道：「我自有對付你爹的法子。」岳靈珊道：「這件事既然說來難聽，你自然不會說，爹爹也不用擔心你。」林平之冷笑道：「哼，對你爹爹的為人，我可比你明白得多了。明天我一見到有人，立即便說及此事。」岳靈珊急道：「那又何必？你這不是……」林平之道：「何必？這是我保命全身的法門。我逢人便說，不久自然傳入你爹爹耳中。岳不羣既知我已然說了出來，便不能再殺我滅口，他反而要千方百計的保全我性命。」岳靈珊道：「你的想法真是希奇。」林平之道：「有甚麼希奇？你爹爹是否自宮，一眼是瞧不出來的。他鬍子落了，大可用漆黏上去，旁人不免將信將疑。但若我忽然不明不白的死了，人人都會說是岳不羣所殺，這叫做欲蓋彌彰。」岳靈珊嘆了口氣，默不作聲。

盈盈尋思：「林平之這人心思甚是機敏，這一著委實厲害。岳姑娘夾在中間，可為難得很了。這麼一來，她父親不免聲名掃地，但如設法阻止，卻又危及丈夫性命。」

林平之道：「我縱然雙眼從此不能見物，但父母大仇得報，一生也決不後悔。當日令狐冲傳我爹爹遺言，說向陽巷老宅中祖宗的遺物，千萬不可翻看，這是曾祖傳下來的遺訓。現下我是細看過了，雖然沒遵照祖訓，卻報了父母之仇。若非如此，旁人都道我林家的辟邪劍法浪得虛名，福威鏢局歷代總鏢頭都是欺世盜名之徒。」

岳靈珊道：「當時爹爹和你都疑心大師哥，說他取了你林家的辟邪劍譜，說他揑造公公的遺言……」林平之道：「就算是我錯怪了他，卻又怎地？當時連你自己，也不是一樣的疑心？」岳靈珊輕輕嘆息一聲，說道：「你和大師哥相識未久，如此疑心，也是人情之常。可是爹爹和我，卻不該疑他。世上真正信得過他的，只有媽媽一人。」

盈盈心道：「誰說只有你媽媽一人？」

林平之冷笑道：「你娘也真喜歡令狐冲。為了這小子，你父母不知口角了多少次。」岳靈珊訝道：「我爹爹媽媽為了大師哥口角？我爹媽是從來不口角的，你怎麼知道？」林平之冷笑道：「從來不口角？那只是裝給外人看看而已。連這種事，岳不羣也戴起偽君子的假面具。我親耳聽得清清楚楚，難道會假？」岳靈珊道：「我不是說假，只是十分奇怪。怎麼我沒聽到，你聽到了？」林平之道：「現下說與你知，也不相干。那日在福州，嵩山派的兩人搶了那袈裟去。那兩人給令狐冲殺死，袈裟自然是令狐冲得去了。可是當他身受重傷、昏迷不醒之際，我搜他身上，袈裟卻已不知去向。」岳靈珊道：「原來在福州城中，你已搜過大師哥身上。」林平之道：「正是，那又怎樣？」岳靈珊道：「沒甚麼？」

盈盈心想：「岳姑娘以後跟著這奸狡兇險、暴躁乖戾的小子，這一輩子，苦頭可有得吃了。」忽然又想：「我在這裏這麼久了，冲郎一定掛念。」側耳傾聽，不聞有何聲息，料想他定當平安無事。

只聽林平之續道：「袈裟既不在令狐冲身上，定是給你爹娘取了去。從福州回到華山，我潛心默察，你爹爹掩飾得也真好，竟半點端倪也瞧不出來，你爹爹那時得了病，當然，誰也不知道他是一見袈裟上的辟邪劍譜之後，立即便自宮練劍。旅途之中眾人聚居，我不敢去窺探你父母的動靜，一回華山，我每晚都躲在你爹娘臥室之側的懸崖上，要從他們的談話之中，查知劍譜的所在。」岳靈珊道：「你每天晚上都躲在那懸崖上？」

林平之道：「正是。」岳靈珊又重複問了一句：「每天晚上？」盈盈聽不到林平之的回答，想來他是點了點頭。只聽得岳靈珊嘆道：「你真有毅力。」林平之道：「為報大仇，不得不然。」岳靈珊低低應了聲：「是。」

只聽林平之道：「我接連聽了十幾晚，都沒聽到甚麼異狀。有一天晚上，聽得你媽媽說道：『師哥，我覺得你近來神色不對，是不是練那紫霞神功有些兒麻煩？可別太求精進，惹出亂子來。』你爹笑了一聲，說道：『沒有啊，練功順利得很。』你媽道：『你別瞞我，為甚麼你近來說話的嗓子變了，又尖又高，倒像女人似的。』你爹道：『胡說八道！我說話向來就是這樣的。』我聽得他說這句話，嗓聲就尖得很，確像是個女子在大發脾氣。你媽道：『還說沒變？你一生之中，就從來沒對我這樣說過話。我倆夫婦多年，你心中有甚麼解不開的事，何以瞞我？』你爹道：『有甚麼解不開的事？嗯，嵩山之會不遠，左冷禪意圖吞併四派，其心昭然若揭。我為此煩心，那也是有的。』你媽道：『我看還不止於此。』你爹又生氣了，尖聲道：『你便是瞎疑心，此外更有甚麼？』你媽道：『我說了出來，你可別發火。我知道你是冤枉了冲兒。』你爹道：『冲兒？他和魔教中人來往，和魔教那個姓任的姑娘結下私情，天下皆知，有甚麼冤枉他的？』」

盈盈聽他轉述岳不羣之言，提到自己，更有「結下私情，天下皆知」八字，臉上微微一熱，但隨即心中湧起一股柔情。

只聽林平之續道：「你媽說道：『他和魔教中人結交，自是沒冤枉他。我說你冤枉他偷了平兒的辟邪劍譜。』你爹道：『難道劍譜不是他偷的？他劍術突飛猛進，比你比我還要高明，你又不是沒見過？』你媽道：『那定是他另有際遇。我斷定他決計沒拿辟邪劍譜。冲兒任性胡鬧，不聽你我的教訓，那是有的。但他自小光明磊落，決不做偷偷摸摸的事。自從珊兒跟平兒要好，將他撇下之後，他這等傲性之人，便是平兒雙手將劍譜奉送給他，他也決計不收。』」

盈盈聽到這裏，心中說不出的歡喜，真盼立時便能摟住了岳夫人，好好感謝她一番，心想不枉你將冲郎從小撫養長大，華山全派，只有你一人，才真正明白他的為人；又想單憑她這幾句話，他日若有機緣，便須好好報答她才是。

林平之續道：「你爹哼了一聲，道：『你這麼說，咱們將令狐冲這小子逐出門牆，你倒似好生後悔。』你媽道：『他犯了門規，你執行祖訓，清理門戶，無人可以非議。但你說他結交左道，罪名已經夠了，何必再冤枉他偷盜劍譜？其實你比我還明白得多。你明知他沒拿平兒的辟邪劍譜。』你爹叫了起來：『我怎麼知道？我怎麼知道？』」

林平之的聲音也是既高且銳，仿效岳不羣尖聲怒叫，靜夜之中，有如厲梟夜啼，盈盈不由得毛骨悚然。

隔了一會，才聽他續道：「你媽媽緩緩的道：『你自然知道，只因為這部劍譜，是你取了去的。』你爹怒聲吼叫：『你……你說……是我……』但只說了幾個字，突然住口。你媽聲音十分平靜，說道：『那日冲兒受傷昏迷，我替他止血治傷之時，見到他身上有件袈裟，寫滿了字，似乎是劍法之類。第二次替他換藥，那件袈裟已經不見了，其時冲兒仍然昏迷未醒。這段時候之中，除了你我二人，並無別人進房。這件袈裟可不是我拿的。』」

岳靈珊哽咽道：「我爹爹……我爹爹……」林平之道：「你爹幾次插口說話，但均只含糊不清的說了一兩個字，便沒再說下去。你媽媽語聲漸轉柔和，說道：『師哥，我華山一派的劍術，自有獨到的造詣，紫霞神功的氣功更是不凡，以此與人爭雄，自亦足以樹名聲於江湖，原不必再去另學別派劍術。只是近來左冷禪野心大熾，圖併四派。華山一派在你手中，說甚麼也不能淪亡於他手中。咱們聯絡泰山、恆山、衡山三派，到時以四派鬥他一派，我看還是佔了六成贏面。就算真的不勝，大夥兒轟轟烈烈的劇鬥一場，將性命送在嵩山，也就是了，到了九泉之下，也不致愧對華山派的列祖列宗。』」

盈盈聽到這裏，心下暗讚：「這位岳夫人確是女中鬚眉，比她丈夫可有骨氣得多了。」

只聽岳靈珊道：「我媽這幾句話，可挺有道理呀。」林平之冷笑道：「可是其時你爹爹已拿了我的劍譜，早已開始修習，那裏還肯聽師娘的勸？」他突然稱一句「師娘」，足見在他心中，對岳夫人還是不失敬意，繼續道：「你爹爹那時說道：『你這話當真是婦人之見。逞這等匹夫之勇，徒然送了性命，華山派還是給左冷禪吞了，死了之後，未必就有臉面去見華山派列祖列宗。』你媽半晌不語，嘆道：『你苦心焦慮，為了保全本派，有些事我也不能怪你。只是……只是那辟邪劍法練之有損無益，否則的話，為甚麼林家子孫都不學這劍法，以致被人家逼得走投無路？我勸你還是懸崖勒馬，及早別學了罷？』你爹爹大聲道：『你怎知我在學辟邪劍法？你……你……在偷看我嗎？』你媽道：『我又何必偷看這才知道？』你爹大聲道：『你說，你說！』他說得聲嘶力竭，話音雖響，卻顯得頗為氣餒。

「你媽道：『你說話的聲音，就已經全然變了，人人都聽得出來，難道你自己反而不覺得？』你爹還在強辯：『我向來便是如此。』你媽道：『每天早晨，你被窩裏總是落下了許多鬍鬚……』你爹尖叫一聲：『你瞧見了？』語音甚是驚怖。你媽嘆道：『我早瞧見了，一直不說。你黏的假鬚，能瞞過旁人，卻怎瞞得過和你做了幾十年夫妻的枕邊之人？』你爹見事已敗露，無可再辯，隔了良久，問道：『旁人還有誰知道了？』你媽道：『沒有。』你爹問：『珊兒呢？』你媽道：『她不會知道的。』你爹道：『平之自然也不知了？』你媽道：『不知。』你爹道：『好，我聽你的勸，這件袈裟，明兒咱們就設法交給平之，再慢慢想法替令狐冲洗刷清白。這路劍法，我今後也不練了。』你媽十分歡喜，說道：『那當真再好也沒有。不過這劍譜於人有損，豈可讓平兒見到？還是毀去了的為是。』」

岳靈珊道：「爹爹當然不肯答允了。要是他肯毀去了劍譜，一切都不會是這個樣子。」

林平之道：「你猜錯了。你爹爹當時說道：『很好，我立即毀去劍譜！』我大吃一驚，便想出聲阻止，劍譜是我林家之物，管他有益有害，你爹爹可無權毀去。便在此時，只聽得窗子呀的一聲打開，我急忙縮頭，眼前紅光一閃，那件袈裟飄將下來，跟著窗子又即關上。眼看那袈裟從我身旁飄過，我伸手一抓，差了數尺，沒能抓到。其時我只知父母之仇是否能報，繫於是否能抓到袈裟，全將生死置之度外，我右手搭在崖上，左腳拚命向外一勾，只覺腳尖似乎碰到了袈裟，立即縮將回來，當真幸運得緊，竟將那袈裟勾到了，沒落入天聲峽下的萬仞深淵中。」

盈盈聽他說得驚險，心想：「你若沒能將袈裟勾到，那才真是幸運得緊呢。」

岳靈珊道：「媽媽只道爹爹將劍譜擲入了天聲峽中，其實爹爹早將劍法記熟，袈裟於他已然無用，卻讓你因此而學得了劍法，是不是？」林平之道：「正是。」

岳靈珊道：「那是天意如此。冥冥之中，老天爺一切早有安排，要你由此而報公公、婆婆的大仇。那……那……那也很好。」

林平之道：「可是有一件事，我這幾天來幾乎想破了頭，也是難以明白。為甚麼左冷禪也會使辟邪劍法？」岳靈珊「嗯」了一聲，語音冷漠，顯然對左冷禪會不會使辟邪劍法，全然沒放在心上。林平之道：「你沒學過這路劍法，不知其中的奧妙所在。那一日左冷禪與你爹爹在封禪台上大戰，鬥到最後，兩人使的全是辟邪劍法。只不過左冷禪的劍法全然似是而非，每一招都似故意要輸給你爹爹，總算他劍術根柢奇高，每逢極險之處，急變劍招，才得避過，但後來終於給你爹爹刺瞎了雙眼。倘若……嗯……倘若他使嵩山劍法，被你爹爹以辟邪劍法所敗，那並不希奇。辟邪劍法無敵於天下，原非嵩山劍法之所能匹敵。左冷禪沒有自宮，練不成真正的辟邪劍法，那也不奇。我想不通的是，左冷禪這辟邪劍法卻是從那裏學來的，為甚麼又學得似是而非？」他最後這幾句話說得遲疑不定，顯是在潛心思索。

盈盈心想：「沒有甚麼可聽的了。左冷禪的辟邪劍法，多半是從我教偷學去的。他只學了些招式，卻不懂這無恥的法門。東方不敗的辟邪劍法比岳不羣還厲害得多。你若見了，管教你就有三個腦袋，一起都想破了，也想不通其中的道理。」

她正欲悄悄退開，忽聽得遠處馬蹄聲響，二十餘騎在官道上急馳而來。

三十六 傷逝

只見岳靈珊的墳上茁發了
幾枚青草的嫩芽，令狐冲心想：
「小師妹墳上也生青草了。
她在墳中，卻又不知如何？」
忽聽得背後傳來幾下清幽的簫聲。

盈盈生怕令狐冲有失，急展輕功，趕到大車旁，說道：「冲哥，有人來了！」

令狐冲笑道：「你又在偷聽人家殺鷄餵狗了，是不是？怎地聽了這麼久？」盈盈呸了一聲，想到剛才岳靈珊確是便要在那大車之中，和林平之「做真正夫妻」，不由得滿臉發燒，說道：「他們……他們在說修習……修習辟邪劍法的事。」令狐冲道：「你說話吞吞吐吐，一定另有古怪，快上車來，說給我聽，不許隱瞞抵賴。」盈盈道：「不上來！好沒正經。」令狐冲笑道：「怎麼好沒正經？」盈盈道：「不知道！」這時蹄聲更加近了，盈盈道：「聽人數是青城派沒死完的弟子，果真是跟著報仇來啦！」

令狐冲坐起身來，說道：「咱們慢慢過去，時候也差不多了。」盈盈道：「是。」她知令狐冲對岳靈珊關心之極，既有敵人來襲，他受傷再重，也是非過去援手不可，何況任由他一人留在車中，自己出手救人，也不放心，當下扶著他跨下車來。

令狐冲左足踏地，傷口微覺疼痛，身子一側，碰了碰車轅。拉車的騾子一直悄無聲息，大車一動，只道是趕牠行走，頭一昂，便欲嘶叫。盈盈短劍一揮，一劍將騾頭切斷，乾淨利落之極。令狐冲輕聲讚道：「好！」他不是讚她劍法快捷，以她這等武功，快劍一揮，騾頭便落，毫不希奇，難得的是當機立斷，竟不讓騾子發出半點聲息。至於以後如何拉車，如何趕路，那是另一回事了。

令狐冲走了幾步，聽得來騎蹄聲又近了些，當即加快步子。盈盈尋思：「他要搶在敵人頭裏，走得快了，不免牽動傷口。我如伸手抱他負他，豈不羞人？」輕輕一笑，說道：「冲哥，可要得罪了。」不等令狐冲回答，右手抓住他背後腰帶，左手抓住他衣領，將他身子提了起來，展開輕功，從高粱叢中疾行而前。令狐冲又是感激，又是好笑，心想自己堂堂恆山派掌門，給她這等如提嬰兒般抓在手裏，倘若教人見了，當真顏面無存，但若非如此，只怕給青城派人眾先到，小師妹立遭凶險，她此舉顯然是深體自己心意。

盈盈奔出數十步，來騎馬蹄聲又近了許多。她轉頭望去，只見黑暗中一列火把高舉，沿著大道馳來，說道：「這些人膽子不小，竟點了火把追人。」令狐冲道：「他們拚死一擊，甚麼都不顧了，啊喲，不好！」盈盈也即想起，說道：「青城派要放火燒車。」令狐冲道：「咱們上去截住了，不讓他們過來。」盈盈道：「不用心急，要救兩個人，總還辦得到。」令狐冲知她武功了得，青城派中余滄海已死，餘人殊不足道，當下也放寬了心。

盈盈抓著令狐冲，走到離岳靈珊大車的數丈處，扶他在高粱叢中坐好，低聲道：「你安安穩穩的坐著別動。」

只聽得岳靈珊在車中說道：「敵人快到了，果然是青城派的鼠輩。」林平之道：「你怎知道？」岳靈珊道：「他們欺我夫妻受傷，竟人人手執火把追來，哼，肆無忌憚之極。」林平之道：「人人手執火把？」岳靈珊道：「正是。」林平之多歷患難，心思縝密，可比岳靈珊機靈得多，忙道：「快下車，鼠輩要放火燒車！」岳靈珊一想不錯，道：「是！否則要這許多火把幹甚麼？」一躍下車，伸手握住林平之的手。林平之跟著也躍了下來。兩人走出數丈，伏在高粱叢中，與令狐冲、盈盈兩人所伏處相距不遠。

蹄聲震耳，青城派眾人馳近大車，先截住了去路，將大車團團圍住。一人叫道：「林平之，你這狗賊，做烏龜麼？怎地不伸出頭來？」眾人聽得車中寂靜無聲，有人道：「只怕是下車逃走了。」只見一個火把劃過黑暗，擲向大車。

忽然車中伸出一隻手來，接住了火把，反擲出來。

青城眾人大譁，叫道：「狗賊在車裏！狗賊在車裏！」

車中突然有人伸手出來，接住火把反擲，令狐冲和盈盈自是大出意料之外，想不到大車之中另有強援。岳靈珊卻更大吃一驚，她和林平之說了這許久話，全沒想到車中竟有旁人，眼見這人擲出火把，手勢極勁，武功顯是頗高。

青城弟子擲出八個火把，那人一一接住，一一還擲，雖然沒傷到人，餘下青城弟子卻也不再投擲火把，只遠遠圍著大車，齊聲吶喊。火光下人人瞧得明白，那隻手乾枯焦黃，青筋突起，是老年人之手。有人叫道：「不是林平之！」另有人道：「也不是他老婆。」有人叫道：「龜兒子不敢下車，多半也受了傷。」

眾人猶豫半晌，見車中並無動靜，突然間發一聲喊，二十餘人一湧而上，各挺長劍，向大車中插去。

只聽得波的一聲響，一人從車頂躍出，手中長劍閃爍，竄到青城派羣弟子之後，長劍揮動，兩名青城弟子登時倒地。這人身披黃衫，似是嵩山派打扮，臉上蒙了青布，只露出精光閃閃的一雙眼珠，出劍奇快，數招之下，又有兩名青城弟子中劍倒地。

令狐冲和盈盈雙手一握，想的都是同一個念頭：「這人使的又是辟邪劍法。」但瞧他身形絕不是岳不羣。兩人又是同一念頭：「世上除了岳不羣、林平之、左冷禪三人之外，居然還有第四人會使辟邪劍法。」

岳靈珊低聲道：「這人所使的，似乎跟你的劍法一樣。」林平之「咦」的一聲，奇道：「他……他也會使我的劍法？你可沒看錯？」

片刻之間，青城派又有三人中劍。但令狐冲和盈盈都已瞧了出來，這人所使劍招雖是辟邪劍法，但閃躍進退固與東方不敗相去甚遠，亦不及岳不羣和林平之的神出鬼沒，只是他本身武功甚高，遠勝青城諸弟子，加上辟邪劍法的奇妙，以一敵眾，仍大佔上風。

岳靈珊道：「他劍法好像和你相同，但出手沒你快。」林平之吁了口氣，道：「出手不快，便不合我家劍法的精義。可是……可是，他是誰？為甚麼會使這劍法？」

酣鬥聲中，青城弟子中又有一人被他長劍貫胸，那人大喝一聲，抽劍出來，將另一人攔腰斬為兩截。餘人心膽俱寒，四下散開。那人一聲呼喝，衝出兩步。青城弟子中有人「啊」的一聲叫，轉頭便奔，餘人洩了氣，一窩蜂的都走了。有的兩人一騎，有的不及乘馬，步行飛奔，剎那間走得不知去向。

那人顯然也頗為疲累，長劍拄地，不住喘氣。令狐冲和盈盈從他喘息之中，知道此人適才一場劇鬥，為時雖暫，卻已大耗內力，多半還已受了頗重的暗傷。

這時地下有七八個火把仍在燃燒，火光閃耀，明暗不定。

這黃衫老人喘息半晌，提起長劍，緩緩插入劍鞘，說道：「林少俠、林夫人，在下奉嵩山左掌門之命，前來援手。」他語音極低，嗓音嘶啞，每一個字都說得含糊不清，似乎口中含物，又似舌頭少了一截，聲音從喉中發出。

林平之道：「多謝閣下相助，請教高姓大名。」說著和岳靈珊從高粱叢中出來。

那老人道：「左掌門得悉少俠與夫人為奸人所算，受了重傷，命在下護送兩位前往穩妥之地，治傷療養，擔保令岳無法找到。」

令狐冲、盈盈、林平之、岳靈珊均想：「左冷禪怎會知道其中諸般關節？」

林平之道：「左掌門和閣下美意，在下甚是感激。養傷一節，在下自能料理，卻不敢煩勞尊駕了。」那老人道：「少俠雙目為塞北明駝毒液所傷，不但復明甚難，而且此人所使毒藥極為陰狠厲害，若不由左掌門親施刀圭藥石，只怕……只怕……少俠的性命亦自難保。」

林平之自中了木高峯的毒水後，雙目和臉上均是痲癢難當，恨不得伸指將自己眼珠挖了出來，以大耐力，方始強行克制，知道此人所言非虛，沉吟道：「在下和左掌門無親無故，左掌門如何這等眷愛？閣下若不明言，在下難以奉命。」

那老人嘿嘿一笑，說道：「同仇敵愾，那便如同有親有故一般了。左掌門的雙目為岳不羣所傷。閣下雙目受傷，推尋源由，禍端也是從岳不羣身上而起。岳不羣既知少俠已修習辟邪劍法，少俠便避到天涯海角，他也非追殺你不可。他此時身為五嶽派掌門，權勢薰天，少俠一人又如何能與之相抗？何況……何況……嘿嘿，岳不羣的親生愛女，便朝夕陪在少俠身旁，少俠便有通天本領，也難防床頭枕邊的暗算……」

岳靈珊突然大聲道：「二師哥，原來是你！」

她這一聲叫了出來，令狐冲全身一震。他聽那老者說話，聲音雖然十分含糊，但語氣聽來甚熟，發覺是個相稔之人，聽岳靈珊一叫，登時省悟，此人果然便是勞德諾。只是先前曾聽岳靈珊說道，勞德諾已在福州為人所殺，以致萬萬想不到是他，然則岳靈珊先前所云的死訊並非事實。

只聽那老者冷冷的道：「小丫頭倒也機警，認出了我的聲音。」他不再以喉音說話，語音清晰，確是勞德諾。

林平之道：「二師哥，你在福州假裝為人所殺，然則……然則八師哥是你殺的？」

勞德諾哼了一聲，說道：「不是。英白羅是小孩兒，我殺他幹麼？」

岳靈珊大聲道：「還說不是呢？他……他……小林子背上這一劍，也是你砍的。我一直還冤枉了大師哥。哼，你做的好事，你又另外殺了一個老人，將他面目剁得稀爛，把你的衣服套在死人身上，人人都道你是給人害死了。」勞德諾道：「你所料不錯，若非如此，岳不羣豈能就此輕易放過了我？但林少俠背上這一劍，卻不是我砍的。」岳靈珊道：「不是你？難道另有旁人？」

勞德諾冷冷的道：「那也不是旁人，便是你的令尊大人。」岳靈珊叫道：「胡說！自己幹了壞事，卻來含血噴人。我爹爹好端端地，為甚麼要劍砍平弟？」勞德諾道：「只因為那時候，你爹爹已從令狐冲身上得到了辟邪劍譜。這劍譜是林家之物，岳不羣第一個要殺的，便是你的平弟。林平之倘若活在世上，你爹爹怎能修習辟邪劍法？」

岳靈珊一時無語，在她內心，知道這幾句話甚是有理，但想到父親竟會對林平之忽施暗算，總是不願相信。她連說幾句「胡說八道」，說道：「就算我爹爹要害平弟，難道一劍會砍他不死？」

林平之忽道：「這一劍，確是岳不羣砍的，二師哥可沒說錯。」

岳靈珊道：「你……你……你也這麼說？」

林平之道：「岳不羣一劍砍在我背上，我受傷極重，情知無法還手，倒地之後，立即裝死不動。那時我還不知暗算我的竟是岳不羣，可是昏迷之中，聽到八師哥的聲音，他叫了句：『師父！』八師哥一句『師父』，救了我的性命，卻送了他自己的性命。」岳靈珊驚道：「你說八師哥也……也……也是我爹爹殺的？」林平之道：「當然是啦！我只聽得八師哥叫了『師父』之後，隨即一聲慘呼。我也就暈了過去，人事不知了。」

勞德諾道：「岳不羣本來想在你身上再補一劍，可是我在暗中窺伺，當下輕輕咳嗽了一聲。岳不羣不敢逗留，立即回入屋中。林兄弟，我這聲咳嗽，也可說是救了你的性命。」

岳靈珊道：「如果……如果我爹爹真要害你，以後……以後機會甚多，他怎地又不動手了？」林平之冷冷的道：「我此後步步提防，教他再也沒下手的機會。那倒也多虧了你，我成日和你在一起，他想殺我，就沒這麼方便。」岳靈珊哭道：「原來……原來……你所以娶我，既是為了掩人耳目，又……又……不過將我當作一面擋箭牌。」

林平之不去理她，向勞德諾道：「勞兄，你幾時和左掌門結交上了？」勞德諾道：「左掌門是我恩師，我是他老人家的第三弟子。」林平之道：「原來你改投了嵩山派門下。」勞德諾道：「不是改投嵩山門下。我一向便是嵩山門下，只不過奉了恩師之命，投入華山，用意是在查察岳不羣的武功，以及華山派的諸般動靜。」

令狐冲恍然大悟。勞德諾帶藝投師，本門中人都是知道的，但他所演示的原來武功駁雜平庸，似是雲貴一帶旁門所傳，萬料不到竟是嵩山高弟。原來左冷禪意圖吞併四派，蓄心已久，早就伏下了這著棋子；那麼勞德諾殺陸大有、盜紫霞神功的秘譜，自是順理成章，再也沒甚麼希奇了。只是師父為人機警之極，居然也會給他瞞過。

林平之沉思片刻，說道：「原來如此，勞兄將紫霞神功秘笈和辟邪劍譜從華山門中帶到嵩山，使左掌門習到這路劍法，功勞不小。」

令狐冲和盈盈都暗暗點頭，心道：「左冷禪和勞德諾所以會使辟邪劍法，原來由此。林平之的腦筋倒也動得甚快。」

勞德諾恨恨的道：「不瞞林兄弟說，你我二人，連同我恩師，可都栽在岳不羣這惡賊手下了。這人陰險無比，咱們都中了他的毒計。」林平之道：「嘿，我明白了。勞兄盜去的辟邪劍譜，已給岳不羣做了手腳，因此左掌門和勞兄所使的辟邪劍法，有些不大對頭。」

勞德諾咬牙切齒的道：「當年我混入華山派門下，原來岳不羣一起始便即發覺，只是不動聲色，暗中留意我的作為。岳不羣所錄的辟邪劍譜上，所記的劍法雖妙，卻都似是而非，更缺了修習內功的法門。他故意將假劍譜讓我盜去，使我恩師所習劍法不全。一到生死決戰之際，他引我恩師使此劍法，以真劍法對假劍法，自是手操勝券了。否則五嶽派掌門之位，如何能落入他手？」

林平之嘆了口氣，道：「岳不羣奸詐凶險，你我都墮入了他的彀中。」

勞德諾道：「我恩師十分明白事理，雖然給我壞了大事，卻無一言一語責怪於我，可是我做弟子的卻於心何安？我便拚著上刀山、下油鍋，也要殺了岳不羣這奸賊，為恩師報仇雪恨。」這幾句話語氣激憤，顯得心中怨毒奇深。

林平之嗯了一聲。勞德諾又道：「我恩師壞了雙眼，此時隱居嵩山西峯。西峯上另有十來位壞了雙目之人，都是給岳不羣與令狐冲害的。林兄弟隨我去見我恩師，你是福州林家辟邪劍門的唯一傳人，便是辟邪劍門的掌門，我恩師自當以禮相待，好生相敬。你雙目能夠治愈，那是最好，否則和我恩師隱居在一起，共謀報此大仇，豈不甚妙？」

這番話只說得林平之怦然心動，心想自己雙目為毒液所染，自知復明無望，所謂治愈云云，不過是自欺自慰，自己和左冷禪都是失明之人，同病相憐，敵愾同仇，原是再好不過，只是素知左冷禪手段厲害，突然對自己這樣好，必然另有所圖，便道：「左掌門一番好意，在下卻不知何以為報。勞兄是否可以先加明示？」

勞德諾哈哈一笑，說道：「林兄弟是明白人，大家以後同心合力，自當坦誠相告。我在岳不羣那裏取了一本不盡不實的劍譜去，累我師徒大上其當，心中自然不甘。我一路上見到林兄弟大施神威，以奇妙無比的劍法殺木高峯，誅余滄海，青城小醜，望風披靡，顯是已得辟邪劍法真傳，愚兄好生佩服，抑且艷羨得緊……」林平之已明其意，說道：「勞兄之意，是要我將辟邪劍譜的真本取出來讓賢師徒瞧瞧？」勞德諾道：「這是林兄弟家傳秘本，外人原不該妄窺。但今後咱們歃血結盟，合力撲殺岳不羣。林兄弟倘若雙目完好，年輕力壯，自亦不懼於他。但以今日局面，卻只有我恩師及愚兄都學到了辟邪劍法，三人合力，才有誅殺岳不羣的指望，林兄弟莫怪。」

林平之心想：自己雙目失明，實不知何以自存，何況若不答應，勞德諾便即用強，殺了自己和岳靈珊二人，勞德諾此議倘是出於真心，於己實利多於害，便道：「左掌門和勞兄願與在下結盟，在下是高攀了。在下家破人亡，失明殘廢，雖是由余滄海而起，但岳不羣的陰謀亦是主因，要誅殺岳不羣之心，在下與賢師徒一般無異。你我既然結盟，這辟邪劍譜，在下何敢自秘，自當取出供賢師徒參閱。」

勞德諾大喜，道：「林兄弟慷慨大量，我師徒得窺辟邪劍譜真訣，自是感激不盡，今後林兄弟永遠是我嵩山派上賓。你我情同手足，再也不分彼此。」林平之道：「多謝了。在下隨勞兄到得嵩山之後，立即便將劍譜真訣，盡數背了出來。」勞德諾道：「背了出來？」

林平之道：「正是。勞兄有所不知，這劍譜真訣，本由我家曾祖遠圖公錄於一件袈裟之上。這件袈裟給岳不羣盜了去，他才得窺我家劍法。後來陰錯陽差，這袈裟又落在我手中。小弟生怕岳不羣發覺，將劍譜苦記背熟之後，立即將袈裟毀去。倘若將袈裟藏在身上，有我這樣一位賢妻相伴，姓林的焉能活到今日？」

岳靈珊在旁聽著，一直不語，聽到他如此譏諷，又哭了起來，泣道：「你……你……」

勞德諾在車中曾聽到他夫妻對話，情知林平之所言非虛，便道：「如此甚好，咱們便同回嵩山如何？」林平之道：「很好。」勞德諾道：「須當棄車乘馬，改行小道，否則途中撞上了岳不羣，咱們可還不是他的對手。」他略略側頭，問岳靈珊道：「小師妹，你是幫父親呢？還是幫丈夫？」

岳靈珊收起了哭聲，說道：「我是兩不相幫！我……我是個苦命人，明日去落髮出家，爹爹也罷，丈夫也罷，從此不再見面了。」

林平之冷冷的道：「你到恆山去出家為尼，正是得其所哉。」岳靈珊怒道：「林平之，當日你走投無路之時，若非我爹爹救你，你早已死在木高峯的手下，焉能得有今日？就算我爹爹對你不起，我岳靈珊可沒對你不起。你說這話，那是甚麼意思？」

林平之道：「甚麼意思？我是要向左掌門表明心跡。」聲音極是兇狠。

突然之間，岳靈珊「啊」的一聲慘呼。

令狐冲和盈盈同時叫道：「不好！」從高粱叢中躍了出來。令狐冲大叫：「林平之，別害小師妹。」

勞德諾此刻最怕的，便是岳不羣和令狐冲二人，一聽到令狐冲的聲音，不由得魂飛天外，當即抓住林平之的左臂，躍上青城弟子騎來的一匹馬，雙腿力挾，縱馬狂奔。

令狐冲掛念岳靈珊的安危，不暇追敵，只見岳靈珊倒在大車的車夫座位上，胸口插了一柄長劍，探她鼻息，已是奄奄一息。

令狐冲大叫：「小師妹，小師妹。」岳靈珊道：「是……是大師哥麼？」令狐冲喜道：「是……是我。」伸手想去拔劍，盈盈忙伸手一格，道：「拔不得。」

令狐冲見那劍深入半尺，已成致命之傷，這一拔出來，立即令她氣絕而死，眼見無救，心中大慟，哭了出來，叫道：「小……小師妹！」

岳靈珊道：「大師哥，你陪在我身邊，那很好。平弟……平弟，他去了嗎？」令狐冲咬牙切齒，哭道：「你放心，我一定殺了他，給你報仇。」岳靈珊道：「不，不！他眼睛看不見，你要殺他，他不能抵擋。我……我……我要到媽媽那裏去。」令狐冲道：「好，我送你去見師娘。」盈盈聽她話聲越來越微，命在頃刻，不由得也流下淚來。

岳靈珊道：「大師哥，你一直待我很好，我……我對你不起。我……我就要死了。」令狐冲垂淚道：「你不會死的，咱們能想法子治好你。」岳靈珊道：「我……我這裏痛……痛得很。大師哥，我求你一件事，你……千萬要答允我。」令狐冲握住她左手，道：「你說，你說，我一定答允。」岳靈珊嘆了口氣，道：「你……你……不肯答允的……而且……也太委屈了你……」聲音越來越低，呼吸也越是微弱。

令狐冲道：「我一定答允的，你說好了。」岳靈珊道：「你說甚麼？」令狐冲道：「我一定答允的，你要我辦甚麼事，我一定給你辦到。」岳靈珊道：「大師哥，我的丈夫……平弟……他……他……瞎了眼睛……很是可憐……你知道麼？」令狐冲道：「是，我知道。」岳靈珊道：「他在這世上，孤苦伶仃，大家都欺侮……欺侮他。大師哥……我死了之後，請你盡力照顧他，別……別讓人欺侮了他……」

令狐冲一怔，萬想不到林平之毒手殺妻，岳靈珊命在垂危，竟然還是不能忘情於他。令狐冲此時恨不得將林平之抓來，將他千刀萬剮，日後要饒了他性命，也是千難萬難，如何肯去照顧這負心的惡賊？

岳靈珊緩緩的道：「大師哥，平弟……平弟他不是真的要殺我……他怕我爹爹……他要投靠左冷禪，只好……只好刺我一劍……」

令狐冲怒道：「這等自私自利、忘恩負義的惡賊，你……你還念著他？」

岳靈珊道：「他……他不是存心殺我的，只不過……只不過一時失手罷了。大師哥……我求求你，求求你照顧他……」月光斜照，映在她臉上，只見她目光散亂無神，一對眸子渾不如平時的澄澈明亮，雪白的腮上濺著幾滴鮮血，臉上全是求懇的神色。

令狐冲想起過去十餘年中，和小師妹在華山各處攜手共遊，有時她要自己做甚麼事，臉上也曾露出過這般祈懇的神氣，不論這些事多麼艱難，多麼違反自己的心願，可從來沒拒卻過她一次。她此刻的求懇之中，卻又充滿了哀傷，她明知自己頃刻間便要死去，再也沒機會向令狐冲要求甚麼，這是最後一次的求懇，也是最迫切的一次求懇。

霎時之間，令狐冲胸中熱血上湧，明知只要一答允，今後不但受累無窮，而且要強迫自己做許多絕不願做之事，但眼見岳靈珊這等哀懇的神色和語氣，當即點頭道：「是了，我答允便是，你放心好了。」

盈盈在旁聽了，忍不住插嘴道：「你……你怎可答允？」

岳靈珊緊緊握著令狐冲的手，道：「大師哥，多……多謝你……我……我這可放心了。」她眼中忽然發出光采，嘴角邊露出微笑，一副心滿意足的模樣。

令狐冲見到她這等神情，心想：「能見到她這般開心，不論多大的艱難困苦，也值得為她抵受。」

忽然之間，岳靈珊輕輕唱起歌來。令狐冲胸口如受重擊，聽她唱的正是福建山歌，聽到她口中吐出了「姊妹，上山採茶去」的曲調，那是林平之教她的福建山歌。當日在思過崖上心痛如絞，便是為了聽到她口唱這山歌。她這時又唱了起來，自是想著當日與林平之在華山兩情相悅的甜蜜時光。

她歌聲越來越低，漸漸鬆開了抓著令狐冲的手，終於手掌一張，慢慢閉上了眼睛。歌聲止歇，也停住了呼吸。

令狐冲心中一沉，似乎整個世界忽然間都死了，想要放聲大哭，卻又哭不出來。他伸出雙手，將岳靈珊的身子抱了起來，輕輕叫道：「小師妹，小師妹，你別怕！我抱你到你媽媽那裏去，沒有人再欺侮你了。」

盈盈見到他背上殷紅一片，顯是傷口破裂，鮮血不住滲出，衣衫上的血跡越來越大，但當此情景，又不知如何勸他才好。

令狐冲抱著岳靈珊的屍身，昏昏沉沉的邁出了十餘步，口中只說：「小師妹，你別怕，別怕！我抱你去見師娘。」突然間雙膝一軟，撲地摔倒，就此人事不知了。

迷糊之中，耳際聽到幾下丁冬、丁冬的清脆琴聲，跟著琴聲宛轉往復，曲調甚是熟習，聽著說不出的受用。他只覺全身沒半點力氣，連眼皮也不想睜開，只盼永遠永遠聽著這琴聲不斷。琴聲果然絕不停歇的響了下去，聽得一會，令狐冲迷迷糊糊的又睡著了。

待得二次醒轉，耳中仍是這清幽的琴聲，鼻中更聞到芬芳的花香。他慢慢睜開眼來，觸眼盡是花朵，紅花、白花、黃花、紫花，堆滿眼前，心想：「這是甚麼地方？」聽得琴聲幾個轉折，正是盈盈常奏的「清心普善咒」，側過頭來，見到盈盈的背影，她坐在地下，正自撫琴。他漸漸看清楚了置身之所，似乎是在一個山洞之中，陽光從洞口射進來，自己躺在一堆柔軟的草上。

令狐冲想要坐起，身上所墊的青草簌簌作聲。琴聲戛然而止，盈盈回過頭來，滿臉都是喜色。她慢慢走到令狐冲身畔坐下，凝望著他，臉上愛憐橫溢。

剎那之間，令狐冲心中充滿了幸福之感，知道自己為岳靈珊慘死而暈了過去，盈盈將自己救到這山洞中，心中突然又是一陣難過，但逐漸逐漸，從盈盈的眼神中感到了無比溫馨。兩人脈脈相對，良久無語。

令狐冲伸出左手，輕輕撫摸盈盈的手背，忽然間從花香之中，聞到一些烤肉的香氣。盈盈拿起一根樹枝，樹枝上穿著一串烤熟了的青蛙，微笑道：「又是焦的！」令狐冲大笑了起來。兩人都想到了那日在溪邊捉蛙燒烤的情景。

兩次吃蛙，中間已經過了無數變故，但終究兩人還是相聚在一起。

令狐冲笑了幾聲，心中一酸，又掉下淚來。盈盈扶著他坐了起來，指著山洞外一個新墳，低聲道：「岳姑娘便葬在那裏。」令狐冲含淚道：「多……多謝你了。」盈盈緩緩搖了搖頭，道：「不用多謝。各人有各人的緣份，也各有各的業報。」令狐冲心下暗感歉仄，說道：「盈盈，我對小師妹始終不能忘情，盼你不要見怪。」

盈盈道：「我自然不會怪你。如果你當真是個浮滑男子，負心薄倖，我也不會這樣看重你了。」一低聲道：「我開始……開始對你傾心，便因在洛陽綠竹巷中，隔著竹簾，你跟我說怎樣戀慕你的小師妹。岳姑娘原是個好姑娘，她……她便是和你無緣。如果你不是從小和她一塊兒長大，多半她一見你之後，便會喜歡你的。」

令狐沖沉思半晌，搖了搖頭，道：「不會的。小師妹崇仰我師父，她喜歡的男子，要像她爹爹那樣端莊嚴肅，沉默寡言。我只是她的遊伴，她從來……從來不尊重我。」盈盈道：「或許你說得對。正好林平之就像你師父一樣，一本正經，卻滿肚子都是機心。」令狐沖嘆了口氣，道：「小師妹臨死之前，還不信林平之是真的要殺她，還是對他全心相愛，那……那也很好。她並不是傷心而死。我想過去看看她的墳。」

盈盈扶著他手臂，走出山洞。令狐沖見那墳雖以亂石堆成，卻大小石塊錯落有致，殊非草草，墳前墳後都是鮮花，足見盈盈頗花了一番功夫，心下暗暗感激。墳前豎著一根削去了枝葉的樹幹，樹皮上用劍尖刻著幾個字：「華山女俠岳靈珊姑娘之墓」。

令狐沖又怔怔的掉下淚來，說道：「小師妹或許喜歡人家叫她林夫人。」盈盈道：「林平之如此無情無義，岳姑娘泉下有靈，明白了他的歹毒心腸，不會願作林夫人了。」心道：「你不知她和林平之的夫妻有名無實，並不是甚麼夫妻。」

令狐沖道：「那也說得是。」只見四周山峯環抱，處身之所是在一個山谷之中，樹林蒼翠，遍地山花，枝頭啼鳥唱和不絕，是個十分清幽的所在。盈盈道：「咱們便在這裏住些時候，一面養傷，一面伴墳。」令狐沖道：「好極了。小師妹獨自個在這荒野之地，她就算是鬼，也很膽小的。」盈盈聽他這話甚癡，不由得暗暗嘆了口氣。

兩人便在這翠谷之中住了下來，烤蛙摘果，倒也清靜自在。令狐沖所受的只是外傷，既有恆山派的治傷靈藥，兼之內功深厚，養了二十餘日，傷勢已痊愈了八九。盈盈每日教他奏琴，令狐沖本極聰明，潛心練習，進境也是甚速。

這日清晨起來，只見岳靈珊的墳上茁發了幾枚青草的嫩芽，令狐冲怔怔的瞧著這幾枚草芽，心想：「小師妹墳上也生青草了。她在墳中，卻又不知如何？」

忽聽得背後傳來幾下清幽的簫聲，他回過頭來，只見盈盈坐在一塊巖石之上，手中持簫正自吹奏，所奏的便是「清心普善咒」。他走將過去，見那簫是根新竹，自是盈盈用劍削下竹枝，穿孔調律，製成了洞簫。他搬過瑤琴，盤膝坐下，跟著她的曲調奏了起來。漸漸的潛心曲中，更無雜念，一曲既罷，只覺精神大爽。兩人相對一笑。

盈盈道：「這曲『清心普善咒』你已練得熟了，從今日起，咱們來練那『笑傲江湖曲』如何？」令狐冲道：「這曲子如此難奏，不知甚麼時候才跟得上你。」盈盈微笑道：「這曲子樂旨深奧，我也有許多地方不明白。但這曲子有個特異之處，何以如此，卻難以索解，似乎若是二人同奏，互相啟發，比之一人獨自摸索，進步一定要快得多。」令狐冲拍手道：「是了，當日我聽衡山派劉師叔，與魔……與日月教的曲長老合奏此曲，琴簫之聲共起鳴響，確是動聽無比。這一首曲子，據劉師叔說，原是為琴簫合奏而作的。」盈盈道：「你撫琴，我吹簫，咱們慢慢一節一節的練下去。」

令狐冲微笑道：「只可惜這是簫，不是瑟，琴瑟和諧，那就好了。」盈盈臉上一紅，道：「這些日子沒聽你說風言風語，只道是轉性了，卻原來還是一般。」令狐冲做個鬼臉，知道盈盈性子最是靦腆，雖然荒山空谷，孤男寡女相對，卻從來不許自己言行稍有越禮，再說句笑話，只怕她要大半天不理自己，當下湊過去看她展開琴簫之譜，靜心聽她解釋，學著奏了起來。

撫琴之道原非易事，「笑傲江湖曲」曲旨深奧，變化繁複，更是艱難，但令狐冲秉性聰明，既得名師指點，而當日在洛陽綠竹巷中就已起始學奏，此後每逢閒日，便即練習，時日既久，自有進境。此刻合奏，初時難以合拍，慢慢的終於也跟上去了，雖不能如曲劉二人之曲盡其妙，卻也略有其意境韻味。

此後十餘日中，兩人耳鬢廝磨，合奏琴簫，這青松環繞的翠谷，便是世間的洞天福地，將江湖上的刀光血影，漸漸都淡忘了。兩人都覺得若能在這翠谷中偕老以終，再也不被捲入武林中鬥毆仇殺之中，那可比甚麼都快活了。

這日午後，令狐冲和盈盈合奏了大半個時辰，忽覺內息不順，無法寧靜，接連奏錯了幾處，心中著急，指法更加亂了。盈盈道：「你累嗎？休息一會再說。」令狐冲道：「累倒不累，不知怎的，覺得有些煩躁。我去摘些桃子來，晚上再練琴。」盈盈道：「好，可別走遠了。」

令狐冲知道山谷東南有許多野桃樹，其時桃實已熟，當下分草拂樹，行出八九里，來到野桃樹下，縱身摘了兩枚桃子，二次縱起時又摘了三枚。眼見桃子已然熟透，樹下已掉了不少，數日間便會盡數自落，在地下爛掉，當下一口氣摘了數十枚，心想：「我和盈盈吃了桃子之後，將桃核種在山谷四周，數年後桃樹成長，翠谷中桃花燦爛，那可多美？」

忽然間想起了桃谷六仙：「這山谷四周種滿桃樹，豈不成為桃谷？我和盈盈豈不變成了桃谷二仙？日後我和她生下六個兒子，那不是小桃谷六仙？那小桃谷六仙倘若便如那老桃谷六仙一般，說話纏夾不清，豈不糟糕？」

想到這裏，正欲縱聲大笑，忽聽得遠處樹叢中簌的一聲響。令狐冲立即伏低，藏身長草之中，心想：「老是吃烤蛙野果，嘴也膩了，聽這聲音多半是隻野獸，若能捉到一隻羚羊野鹿，也好教盈盈驚喜一番。」思念未定，便聽得腳步聲響，竟是兩個人行走之聲。令狐冲吃了一驚：「這荒谷中如何有人？定是衝著盈盈和我來了。」

便在此時，聽得一個蒼老的聲音說道：「你沒弄錯嗎？岳不羣那廝確會向這邊來？」令狐冲驚訝更甚：「他們是追我師父來了，那是甚麼人？」另一個聲音低沉之人道：「史香主四周都查察過了。岳不羣的女兒女婿突然在這一帶失蹤，各處市鎮碼頭、水陸兩道，都不見這對小夫婦的蹤跡，定是躲在這一帶山谷中養傷。岳不羣早晚便會尋來。」

令狐冲心中一酸，尋思：「原來他們知道小師妹受傷，卻不知她已經死了，自是有不少人在尋覓她的下落，尤其是師父師娘。若不是這山谷十分偏僻，早就該尋到這裏了。」

只聽那聲音蒼老之人道：「倘若你所料不錯，岳不羣早晚會到此處，咱便在山谷入口處設伏。」那聲音低沉之人道：「就算岳不羣不來，咱們布置好了之後，也能引他過來。」那老者拍了兩下手掌，道：「此計大妙，薛兄弟，瞧你不出，倒還是智多星呢。」那姓薛的笑道：「葛長老說得好。屬下蒙你老人家提拔，你老人家有甚麼差遣，自當盡心竭力，報答你老的恩典。」

令狐冲心下恍然：「原來是日月教的，是盈盈的手下。最好他們走得遠遠地，別來騷擾我和盈盈。」又想：「此刻師父武功大進，他們人數再多，也決計不是師父的敵手。師父精明機警，武林中無人能及，憑他們這點兒能耐，想要誘我師父上當，那真是魯班門前弄大斧了。」

忽聽得遠處有人拍拍拍的擊了三下手掌，那姓薛的道：「杜長老他們也到了。」葛長老也拍拍拍的擊了三下。腳步聲響，四人快步奔來，其中二人腳步沉滯，奔到近處，令狐冲聽了出來，這二人抬著一件甚麼物事。

葛長老喜道：「杜老弟，抓到岳家小妞兒了？功勞不小哪。」一個聲音洪亮之人笑道：「岳家倒是岳家的，是大妞兒，可不是小妞兒。」葛長老「咦」了一聲，顯是驚喜交集，道：「怎……怎……拿到了岳不羣的老婆？」

令狐冲這一驚非同小可，立即便欲撲出救人，但隨即記起身上沒帶劍。他手無長劍，武功便不敵尋常高手，心下暗暗著急，只聽那杜長老道：「可不是嗎？」葛長老道：「岳夫人劍法了得，杜兄弟怎地將她拿到？啊，定是使了迷藥。」杜長老笑道：「這婆娘失魂落魄，來到客店之中，想也不想，倒了一碗茶便喝。人家說岳不羣的老婆寧中則如何了不起，卻原來是草包一個。」

令狐冲心下惱怒，暗道：「我師娘聽說愛女受傷失蹤，數十天遍尋不獲，自然是心神不定，這是愛女心切，那裏是草包一個？你們辱我師娘，待會教你們一個個都死於我劍下。」尋思：「怎能奪到一柄長劍就好了。沒劍，刀也行。」

只聽那葛長老道：「咱們既將岳不羣的婆娘拿到手，事情就大大好辦了。杜兄弟，眼下之計，是如何將岳不羣引來。」杜長老道：「引來之後，卻又如何？」葛長老微一躊躇，道：

「咱們以這婆娘作為人質，逼他棄劍投降。料那岳不羣夫妻情深義重，決計不敢反抗。」杜長老道：「葛兄之言有理，就只怕這岳不羣心腸狠毒，夫妻間情不深，義不重，那可就有點兒棘手。」葛長老道：「這個……這個……嗯，薛兄弟，你看如何？」那姓薛的道：「在兩位長老之前，原挨不上屬下說話……」

正說到這裏，西首又有一人接連擊掌三下。杜長老道：「包長老到了。」片刻之間，兩人自西如飛奔來，腳步極快。葛長老道：「莫長老也到了。」

令狐冲暗暗叫苦：「從腳步聲聽來，這二人似乎比這葛杜二人武功更高。我赤手空拳，如何才救得師娘？」

只聽葛杜二長老齊聲說道：「包莫二兄也到了，當真再好不過。」葛長老又道：「杜兄弟立了一件大功，拿到了岳不羣的婆娘。」一個老者喜道：「妙極，妙極！兩位辛苦了。」葛長老道：「那是杜兄弟的功勞。」那老者道：「大家奉教主之命出來辦事，不論是誰的功勞，都是託教主的洪福。」令狐冲聽這老者的聲音有些耳熟，心想：「莫非是當日在黑木崖上曾經見過的？」他運起內功，聽得到各人說話，卻不敢探頭查看。魔教中的長老都是武功高手，自己稍一動彈，只怕便給他們查覺了。

葛長老道：「包莫二兄，我正和杜兄弟在商議，怎生才誘得岳不羣到來，擒他到黑木崖去。」另一名長老道：「你們想到了甚麼計較？」

葛長老道：「我們一時還沒想到甚麼良策，包莫二兄到來，定有妙計。」先一名老者說道：「五嶽劍派在嵩山封禪台爭奪掌門之位，岳不羣刺瞎左冷禪雙目，威震嵩山，五嶽劍派之中，再也沒人敢上台向他挑戰。聽說這人已得了林家辟邪劍法的真傳，非同小可，咱們須得想個萬全之策，可不能小覷了他。」杜長老道：「正是。咱們四人合力齊上，雖然未必便輸於他，卻也無必勝之算。」莫長老道：「包兄，你胸中想已算定，便請說出來如何？」

那姓包的長老道：「我雖已想到一條計策，但平平無奇，只怕三位見笑了。」莫葛杜三長老齊道：「包兄是本教智囊，想的計策，定是好的。」包長老道：「這其實是個笨法子。咱們掘個極深的陷坑，上面鋪上樹枝青草，不露痕跡，然後點了這婆娘的穴道，將她放在坑邊，再引岳不羣到來。他見妻子倒地，自必上前相救，咕咚……撲通……啊喲，不好……」他一面說，一面打手勢。三名長老和其餘四人都哈哈大笑起來。

莫長老笑道：「包兄此計大妙。咱們自然都埋伏在旁，只等岳不羣跌下陷坑，四件兵刃立即封住坑口，不讓他上躍。否則這人武功高強，怕他沒跌入坑底，便躍了上來。」包長老沉吟道：「但這中間尚有難處。」莫長老道：「甚麼難處？啊，是了，包兄怕岳不羣劍法詭異，跌入陷阱之後，咱們仍然封他不住？」包長老道：「莫兄料得甚是。這次教主派咱們辦事，所對付的，是個合併了五嶽劍派的大高手。咱們若得為教主殉身，原是十分榮耀之事，只不過卻損了神教與教主的威名。常言道得好：量小非君子，無毒不丈夫。既是對付君子，便當下些毒手。看來咱們還須在陷阱之中，加上些物事。」杜長老道：「包老之言，大合我心。這『百花消魂散』，兄弟身邊帶得不少，大可盡數撒在陷阱上的樹枝草葉之中。那岳不羣一入陷阱，立時會深深吸一口氣……」四人說到這裏，又都齊聲鬨笑。

包長老道：「事不宜遲，便須動手。這陷阱卻設在何處最好？」葛長老道：「自此向西三里，一邊是參天峭壁，另一邊下臨深淵，唯有一條小道可行，岳不羣不來則已，否則定要經過這條小道。」包長老道：「甚好，大家過去瞧瞧。」說著拔足便行，餘人隨後跟去。

令狐冲心道：「他們挖掘陷阱，非一時三刻之間所能辦妥，我得趕快去通知盈盈，取了長劍，再來救師娘不遲。」待魔教眾人走遠，悄悄循原路回去。

行出數里，忽聽得嗒嗒嗒的掘地之聲，心想：「怎麼他們是在此處掘地？」藏身樹後，探頭一張，果見四名魔教的教眾在弓身掘地，幾個老者站在一旁。此刻相距近了，見到一個老者的側面，心下微微一凜：「原來這人便是當年在杭州孤山梅莊中見過的鮑大楚。甚麼包長老，卻是鮑長老。那日任我行在西湖脫困，第一個收服的魔教長老，便是這鮑大楚。」令狐冲曾見他出手制服黃鍾公，知他武功甚高，心想師父出任五嶽派掌門，擺明要和魔教為難，魔教自不能坐視，任我行派出來對付他的，只怕尚不止這一路四個長老。見這四人用一對鐵戟、一對鋼斧，先斫鬆了土，再用手扒土，抄了出來，心想：「他們明明說要到那邊峭壁去挖掘陷阱，卻怎麼改在此處？」微一凝思，已明其理：「峭壁旁都是巖石，要挖陷阱，談何容易？這葛長老是個無智之人，隨口瞎說。」但這麼一來，阻住了去路，令他無法回去取劍了。眼見四人以臨敵交鋒用的兵刃來挖土掘地，甚是不便，陷阱非片刻間能掘成，他卻又不敢離師娘太遠，繞道回去取劍。

忽聽葛長老笑道：「岳不羣年紀已經不小，他老婆居然還是這麼年輕貌美。」杜長老笑道：「相貌自然不錯，年輕卻不見得了。我瞧早四十出頭了。葛兄若是有興，待拿住了岳不羣，稟明教主，便要了這婆娘如何？」葛長老笑道：「要了這婆娘，那可不敢，拿來玩玩，倒是不妨。」

令狐冲大怒，心道：「無恥狗賊，膽敢辱我師娘，待會一個個教你們不得好死。」聽葛長老笑得甚是猥褻，忍不住探頭張望，只見這葛長老伸出手來，在岳夫人臉頰上擰了一把。岳夫人被點要穴，無法反抗，一聲也不能出。魔教眾人都哈哈大笑起來。杜長老笑道：「葛兄這般猴急，你有沒膽子就在這裏玩了這個婆娘？」令狐冲怒不可遏，這姓葛的倘真對師娘無禮，儘管自己手中無劍，也要和這些魔教奸人拚個死活。

只聽葛長老淫笑道：「玩這婆娘，有甚麼不敢？但若壞了教主大事，老葛便有一百個腦袋，也不夠砍。」鮑大楚冷冷的道：「如此最好。葛兄弟、杜兄弟，你兩位輕功好，便去引那岳不羣到來，預計再過一個時辰，這裏一切便可布置就緒。」葛杜二長老齊聲道：「是！」縱身向北而去。

二人去後，空谷之中便聽得挖地之聲，偶爾莫長老指揮幾句。令狐冲躲在草叢之中，大氣也不敢透，心想：「我這麼久沒回，盈盈定然掛念，必會出來尋我。她聽到掘地聲，過來察看，自會救我師娘。這些魔教中的長老，見到任大小姐到來，怎敢違抗？衝著任教主、向大哥和盈盈的面子，我能不與魔教人眾動手，自是再好不過。」想到此處，反覺等得越久越好，那好色的葛長老既已離去，師娘已無受辱之虞。

耳聽得眾人終於掘好陷阱，放入柴草，撒了迷魂毒藥，再在陷阱上蓋以亂草，鮑大楚等六人分別躲入旁邊的草叢之中，靜候岳不羣到來。令狐冲輕輕拾起一塊大石頭，拿在手裏，心道：「等得師父過來，倘若走近陷阱，我便將石頭投上陷阱口上柴草。石頭落入陷阱，師父一見，自然警覺。」

其時已是初夏，幽谷中蟬聲此起彼和，偶有小鳥飛鳴而過，此外更無別般聲音。令狐沖將呼吸壓得極緩極輕，傾聽岳不羣和葛杜二長老的腳步聲。

過了半個多時辰，忽聽得遠處一個女子聲音「啊」的一聲叫，正是盈盈，令狐沖心道：「盈盈已發見了外人到來。不知她見到了我師父，還是葛杜二長老？」跟著聽得腳步聲響，兩人一前一後，疾奔而來，聽得盈盈不住叫喚：「冲哥，冲哥，你師父要殺你，千萬不可出來。」令狐冲大吃一驚：「師父為甚麼要殺我？」

只聽盈盈又叫：「冲哥快走，你師父要殺你。」她全力呼喚，顯是要令狐冲聞聲遠走。叫喚聲中，只見她頭髮散亂，手提長劍，快步奔來，岳不羣空著雙手，在後追趕。

眼見盈盈再奔得十餘步，便會踏入陷阱，令狐冲和鮑大楚等均十分焦急，一時不知如何是好。突然間岳不羣電閃而出，左手拿住了盈盈後心，右手隨即抓住她雙手手腕，將她雙臂反在背後。盈盈登時動彈不得，手一鬆，長劍落地。岳不羣這一下出手快極，令狐冲和鮑大楚固不及救援，盈盈本來武功也是甚高，竟無閃避抗拒之能，一招間便給他擒住。

令狐冲大驚，險些叫出聲來。盈盈仍在叫喚：「冲哥快走，你師父要殺你！」令狐冲熱淚湧入眼眶，心想：「她只顧念我的危險，全不念及自己。」

岳不羣左手一鬆，隨即伸指在盈盈背上點了幾下，封了她穴道，放開右手，讓她委頓在地。便在此時，他一眼見到岳夫人躺在地下，毫不動彈，岳不羣吃了一驚，但立時料到，左近定然隱伏重大危險，當下並不走到妻子身邊，只不動聲色的四下察看，一時不見異狀，便淡淡的道：「任大小姐，令狐沖這惡賊殺我愛女，你也有一份嗎？」

令狐沖又是大吃一驚：「師父說我殺了小師妹，這話從那裏說起？」

盈盈道：「你女兒是林平之殺的，跟令狐沖有甚麼相干？你口口聲聲說令狐沖殺了你女兒，當真冤枉好人。」岳不羣哈哈一笑，道：「林平之是我女婿，難道你不知道？他們新婚燕爾，何等恩愛，豈有殺妻之理？」盈盈道：「林平之投靠嵩山派，為了取信於左冷禪，表明確是與你勢不兩立，因此將你女兒殺了。」

岳不羣又是哈哈一笑，說道：「胡說八道。嵩山派？這世上還有甚麼嵩山派？嵩山一派早已併入五嶽派之中。武林之中，嵩山派已然除名，林平之又怎能去投靠嵩山派？再說，左冷禪是我屬下，林平之又不是不知。他不追隨身為五嶽派掌門的岳父，卻去投靠一個瞎了雙眼、自身難保的左冷禪，天下再蠢的蠢人，也不會幹這種事。」

盈盈道：「你不相信，那也由得你。你找到了林平之，自己問他好了。」

岳不羣語音突轉嚴峻，說道：「眼前我要找的不是林平之，而是令狐沖。江湖上人人都道，令狐沖對我女兒非禮，我女兒力拒淫賊，被殺身亡。你編了一大篇謊話出來，為令狐沖隱瞞，顯是與他狼狽為奸。」盈盈哼了一聲，嘿嘿幾下冷笑。岳不羣道：「任大小姐，令尊是日月教教主，我對你本來不會為難，但為了逼迫令狐沖出來，說不得，只好在你身上加一點兒小小刑罰。我要先斬去你左手手掌，然後斬去你右手手掌，再斬去你的左腳，再斬去你的右腳。令狐沖這惡賊若還有半點良心，便該現身。」盈盈大聲道：「料你也不敢，你動了我身上一根頭髮，我爹爹將你五嶽派殺得雞犬不留。」

岳不羣笑道：「我不敢嗎？」說著從腰間劍鞘中慢慢抽出長劍。

令狐冲再也忍耐不住，從草叢中衝了出來，叫道：「師父，令狐冲在這裏！」

盈盈「啊」的一聲，忙道：「快走，快走！他不敢傷我的。」

令狐冲搖了搖頭，走近幾步，說道：「師父……」岳不羣厲聲道：「小賊，你還有臉叫我『師父』？」令狐冲目中含淚，雙膝跪地，顫聲道：「皇天在上，令狐冲對岳姑娘向來敬重，決不敢對她有分毫無禮。令狐冲受你夫婦養育的大恩，你要殺我，便請動手。」

盈盈大急，叫道：「冲哥，這人半男半女，早已失了人性，你還不快走！」

岳不羣臉上驀地現出一股凌厲殺氣，轉向盈盈，厲聲道：「你這話是甚麼意思？」

盈盈道：「你為了練辟邪劍法，自……自……自己攪得半死半活，早已如鬼怪一般。冲哥，你記得東方不敗麼？他們都是瘋子，你別當他們是常人。」她只盼令狐冲趕快逃走，明知這麼說，岳不羣定然放不過自己，卻也顧不得了。

岳不羣冷冷的道：「你這些怪話，是從那裏聽來的？」

盈盈道：「是林平之親口說的。你偷了林平之的辟邪劍譜，你當他不知道麼？你將那件袈裟投入峽谷，那時候林平之躲在你窗外，伸手撿了去，因此他……他也練成了辟邪劍法，若非如此，他怎能殺得了木高峯和余滄海？他自己怎樣練成辟邪劍法，自然知道你是怎樣練成的。冲哥，你聽這岳不羣說話的聲音，就像女子一般。他……他和東方不敗一樣，早已失卻常性了。」她曾聽到林平之和岳靈珊在大車中的說話，令狐冲卻沒聽到。她知令狐冲始終敬愛師父，不願更增他心中難過，這番話又十分不便出口，是以數月來一直不提。但此刻事機緊迫，只好抖露出來，要令狐冲知道，眼前的人並不是甚麼武林中的宗師掌門，不過是個失卻常性的怪人，與瘋子豈可講甚麼恩義交情？

岳不羣目光中殺氣大盛，惡狠狠的道：「任大小姐，我本想留你一條性命，但你說話如此胡鬧，卻容你不得了。這是你自取其死，可別怪我。」

盈盈叫道：「冲哥，快走，快走！」

令狐冲知道師父出手快極，長劍一顫之下，盈盈便沒了性命，眼見岳不羣長劍提起，作勢便欲刺出，大叫：「你要殺人，便來殺我，休得傷她。」

岳不羣轉過頭來，冷笑道：「你學得一點三腳貓的劍法，便以為能橫行江湖麼？拾起劍來，教你死得心服。」令狐冲道：「萬萬不敢……不敢與師……與你動手。」岳不羣大聲道：「到得今日，你還裝腔作勢幹甚麼？那日在黃河舟中，五霸岡上，你勾結一般旁門左道，故意削我面子，其時我便已決意殺你，隱忍至今，已是便宜了你。在福州你落入我手中，若不是礙著我夫人，早教你這小賊見閻王去了。當日一念之差，反使我女兒命喪於你這淫賊之手。」令狐冲急得只叫：「我沒有……我沒有……」

岳不羣怒喝：「拾起劍來！你只要能勝得我手中長劍，便可立時殺我，否則我也決不饒你。這魔教妖女口出胡言，我先廢了她！」說著舉劍便往盈盈頸中斬落。

令狐冲左手一直拿著一塊石頭，本意是要用來相救岳不羣，免他落入陷阱，此時無暇多想，立時擲出石頭，往岳不羣胸口投去。岳不羣側身避開。令狐冲著地一滾，拾起盈盈掉在地下的長劍，挺劍刺向岳不羣的左腋。倘若岳不羣這一劍是刺向令狐冲，他便束手就戮，並不招架，但岳不羣聽得盈盈揭破自己的秘密，驚怒之下，這劍竟是向她斬落，令狐冲不能不救。岳不羣擋了三劍，退開兩步，心下暗暗驚異，適才擋這三招，已震得他手臂隱隱發麻。當日師徒二人雖曾在少林寺中拆到千招以上，但令狐冲劍上始終沒真正催動內力，此刻事急，這三劍卻沒再容讓。

令狐冲將岳不羣一逼開，反手便去解盈盈的穴道。盈盈叫道：「別管我，小心！」白光一閃，岳不羣長劍已然刺到。令狐冲見過東方不敗、岳不羣、林平之三人的武功，知道對方出手如鬼如魅，迅捷無倫，待得看清楚來招破綻，自身早已中劍，當下長劍反挑，疾刺岳不羣的小腹。

岳不羣雙足一彈，向後反躍，罵道：「好狠的小賊！」其實岳不羣雖將令狐冲自幼撫養長大，竟不明白他的為人，倘若他不理令狐冲的反擊，適才這一劍直刺到底，已然取了令狐冲的性命。令狐冲使的雖是兩敗俱傷、同歸於盡的打法，實則他決不會真的一劍刺入師父小腹。岳不羣以己之心度人，立即躍開，失卻了一個傷敵的良機。

岳不羣數招不勝，出劍更快，令狐冲打起精神，與之周旋。初時他尚想倘若敗在師父手下，自己死了固不足惜，但盈盈也必為他所殺，而且盈盈出言傷他，死前定遭慘酷折磨，是以奮力酣鬥，一番心意，全是為了迴護盈盈。拆到數十招後，岳不羣變招繁複，令狐冲凝神接戰，漸漸的心中一片空明，眼光所注，只是對方長劍的一點劍尖。獨孤九劍，敵強愈強。那日在西湖湖底囚室與任我行比劍，任我行武功之高，世所罕有，但不論他劍招如何騰挪變化，令狐冲的獨孤九劍之中，定有相應的招式隨機衍生，或守或攻，與之針鋒相對。此時令狐冲已學得吸星大法，內力比之當日湖底比劍又已大進。岳不羣所學的辟邪劍法劍招雖然怪異，畢竟修習的時日甚淺，遠不及令狐冲研習獨孤九劍之久，與東方不敗之所學相比，那是更加不如了。

鬥到一百五十六招後，令狐冲出劍已毫不思索，而以岳不羣劍招之快，令狐冲亦全無思索之餘地。林家辟邪劍法雖然號稱七十二招，但每一招各有數十著變化，一經推衍，變化繁複之極。倘若換作旁人，縱不頭暈眼花，也必為這萬花筒一般的劍法所迷，無所措手，但令狐冲所學的獨孤九劍全無招數可言，隨敵招之來而自然應接。敵招倘若只有一招，他也只有一招，敵招有千招萬招，他也有千招萬招。

然在岳不羣眼中看來，對方劍法之繁，更遠勝於己，只怕再鬥三日三夜，也仍有新招出來，想到此處，不由得暗生怯意，又想：「任家這妖女揭破了我練劍的秘密，今日若不殺得此二人，此事傳入江湖，我焉有臉面再為五嶽派的掌門？已往種種籌謀，盡數付於流水了。但林平之這小賊既對任家妖女說了，又怎不對別人說，這……這可……」心下焦急，劍招更加狠了。他慮意既生，劍招便略有窒礙。辟邪劍法原是以快取勝，百餘招急攻未能奏效，劍法上的銳氣已不免頓挫，再加心神微分，劍上威力便即大減。

令狐冲心念一動，已瞧出了對方劍法中破綻的所在。

獨孤九劍的要旨，在於看出敵手武功中的破綻，不論是拳腳刀劍，任何一招之中都必有破綻，由此乘虛而入，一擊取勝。那日在黑木崖上與東方不敗相鬥，東方不敗只握一枚繡花針，可是身如電閃，快得無與倫比，雖然身法與招數之中仍有破綻，但這破綻瞬息即逝，待得見到破綻，破綻已然不知去向，決計無法批亢擣虛，攻敵之弱。是以合令狐冲、任我行、向問天、盈盈四大高手之力，無法勝得了一枚繡花針。令狐冲此後見到岳不羣與左冷禪在封禪台上相鬥，林平之與木高峯、余滄海、青城羣弟子相鬥。他這些日子來苦思破解這劍招之法，總是有一不可解的難題，那便是對方劍招太快，破綻一現即逝，難加攻擊。

此刻堪堪與岳不羣鬥到將近二百招，只見他一劍揮來，右腋下露出了破綻。岳不羣這一招先前已經使過，本來以他劍招變化之複雜，在二百招內不該重複，但畢竟重複了一次，數招之後，岳不羣長劍橫削，左腰間露出破綻，這一招又是重複使出。

斗然之間，令狐冲心中靈光連閃：「他這辟邪劍法於極快之際，破綻便不成其為破綻。然而劍招中雖無破綻，劍法中的破綻卻終於給我找到了。這破綻便是劍招不免重複。」

天下任何劍法，不論如何繁複多變，終究有使完之時，倘若仍不能克敵制勝，那麼先前使過的劍招自不免再使一次。不過一般名家高手，所精的劍法總有十路八路，每路數十招，招招有變，極少有使到千餘招後仍未分勝敗的。岳不羣所會的劍法雖眾，但知令狐冲的劍法實在太強，又熟知華山派的劍法，除了辟邪劍法，決無別的劍法能勝得了他。他數招重複，令狐冲便已想到了取勝之機，心下暗喜。

岳不羣見到他嘴角邊忽露微笑，暗暗吃驚：「這小賊為甚麼要笑？難道他已有勝我的法子？」當下潛運內力，忽進忽退，繞著令狐冲身子亂轉，劍招如狂風驟雨一般，越來越快。盈盈躺在地下，連岳不羣的身影也瞧不清楚，只看得頭暈眼花，胸口煩惡，只欲作嘔。

又鬥得三十餘招後，只見岳不羣左手前指，右手一縮，令狐冲知道他那一招要第三次使出。其時久鬥之下，令狐冲新傷初愈，已感神困力倦，情知局勢凶險無比，在岳不羣這如雷震、如電閃的快招攻擊之下，只要稍有疏虞，自己固然送了性命，更令盈盈大受荼毒，是以一見他這一招又將使出，立即長劍一送，看準了對方右腋，斜斜刺去，劍尖所指，正是這一招破綻所在。那正是料敵機先、制敵之虛。

岳不羣這一招雖快，但令狐冲一劍搶了在頭裏，辟邪劍法尚未變招，對方劍招已刺到腋下，擋無可擋，避無可避，岳不羣一聲尖叫，聲音中充滿了又驚又怒，又是絕望之意。

令狐冲劍尖刺到對方腋下，猛然間聽到他這一下尖銳的叫喊，立時驚覺：「我可鬥得昏了，他是師父，如何可以傷他？」當即凝劍不發，說道：「勝敗已分，咱們快救了師娘，這就……這就分手了罷！」

岳不羣臉如死灰，緩緩點頭，說道：「好！我認輸了。」

令狐冲拋下長劍，回頭去看盈盈。突然之間，岳不羣一聲大喝，長劍電閃而前，直刺令狐冲左腰。令狐冲大駭之下，忙伸手去拾長劍，那裏還來得及，噗的一聲，劍尖已刺中他後腰。幸好令狐冲內力深厚，劍尖及體時肌肉自然而然的一彈，將劍尖滑得偏了，劍鋒斜入，沒傷到要害。

岳不羣大喜，拔出劍來，跟著又是一劍斬下，令狐冲急忙滾開數尺。岳不羣搶上來揮劍猛斫，令狐冲又是一滾，噹的一聲，劍刃砍在地下，與他腦袋相去不過數寸。

岳不羣提起長劍，一聲獰笑，長劍高高舉起，搶上一步，正待這一劍便將令狐冲腦袋砍落，斗然間足底空了，身子直向地底陷落。他大吃一驚，慌忙吸一口氣，右足著地，待欲縱起，刹那間天旋地轉，已是人事不知，騰的一聲，落入了陷阱。

令狐冲死裏逃生，左手按著後腰傷口，掙扎著坐了起來。

只聽得草叢中有數人同時叫道：「大小姐！聖姑！」幾個人奔了出來，正是鮑大楚、莫長老等六人。鮑大楚先搶到陷阱之旁，屏住呼吸，倒轉刀柄，在岳不羣頭頂重重一擊，就算他內力了得，迷藥迷他不久，這一擊也當令他昏迷半天。

令狐冲急忙搶到盈盈身邊，問道：「他……他封了你那幾處穴道？」盈盈道：「你……你……你不礙……不礙事麼？」她驚駭之下，說話顫抖，難以自制，只聽到牙關相擊，格格作聲。令狐冲道：「死不了，別……別怕。」盈盈大聲道：「將這惡賊斬了！」鮑大楚應道：「是！」令狐冲忙道：「別傷他性命！」盈盈見他情急，便道：「好，那麼快……快擒住他。」她不知陷阱中已布有迷藥，只怕岳不羣又再縱上，各人不是他對手。

鮑大楚道：「遵命！」他決不敢說這陷阱是自己所掘，自己等六人早就躲在一旁，否則何以大小姐為岳不羣所困之時，各人貪生怕死，竟不敢出來相救，此事追究起來，勢將擔當老大干係，只好假裝是剛於此時恰好趕到。他伸手揪住岳不羣的後領提起，出手如風，連點他身上十二處大穴，又取出繩索，將他手足緊緊綁縛。迷藥、擊打、點穴、綑縛，連加了四道束縛，岳不羣本領再大，也難以逃脫了。

令狐冲和盈盈凝眸相對，如在夢寐。隔了好久，盈盈才哇的一聲哭了出來。令狐冲伸過手去，摟住了她，這番死裏逃生，只覺人生從未如此之美，問明了她被封穴的所在，替她解開，一眼瞥見師娘仍躺在地上，叫聲：「啊喲！」忙搶過去扶起，解開她穴道，叫道：「師娘，多有得罪。」

適才一切情形，岳夫人都清清楚楚的瞧在眼裏，她深知令狐冲的為人，對岳靈珊自來敬愛有加，當她猶似天上神仙一般，決不敢有絲毫得罪，連一句重話也不會對她說，若說為她捨命，倒是毫不希奇，至於甚麼逼姦不遂、將之殺害，簡直荒謬絕倫。何況眼見他和盈盈如此情義深重，豈能更有異動？他出劍制住丈夫，忍手不殺，而丈夫卻對他忽施毒手，行徑卑鄙，縱是左道旁門之士，亦不屑為，堂堂五嶽派掌門，竟然出此手段，當真令人齒冷，剎那間萬念俱灰，淡淡的問道：「冲兒，珊兒真是給林平之害死的？」

令狐冲心中一酸，淚水滾滾而下，哽咽道：「弟子……我……我……」岳夫人道：「他不當你是弟子，我卻仍舊當你是弟子。只要你喜歡，我仍然是你師娘。」令狐冲心中感激，拜伏在地，叫道：「師娘！師娘！」岳夫人撫摸他頭髮，眼淚也流了下來，緩緩的道：「那麼這位任大小姐所說不錯，林平之也學了辟邪劍法，去投靠左冷禪，因此害死了珊兒？」令狐冲道：「正是。」

岳夫人哽咽道：「你轉過身來，我看看你的傷口。」令狐冲應道：「是。」轉過身來。岳夫人撕破他背上衣衫，點了他傷口四周的穴道，說道：「恆山派的傷藥，你還有麼？」令狐冲道：「有的。」盈盈到他懷中摸了出來，交給岳夫人。岳夫人揩拭了他傷口血跡，敷上傷藥，從懷中取出一條潔白的手巾，按在他傷口上，又在自己裙子上撕下布條，替他包紮好了。令狐冲向來當岳夫人是母親，見她如此對待自己，心下大慰，竟忘了創口疼痛。

岳夫人道：「將來殺林平之為珊兒報仇，這件事，自然是你去辦了。」令狐冲垂淚道：「小師妹……小師妹……臨終之時，求孩兒照料林平之。孩兒不忍傷她之心，已答允了她。這件事……這件事可真為難得緊。」岳夫人長長嘆了口氣，道：「冤孽！冤孽！」又道：「冲兒，你以後對人，不可心地太好了！」

令狐冲道：「是！」突然覺得後頸中有熱熱的液汁流下，回過頭來，只見岳夫人臉色慘白，吃了一驚，叫道：「師娘，師娘！」忙站起身來扶住岳夫人時，只見她胸前插了一柄匕首，對準心臟刺入，已然氣絕斃命。令狐冲驚得呆了，張嘴大叫，卻一點聲音也叫不出來。

盈盈也是驚駭無已，畢竟她對岳夫人並無情誼，只是驚訝悼惜，並不傷心，當即扶住了令狐冲，過了好一會，令狐冲才哭出聲來。

鮑大楚見他二人少年情侶，遭際大故，自有許多情話要說，不敢在旁打擾，又怕盈盈追問這陷阱的由來，六人須得商量好一番瞞騙她的言詞，當下提起了岳不羣，和莫長老等遠遠退開。

令狐冲道：「他……他們要拿我師父怎樣？」盈盈道：「你還叫他師父？」令狐冲道：「唉，叫慣了。師娘為甚麼要自盡？她為……為甚麼要自殺？」盈盈恨恨的道：「自然是為了岳不羣這奸人了。嫁了這樣卑鄙無恥的丈夫，若不殺他，只好自殺。咱們快殺了岳不羣，給你師娘報仇。」

令狐冲躊躇道：「你說要殺了他？他終究曾經是我師父，養育過我。」盈盈道：「他雖是你師父，曾對你有養育之恩，但他數度想害你，恩仇早已一筆勾銷。你師娘對你的恩義，你卻未報。你師娘難道不是死在他的手中嗎？」令狐冲嘆了口氣，淒然道：「師娘的大恩，那是終身難報的了。就算岳不羣和我之間恩仇已了，我總是不能殺他。」

盈盈道：「沒人要你動手。」提高嗓子，叫道：「鮑長老！」

鮑大楚大聲答應：「是，大小姐。」和莫長老等過來。盈盈道：「是我爹爹差你們出來辦事的嗎？」鮑大楚垂手道：「是，教主令旨，命屬下同葛、杜、莫三位長老，帶領十名兄弟，設法捉拿岳不羣回壇。」盈盈道：「葛杜二人呢？」鮑大楚道：「他們於兩個多時辰之前，出去誘引岳不羣到來，至今未見，只怕……只怕……」盈盈道：「你去搜一搜岳不羣身上。」鮑大楚應道：「是！」過去搜檢。

他從岳不羣懷中取出一面錦旗，那是五嶽劍派的盟旗，十幾兩金銀，另有兩塊銅牌。鮑大楚聲音憤激，大聲道：「啟稟大小姐：葛杜二長老果然已遭了這廝毒手，這是二位長老的教牌。」說著提起腳來，在岳不羣腰間重重踢了一腳。

令狐冲大聲道：「不可傷他。」鮑大楚恭恭敬敬的應道：「是。」

盈盈道：「拿些冷水來，澆醒了他。」莫長老取過腰間水壺，打開壺塞，將冷水淋在岳不羣頭上。過了一會，岳不羣呻吟一聲，睜開眼來，只覺頭頂和腰間劇痛，又呻吟了一聲。

盈盈問道：「姓岳的，本教葛杜二長老，是你殺的？」鮑大楚拿著那兩塊銅牌，在手中拋了幾拋，錚錚有聲。

岳不羣料知無倖，罵道：「是我殺的。魔教邪徒，人人得而誅之。」鮑大楚本欲再踢，但想令狐冲跟教主交情極深，又是大小姐的未來夫婿，他說過「不可傷他」，便不敢違命。盈盈冷笑道：「你自負是正教掌門，可是幹出來的事，比我們日月神教教下邪惡百倍，還有臉來罵我們是邪徒。連你夫人也對你痛心疾首，寧可自殺，也不願再和你做夫妻，你還有臉活在世上嗎？」岳不羣罵道：「小妖女胡說八道！我夫人明明是給你們害死的，卻來誣賴，說她是自殺。」

盈盈道：「冲哥，你聽他的話，可有多無恥。」令狐冲囁嚅道：「盈盈，我想求你一件事。」盈盈道：「你要我放他？只怕是縛虎容易縱虎難。此人心計險惡，武功高強，日後再找上你，咱們未必再有今日這般幸運。」令狐冲道：「今日放他，我和他師徒之情已絕。他的劍法我已全盤了然於胸，他膽敢再找上來，我教他決計討不了好去。」

盈盈明知令狐冲決不容自己殺他，只要令狐冲此後不再顧念舊情，對岳不羣也就無所畏懼，說道：「好，今日咱們就饒他一命。鮑長老、莫長老，你們到江湖之上，將咱們如何饒了岳不羣之事四處傳播。又說岳不羣為了練那邪惡劍法，自殘肢體，不男不女，好教天下英雄眾所知聞。」鮑大楚和莫長老同聲答應。

岳不羣臉如死灰，雙眼中閃動惡毒光芒，但想到終於留下了一條性命，眼神中也混和著幾分喜色。

盈盈道：「你恨我，難道我就怕了？」長劍幾揮，割斷了綁縛住他的繩索，走近身去，解開了他背上一處穴道，右手手掌按在他嘴上，左手在他後腦一拍。岳不羣口一張，只覺嘴裏已多了一枚藥丸，同時覺得盈盈右手兩指已揑住了自己鼻孔，登時氣為之窒。

盈盈替岳不羣割斷綁縛、解開他身上被封穴道之時，背向令狐冲，遮住了他眼光，以丸藥塞入岳不羣口中，令狐冲也就沒瞧見，只道她看在自己份上放了師父，心下甚慰。

岳不羣鼻孔被塞，張嘴吸氣，盈盈手上勁力一送，登時將那丸藥順著氣流送入他腹中。

岳不羣一呑入這枚丸藥，只嚇得魂不附體，料想這是魔教中最厲害的「三尸腦神丹」，早就聽人說過，服了這丹藥後，每年端午節必須服食解藥，以制住丹中所裹尸蟲，否則尸蟲脫困而鑽入腦中，嚼食腦髓，痛楚固不必言，而且狂性大發，連瘋狗也有所不如。饒是他足智多謀，臨危不亂，此刻身當此境，卻也額上出汗如漿，臉如土色。

盈盈站直身子，說道：「冲哥，他們下手太重，這穴道點得很狠，餘下兩處穴道，稍待片刻再解，免得他難以抵受。」令狐冲道：「多謝你了。」盈盈嫣然一笑，心道：「我暗中做了手腳，雖是騙你，卻是為了你好。」過了一會，料知岳不羣腸中丸藥漸化，已無法運功吐出，這才再替他解開餘下的兩處穴道，俯身在他身邊低聲道：「每年端午節時之前，你上黑木崖來，我有解藥給你。」

岳不羣聽了這句話，確知適才所服當真是「三尸腦神丹」了，不由得全身發抖，顫聲道：「這……這是三尸……三尸……」

盈盈格格一笑，大聲道：「不錯，恭喜閣下。這等靈丹妙藥，製煉極為不易，我教下只有身居高位、武功超卓的頭號人物，才有資格服食。鮑長老，是不是？」

鮑大楚躬身道：「謝教主的恩典，這神丹曾賜屬下服過。屬下忠心不二，奉命唯謹，服了神丹後，教主信任有加，實有說不盡的好處。教主千秋萬載，一統江湖。」

令狐冲吃了一驚，問道：「你給我師……給他服了三尸腦神丹？」

盈盈笑道：「是他自己忙不迭的張口吞食的，多半他肚子餓得狠了，甚麼東西都吃。岳不羣，以後你出力保護冲哥和我的性命，於你大為有益。」

岳不羣心下恨極，但想：「倘若這妖女遭逢意外，給人害死，我……我可就慘了。甚至她性命還在，受了重傷，端午節之前不能回到黑木崖，我又到那裏去找她？又或者她根本就不想給我解藥……」想到這裏，忍不住全身發抖，雖然一身神功，竟是難以鎮定。

令狐冲嘆了口氣，心想盈盈出身魔教，行事果然帶著三分邪氣，但此舉其實是為了自己著想，可也怪不得她。

盈盈向鮑大楚道：「鮑長老，你去回稟教主，說道五嶽派掌門岳先生已誠心歸服我教，服了教主的神丹，再也不會反叛。」鮑大楚先前見令狐冲定要釋放岳不羣，正自發愁，生怕回歸總壇之後教主怪責，待見岳不羣被逼服食「三尸腦神丹」，登時大喜，當下喜孜孜的應道：「全仗大小姐主持，方得大功告成，教主他老人家必定十分喜歡。教主中興聖教，澤被蒼生。」盈盈道：「岳先生既歸我教，那麼於他名譽有損之事，外邊也不能提了。他服食神丹之事，更半句不可洩漏。此人在武林中位望極高，智計過人，武功了得，教主必有重用他之處。」鮑大楚應道：「是，謹遵大小姐吩咐。」

令狐冲見到岳不羣這等狼狽的模樣，不禁惻然，雖然他此番意欲相害，下手狠辣，但過去二十年中，自己自幼至長，皆由他和師娘養育成人，自己一直當他是父親一般，突然間反臉成仇，心中甚是難過，要想說幾句話相慰，喉頭便如鯁住了一般，竟說不出來。

盈盈道：「鮑長老、莫長老，兩位回到黑木崖上，請替我問爹爹安好，問向叔叔好，待得……待得他……他令狐公子傷愈，我們便回總壇來見爹爹。」

倘若換作了另一位姑娘，鮑大楚定要說：「盼公子早日康復，和大小姐回黑木崖來，大夥兒好儘早討一杯喜酒喝。」對於年少情侶，此等言語極為討好，但對盈盈，他卻那裏敢說這種話？向二人正眼也不敢瞧上一眼，低頭躬身，板起了臉，唯唯答應，一副誠惶誠恐的神氣，生怕盈盈疑心他腹中偷笑。這位姑娘為了怕人嘲笑她和令狐冲相愛，曾令不少江湖豪客受累無窮，那是武林中眾所周知之事。他不敢多耽，當即向盈盈和令狐冲告辭，帶同眾人而去，告別之時，對令狐冲的禮貌比之對盈盈尤更敬重了三分。他老於江湖，歷練人情，知道越是對令狐冲禮敬有加，盈盈越是喜歡。

盈盈見岳不羣木然而立，說道：「岳先生，你也可以去了。尊夫人的遺體，你帶去華山安葬嗎？」岳不羣搖了搖頭，道：「相煩二位，便將她葬在小山之旁罷！」說著竟不向二人再看一眼，快步而去，頃刻間已在樹叢之後隱沒，身法之快，實所罕見。

黃昏時分，令狐冲和盈盈將岳夫人的遺體在岳靈珊墓旁葬了，令狐冲又大哭了一場。

次日清晨，盈盈問道：「冲哥，你傷口怎樣？」令狐冲道：「這一次傷勢不重，不用擔心。」盈盈道：「那就好了。咱倆住在這裏，已為人所知。我想等你休息幾天，咱們換一個地方。」令狐冲道：「那也好。小師妹有媽媽相伴，也不怕了。」心下酸楚，嘆道：「我師父一生正直，為了練這邪門劍法，這才性情大變。」

盈盈搖頭道：「那也未必。當日他派你小師妹和勞德諾到福州去開小酒店，想謀取辟邪劍譜，就不見得是君子之所為。」令狐冲默然，這件事他心中早就曾隱隱約約的想到過，卻從來不敢好好的去想一想。

盈盈又道：「這其實不是辟邪劍法，該叫作『邪門劍法』才對。這劍譜流傳江湖，遺害無窮。岳不羣還活在世上，林平之心中也記著一部，不過我猜想，他不會全本背給左冷禪和勞德諾聽。林平之這小子心計甚深，豈肯心甘情願的將這劍譜給人？」令狐冲道：「左冷禪和林平之眼睛都盲了，勞德諾卻眼睛不瞎，佔了便宜。這三人都是十分聰明深沉，聚在一起，勾心鬥角，不知結果如何。以二對一，林平之怕要吃虧。」

盈盈道：「你真要想法子保護林平之嗎？」令狐冲瞧著岳靈珊的墓，說道：「我實不該答應小師妹去保護林平之。這人豬狗不如，我恨不得將他碎屍萬段，如何又能去幫他？只是我答應過小師妹的，倘若食言，她在九泉之下，也是難以瞑目。」盈盈道：「她活在世上之時，不知道誰真的對她好，死後有靈，應該懂了。她不會再要你去保護林平之的！」

令狐冲搖頭道：「那也難說。小師妹對林平之一往情深，明知他對自己存心加害，卻也不忍他身遭災禍。」

盈盈心想：「這倒不錯，換作了我，不管你待我如何，我總是全心全意的待你好。」

令狐冲在山谷中又將養了十餘日，新傷已大好了，說道須到恆山一行，將掌門之位傳給儀清，此後心無掛礙，便可和盈盈浪跡天涯，擇地隱居。

盈盈道：「那林平之的事，你又如何向你過世的小師妹交代？」令狐冲搔頭道：「這是我最頭痛的事，你最好別提，待我見機行事便是。」盈盈微微一笑，不再說了。

兩人在兩座墓前行了禮，相偕離去。

三十七 迫娶

但見兩個影子一模一樣，
都是穿著寬襟大袖的女子衣衫，
頭上梳髻也是殊無分別，
竟然便是自己的化身，
令狐冲嚇得似乎連心也停了跳動。

令狐冲和盈盈出得山谷，行了半日，來到一處市鎮，到一家麵店吃麵。

令狐冲筷子上挑起長長幾根麵條，笑吟吟的道：「我和你還沒拜堂成親……」盈盈登時羞得滿臉通紅，嗔道：「誰和你拜堂成親了？」令狐冲微笑道：「將來總是要成親的。你如不願，我捉住了你拜堂。」盈盈似笑非笑的道：「在山谷中倒是乖乖的，一出來就來說這些不正經的瘋話。」令狐冲笑道：「終身大事，最是正經不過。盈盈，那日在山谷之中，我忽然想起，日後和你做了夫妻，不知生幾個兒子好。」盈盈站起身來，秀眉微蹙，道：「你再說這些話，我不跟你一起去恒山啦。」令狐冲笑道：「好，好，我不說，我不說。因為那山谷中有許多桃樹，倒像是個桃谷，要是有六個小鬼在其間鬼混，豈不是變了小桃谷六仙？」

盈盈坐了下來，問道：「那裏來六個小鬼？」一語出口，便即省悟，又是令狐冲在說風話，白了他一眼，低頭吃麵，心中卻十分甜蜜。

令狐冲道：「我和你同上恒山，有些心地齷齪之徒，還以為我和你已成夫妻，在他自己的髒肚子裏胡說八道，只怕你不高興。」這一言說中了盈盈的心事，道：「正是。好在我現下跟你都穿了鄉下莊稼人的衣衫，旁人未必認得出。」令狐冲道：「你這般花容月貌，不論如何改扮，總是驚世駭俗。旁人一見，心下暗暗喝采：『嘿，好一個美貌鄉下大姑娘，怎地跟著這一個傻不楞登的臭小子，豈不是一朵鮮花插在牛糞上了？』待得仔細多看上幾眼，不免認出這朵鮮花原來是日月神教的任大小姐，這堆牛糞呢，自然是大蒙任小姐垂青的令狐冲了。」盈盈笑道：「閣下大可不用如此謙虛。」

令狐冲道：「我想，咱們這次去恒山，我先喬裝成個毫不起眼之人，暗中察看。如果太平無事，我便獨自現身，將掌門之位傳了給人，然後和你在甚麼秘密地方相會，一同下山，神不知，鬼不覺，豈不是好？」

盈盈聽他這麼說，知他是體貼自己，甚是喜歡，笑道：「那好極了，不過你上恆山去，尤其是去見那些師太，只好自己剃光了頭，也扮成個師太，旁人才不起疑。冲哥，來，我就給你喬裝改扮，你扮成個小尼姑，只怕倒也俊俏得緊。」令狐冲連連搖手，道：「不成，不成。一見尼姑，逢賭必輸。令狐冲扮成尼姑，今後可倒足了大霉，那決計不成。」盈盈笑道：「大丈夫能屈能伸，卻偏有這許多忌諱。我非剃光你的頭不可。」

令狐冲笑道：「扮尼姑倒也不必了，但要上見性峯，扮女人卻是勢在必行。只是我一開口說話，就給聽出來是男人。我倒有個計較，你可記得恆山磁窯口翠屏山懸空寺中的一個人嗎？」盈盈一沉吟，拍手道：「妙極，妙極！懸空寺中有個又聾又啞的僕婦，咱們在懸空寺上打得天翻地覆，她半點也聽不到。問她甚麼，她只是呆呆的瞧著你。你想扮成這人？」令狐冲道：「正是。」盈盈笑道：「好，咱們去買衣衫，就給你喬裝改扮。」

盈盈用二兩銀子向一名鄉婦買了一頭長髮，細心梳好了，裝在令狐冲頭上，再讓他換上農婦裝束，宛然便是個女子，再在臉上塗上黃粉，畫上七八粒黑痣，右腮邊貼了塊膏藥。令狐冲對鏡一看，連自己也認不出來。盈盈笑道：「外形是像了，神氣卻還不似，須得裝作癡癡呆呆、笨頭笨腦的模樣。」令狐冲笑道：「癡癡呆呆的神氣最是容易不過，那壓根兒不用裝，笨頭笨腦，原是令狐冲的本色。」盈盈道：「最要緊的是，旁人倘若突然在你身後大聲嚇你，千萬不能露出馬腳。」

一路之上，令狐冲便裝作那個又聾又啞的僕婦，先行練習起來。二人不再投宿客店，只在破廟野祠中住宿。盈盈時時在他身後突發大聲，令狐冲竟充耳不聞。不一日，到了恒山腳下，約定三日後在懸空寺畔聚頭。令狐冲獨自上見性峯去，盈盈便在附近遊山玩水。

到得見性峯峯頂，已是黃昏時分，令狐冲尋思：「我若逕行入庵，儀清、鄭萼、儀琳師妹她們心細的人多，察看之下，不免犯疑。我還是暗中窺探的好。」當下找個荒僻的山洞，睡了一覺，醒來時月已中天，這才奔往見性峯主庵無色庵。

剛走近主庵，便聽得錚錚錚數下長劍互擊之聲，令狐冲心中一動：「怎麼來了敵人？」一摸身邊暗藏的短劍，縱身向劍聲處奔去。兵刃撞擊聲從無色庵旁十餘丈外的一間瓦屋中發出，瓦屋窗中透出燈光。令狐冲奔到屋旁，但聽兵刃撞擊聲更加密了，湊眼從窗縫中一張，登時放心，原來是儀和與儀琳兩師姊妹正在練劍，儀清和鄭萼二人站著旁觀。

儀和與儀琳所使的，正是自己先前所授、學自華山思過崖後洞石壁上的恒山劍法。二人劍法已頗為純熟。鬥到酣處，儀和出劍漸快，儀琳略一疏神，儀和一劍刺出，直指前胸，儀琳回劍欲架，已然不及，「啊」的一聲輕叫。儀和長劍的劍尖已指在她心口，微笑道：「師妹，你又輸了。」

儀琳甚是慚愧，低頭道：「小妹練來練去，總是沒甚麼進步。」儀和道：「比之上次已有進步了，咱們再來過。」長劍在空中虛劈一招。儀清道：「小師妹累啦，就和鄭師妹去睡罷，明日再練不遲。」儀琳道：「是。」收劍入鞘，向儀和、儀清行禮作別，拉了鄭萼的手推門出外。她轉過身時，令狐冲見她容色憔悴，心想：「這個小師妹心中總是不快樂。」

儀和掩上了門，和儀清二人相對搖了搖頭，待聽得儀琳和鄭蕚腳步聲已遠，說道：「我看小師妹總是靜不下心來。心猿意馬，那是咱們修道人的大忌，不知怎生勸勸她才好。」儀清道：「勸是很難勸的，總須自悟。」儀和道：「我知道她為甚麼不能心靜，她心中老是想著……」儀清搖手道：「佛門清淨之地，師姊別說這等話。若不是為了急於報師父的大仇，讓她慢慢自悟，原亦不妨。」

儀和道：「師父常說：世上萬事皆須隨緣，半分勉強不得；尤其收束心神，更須循序漸進，倘若著意經營，反易墮入魔障。我看小師妹外和內熱，乃是性情中人，身入空門，於她實不相宜。」儀清嘆了口氣，道：「這一節我也何嘗沒想到，只是……只是一來我派終須有佛門中人接掌門戶，令狐師兄曾一再聲言，他代掌門戶只是一時的權宜之計；更要緊的是，岳不羣這惡賊害死我們師父、師叔……」

令狐冲聽到這裏，大吃一驚：「怎地是我師父害死她們的師父、師叔？」

只聽儀清續道：「不報這深恨大仇，咱們做弟子的寢食難安。」儀和道：「我只有比你更心急，好，趕明兒我加緊督促她練劍便了。」儀清道：「常言道：欲速則不達，卻別逼得她太過狠了。我看小師妹近日精神越來越差。」儀和道：「是了。」兩師姊妹收起兵刃，吹滅燈火，入房就寢。

令狐冲悄立窗外，心下疑思不解：「她們怎麼說我師父害死了她們的師父、師叔？又為甚麼為報師仇，為了有人接掌恆山門戶，便須督促儀琳小師妹日夜勤練劍法？」凝思半晌，不明其理，慢慢走開，心想：「日後詢問儀和、儀清兩位師姊便是。」猛見地下自己的影子緩緩晃動，抬頭望月，只見月亮斜掛樹梢，心中陡然閃過一個念頭，險些叫出聲來，心道：「我早該想到了。為甚麼她們早就明白此事，我卻一直沒想到？」

閃到近旁小屋的牆外，靠牆而立，以防恆山派中有人見到自己身影，這才靜心思索，回想當日在少林寺中定閒、定逸兩位師太斃命的情狀：

其時定逸師太已死，定閒師太囑咐我接掌恆山門戶之後，便即逝去，言語中沒顯露害死她們的兇手是誰。檢視之下，二位師太身上並無傷痕，並非受了內傷，更不是中毒，何以致死，甚是奇怪，只是不便解開她們衣衫，詳查傷處。

後來離少林寺出來，在雪野山洞之中，盈盈說在少林寺時曾解開二位師太的衣衫查傷，見到二人心口都有一粒針孔大的紅點，是被人用針刺死。當時我跳了起來，說道：「毒針？武林之中，有誰是使毒針的？」盈盈說道：「爹爹和向叔叔見聞極廣，可是他們也不知道。爹爹又說，這針並非毒針，乃是一件兵刃，刺入要害，致人死命。只是刺入定閒師太心口那一針，略略偏斜了些。」我說：「是了，我見到定閒師太之時，她還沒斷氣。這針既是當胸刺入，那就並非暗算，而是正面交鋒。那麼害死兩位師太的，定是武功絕頂的高手。」盈盈道：「我爹爹也這麼說。既有了這條線索，要找到兇手，想亦不難。」當時我伸掌在山洞石壁上用力一拍，大聲道：「盈盈，我二人有生之年，定當為兩位師太報仇雪恨。」盈盈道：「正是。」

令狐冲雙手反按牆壁，身子不禁發抖，心想：「能使一枚小針而殺害這兩位高手師太，若不是練了葵花寶典的，便是練了辟邪劍法的。東方不敗一直在黑木崖頂閨房中繡花，不會到少林寺來殺人，以他武功，也決不會針刺定閒師太而一時殺她不了。左冷禪所練的辟邪劍法是假的。那時候林師弟初得劍譜未久，未必已練成劍法，甚至還沒得到劍譜……」回想當日在雪地裏遇到林平之與岳靈珊的情景，心想：「不錯，那時候林平之說話未變雌聲，不管他是否已得劍譜，辟邪劍法總是尚未練成。」

想到此處，額頭上冷汗涔涔而下，那時候能以一枚細針、正面交鋒而害死恆山派兩大高手，武功卻又高不了定閒師太多少，一針不能立時致她死命，那只有岳不羣一人。又想起岳不羣處心積慮，要做五嶽派的掌門，竟能讓勞德諾在門下十餘年之久，不揭穿他的來歷，末了讓他盜了一本假劍譜去，由此輕輕易易的刺瞎左冷禪雙目。定閒、定逸兩位師太極力反對五派合併，岳不羣乘機下手將其除去，少了併派的一大阻力，自是在情理之中。定閒師太為甚麼不肯吐露害她的兇手是誰？自然由於岳不羣是他的師父之故。倘若兇手是左冷禪或東方不敗，定閒師太又何以不說？

令狐冲又想到當時在山洞中和盈盈的對話。他在少林寺給岳不羣重重踢了一腳，他並未受傷，岳不羣腿骨反斷，盈盈大覺奇怪。她說她父親想了半天，也想不出其中原因，令狐冲吸了不少外人的內功，固然足以護體，但必須自加運用方能傷人，不像自己所練成的內功，不須運使，自能將對方攻來的力道反彈出去。此刻想來，岳不羣自是故意做作，存心做給左冷禪看的，那條腿若非假斷，便是他自己以內力震斷，好讓左冷禪瞧在眼裏，以為他武功不過爾爾，不足為患，便可放手進行併派。左冷禪花了無數心血力氣，終於使五派合併，到得頭來，卻是為人作嫁，給岳不羣一伸手就將成果取了去。

這些道理本來也不難明，只是他說甚麼也不會疑心到師父身上，或許內心深處，早已隱隱想到，但一碰到這念頭的邊緣，心思立即避開，既不願去想，也不敢去想，直至此刻聽到了儀和、儀清的話，這才無可規避。

自己一生敬愛的師父，竟是這樣的人物，只覺人生一切，都是殊無意味，一時打不起精神到恆山別院去查察，便在一處僻靜的山坳裏躺下睡了。

次日清晨，令狐冲到得通元谷時，天已大明。他走到小溪之旁，向溪水中照映自己改裝後的容貌，又細看身上衣衫鞋襪，一無破綻，這才走向別院。他繞過正門，欲從邊門入院，剛到門邊，便聽得一片喧譁之聲。

只聽得院子裏許多人大聲喧叫：「真是古怪！他媽的，是誰幹的？」「甚麼時候幹的？怎麼神不知，鬼不覺，手腳可真乾淨利落！」「這幾人武功也不壞啊，怎地著了人家道兒，哼也不哼一聲？」令狐冲知道發生了怪事，從邊門中挨進去，只見院子中和走廊上都站滿了人，眼望一株公孫樹的樹梢。

令狐冲抬頭一看，大感奇怪，心中的念頭也與眾人所叫嚷的一般無異，只見樹上高高掛著八人，乃是仇松年、張夫人、西寶和尚、玉靈道人這一夥七人，另外一人是「滑不留手」游迅。八人顯是都被點了穴道，四肢反縛，吊在樹枝上盪來盪去，離地一丈有餘，除了隨風飄盪，半分動彈不得。八人神色之尷尬，實是世所罕見。兩條黑蛇在八人身上蜿蜒遊走，那自是「雙蛇惡乞」嚴三星的隨身法寶了。這兩條蛇盤到嚴三星身上，倒也沒甚麼，遊到其他七人身上時，這些人氣憤羞慚的神色之中，又加上幾分害怕厭惡。

人叢中躍起一人，正是夜貓子「無計可施」計無施。他手持匕首，縱上樹幹，割斷了吊著「桐柏雙奇」的繩索。這兩人從空中摔下，那矮矮胖胖的老頭子伸手接住，放在地上。片刻之間，計無施將八人都救下來，解開了各人被封的穴道。

仇松年等一得自由，立時污言穢語的破口大罵。只見眾人都是眼睜睜的瞧著自己，有的微笑，有的驚奇。有人說道：「已！」有人說道：「陰！」有人說道：「小！」有人說道：「命！」張夫人一側頭，只見仇松年等七人額頭上都用硃筆寫著一個字，有的是「已」，有的是「陰」字，料想自己額頭也必有字，當即伸手去抹。

祖千秋已推知就裏，將八人額頭的八個字串起來，說道：「陰謀已敗，小心狗命！」餘人一聽不錯，紛紛說道：「陰謀已敗，小心狗命！」

西寶和尚大聲罵道：「甚麼陰謀已敗，你奶奶的，小心誰的狗命？」玉靈道人忙搖手阻止，在掌心中吐了一大口唾沫，伸手去擦額頭的字。

祖千秋道：「游兄，不知八位如何中了旁人的暗算，可能賜告嗎？」游迅微微一笑，說道：「說來慚愧，在下昨晚睡得甚甜，不知如何，竟給人點了穴道，吊在這高樹之上。那下手的惡賊，多半使用『五更鷄鳴還魂香』之類迷藥，否則兄弟本領不濟，遭人暗算，那也罷了，像玉靈道長、張夫人這等智勇兼備的人物，如何也著了道兒？」張夫人哼了一聲，道：「正是如此。」不願與旁人多說，忙入內照鏡洗臉，玉靈道人等也跟了進去。

羣豪議論不休，嘖嘖稱奇，都道：「游迅之言不盡不實。」有人道：「大夥兒數十人在堂內睡覺，若放迷香，該當數十人一起迷倒才是，怎會只迷倒他們幾個？」眾人猜想那「陰謀已敗」的陰謀，不知是何所指，種種揣測都有，莫衷一是。有人道：「不知將這八人倒吊高樹的那位高手是誰？」

有人笑道：「幸虧桃谷六怪今番沒到，否則又有得樂子了。」另一人道：「你怎知不是桃谷六仙幹的？這六兄弟古裏古怪，多半便是他們做的手腳。」祖千秋搖頭道：「不是，不是，決計不是。」先一人道：「祖兄如何得知？」祖千秋笑道：「桃谷六仙武功雖高，肚子裏的墨水卻有限得很，那『陰謀』二字，擔保他們就不會寫。」

羣豪哈哈大笑，均說言之有理。各人談論的都是這件趣事，沒人對令狐冲這呆頭呆腦的僕婦多瞧上一眼。

令狐冲心中只是在想：「這八人想攪甚麼陰謀？那多半是意欲不利於我恒山派。」

這日午後，忽聽得有人在外大叫：「奇事，奇事，大家來瞧啊！」羣豪湧了出去。令狐冲慢慢跟在後面，只見別院右首里許外有數十人圍著，羣豪急步奔去。令狐冲走到近處，聽得眾人正自七張八嘴的議論。有十餘人坐在山腳下，面向山峯，顯是被點中了穴道，動彈不得，山壁上用黃泥寫著八個大字，又是「陰謀已敗，小心狗命」。

當下有人將那十餘人轉過身來，赫然有愛吃人肉的漠北雙熊在內。

計無施走上前去，在漠北雙熊背上推拿了幾下，解開了他們啞穴，但餘穴不解，仍是讓他們動彈不得，說道：「在下有一事不明，可要請教。請問二位到底參與了甚麼密謀，大夥兒都想知道。」羣豪都道：「對，對！有甚麼陰謀，說出來大家聽聽。」

黑熊破口大罵：「操他奶奶的十八代祖宗，有甚麼陰謀，陰他媽龜兒子的謀。」祖千秋道：「那麼眾位是給誰點倒的，總可以說出來讓大夥兒聽聽罷。」白熊道：「老子知道就好了。老子好端端在山邊散步，背心一麻，就著了烏龜孫子王八蛋的道兒。是英雄好漢，就該真刀真槍的打上一架，在人家背後偷襲，算甚麼人物？」

祖千秋道：「兩位既不肯說，也就罷了。這件事既已給人揭穿，我看是幹不成了，只是大夥兒不免要多留心留心。」有人大聲道：「祖兄，他們不肯吐露，就讓他們在這山腳邊餓上三天三夜。」另一人道：「不錯，解鈴還由繫鈴人。你如放了他們，那位高人不免將你怪上了，也將你點倒，吊將起來，可不是玩的。」計無施道：「此言不錯。眾位兄台，在下不是袖手旁觀，實在有點膽寒。」

黑熊、白熊對望了一眼，都大罵起來，只是罵得不著邊際，可也不敢公然罵計無施這一干人的祖宗，否則自己動彈不得，對方若要動粗，卻無還手之力。

計無施笑著拱拱手，說道：「眾位請了。」轉身便行。餘人圍著指指點點，說了一會子話，慢慢都散開了。

令狐冲慢慢踱回，剛到院子外，聽得裏面又有人叫嚷嘻笑。一抬頭間，見公孫樹上又倒吊著二人，一個是不可不戒田伯光，另一個卻是不戒和尚。令狐冲心下大奇：「不戒大師是儀琳小師妹的父親，田伯光是小師妹的弟子。他二人說甚麼也不會來跟恆山派為難。恆山派有難，他們定會奮力援手。怎地也給人吊在樹上？」心中原來十分確定的設想，突然間給全部推翻，腦海中閃過一個念頭：「不戒大師天真爛漫，與人無忤，怎會給人倒吊高樹，定是有人和他惡作劇了。要擒住不戒大師，非一人之力可辦，多半便是桃谷六仙。」但想到祖千秋先前的言語，說桃谷六仙寫不出「陰謀」二字，確也甚是有理。

他滿腹疑竇，慢慢走進院子去，只見不戒和尚與田伯光身上都垂著一條黃布帶子，上面寫得有字。不戒和尚身上那條帶上寫道：「天下第一負心薄倖、好色無厭之徒。」田伯光身上那條帶上寫道：「天下第一大膽妄為、辦事不力之人。」令狐冲第一個念頭便是：「這兩條帶子掛錯了。不戒和尚怎會是『好色無厭之徒』？這『好色無厭』四字，該當送給田伯光才是。至於『大膽妄為』四字，送給不戒和尚倒還貼切，他不戒殺，不戒葷，做了和尚，敢娶尼姑，自是大膽妄為之至，不過『辦事不力』，又不知從何說起？」但見兩根布帶好好的繫在二人頸中，垂將下來，又不像是匆忙中掛錯了的。

羣豪指指點點，笑語評論，大家也都說：「田伯光貪花好色，天下聞名，這位大和尚怎能蓋得過他？」

計無施與祖千秋低聲商議，均覺大是蹊蹺，知道不戒和尚和令狐冲交情甚好，須得將二人救下來再說。當下計無施縱身上樹，將二人手足上被縛的繩索割斷，解開了二人穴道。不戒與田伯光都是垂頭喪氣，和仇松年、漠北雙熊等人破口大罵的情狀全然不同。計無施低聲問道：「大師怎地也受這無妄之災？」

不戒和尚搖了搖頭，將布條緩緩解下，對著布條上的字看了半晌，突然間頓足大哭。

這一下變故，當真大出羣豪意料之外，眾人語聲頓絕，都呆呆的瞧著他。只見他雙拳搥胸，越哭越傷心。

田伯光勸道：「太師父，你也不用難過。咱們失打遭人暗算，定要找了這個人來，將他碎屍萬段……」他一言未畢，不戒和尚反手一掌，將他打得直跌出丈許之外，幾個踉蹌，險些摔倒，半邊臉頰登時高高腫起。不戒和尚罵道：「臭賊！咱們給吊在這裏，當然是罪有應得，你……你……你好大的膽子。想殺死人家啊。」田伯光不明就裏，聽太師父如此說，擒住自己之人定是個大有來頭的人物，竟連太師父也不敢得罪他半分，只得唯唯稱是。

不戒和尚呆了一呆，又搥胸哭了起來，突然間反手一掌，又向田伯光打去。田伯光身法極快，身子一側避開，叫道：「太師父！」

不戒和尚一掌沒打中，也不再追擊，順手迴過掌來，拍的一聲，打在院中的一張石凳之上，只擊得石屑紛飛。他左手一掌，右手一掌，又哭又叫，越擊越用力，十餘掌後，雙掌上鮮血淋漓，石凳也給他擊得碎石亂崩，忽然間喀喇一聲，石凳裂為四塊。

羣豪無不駭然，誰也不敢哼上一聲，倘若他盛怒之下，找上了自己，一擊中頭，誰的腦袋能如石凳般堅硬？祖千秋、老頭子、計無施三人面面相覷，半點摸不著頭腦。

田伯光眼見不對，說道：「眾位請照看著太師父。我去相請師父。」

令狐冲尋思：「我雖已喬裝改扮，但儀琳小師妹心細，別要給她瞧出了破綻。」他扮過軍官，扮過鄉農，但都是男人，這次扮成女人，實在說不出的別扭，心中絕無自信，生怕露出了馬腳。當下去躲在後園的一間柴房之中，心想：「漠北雙熊等人兀自被封住穴道，猜想計無施、祖千秋等人之意，當是晚間去竊聽這些人的談論。我且好好睡上一覺，半夜裏也去聽上一聽。」耳聽得不戒和尚號啕之聲不絕，又是驚奇，又是好笑，迷迷糊糊的便即入睡。

醒來時天已入黑，到廚房中去找些冷飯菜來吃了。又等良久，耳聽得人聲漸寂，於是繞到後山，慢慢踱到漠北雙熊等人被困之處，遠遠蹲在草叢之中，側耳傾聽。

不久便聽得呼吸之聲此起彼伏，少說也有二十來人散在四周草木叢中，令狐冲暗暗好笑：「計無施他們想到要來偷聽，旁人也想到了，聰明人還真不少。」又想：「計無施畢竟了得，他只解了漠北雙熊這兩個吃人肉粗胚的啞穴，卻不解旁人的啞穴，否則漠北雙熊一開口說話，便會給同夥中精明能幹之輩制止。」

只聽得白熊不住口的在詈罵：「他奶奶的，這山邊蚊子真多，真要把老子的血吸光了才高興，我操你臭蚊蟲的十八代祖宗。」黑熊笑道：「蚊子只是叮你，卻不來叮我，不知是甚麼緣故。」白熊罵道：「你的血臭的，連蚊子也不吃。」黑熊笑道：「我寧可血臭，好過給幾百隻蚊子在身上叮。」白熊又是「直娘賊，龜兒子」的大罵起來。

白熊罵了一會，說道：「穴道解開之後，老子第一個便找夜貓子算帳，把這龜蛋點了穴道，將他大腿上的肉一口口咬下來生吃。」黑熊笑道：「我卻寧可吃那些小尼姑們，細皮白肉，嫩得多了。」白熊道：「岳先生吩咐了的，尼姑們要捉到華山去，可不許吃。」黑熊笑道：「幾百個尼姑，吃掉三四個，岳先生也不會知道。」

令狐冲大吃一驚：「怎麼是師父吩咐了的？怎麼要他們將恆山派弟子捉到華山去？這個

『大陰謀』，自然是這件事了。可是他們又怎麼會聽我師父的號令？」

忽聽得白熊高聲大罵：「烏龜兒子王八蛋！」黑熊怒道：「你不吃尼姑便不吃，幹麼罵人？」白熊道：「我罵蚊子，又不是罵你。」

令狐冲滿腹疑團，忽聽得背後草叢中腳步聲響，有人慢慢走近，心想：「這人別要踏到我身上來才好。」那人對準了他走來，走到他身後，蹲了下來，輕輕拉他衣袖。令狐冲微微一驚：「是誰？難道認了我出來？」回過頭來，朦朧月光之下，見到一張清麗絕俗的臉龐，正是儀琳。他又驚又喜，心想：「原來我的行跡早給她識破了。要扮女人，畢竟不像。」儀琳頭一側，小嘴努了努，緩緩站起身來，仍是拉著他衣袖，示意和他到遠處說話。

令狐冲見她向西行去，便跟在她身後。兩人一言不發，逕向西行。儀琳沿著一條狹狹的山道，走出了通元谷，忽然說道：「你又聽不見人家的說話，擠在這是非之地，那可危險得緊。」她幾句話似乎並不是向他而說，只是自言自語。令狐冲一怔，心道：「她說我聽不見人家說話，那是甚麼意思？她說的是反話，還是真的認我不出？」又想儀琳從來不跟自己說笑，那麼多半是認不出了，只見她折而向北，漸漸向著磁窯口走去，轉過了一個山坳，來到了一條小溪之旁。

儀琳輕聲道：「我們老是在這裏說話，你可聽厭了我的話嗎？」跟著輕輕一笑，說道：「你從來就聽不見我的話，啞婆婆，倘若你能聽見我說話，我就不會跟你說了。」

令狐冲聽儀琳說得誠摯，知她確是將自己認作了懸空寺中那個又聾又啞的僕婦。他童心大起，心道：「我且不揭破，聽她跟我說些甚麼。」儀琳牽著他衣袖，走到一株大柳樹下的一塊長石之旁，坐了下來。令狐冲跟著坐下，側著身子，背向月光，好教儀琳瞧不見自己的臉，尋思：「難道我真的扮得很像，連儀琳也瞞過了？是了，黑夜之中，只須有三分相似，她便不易分辨。盈盈的易容之術，倒也了得。」

儀琳望著天上眉月，幽幽嘆了口氣。令狐冲忍不住想問：「你小小年紀，為甚麼有這許多煩惱？」但終於沒出聲。儀琳輕聲道：「啞婆婆，你真好，我常常拉著你來，向你訴說我的心事，你從來不覺厭煩，總是耐心的等著，讓我愛說多少，便說多少。我本來不該這樣煩你，但你待我真好，便像我自己親生的娘一般。我沒有娘，倘若我有個媽媽，我敢不敢向她這樣說呢？」

令狐冲聽到她說是傾訴自己心事，覺得不妥，心想：「她要說甚麼心事？我騙她吐露內心秘密，可太也對不住她，還是快走的為是。」當即站起身來。儀琳拉住了他袖子，說道：「啞婆婆，你……你要走了嗎？」聲音中充滿失望之情。令狐冲向她望了一眼，只見她神色淒楚，眼光中流露出懇求之意，不由得心下軟了，尋思：「小師妹形容憔悴，滿腹心事，倘若無處傾訴，老是悶在心裏，早晚要生重病。我且聽她說說，只要她始終不知是我，也不會害羞。」當下又緩緩坐了下來。

儀琳伸手摟住他脖子，說道：「啞婆婆，你真好，就陪我多坐一會兒。你不知道我心中可有多悶。」

令狐冲心想：「令狐冲這一生可交了婆婆運，先前將盈盈錯認作是婆婆，現下又給儀琳錯認是婆婆。我叫了人家幾百聲婆婆，現在她叫還我幾聲，算是好人有好報。」

儀琳道：「令兒我爹爹險些兒上吊死了，你知不知道？他給人吊在樹上，又給人在身上掛了一根布條兒，說他是『天下第一負心薄倖，好色無厭之徒』。我爹爹一生，心中就只有我媽媽一人，甚麼好色無厭，那是從何說起？那人一定胡裏胡塗，將本來要掛在田伯光身上的布條，掛錯在爹爹身上了。其實掛錯了，拿來掉過來就是，可用不著上吊自盡哪。」

令狐冲又是吃驚，又是好笑：「怎麼不戒大師要自盡？她說他險些兒上吊死了，那麼定是沒死。兩根布條上寫的都不是好話，既然拿了下來，怎麼又去掉轉來掛在身上？這小師妹天真爛漫，真是不通世務之至。」

儀琳說道：「田伯光趕上見性峯來，要跟我說，偏偏給儀和師姊撞見了，說他擅闖見性峯，不問三七二十一，提劍就砍，差點沒要了他的性命，可也真是危險。」

令狐冲心想：「我曾說過，別院中的男子若不得我號令，任誰不許上見性峯。田兄名聲素來不佳，儀和師姊又是個急性子人，一見之下，自然動劍。只是田兄武功比她高得多，儀和可殺不了他。」他正想點頭同意，但立即警覺：「不論她說甚麼話，我贊同也好，反對也好，決不可點頭或搖頭。那啞婆婆決不會聽到她的說話。」

儀琳續道：「田伯光待得說清楚，儀和師姊已砍了十七八劍，幸好她手下留情，沒真的殺了他。我一得到消息，忙趕到通元谷來，卻已不見爹爹，一問旁人，都說他在院子中又哭又鬧，生了好大的氣，誰也不敢去跟他說話，後來就不見了。我在通元谷中四下尋找，終於在後山一個山坳裏見到了他，只見他高高掛在樹上。我著急得很，忙縱上樹去，見他頭頸中有一條繩，勒得快斷氣了，真是菩薩保祐，幸好及時趕到。我將他救醒了，他抱著我大哭。

我見他頭頸中仍是掛著那根布條，上面寫的仍是『天下第一負心薄倖』甚麼的。我說：『爹爹，這人真壞，吊了你一次，又吊你第二次。掛錯了布條，他又不掉轉來。』

「爹爹一面哭，一面說道：『不是人家吊，是我自己上吊的。我……我不想活了。』我勸他說：『爹爹，那人定是突然之間向你偷襲，你不小心著了他的道兒，那也不用難過。咱們找到他，叫他講個道理出來，他如說得不對，咱們也將他吊了起來，將這條布條掛在他頭頸裏。』爹爹道：『這條布條是我的，怎可掛在旁人身上？天下第一負心薄倖、好色無厭之徒，乃是我不戒和尚。那裏還有人勝得過我的？小孩兒家，就會瞎說。』啞婆婆，我聽他這麼說，心中可真奇了，問道：『爹爹，這布條沒掛錯麼？』爹爹說：『自然沒掛錯。我……我對不起你娘，因此要懸樹自盡，你不用管我，我真的不想活了。』」

令狐冲記得不戒和尚曾對他說過，他愛上了儀琳的媽媽，只因她是個尼姑，於是為她而出家做了和尚。和尚娶尼姑，真是希奇古怪之至。他說他對不起儀琳的媽媽，想必是後來移情別戀，因此才自認是「負心薄倖、好色無厭」，想到此節，心下漸漸有些明白了。

儀琳道：「我見爹爹哭得傷心，也哭了起來。爹爹反而勸我，說道：『乖孩子，別哭，別哭。爹爹倘若死了，你孤苦伶仃的在這世上，又有誰來照顧你？』他這樣說，我哭得更加厲害了。」她說到這裏，眼眶中淚珠瑩然，神情極是淒楚，又道：「爹爹說道：『好啦，好啦！我不死就是，只不過也太對不住你娘。』我問：『到底你怎樣對不住我娘？』爹爹嘆了口氣，說道：『你娘本來是個尼姑，你是知道的了。我一見到你娘，就愛得她發狂，說甚麼也要娶她為妻。你娘說：「阿彌陀佛，起這種念頭，也不怕菩薩嗔怪。」我說：「菩薩要怪，就只怪我一人。」你娘說：「你是俗家人，娶妻生子，理所當然。我身入空門，六根清淨，再動凡心，菩薩自然要責怪了，可怎會怪到你？」我一想不錯，是我決意要娶你娘，可不是你娘一心想嫁我。倘若讓菩薩怪上了她，累她死後在地獄中受苦，我如何對得住她？因此我去做了和尚。菩薩自然先怪我，就算下地獄，咱們夫妻也是一塊兒去。』」

令狐冲心想：「不戒大師確是個情種，為了要擔負菩薩的責任，這才去做和尚，既然如此，不知後來又怎會變心？」

儀琳續道：「我就問爹爹：『後來你娶了媽媽沒有？』爹爹說：『自然娶成了，否則怎會生下你來？千不該，萬不該，那日你生下來才三個月，我抱了你在門口晒太陽。』我說：『晒太陽又有甚麼不對了？』爹爹說：『事情也真不巧，那時候有個美貌少婦，騎了馬經過門口，看見我大和尚抱了個女娃娃，覺得有些奇怪，向咱們瞧了幾眼，讚道：「好美的女娃娃！」我心中一樂，說道：「你也美得很啊。」那少婦向我瞪了一眼，問道：「你這女娃娃是那裏偷來的？」我說：「甚麼偷不偷的？是我和尚自己生的。」那少婦忽然大發脾氣，罵道：「我好好問你，你幾次三番向我取笑，可不是活得不耐煩了？」我說：「取甚麼笑？難道和尚不是人，就不會生孩子？你不信，我就生給你看。」那知道那女人兇得很，從背上拔出劍來，便向我刺來，那不是太不講道理嗎？』」

令狐冲心想：「不戒大師直言無忌，說的都是真話，但聽在對方耳裏，卻都成為無聊調笑。他既然娶妻生女，怎地又不還俗？大和尚抱了個女娃娃，原是不倫不類。」

儀琳道：「我說：『這位太太可也太兇了。我明明是你生的，又沒騙她，幹麼好端端地便拔劍刺人？』爹爹道：『是啊，當時我一閃避開，說道：「你怎地不分青紅皂白，便動刀劍？這女娃娃不是我生的，難道是你生的？」那女人脾氣更大了，向我連刺三劍。她幾劍刺我不中，出劍更快了。我當然不來怕她，就怕她傷到了你，她刺到第八劍上，我飛起一腳，將她踢了個觔斗。她站起身來，大罵我：「不要臉的惡和尚，無恥下流，調戲婦女。」

「『就在這時候，你媽媽從河邊洗了衣服回來，站在旁邊聽著。那女人罵了幾句，氣憤憤的騎馬走了，掉在地上的劍也不要了。我轉頭跟你娘說話。她一句也不答，只是哭泣。我問她為甚麼事，她總是不睬。第二天早晨，你娘就不見了。桌上有一張紙，寫著八個字。你猜是甚麼字？那便是「負心薄倖，好色無厭」這八個字了。我抱了你到處去找她，可那裏找得到。』

「我說：『媽媽聽了那女人的話，以為你真的調戲了她。』爹爹說：『是啊，那不是冤枉嗎？可是後來我想想，那也不全是冤枉，因為當時我見到那個女人，心中便想：「這女子生得好俊。」你想：我既然娶了你媽媽做老婆，心中卻讚別個女人美貌，不但心中讚，口中也讚，那不是負心薄倖、好色無厭麼？』」

令狐冲心道：「原來儀琳師妹的媽媽醋勁兒這般厲害。當然這中間大有誤會，但問個明白，不就沒事了？」

儀琳道：「我說：『後來找到了媽媽沒有？』爹爹說：『我到處尋找，可那裏找得到？我想你媽是尼姑，一定去了尼姑庵中，一處處庵堂都找遍了。這一日，找到了恆山派的白雲庵，你師父定逸師太見你生得可愛，心中歡喜，那時你又在生病，便叫我將你寄養在庵中，免得我帶你在外奔波，送了你一條小命。』」

一提到定逸師太，儀琳又不禁泫然，說道：「我從小沒了媽媽，全仗師父撫養長大，可是師父給人害死了，害死她的，卻是令狐大哥的師父，你瞧這可有多為難。令狐大哥跟我一樣，也是自幼沒了媽媽，由他師父撫養長大的。不過他比我還要苦些，不但沒了媽媽，連爹爹也沒有。他自然敬愛他的師父，我要是將他師父殺了，為我師父報仇，令狐大哥可不知有多傷心。我爹爹又說：他將我寄養在白雲庵中之後，找遍了天下的尼姑庵，後來連蒙古、西藏、關外、西域，最偏僻的地方都找到了，始終沒打聽到半點我娘的音訊。想起來，我娘定是怪我爹爹調戲女人，第二天便自盡了。啞婆婆，我媽媽出家時，是在菩薩面前發過誓的，身入空門之後，決不再有情緣牽纏，可是終於拗不過爹爹，嫁了給他，剛生下我不久，便見他調戲女人，給人罵『無恥下流』，當然生氣。她是個性子十分剛烈的女子，自己以為一錯再錯，只好自盡了。」

儀琳長長嘆了口氣，續道：「我爹爹說明白這件事，我才知道，為甚麼他看到『天下第一負心薄倖，好色無厭之徒』這布條時，如此傷心。我說：『媽媽寫了這張紙條罵你，你時時拿給人家看麼？怎麼別人竟會知道？』爹爹道：『當然沒有！我對誰也沒說。這種事說了出來，好光采嗎？這中間有鬼，定是你媽媽的鬼魂找上了我，她要尋我報仇，恨我玷汚了她清白，卻又去調戲旁的女子。否則掛在我身上的布條，旁的字不寫，怎麼偏偏就寫上這八個字？我知道她是在向我索命，很好，我就跟她去就是了。』

「爹爹又道：『反正我到處找你媽媽不到，到陰世去和她相會，那也正是求之不得。可惜我身子太重，上吊了片刻，繩子便斷了，第二次再上吊，繩子又斷了。我想拿刀抹脖子，那刀子明明在身邊的，忽然又找不到了，真是想死也不容易。』我說：『爹爹，你弄錯啦，菩薩保祐，叫你不可自盡，因此繩子會斷，刀子會不見。否則等我找到時，你早已死啦。』爹爹說：『那也不錯，多半菩薩罰我在世上還得多受些苦楚，不讓我立時去陰世和你媽媽相見。』我說：『先前我還道是田伯光的布條跟你掉錯了，因此你生這麼大的氣。』爹爹說：『怎麼會掉錯？不可不戒以前對你無禮，豈不是「膽大妄為」？我叫他去做媒，要令狐冲這小子來娶你，他推三阻四，總是辦不成，那還不是「辦事不力」？這八字評語掛在他身上，真是再合式也沒有了。』我說：『爹爹，你再叫田伯光去幹這等無聊之事，我可要生氣了。令狐大哥先前喜歡的是他小師妹，後來喜歡了魔教的任大小姐。他雖然待我很好，但從來就沒將我放在心上。』」

令狐冲聽儀琳這麼說，心下頗覺歉然。她對自己一片癡心，初時還不覺得，後來卻漸漸明白了，但自己確然如她所說，先是喜歡岳家小師妹，後來將一腔情意轉到了盈盈身上。這些時候來亡命江湖，少有想到儀琳的時刻。

儀琳道：「爹爹聽我這麼說，忽然生起氣來，大罵令狐大哥，說道：『令狐冲這小子，有眼無珠，當真連不可不戒也不如。不可不戒還知道我女兒美貌，令狐冲卻是天下第一大笨蛋。』他罵了許多粗話，難聽得很，我也學不上來。他說：『天下第一大瞎子是誰？不是左冷禪，而是令狐冲。左冷禪眼睛雖然給人刺瞎了，令狐冲可比他瞎得更厲害。』啞婆婆，爹爹這樣說是很不對的，他怎麼可以這樣罵令狐大哥？我說：『爹爹，岳姑娘和任大小姐都比女兒美貌百倍，孩兒怎麼及得上人家？再說，孩兒已經身入空門，只是感激令狐大哥捨命相救的恩德，以及他對我師父的好處，孩兒才時時念著他。我媽媽說得對，皈依佛門之後，便當六根清淨，再受情緣牽纏，菩薩是要責怪的。』

「爹爹說：『身入空門，為甚麼就不可以嫁人？如果天下的女人都身入空門，再不嫁人生兒子，世界上的人都沒有了。你娘是尼姑，她可不是嫁了給我，又生下你來嗎？』我說：『爹爹，咱們別說這件事了，我……我寧可當年媽媽沒生下我這個人來。』」

她說到這裏，聲音又有些哽咽，過了一會，才道：「爹爹說，他一定要去找令狐大哥，叫他娶我。我急了，對他說，要是他對令狐大哥提這等話，我永遠不跟他說一句話，他到見性峯來，我也決不見他。田伯光要是向令狐大哥提這等無聊言語，我要跟儀清、儀和師姊她們說，永遠不許他踏上恆山半步。爹爹知道我說得出做得到，呆了半晌，嘆了一口氣，一個人走了。啞婆婆，爹爹這麼一去，不知甚麼時候再來看我？又不知他會不會再自殺？真叫人掛念得緊。後來我找到田伯光，叫他跟著爹爹，好好照料他，說完之後，看到有許多人偷偷摸摸的走到通元谷外，躲在草叢之中，不知幹甚麼。我悄悄跟著過去瞧瞧，卻見到了你。啞婆婆，你不會武功，又聽不見人家說話，躲在那裏，倘若給人家見到了，那是很危險的，以後可千萬別再跟著人家去躲在草叢裏了。你還道是捉迷藏嗎？」

令狐冲險些笑了出來，心想：「這個小師妹孩子氣得很，只當人家也是孩子。」

儀琳道：「這些日子中，儀和、儀清兩位師姊總是督著我練劍。秦絹小師妹跟我說，她曾聽到儀和、儀清她們好幾位大師姊商議。大家說，令狐大哥將來一定不肯做恆山派掌門。

岳不羣是我們的殺師大仇，我們自然不能併入五嶽派，奉他為我們掌門，因此大家叫我做掌門人。啞婆婆，我可半點也不相信。但秦師妹賭咒發誓，說一點也不假。她說，幾位大師姊都說，恆山派儀字輩的羣尼之中，令狐大哥對我最好，如果由我做掌門，定然最合令狐大哥的心意。她們所以決定推舉我，全是為了令狐大哥。她們盼我練好劍術，殺了岳不羣，那時做恆山派掌門，誰也沒異議了。她這樣解釋，我才信了。不過這恆山派的掌門，我怎麼做得來？我的劍法再練十年，也及不上儀和、儀清師姊她們，要殺岳不羣，那是更加辦不到了。我本來心中已亂，想到這件事，心下更加亂了。啞婆婆，你瞧我怎麼辦才是？」

令狐冲這才恍然：「她們如此日以繼夜的督促儀琳練劍，原來是盼她日後繼我之位，接任恆山派掌門，委實用心良苦，可也是對我的一番厚意。」

儀琳幽幽的道：「啞婆婆，我常跟你說，我日裏想著令狐大哥，夜裏想著令狐大哥，做夢也總是做著他。我想到他為了救我，全不顧自己性命；想到他受傷之後，我抱了他奔逃；想到他跟我說笑，要我說故事給他聽；想到在衡山縣那個甚麼羣玉院中，我……我……跟他睡在一張床上，蓋了同一條被子。啞婆婆，我明知你聽不見，因此跟你說這些話也不害臊。我要是不說，整天憋在心裏，可真要發瘋了。我跟你說一會話，輕輕叫著令狐大哥的名字，心裏就有幾天舒服。」她頓了一頓，輕輕叫道：「令狐大哥，令狐大哥！」

這兩聲叫喚情致纏綿，當真是蘊藏刻骨相思之意，令狐冲不由得身子一震。他早知道這小師妹對自己極好，卻想不到她小小心靈中包藏著的深情，竟如此驚心動魄，心道：「她待我這等情意，令狐冲今生如何報答得來？」

儀琳輕輕嘆息，說道：「啞婆婆，爹爹不明白我，儀和、儀清師姊她們也不明白我。我想念令狐大哥，只是忘不了他，我明知道這是不應該的。我是身入空門的女尼，怎可對一個男人念念不忘的日思夜想，何況他還是本門的掌門人？我日日求觀音菩薩救我，請菩薩保祐我忘了令狐大哥。今兒早晨唸經，唸著救苦救難觀世音菩薩的名字，我心中又在求菩薩，請菩薩保祐令狐大哥無災無難，逢凶化吉，保祐他和任家大小姐結成美滿良緣，白頭偕老，一生一世都快快活活。我忽然想，為甚麼我求菩薩這樣，求菩薩那樣，菩薩聽著也該煩了。從今而後，我只求菩薩保祐令狐大哥一世快樂逍遙。他最喜歡快樂逍遙，無拘無束，但盼任大小姐將來不要管著他才好。」

她出了一會神，輕聲唸道：「南無救苦救難觀世音菩薩，南無救苦救難觀世音菩薩。」她唸了十幾聲，抬頭望了望月亮，道：「我得回去了，你也回去罷。」從懷中取出兩個饅頭，塞在令狐冲手中，道：「啞婆婆，今天為甚麼你不瞧我，你不舒服麼？」待了一會，見令狐冲不答，自言自語：「你又聽不見，我卻偏要問你，可真是傻了。」慢慢轉身去了。

令狐冲坐在石上，瞧著她的背影隱沒在黑暗之中，她適才所說的那番話，一句句在心中流過，想到迴腸盪氣之處，當真難以自已，一時不由得癡了。

也不知坐了多少時候，無意中向溪水望了一眼，不覺吃了一驚，只見水中兩個倒影並肩坐在石上。他只道眼花，又道是水波晃動之故，定睛一看，明明是兩個倒影。霎時間背上出了一陣冷汗，全身僵了，又怎敢回頭？

從溪水中的影子看來，那人在身後不過二尺，只須一出手立時便制了自己死命，但他竟嚇得呆了，不知向前縱出。這人無聲無息來到身後，自己全無知覺，武功之高，難以想像，登時便起了個念頭：「鬼！」想到是鬼，心頭更湧起一股涼意，呆了半晌，才又向溪水中瞧去。溪水流動，那月下倒影朦朦朧朧的看不清楚，但見兩個影子一模一樣，都是穿著寬襟大袖的女子衣衫，頭上梳髻，也是殊無分別，竟然便是自己的化身。

令狐冲更加驚駭惶怖，似乎嚇得連心也停止了跳動，突然之間，也不知從那裏來的一股勇氣，猛地裏轉過頭來，和那「鬼魅」面面相對。

這一看清楚，不禁倒抽了一口涼氣，眼見這人是個中年女子，認得便是懸空寺中那個又聾又啞的僕婦，但她如何來到身後，自己渾不覺察，實在奇怪之極。他懼意大消，訝異之情卻絲毫不減，說道：「啞婆婆，原來……原來是你，這可……這可嚇了我一大跳。」但聽得自己的聲音發顫，又甚是嘶啞。只見那啞婆婆頭髻上橫插一根荊釵，穿一件淡灰色布衫，竟和自己打扮全然相同。他定了定神，強笑道：「你別見怪。任大小姐記性真好，記得你穿戴的模樣，給我這一喬裝改扮，便和你是雙胞姊妹一般了。」

他見啞婆婆神色木然，既無怒意，亦無喜色，不知心中在想些甚麼，尋思：「這人古怪得緊，我扮成她的模樣，給她看見了，這地方不宜多耽。」當即站起身來，向啞婆婆一揖，說道：「夜深了，就此別過。」轉身向來路走去。

只走出七八步，突見迎面站著一人，攔住了去路，便是那個啞婆婆，卻不知她使甚麼身法，這等無影無蹤、無聲無息的閃了過來。東方不敗在對敵時身形猶如電閃，快速無倫，但總尚有形跡可尋，這個婆婆卻便如是突然間從地下湧出來一般。她身法雖不及東方不敗的迅捷，但如此無聲無息，實不似活人。

令狐冲大駭之下，知道今晚是遇到了高人，自己甚麼人都不扮，偏偏扮成了她的模樣，的確不免惹她生氣，當下又深深一揖，說道：「婆婆，在下多有冒犯，這就去改了裝束，再來懸空寺謝罪。」那啞婆婆仍是神色木然，不露絲毫喜怒之色。令狐冲道：「啊，是了！你聽不到我說話。」俯身伸指，在地上寫道：「對不起，以後不敢。」站起身來，見她仍然呆呆站立，對地下的字半眼也不瞧。令狐冲指著地下大字，大聲道：「對不起，以後不敢！」那婆婆一動也不動。令狐冲連連作揖，比劃手勢，作解衣除髮之狀，又抱拳示歉，那婆婆始終紋絲不動。令狐冲無計可施，搔了搔頭皮，道：「你不懂，我可沒法子了。」側過身子，從那婆婆身畔繞過。

他左足一動，那婆婆身子微晃，已擋在他身前。令狐冲暗吸一口氣，說道：「得罪！」向右跨了一步，突然間飛身而起，向左側竄了出去。左足剛落地，那婆婆已擋在身前，攔住了去路。他連竄數次，越來越快，那婆婆竟始終擋在他面前。令狐冲急了，伸出左手向她肩頭推去，那婆婆右掌疾斬而落，切向他手腕。

令狐冲急忙縮手，他自知理虧，不敢和她相鬥，只盼及早脫身，一低頭，想從她身側閃過，身形甫動，只覺掌風颯然，那婆婆已一掌從頭頂劈到。令狐冲斜身閃讓，可是這一掌來得好快，拍的一聲，肩頭已然中掌。那婆婆身子也是一晃，原來令狐冲體內的「吸星大法」生出反應，竟將這一掌之力吸了過去。那婆婆倏然左手伸出，兩根鷄爪般又瘦又尖的指尖向他眼中插來。

令狐冲大駭，忙低頭避過，這一來，背心登時露出了老大破綻，幸好那婆婆也怕了他的「吸星大法」，竟不敢乘隙擊下，右手一彎，向上勾起，仍是挖他眼珠。顯然她打定主意，專門攻擊他眼珠，不論他的「吸星大法」如何厲害，手指入眼，總是非瞎不可，柔軟的眼珠也決不會吸取旁人功力。令狐冲伸臂擋格，那婆婆迴轉手掌，五指成抓，抓向他左眼。令狐冲忙伸左手去格，那婆婆右手飛指已抓向他的右耳。這幾下兔起鶻落，勢道快極，每一招都是古裏古怪，似是鄉下潑婦與人打架一般，可是既陰毒又快捷，數招之間，已逼得令狐冲連連倒退。那婆婆的武功其實也不甚高，所長者只是行走無聲，偷襲快捷，真實功夫固然遠不及岳不羣、左冷禪，連盈盈也比她高明得多。但令狐冲拳腳功夫更差，若不是那婆婆防著他的「吸星大法」，不敢和他手腳相碰，令狐冲早已接連中掌了。

又拆數招，令狐冲知道若不出劍，今晚已難以脫身，當即伸手入懷去拔短劍。他右手剛碰到劍柄，那婆婆出招快如閃電，連攻了七八招，令狐冲左擋右格，更沒餘暇拔劍。那婆婆出招越來越毒辣，明明無怨無仇，卻顯是硬要將他眼珠挖了出來。令狐冲大喝一聲，左掌遮住了自己雙眼，右手再度入懷拔劍，拚著給她打上一掌，踢上一腳，便可拔出短劍。

便在此時，頭上一緊，頭髮已給抓住，跟著雙足離地，隨即天旋地轉，身子在半空中迅速轉動，原來那婆婆抓著他頭髮，將他甩得身子平飛，急轉圈子，越來越快。令狐冲大叫：「喂，喂，你幹甚麼？」伸手亂抓亂打，想去拿她手臂，突然左右腋下一麻，已給她點中了穴道，跟著後心、後腰、前胸、頭頸幾處穴道中都給她點中了，全身麻軟，再也動彈不得。

那婆婆兀自不肯停手，將他身子不絕旋轉，令狐冲只覺耳際呼呼風響，心想：「我一生遇到過無數奇事，但像此刻這般倒霉，變成了一個大陀螺給人玩弄，卻也從所未有。」

那婆婆直轉得他滿天星斗，幾欲昏暈，這才停手，拍的一聲，將他重重摔在地下。

令狐冲本來自知理虧，對那婆婆並無敵意，但這時給她弄得半死不活，自是大怒，罵道：「臭婆娘當真不知好歹，我倘若一上來就拔劍，早在你身上戳了幾個透明窟窿。」

那婆婆冷冷的瞧著他，臉上仍是木然，全無喜怒之色。

令狐冲心道：「打是打不來了，若不罵個爽快，未免太也吃虧。但此刻給她制住，如果她知我在罵人，自然有苦頭給我吃。」當即想到了一個主意，笑嘻嘻地罵道：「賊婆娘，臭婆娘，老天爺知道你心地壞，因此將你造得天聾地啞，既不會笑，又不會哭，像白癡一樣，便是做豬做狗，也勝過如你這般。」他越罵越惡毒，臉上也就越是笑得歡暢。他本來只是假笑，好讓那婆婆不疑心自己是在罵她，但罵到後來，見那婆婆全無反應，此計已售，不由得大為得意，真的哈哈大笑起來。

那婆婆慢慢走到他身邊，一把抓住他頭髮，著地拖去。她漸行漸快，令狐冲穴道被點，知覺不失，身子在地下碰撞磨擦，好不疼痛，口中叫罵不停，要笑卻是笑不出來了。那婆婆拖著他直往山上行去，令狐冲側頭察看地形，見她轉而向西，竟是往懸空寺而去。

令狐冲這時早已知道，不戒和尚、田伯光、漠北雙熊、仇松年等人著了道兒，多半都是她做的手腳，要神不知、鬼不覺的突然將人擒住，除了她如此古怪的身手，旁人也真難以做到，只是自己曾來過懸空寺，見了這聾啞婆婆竟一無所覺，可說極笨。連方證大師、冲虛道長、盈盈、上官雲這等大行家，見了她也不起疑，這啞婆婆的掩飾功夫實在做得極好。轉念又想：「這婆婆如也將我高高掛在通元谷的公孫樹上，又在我身上掛一塊布條，說我是天下第一大淫棍之類，我身為恆山派掌門，又穿著這樣一身不倫不類的女人裝束，這個臉可丟得大了。幸好她是拖我去懸空寺，讓她在寺中吊打一頓，不致公然出醜，也就罷了。」想到今晚雖然倒霉，但不致在恆山別院中高掛示眾，倒也算是不幸中的大幸，又想：「不知她是否知曉我的身分，莫非瞧在我恆山掌門的份上，這才優待三分？」

一路之上，山石將他撞得全身皮肉之傷不計其數，好在臉孔向上，還沒傷到五官。到得懸空寺，那婆婆將他直向飛閣上拖去，直拖上左首靈龜閣的最高層。令狐冲叫聲：「啊喲，不好！」靈龜閣外是座飛橋，下臨萬丈深淵，那婆婆只怕要將自己掛在飛橋之上。這懸空寺人跡罕至，十天半月中難得有人到來，這婆婆若是將自己掛在那裏，不免活生生的餓死，這滋味可大大不妙了。

那婆婆將他在閣中一放，逕自下閣去了。令狐冲躺在地下，推想這惡婆娘到底是甚麼來頭，竟無半點頭緒，料想必是恆山派的一位前輩名手，便如是于嫂一般的人物，說不定當年是服侍定靜、定閒等人之師父的。想到此處，心下略寬：「我既是恆山掌門，她總有些香火之情，不會對我太過為難。」但轉念又想：「我扮成了這副模樣，只怕她認我不出。倘若她以為我也是張夫人之類，故意扮成了她的樣子，前來臥底，意圖不利於恆山，不免對我『另眼相看』，多給我些苦頭吃，那可糟得很了。」

也不聽見樓梯上腳步響聲，那婆婆又已上來，手中拿了繩索，將令狐冲手腳反縛了，又從懷中取出一根黃布條子，掛在他頸中。令狐冲好奇心大起，要想看看那布條上寫些甚麼，可是便在此時，雙眼一黑，已給她用黑布蒙住了雙眼。令狐冲心想：「這婆婆好生機靈，明知我急欲看那布條，卻不讓看。」又想：「令狐冲是無行浪子，天下知名，這布條上自不會有甚麼好話，不用看也知道。」

只覺手腕腳踝上一緊，身子騰空而起，已給高高懸掛在橫樑之上。令狐冲怒氣沖天，又大罵起來，他雖愛胡鬧，卻也心細，尋思：「我一味亂罵，畢竟難以脫身，須當慢慢運氣，打通穴道，待得一劍在手，便可將她也制住了。我也將她高高掛起，再在她頭頸中掛一根黃布條子，那布條上寫甚麼字好？天下第一大惡婆！不好，稱她天下第一，說不定她心中反而喜歡，我寫『天下第十八惡婆』，讓她想破了腦袋也猜不出，排名在她之上的那十七個惡婆究竟是些甚麼人。」側耳傾聽，不聞呼吸之聲，這婆婆已下閣去了。

掛了兩個時辰，令狐冲已餓得肚中咕咕作聲，但運氣之下，穴道漸通，心下正自暗喜，忽然間身子一晃，砰的一聲，重重摔在樓板之上，竟是那婆婆放鬆了繩索。但她何時重來，自己渾沒半點知覺。那婆婆扯開了蒙住他眼上的黑布，令狐冲頸中穴道未通，無法低頭看那布條，只見到最底下一字是個「娘」字。他暗叫「不好！」心想她寫了這個「娘」字，定然當我是個女人，她寫我是淫徒、浪子，都沒甚麼，將我當作女子，那可大大的糟糕。

只見那婆婆從桌上取過一隻碗來，心想：「她給我喝水，還是喝湯？最好是喝酒！」突然間頭上一陣滾熱，大叫一聲：「啊喲！」這碗中盛的竟是熱水，照頭淋在他頭頂。

令狐冲大罵：「賊婆娘，你幹甚麼？」只見她從懷中取出一柄剃刀，令狐冲吃了一驚，但聽得嗤嗤聲響，頭皮微痛，那婆婆竟在給他剃頭。令狐冲又驚又怒，不知這瘋婆子是何用意，過不多時，一頭頭髮已給剃得乾乾淨淨，心想：「好啊，令狐冲今日做了和尚。啊喲，不對，我身穿女裝，那是做了尼姑。」突然間心中一寒：「盈盈本來開玩笑，說叫我扮作尼姑，這一語成讖，只怕大事不妙。說不定這惡婆娘已知我是何人，認為大男人做恆山派掌門大大不妥，不但剃了我頭，還要……還要將我閹了，便似不可不戒一般，教我無法穢亂佛門清淨之地。這女人忠於恆山派，發起瘋來，甚麼事都做得出。啊喲，令狐冲今日要遭大劫，『武林稱雄，引刀自宮』，可別去練辟邪劍法。」

那婆婆剃完了頭，將地下的頭髮掃得乾乾淨淨。令狐冲心想事勢緊急，疾運內力，猛衝被封的穴道，正覺被封的幾處穴道有些鬆動，忽然背心、後腰、肩頭幾處穴道一麻，又給她補了幾指。令狐冲長嘆一聲，連「惡婆娘」三字也不想罵了。

那婆婆取下他頸中的布條，放在一旁，令狐冲這才看見，布條上寫道：「天下第一大瞎子，不男不女惡婆娘。」他登時暗暗叫苦：「原來這婆娘裝聾作啞，她是聽得見說話的，否則不戒大師說我是天下第一大瞎子，她又怎會知道？若不是不戒大師跟女兒說話時她在旁偷聽，便是儀琳跟我說話之時，她在旁偷聽，說不定兩次她都偷聽了。」當即大聲道：「不用假扮了，你不是聾子。」但那婆娘仍是不理，逕自伸手來解他衣衫。

令狐冲大驚，叫道：「你幹甚麼？」嗤的一聲響，那婆婆將他身上女服撕成兩半，扯了下來。令狐冲驚叫：「你要是傷了我一根毫毛，我將你斬成肉醬。」轉念一想：「她將我滿頭頭髮都剃了，豈只傷我毫毛而已？」

那婆婆取過一塊小小磨刀石，蘸了些水，將那剃刀磨了又磨，伸指一試，覺得滿意了，放在一旁，從懷中取出一個瓷瓶，瓶上寫著「天香斷續膠」五字。令狐冲數度受傷，都曾用過這恆山派治傷靈藥，一見到這瓷瓶，不用看瓶上的字，也知是此傷藥，另有一種「白雲熊膽丸」，用以內服。果然那婆婆跟著又從懷中取出一個瓷瓶，赫然便是「白雲熊膽丸」。那婆婆再從懷裏取出了幾根白布條子出來，乃是裹傷用的綳帶。令狐冲舊傷已愈，別無新傷，那婆婆如此安排，擺明是要在他身上新開一兩個傷口了，心下只暗暗叫苦。

那婆婆安排已畢，雙目凝視令狐冲，隔了一會，將他身子提起，放在板桌之上，又是神色木然的瞧著他。令狐冲身經百戰，縱然身受重傷，為強敵所困，亦無所懼，此刻面對著這樣一個老婆婆，卻是說不出的害怕。那婆婆慢慢拿起剃刀，燭火映上剃刀，光芒閃動，令狐冲額頭的冷汗一滴滴的落在衣襟之上。

突然之間，他心中閃過了一個念頭，更不細思，大聲道：「你是不戒和尚的老婆！」

那婆婆身子一震，退了一步，說道：「你——怎——麼——知——道？」聲音乾澀，一字一頓，便如是小兒初學說話一般。

令狐冲初說那句話時，腦中未曾細思，經她這麼一問，才去想自己為甚麼知道，冷笑一聲，道：「哼，我自然知道，我早就知道了。」心下卻在迅速推想：「我為甚麼知道？我為甚麼知道？是了，她掛在不戒大師頸中字條上寫『天下第一負心薄倖、好色無厭之徒』。這『負心薄倖、好色無厭』八字評語，除了不戒大師自己之外，世上只有他妻子方才知曉。」

大聲道：「你心中還是念念不忘這個負心薄倖、好色無厭之徒，否則他去上吊，為甚麼你要割斷他上吊的繩子？他要自刎，為甚麼你要偷了他的刀子？這等負心薄倖、好色無厭之徒，讓他死了，豈不乾淨？」

那婆婆冷冷的道：「讓他——死得這等——爽快，豈不——便宜了——他？」令狐冲道：「是啊，讓他這十幾年中心急如焚，從關外找到藏邊，從漠北找到西域，到每一座尼庵去找你，你卻躲在這裏享清福，那才算沒便宜了他！」那婆婆道：「他罪有——應得，他娶我為妻，為甚麼——調戲女子？」令狐冲道：「誰說他調戲了？人家瞧你的女兒，他也瞧了瞧人家，又有甚麼不可以？」那婆婆道：「娶了妻的，再瞧女人，不可以。」

令狐冲覺得這女人無理可喻，說道：「你是嫁過人的女人，為甚麼又瞧男人？」那婆婆怒道：「我幾時瞧男人？胡說八道！」令狐冲道：「你現在不是正瞧著我嗎？難道我不是男人？不戒和尚只不過瞧了女人幾眼，你卻拉過我頭髮，摸過我頭皮。我跟你說，男女授受不親，你只要碰一碰我身上的肌膚，便是犯了清規戒律。幸好你只碰到我頭皮，沒摸到我臉，否則觀音菩薩一定不會饒你。」他想這女人少在外間走動，不通世務，須得嚇她一嚇，免得她用剃刀在自己身上亂割亂劃。

那婆婆道：「我斬下你的手腳腦袋，也不用碰到你身子。」令狐冲道：「要斬腦袋，只管請便。」那婆婆冷笑道：「要我殺你，可也沒這般容易。現下有兩條路，任你自擇。一條是你快快娶儀琳為妻，別害得她傷心而死。你如擺臭架子不答應，我就閹了你，叫你做個不男不女的怪物。你不娶儀琳，也就娶不得第二個不要臉的壞女人。」她十多年來裝聾作啞，久不說話，口舌已極不靈便，說了這會子話，言語才流暢了些。

令狐冲道：「儀琳固然是個好姑娘，難道世上除了她之外，別的姑娘都是不要臉的壞女人？」那婆婆道：「差不多了，好也好不到那裏去。你到底答不答應，快快說來。」

令狐冲道：「儀琳小師妹是我的好朋友，她如知道你如此逼我，她可要生氣的。」那婆婆道：「你娶了她為妻，她歡喜得很，甚麼氣都消了。」令狐冲道：「她是出家人，發過誓不能嫁人的。一動凡心，菩薩便要責怪。」那婆婆道：「倘若你做了和尚，菩薩便不只怪她一人了。我給你剃頭，難道是白剃的麼？」

令狐冲忍不住哈哈大笑，說道：「原來你給我剃光了頭，是要我做和尚，以便娶小尼姑為妻。你老公從前這樣幹，你就叫我學他的樣。」那婆婆道：「正是。」令狐冲笑道：「天下光頭禿子多得很，剃光了頭，並不就是和尚。」那婆婆道：「那也容易，我在你腦門上燒幾個香疤便是。禿頭不一定是和尚，禿頭而又燒香疤，那總是和尚了。」說著便要動手。令狐冲忙道：「慢來，慢來。做和尚要人家心甘情願，那有強迫之理？」那婆婆道：「你不做和尚，便做太監。」

令狐冲心想：這婆婆瘋瘋顛顛，只怕甚麼事都做得出，須得先施緩兵之計，說道：「你叫我做太監之後，忽然我回心轉意了，想娶儀琳小師妹為妻，那怎麼辦？不是害了我二人一世嗎？」那婆婆怒道：「咱們學武之人，做事爽爽快快，一言而決，又有甚麼三心兩意、回心轉意的？和尚便和尚，太監便太監！男子漢大丈夫，怎可拖泥帶水？」令狐冲笑道：「做了太監，便不是男子漢大丈夫了。」那婆婆怒道：「咱們在談論正事，誰跟你說笑？」

令狐冲心想：「儀琳小師妹溫柔美貌，對我又是深情一片，但我心早已屬於盈盈，豈可相負？這婆婆如此無理見逼，大丈夫寧死不屈。」說道：「婆婆，我問你，一個男子漢負心薄倖，好色無厭，好是不好？」那婆婆道：「那又何用多問？這種人比豬狗也不如，枉自為人。」令狐冲道：「是了。儀琳小師妹人既美貌，對我又好，為甚麼我不娶她為妻？只因我早已與另一位姑娘有了婚姻之約。這位姑娘待我恩重如山，令狐冲就算全身皮肉都給你割爛了，我也決不負她。倘若辜負了她，豈不是變成了天下第一負心薄倖、好色無厭之徒？不戒大師這個『天下第一』的稱號，便讓我令狐冲給搶過來了。」

那婆婆道：「這位姑娘，便是魔教的任大小姐，那日魔教教眾在這裏將你圍住了，便是她出手相救的，是不是？」令狐冲道：「正是，這位任大小姐你是親眼見過的。」那婆婆道：「那容易得很，我叫任大小姐拋棄了你，算是她對你負心薄倖，不是你對她負心薄倖，也就是了。」令狐冲道：「她決不會拋棄我的。她肯為我捨了性命，我也肯為她捨了性命。我不會對她負心，她也決不會對我負心。」

那婆婆道：「只怕事到臨頭，也由不得她。恆山別院中臭男人多得很，隨便找一個來做她丈夫就是了。」令狐冲大聲怒喝：「胡說八道！」

那婆婆道：「你說我辦不到嗎？」走出門去，只聽得隔房開門之聲，那婆婆重又回進房來，手中提著一個女子，手足被縛，正便是盈盈。

令狐冲大吃一驚，沒料到盈盈竟也已落入這婆娘的手中，見她身上並無受傷的模樣，略略寬心，叫道：「盈盈，你也來了。」盈盈微微一笑，說道：「你們的說話，我都聽見啦。

你說決不對我負心薄倖，我聽著很是歡喜。」那婆婆喝道：「在我面前，不許說這等不要臉的話。小姑娘，你要和尚呢，還是要太監？」盈盈臉上一紅，道：「你的話才真難聽。」

那婆婆道：「我仔細想想，要令狐冲這小子拋了你，另娶儀琳，他是決計不肯的了。」令狐冲大聲喝采：「你開口說話以來，這句話最有道理。」那婆婆道：「那我老人家做做好事，就讓一步，便宜了令狐冲這小子，讓他娶了你們兩個。他做和尚，兩個都娶；做太監，一個也娶不成。只不過成親之後，你可不許欺侮我的乖女兒，你們兩頭大，不分大小。你年紀大著幾歲，就讓儀琳叫你姊姊好了。」

令狐冲道：「我……」他只說了個「我」字，啞穴上一麻，已給她點得說不出話來。那婆婆跟著又點了盈盈的啞穴，說道：「我老人家決定了的事，不許你們囉裏囉唆的打岔。讓你這小和尚娶兩個如花如玉的老婆，還有甚麼話好說？哼，不戒這老賊禿，有甚麼用？見到女兒害相思病，空自乾著急，我老人家一出手就馬到成功。」說著飄身出房。

令狐冲和盈盈相對苦笑，說話固不能說，連手勢也不能打。令狐冲凝望著她，其時朝陽初升，日光從窗外照射進來，桌上的紅燭兀自未熄，不住晃動，輕煙的影子飄過盈盈皓如白玉的臉，更增麗色。

只見她眼光射向拋在地下的剃刀，轉向板凳上放著的藥瓶和繃帶，臉上露出嘲弄之意，顯然在取笑他：「好險，好險！」但立即眼光轉開，低垂下來，臉上罩了一層紅暈，知道這種事固然不能說，連想也不能想。

令狐冲見到她嬌羞無那，似乎是做了一件大害羞事而給自己捉到一般，不禁心中一蕩，不由自禁的想：「倘若我此刻身得自由，我要過去抱她一抱，親她一親。」

只見她眼光慢慢轉將上來，與令狐冲的眼光一觸，趕快避開，粉頰上紅暈本已漸消，突然間又是面紅過耳。令狐冲心想：「我對盈盈當然堅貞不二。那惡婆娘逼我和儀琳小師妹成親，為求脫身，只好暫且敷衍，待得她解了我穴道，我手中有劍，還怕她怎的？這惡婆娘拳腳功夫雖好，和左冷禪、任教主他們相比，那還差得很遠。劍上功夫決計不是我敵手。她勝在輕手輕腳，來去無聲，突施偷襲，教人猝不及防。若是真打，盈盈會勝她三分，不戒大師也比她強些。」

他想得出神，眼光一轉，只見盈盈又在瞧著自己，這一次她不再害羞，顯是沒再想到太監的事。見她眼光斜而向上，嘴角含笑，那是在笑自己的光頭，不想太監而在笑和尚了。

令狐冲哈哈大笑，可是沒能笑出聲來，但見盈盈笑得更加歡了，忽見她眼珠轉了幾轉，露出狡獪的神色，左眼眨了一下，又眨一下。令狐冲未明她的用意，只見她左眼又是眨了兩下，心想：「連眨兩下，那是甚麼意思？啊，是了，她在笑我要娶兩個老婆。」當即左眼眨了一下，收起笑容，臉上神色甚是嚴肅，意思說：「只娶你一個，決無二心。」盈盈微微搖頭，左眼又眨了兩下，意思似是說：「娶兩個就兩個好了！」

令狐冲又搖了搖頭，左眼眨了一眨。他想將頭搖得大力些，以示堅決，只是周身穴道被點得太多，難以出力，臉上神氣，卻是誠摯之極。盈盈微微點頭，眼光又轉到剃刀上去，再緩緩搖了搖頭。令狐冲雙目凝視著她。盈盈的眼光慢慢移動，和他相對。

兩人相隔丈許，四目交視，忽然間心意相通，實已不必再說一句話，反正於對方的情意全然明白。娶不娶儀琳無關緊要，是和尚是太監無關緊要。兩人死也好，活也好，既已有了兩心如一的此刻，便已心滿意足，眼前這一刻便是天長地久，縱然天崩地裂，這一刻也已拿不去、銷不掉了。

兩人脈脈相對，也不知過了多少時候，忽聽得樓梯上腳步聲響，有人走上閣來，兩人這才從情意纏綿、銷魂無限之境中醒了過來。

只聽得一個少女清脆的聲音道：「啞婆婆，你帶我來幹甚麼？」正是儀琳的聲音。聽得她走進隔房，坐了下來，那婆婆顯然陪著她在一起，但聽不到她絲毫行動之聲。過了一會，聽得那婆婆慢慢的道：「你別叫我啞婆婆，我不是啞的。」

儀琳一聲尖叫，極是驚訝，顫聲說道：「你……你……你……你不……不啞了？你好了？」那婆婆道：「我從來就不是啞巴。」儀琳道：「那……那麼你從前也不聾，聽……聽得見我……我的話？」語聲中顯出極大的驚恐。那婆婆道：「孩子，你怕甚麼？我聽得見你的說話，那可不更好麼？」令狐冲聽到她語氣慈和親切，在跟親生女兒說話時，終於露出了愛憐之意。

但儀琳仍是十分驚惶，顫聲道：「不，不！我要去了！」那婆婆道：「你再坐一會，我有件很要緊的事跟你說。」儀琳道：「不，我……我不要聽。你騙我，我只當你都聽不見，我……我才跟你說那些話，你騙我。」她語聲哽咽，已是急得哭了出來。

那婆婆輕拍她的肩膀，柔聲道：「好孩子，別擔心。我不是騙你，我怕你悶出病來，讓你說了出來，心裏好過些。我來到恆山，一直就扮作又聾又啞，誰也不知道，並不是故意騙你。」儀琳抽抽噎噎的哭泣。那婆婆又柔聲道：「我有一件最好的事跟你說，你聽了一定很歡喜的。」儀琳道：「是我爹爹的事嗎？」那婆婆道：「你爹爹，哼，我才不管他呢，是你令狐大哥的事。」儀琳顫聲道：「你別提……別提他，我……我永遠不跟你提他了。我要去唸經啦！」那婆婆道：「不，你躭一會，聽我說完。你令狐大哥跟我說，他心裏其實愛你得緊，比愛那個魔教任大小姐，還要勝過十倍。」

令狐冲向盈盈瞧了一眼，心下暗罵：「臭婆娘，撒這漫天大謊！」

儀琳嘆了口氣，輕聲道：「你不用哄我。我初識得他時，令狐大哥只愛他小師妹一人，愛得要命，心裏便只一個小師妹。後來他小師妹對他不起，嫁了別人，他就只愛任大小姐一人，也是愛得要命，心裏便只一個任大小姐。」

令狐冲和盈盈目光相接，心頭均是甜蜜無限。

那婆婆道：「其實他一直在偷偷喜歡你，只不過你是出家人，他又是恆山派掌門，不能露出這個意思來。現下他下了大決心，許下大願心，決意要娶你，因此先落髮做了和尚。」儀琳又是一聲驚呼，道：「不……不……不會的，不可以的，不能夠！你……你叫他別做和尚。」那婆婆嘆道：「來不及啦，他已經做了和尚。他說，不管怎麼，一定要娶你為妻。倘若娶不成，他就自盡，要不然就去做太監。」

儀琳道：「做太監？我師父曾說，這是粗話，我們出家人不能說的。」那婆婆道：「太監也不是粗話，那是服侍皇帝、皇后的低三下四之人。」儀琳道：「令狐大哥最是心高氣傲，不願受人拘束，他怎肯去服侍皇帝、皇后？我看他連皇帝也不願做，別說去服侍皇帝了。他當然不會做太監。」那婆婆道：「做太監也不是真的去服侍皇帝、皇后，那只是個比喻。做太監之人，是不會生養兒女的。」儀琳道：「我可不信。令狐大哥日後和任大小姐成親，自然會生好幾個小寶寶。他二人都這麼好看，生下來的兒女，一定可愛得很。」

令狐冲斜眼相視，但見盈盈雙頰暈紅，嬌羞中喜悅不勝。

那婆婆生氣了，大聲道：「我說他不會生兒子，就是不會生。別說生兒子，娶老婆也不能。他發了毒誓，非娶你不可。」儀琳道：「我知道他心中只有任大小姐一個。」那婆婆道：「他任大小姐也娶，你也娶。懂了嗎？一共娶兩個老婆。這世上的男人三妻四妾都有，別說娶兩個了。」儀琳道：「不會的。一個人心中愛了甚麼人，他就只想到這個人，朝也想，晚也想，吃飯時候、睡覺時候也想，怎能夠又去想第二個人？好像我爹爹那樣，自從我媽走了之後，他走遍天涯海角，到處去尋她。天下女子多得很，如果可以娶兩個女人，我爹爹怎地又不另娶一個？」

那婆婆默然良久，嘆道：「他……他從前做錯了事，後來心中懊悔，也是有的。」

儀琳道：「我要去啦。婆婆，你要是向旁人提到令狐大哥他……他要娶我甚麼的，我可不能活了。」那婆婆道：「那又為甚麼？他說非娶你不可，你難道不喜歡麼？」儀琳道：「不，不！我時時想著他，時時向菩薩求告，要菩薩保祐他逍遙快活，只盼他無災無難，得如心中所願，和任大小姐成親。婆婆，我只是盼他心中歡喜。我從來沒盼望他來娶我。」那婆婆道：「他倘若娶不成你，他就決不會快活，連做人也沒有樂趣了。」儀琳道：「都是我不好，只道你聽不見，向你說了這許多令狐大哥的話。他是當世的大英雄，大豪傑，我只是個甚麼也不懂，甚麼也不會的小尼姑。他說過的，『一見尼姑，逢賭必輸』，見了我都會倒霉，怎會娶我？我皈依佛門，該當心如止水，再也不能想這種事。婆婆，你以後提也別提，我……我以後也決不見你了。」

那婆婆急了，道：「你這小丫頭莫名其妙。令狐冲已為你做了和尚，他說非娶你不可，倘若菩薩責怪，那就只責怪他。」儀琳輕輕嘆了口氣，道：「他和我爹爹也一般想麼？一定不會的。我媽媽聰明美麗，性子和順，待人再好不過，是天下最好的女人。我爹爹為她做和尚，那是應該的，我……我可連媽媽的半分兒也及不上。」

令狐冲心下暗笑：「你這個媽媽，聰明美麗固然不見得，性子和順更是不必談起。和你自己相比，你媽媽才半分兒不及你呢。」

那婆婆道：「你怎知道？」儀琳道：「我爹爹每次見我，總是說媽媽的好處，說她溫柔斯文，從來不罵人，不發脾氣，一生之中，連螞蟻也沒踏死過一隻。天下所有最好的女人加在一起，也及不上我媽媽。」那婆婆道：「他……他真的這樣說？只怕是……是假的。」說這兩句話時聲音微顫，顯是心中頗為激動。儀琳道：「當然是真的。我是他女兒，爹爹怎麼會騙我？」

霎時之間，靈龜閣中寂靜無聲，那婆婆似是陷入了沉思之中。

儀琳道：「啞婆婆，我去了。我今後再也不見令狐大哥啦，我只是每天求觀世音菩薩保祐他。」只聽得腳步聲響，她輕輕的走下樓去。

過了良久良久，那婆婆似乎從睡夢中醒來，低低的自言自語：「他說我是天下最好的女人？他走遍天涯海角，到處在找我？那麼，他其實並不是負心薄倖、好色無厭之徒？」突然間提高嗓子，叫道：「儀琳，儀琳，你在那裏？」但儀琳早已去得遠了。

那婆婆又叫了兩聲，不聞應聲，急速搶下樓去。她趕得十分急促，但腳步聲仍是細微如貓，幾不可聞。

三十八

聚殲

——

左冷禪眼睛雖瞎，應變仍是奇速，向後倒縱出去，口中大聲咒罵。盈盈一彎腰，拾起一柄長劍。

令狐冲和盈盈你瞧著我，我瞧著你，一時之間百感交集。陽光從窗中照射過來，剃刀上一閃一閃發光。令狐冲心想：「想不到這場厄難，竟會如此渡過？」

忽然聽得懸空寺下隱隱有說話之聲，相隔遠了，聽不清楚。過得一會，聽得有人走近寺來，令狐冲叫道：「有人！」這一聲叫出，才知自己啞穴已解。人身上啞穴點得最淺，他內力較盈盈為厚，竟然先自解了。盈盈點了點頭。令狐冲想伸展手足，兀自動彈不得。但聽得有七八人大聲說話，走進懸空寺，跟著拾級走上靈龜閣來。

只聽一人粗聲粗氣的道：「這懸空寺中鬼也沒有一個，卻搜甚麼？可也忒煞小心了。」正是頭陀仇松年。西寶和尚道：「上邊有令，還是照辦的好。」

令狐冲急速運氣衝穴，可是他的內力主要得自旁人，雖然渾厚，卻不能運用自如，越著急，穴道越是難解。聽得嚴三星道：「岳先生說成功之後，將辟邪劍法傳給咱們，我看這話有九分靠不住。這次來到恆山幹事，雖然大功告成，但立功之人如此眾多，咱們又沒出甚麼大力氣，他憑甚麼要單單傳給咱們？」

說話之間，幾人已上得樓來，一推開閣門，突然見到令狐冲和盈盈二人手足被縛，吊在樑上，不禁齊聲驚呼。

「滑不留手」游迅道：「任大小姐怎地在這裏？唔，還有一個和尚。」張夫人道：「誰敢對任大小姐如此無禮？」走到盈盈身邊，便去解她的綁縛。游迅道：「張夫人，且慢，且慢！」張夫人道：「甚麼且慢？」游迅道：「這可有點奇哉怪也。」玉靈道人突然叫道：「咦，這不是和尚，是……是令狐掌門令狐冲。」

幾個人一齊轉頭，向令狐冲瞧去，登時認了出來。這八人素來對盈盈敬畏，對令狐冲也十分忌憚，當下面面相覷，一時沒了主意。嚴三星和仇松年突然同時說道：「大功一件！」玉靈道人道：「正是。他們抓到些小尼姑，有甚麼希罕？拿到恒山派的掌門，那才是大大的功勞。這一下，岳先生非傳我們辟邪劍法不可。」張夫人問道：「那怎麼辦？」八人心中轉的都是一般念頭：「倘若將任大小姐放了。別說拿不到令狐冲，咱們幾人立時便性命不保，那怎麼辦？」但在盈盈積威之下，若說不去放她，卻又萬萬不敢。

游迅笑嘻嘻的道：「常言道得好，量小非君子，無毒不丈夫。不做君子，那也罷了，不做大丈夫，未免可惜！可惜得很！」玉靈道人道：「你是說乘機下手，殺人滅口？」游迅道：「我沒說過，是你說的。」張夫人厲聲道：「聖姑待咱們恩重，誰敢對她不敬，我第一個就不答應。」仇松年道：「你到這時候再放她，難道她還會領咱們的情？她又怎肯讓咱們擒拿令狐冲？」張夫人道：「咱們好歹也入過恒山派的門，欺師叛門，是謂不義。」說著伸手便去解盈盈的綁縛。

仇松年厲聲喝道：「住手！」張夫人怒道：「你說話大聲，嚇唬人嗎？」仇松年刷的一聲，戒刀出鞘。張夫人動作極是迅捷，懷中抽出短刀，將盈盈手足上的繩索兩下割斷。她想盈盈武功極高，只須解開她的綁縛，七人便羣起而攻，也無所懼。刀光閃處，仇松年一刀已砍了過來。張夫人短刀嗤嗤有聲，連刺三刀，將仇松年逼退了兩步。

餘人見盈盈綁縛已解，心下均有懼意，退到門旁，便欲爭先下樓，但見盈盈摔在地下，竟不躍起，才知她穴道被點，又都慢慢回來。

游迅笑嘻嘻的道：「我說呢，大家是好朋友，為甚麼要動刀子，那不是太傷和氣嗎？」仇松年叫道：「任大小姐穴道一解，咱們還有命嗎？」持刀又向張夫人撲去，戒刀對短刀，登時打得十分激烈。仇松年身高力大，戒刀又極沉重，但在張夫人貼身肉搏之下，這頭陀竟佔不到絲毫便宜。游迅笑道：「別打，別打，有話慢慢商量。」拿著摺扇，走近相勸。仇松年喝道：「滾開，別礙手礙腳！」游迅笑道：「是，是！」轉過身來，突然間右手一抖，張夫人一聲慘呼，游迅手中那柄鋼骨摺扇已從她喉頭插入。游迅笑道：「大家自己人，我勸你別動刀子，你一定不聽，那不是太不講義氣了嗎？」摺扇一抽，張夫人喉頭鮮血疾噴出來。

這一著大出各人意料之外，仇松年一驚退開，罵道：「他媽的，龜兒子原來幫我。」

游迅笑道：「不幫你，又幫誰？」轉過身來，向盈盈道：「任大小姐，你是任教主的千金，大家瞧在你爹爹份上，都讓你三分，不過大家對你又敬又怕，還是為了你有『三尸腦神丹』的解藥。把這解藥拿了過來，你聖姑也就不足道了。」六人都道：「對，對，拿了她解藥，殺了她滅口。」玉靈道人道：「大夥兒先得立一個誓，這件事倘若有人洩漏半句，身上的『三尸腦神丹』立時便即發作。」這幾人眼見已非殺盈盈不可，但一想到任我行，無不驚怖，這事如果洩漏了出去，江湖雖大，可無容身之所。當下七人一齊起誓。

令狐冲知道他們一起完誓，便會動刀殺了盈盈，急運內功在幾處被封穴道上衝了幾下，卻全無動靜。他心中一急，向盈盈瞧去，只見她一雙妙目凝望自己，眼神中全無懼色，當即心中一寬：「反正總是要死，我二人同時畢命，也好得很。」

仇松年向游迅道：「動手啊。」游迅道：「仇頭陀向來行事爽快，最有英雄氣概，還是請仇兄動手。」仇松年罵道：「你不動手，我先宰了你。」游迅笑道：「仇兄既然不敢，那麼嚴兄出手如何？」仇松年罵道：「你奶奶的，我為甚麼不敢？今日老子就是不想殺人。」玉靈道人道：「不論是誰動手都是一樣，反正沒人會說出去。」西寶和尚道：「既然都是一樣，那麼就請道兄出手好了。」嚴三星道：「有甚麼推三阻四的？打開天窗說亮話，大夥兒誰也信不過誰，大家都拔出兵刃來，同時往任大小姐身上招呼。」這些人雖然都是窮凶極惡之輩，但臨到決意要殺盈盈了，還是不敢對她有甚麼輕侮的言語。

游迅道：「且慢，讓我先取了解藥在手再說。」仇松年道：「為甚麼讓你先取？你拿在手中，便來要脅旁人，讓我來取。」游迅道：「給你拿了，誰敢說你不會要脅？」玉靈道人道：「別挨時候了！挨到她穴道解了，那可糟糕。先殺人，再分藥！」刷的一聲，拔出了長劍。餘人紛紛取出兵刃，圍在盈盈身周。

盈盈眼見大限已到，目不轉睛的瞧著令狐冲，想著這些日子來和他同過的甜蜜時光，嘴邊現出了溫柔微笑。

嚴三星叫道：「我叫一二三，大家同時下手，一、二、三！」他「三」字一出口，七件兵刃同時向盈盈身上遞去。那知七件兵刃遞到她身邊半尺之處，不約而同的都停住不前。

仇松年罵道：「膽小鬼，幹麼不敢殺過去？就想旁人殺了她，自己不落罪名！」西寶和尚道：「你膽子倒大得很，你的戒刀可也沒砍下！」七人心中各懷鬼胎，均盼旁人先將盈盈殺了，自己的兵刃上不用濺血，要殺這個向來敬畏之人，可著實不易。仇松年道：「咱們再來！這一次誰的兵刃再停著不動，那便是龜兒子王八蛋，婊子養的，豬狗不如！我來叫這「三」字尚未出口，令狐冲叫道：「辟邪劍法！」

七人一聽，立即回頭，倒有四人齊聲問道：「甚麼？」岳不羣以辟邪劍法在封禪台上刺瞎左冷禪，轟傳武林，這七人艷羡之極，這些時候來日思夜想，便是這辟邪劍譜。

令狐冲唸道：「辟邪劍法，劍術至尊，先練劍氣，再練劍神。氣神基定，劍法自精。劍氣如何養，劍神如何生？奇功兼妙訣，皆在此中尋。」他唸一句，七人向他移近半步，唸得六七句，七個人都已離開盈盈身畔，走到了他身邊。

仇松年聽他住口不唸，問道：「這……這便是辟邪劍譜嗎？」令狐冲道：「不是辟邪劍譜，難道是邪辟劍譜？」仇松年道：「你唸下去。」令狐冲唸道：「練氣之道，首在意誠，凝意集思，心田無塵……」唸到這裏便不唸了。西寶和尚催道：「唸下去，唸下去。」玉靈道人卻口舌微動，跟著唸誦，用心記憶：「練氣之道，首在意誠，凝意集思，心田無塵。」

其實令狐冲從未見過辟邪劍譜，他所唸的，只是華山劍法的歌訣，將「華山之劍，至輕至靈」這八字改成了「辟邪劍法，劍術至尊」而已。這本是岳不羣所傳的「氣宗」歌訣，因此有甚麼「先練劍氣，再練劍神」的詞句。否則令狐冲讀書不多，識得的字便已有限，倉卒之際，如何能出口成章，這等似模似樣？但仇松年等人一來沒聽過華山劍法的歌訣，二來心中念念不忘於辟邪劍法，已如入魔一般，一聽有人背誦辟邪劍法的歌訣，個個神魂顛倒，那裏還有餘暇來細思劍譜的真假？

令狐冲繼續唸道：「綿綿泊泊，劍氣充盈，辟邪劍出，殺個乾淨……」這「殺個乾淨」

四字，是他信口胡謅的，華山劍訣中並無這等說法，他唸到此處，說道：「這個，這個……下面好像是『殺不乾淨，劍法不靈』，又好像不是，有點記不清楚了。」

西寶和尚等齊問：「劍譜在那裏？」令狐冲道：「這劍譜……可決不是在我身上。」一面說，一面眼望自己腹部。這句話當真是「此地無銀三百兩」，他一言既出，兩隻手同時伸入他懷中摸去，一隻是西寶和尚的，一隻是仇松年的。突然間兩人齊聲慘叫，西寶和尚腦漿迸裂，仇松年背上一枝長劍貫胸而出，卻是分別遭了嚴三星和玉靈道人的毒手。

嚴三星冷笑道：「大夥兒辛辛苦苦的找這辟邪劍譜，好容易劍譜出現，這兩個龜蛋卻想獨佔，天下有這等便宜事？」砰砰兩聲，飛腿將兩人屍體踢了開去。

令狐冲初時假裝唸誦辟邪劍譜，只是眼見盈盈命在頃刻，情急智生，將眾人引開，只盼拖延時刻，自己或盈盈被點的穴道得能解開，沒想到此計十分靈驗，不但引開了七人，而且逗得他們自相殘殺，七人中只剩下了五人，不由得暗暗心喜。

游迅道：「這劍譜是否真在令狐冲身上，誰也沒瞧見，咱們自己先砍殺起來，未免太心急了些……」他一言未畢，嚴三星已翻著怪眼，惡狠狠的瞪著他，說道：「你說我們心急，你心中不服，是不是？只怕你想獨吞劍譜了？」游迅道：「獨吞是不敢，像這位大和尚這般腦袋瓜子開花，有甚麼好玩？不過這劍譜天下聞名，大夥兒一齊開開眼界，總是想的。」桐柏雙奇齊聲道：「不錯，誰也不能獨吞，要瞧便一起瞧。」

嚴三星向游迅道：「好，那麼你去這小子懷中，將劍譜取出來。」游迅搖頭微笑，說道：「在下決無獨吞之意，也不敢先睹為快。嚴兄取了出來，讓在下瞧上幾眼，也就心滿意足了。」嚴三星向玉靈道人道：「那麼你去取！」玉靈道人道：「還是嚴兄去取的好。」嚴三星向桐柏雙奇二人望去，二人也都搖了搖頭。嚴三星怒道：「你們四個龜蛋打的是甚麼主意，難道我不明白？你們想老子去取劍譜，乘機害了老子，姓嚴的可不上這個當。」五人面面相覷，登成僵持之局。

令狐冲生怕他們又去加害盈盈，說道：「你們且不用忙，讓我再記一記看，嗯，辟邪劍出，殺個乾淨，殺不乾淨，劍法不靈……不對，不對，劍法不靈，何必獨吞？糟糕，糟糕，這劍譜深奧得很，說甚麼也記不全。」

那五人一心一意志在得到劍譜，怎聽得出這劍訣的語句粗陋不文，反而更加心癢難搔。嚴三星單刀一揚，喝道：「要我去這小子懷中取劍譜，那也不難。你們四人都退到門外去，免得龜兒子不存好心，我一伸手，刀劍拐杖，便招呼到老子後心。」桐柏雙奇一言不發，便退到了門外。游迅笑嘻嘻的也退了出去。玉靈道人略一遲疑，退了幾步。嚴三星喝道：「你兩隻腳都站到門檻外面去！」玉靈道人道：「你吆喝甚麼？老子愛出便出去，不愛出去，你管得著嗎？」話雖如此，終於還是走到了門檻之外。四人目不轉睛的監視著他，料想這靈龜閣懸空而築，若要脫身，樓梯是必經之途，不怕他取得劍譜之後飛上天去。

嚴三星轉過身來，背向令狐冲，兩眼凝視著門外的四人，唯恐他們暴起發難，向自己襲擊，反轉左手，到令狐冲懷中摸索，摸了一會，不覺有何書冊，當下將單刀橫咬在口，左手抓住令狐冲胸口，伸右手去摸。左手只這麼一使勁，登時覺得內力突然外洩，他一驚之下，急忙縮手，豈知那隻手卻如黏在令狐冲肌膚上一般，竟然縮不回來。他越加吃驚，急忙運力外奪，越運勁，內力外洩越快。他拚命掙扎，內力便如河堤決口般奔瀉出去。

令狐冲於危急之際，忽有敵人內力源源自至，心中大喜，說道：「你何必制住我心脈？我將劍訣背給你聽便是了。」嘴唇亂動，作說話之狀。玉靈道人等在門外見了，還道他真在背誦劍譜，自己一句也聽不到，豈不太也吃虧，當即一湧而入，搶到令狐冲身前。令狐冲道：「是了，這本便是劍譜，你取出來給大家瞧瞧罷！」可是嚴三星的左手黏在他身上，那裏伸得出來？玉靈道人只道嚴三星已抓住了劍譜，不即取出，自是意欲獨吞，當即伸手也往令狐冲懷中抓去，一碰到令狐冲的肌膚，內力外洩，一隻手也給黏住了。

令狐冲叫道：「喂，喂，你們兩個不用爭，將劍譜撕爛了，大家都看不成！」

桐柏雙奇互相使了個眼色，黃光閃處，兩根黃金拐杖當空擊下，嚴三星和玉靈道人登時腦漿迸裂而死。兩人一死，內力消散，兩隻手掌離開令狐冲身體，屍橫就地。

令狐冲突然得到二人的內力，這是來自被封穴道之外的勁力，不因穴道被封而有窒滯，自外向內一加衝擊，被封的穴道登時解了。他原來的內力何等深厚，微一使力，手上所綁繩索立即崩斷，伸手入懷，握住了短劍劍柄，說道：「劍譜在這裏，那一位來取罷。」

桐柏雙奇腦筋遲鈍，對他雙手脫縛竟不以為異，聽他說願意交出劍譜，大喜之下，一齊伸手來接。突然間白光一閃，拍拍兩聲，兩人的右手一同齊腕而斷，手掌落地。兩人一聲慘叫，向後躍開。令狐冲崩斷腳上繩索，飛身躍在盈盈面前，向游迅道：「劍法一靈，殺個乾淨！游兄，你要不要瞧瞧這劍譜？」

饒是游迅老奸巨猾，這時也已嚇得面如土色，顫聲道：「謝謝，我……我不要瞧了。」

令狐冲笑道：「不用客氣，瞧上一瞧，那也不妨的。」伸左手在盈盈背心和腰間推拿數下，解開了她被封的穴道。

游迅全身簌簌的抖個不住，說道：「令狐公……公子……令狐大……大……大俠，你你……你……」雙膝一屈，跪倒在地，說道：「小人罪該萬死，多說……多說也是無用，聖姑和掌門人但有所命，小人火裏火裏去，水裏水裏去……」令狐冲笑道：「練那辟邪劍法，第一步功夫是很好玩的，你這就做起來罷！」游迅連連磕頭，說道：「聖姑和掌門人寬洪大量，武林中眾所周知，今日讓小人將功贖罪，小人定當往江湖之上，大大宣揚兩位聖德……不，不，不……」他一說到「聖德」二字，這才想起，自己在驚惶中又闖了大禍，盈盈最惱的就是旁人在背後說她和令狐冲的長短，待要收口，已然不及。

盈盈見桐柏雙奇並肩而立，兩人雖都斷了一隻手掌，血流不止，但臉上竟無懼色，問道：「你二人是夫妻麼？」

桐柏雙奇男的叫周孤桐，女的叫吳柏英。周孤桐道：「今日落在你手，要殺要剮，我二人不會皺一皺眉頭，你多問甚麼？」盈盈倒喜歡他的傲氣，冷冷的道：「我問你們二人是不是夫妻。」吳柏英道：「我和他並不是正式夫妻，但二十年來，比人家正式夫妻還更加要好些。」盈盈道：「你二人之中，只有一人可以活命。你二人都少了一手一足，又少了……」想到自己父親和他二人一樣，也是少了一隻眼睛，便不說下去了，頓一頓，道：「你二人這就動手，殺了對方，剩下的一人便自行去罷！」

桐柏雙奇齊聲道：「很好！」黃光閃動，二人翻起黃金拐杖，便往自己額頭擊落。

盈盈叫道：「且慢！」右手長劍，左手短劍同時齊出，往二人拐杖上格去，錚錚兩聲，只覺肩臂皆麻，雙劍險些脫手，才將兩根拐杖格開，但左手勁力較弱，吳柏英的拐杖還是擦到了額頭，登時鮮血長流。

周孤桐大聲叫：「我殺了自己，聖姑言出如山，即便放你，有甚麼不好？」吳柏英道：「當然是我死你活，那又有甚麼可爭的？」

盈盈點頭道：「很好，你二人夫妻情重，我好生相敬，兩個都不殺。快將斷手處傷口包了起來。」兩人一聽大喜，抛下拐杖，搶上去為對方包紮傷口。盈盈道：「但有一事，你兩個須得遵命辦理。」周吳二人齊聲答應。盈盈道：「下山之後，即刻去拜堂成親。兩個人在一起，不做夫妻，成……成……」她本想說「成甚麼樣子」，但立即想到自己和令狐冲在一起，也未拜堂成親，不由得滿臉飛紅。周吳二人對望了一眼，一齊躬身相謝。

游迅道：「聖姑大恩大德，不但饒命不殺，還顧念到你們的終身大事。你小兩口兒當真福命不小。我早知聖姑她老人家待屬下最好。」盈盈道：「你們這次來到恆山，是奉了誰的號令？有甚麼圖謀？」游迅道：「小人是受了華山岳不羣那狗頭的欺騙，他說是奉了神教任教主的黑木令旨，要將恆山羣尼一齊擒拿到黑木崖去，聽由任教主發落。」盈盈問道：「岳不羣手中有黑木令？」游迅道：「是，是！屬下仔細看過，他拿的確是日月神教的黑木令，否則屬下對教主和聖姑忠心耿耿，又怎會聽岳不羣這狗頭的話？」盈盈尋思：「岳不羣怎會有我教的黑木令？啊，是了，他服了三尸腦神丹，自當聽我爹爹號令，這是爹爹給他的。」又問：「岳不羣又說：成事之後，他傳你們辟邪劍法，是不是？」

游迅連連磕頭，說道：「岳不羣這狗頭就會騙人，誰也不會當真信了他的。」盈盈道：「你們說這次來恆山幹事，大功告成，到底怎樣了？」游迅道：「有人在山上的幾口井中都下了迷藥，將恆山派的眾位師父一起都迷倒了。別院中許多未知內情的人，也都給迷倒了。這當兒已然首途往黑木崖去。」

令狐冲忙問：「可殺傷了人沒有？」游迅答道：「殺死了八九個人，都是別院中的。他們沒給迷倒，動手抵抗，便給殺了。」令狐冲問：「是那幾個人？」游迅道：「小人叫不出他們名字。令狐大俠你老……老人家的好朋友都不在其內。」令狐冲點點頭，放下了心。

盈盈道：「咱們下去罷。」令狐冲道：「好。」拾起地下西寶和尚所遺下的長劍，笑道：「見到那惡婆娘，可得好好跟她較量一下。」

游迅道：「多謝聖姑和令狐掌門不殺之恩。」盈盈道：「何必這麼客氣？」左手一揮，短劍脫手飛出，噗的一聲，從游迅胸口插入，這一生奸猾的「滑不留手」游迅登時斃命。

兩人並肩走下樓來，空山寂寂，唯聞鳥聲。

盈盈向令狐冲瞧了一眼，不禁噗嗤一聲，笑了出來。令狐冲嘆道：「令狐冲削髮為僧，從此身入空門。女施主，咱們就此別過。」盈盈明知他是說笑，但情之所鍾，關心過切，不由得身子一顫，抓住他手臂，道：「冲哥，你別……別跟我說這等笑話，我……我……」適才她飛劍殺游迅，眼睛也不眨一下，這時語聲中卻大現懼意。令狐冲心下感動，左手在自己光頭上打了個爆栗，嘆道：「但世上既有這樣一位如花似玉的娘子，大和尚只好還俗。」

盈盈嫣然一笑，說道：「我只道殺了游迅之後，武林中便無油腔滑調之徒，從此耳根清靜，不料……嘻嘻！」令狐冲笑道：「你摸一摸我這光頭，那也是滑不留手。」盈盈臉上一紅，碎了一口，道：「咱們說正經的。恒山羣弟子給擄上了黑木崖後，再要相救，那就千難萬難了，而且也大傷我父女之情……」

令狐冲道：「更加是大傷我翁婿之情。」盈盈橫了他一眼，心中卻甜甜的甚為受用。令狐冲道：「事不宜遲，咱們得趕將上去，攔路救人。」盈盈道：「趕盡殺絕，別留下活口，別讓我爹爹知道，也就是了。」她走了幾步，嘆了口氣。

令狐冲明白她的心事，這等大事要瞞過任我行的耳目，那是談何容易，但自己既是恒山派掌門，恒山門人被俘，如何不救？她是打定主意向著自己，縱違父命，也是在所不惜了。他想事已至此，須當有個了斷，伸出左手去抓住了她右手。盈盈微微一掙，但見四下裏無一人，便讓他握住了手。令狐冲道：「盈盈，你的心事，我很明白。此事勢將累你父女失和，我很是過意不去。」盈盈微微搖頭，說道：「爹爹倘若顧念著我，便不該對恒山派下手。不過，我猜想他對你倒也不是心存惡意。」

令狐冲登時省悟，說道：「是了，你爹爹擒拿恒山派弟子，用意是在脅迫我加盟日月神教。」盈盈道：「正是。爹爹其實很喜歡你，何況你又是他神功大法的唯一傳人。」令狐冲道：「我決不願加盟神教，甚麼『千秋萬載，一統江湖』，甚麼『文成武德，澤被蒼生』這些肉麻話，我聽了就要作嘔。」盈盈道：「我知道，因此從來沒勸過你一句。如果你入了神教，將來做了教主，一天到晚聽這種恭維肉麻話，那就……那就不會是現在這樣子了。唉，爹爹重上黑木崖，他整個性子很快就變了。」

令狐冲道：「可是咱們也不能得罪了你爹爹。」伸出右手，將她左手也握住了，說道：「盈盈，救出恆山門人之後，我和你立即拜堂成親，也不必理會甚麼父母之命，媒妁之言。我和你退出武林，封劍隱居，從此不問外事，專生兒子。」

盈盈初時聽他說得一本正經，臉上暈紅，心下極喜，聽到最後一句話時，吃了一驚，運力一掙，將他雙手摔開了。

令狐冲笑道：「做了夫妻，難道不生兒子？」盈盈嗔道：「你再胡說八道，我三天不跟你說話。」令狐冲知她說得到，做得到，伸了伸舌頭，說道：「好，笑話少說，趕辦正事要緊。咱們得上見性峯去瞧瞧。」

兩人展開輕功，逕上見性峯來，見無色庵中已無一人，眾弟子所居之所也只餘空房，衣物零亂，刀劍丟了一地。幸好地下並無血跡，似未傷人。兩人又到通元谷別院中察看，也不見有人。桌上酒餚雜陳，令狐冲酒癮大發，卻那敢喝上一口，說道：「肚子餓得狠了，快到山下去喝酒吃飯。」

盈盈撕下令狐冲長衣上的一塊衣襟，替他包在頭上。令狐冲笑道：「這才像樣，否則大和尚拐帶良家少女，到處亂闖，太也不成體統。」到得山下，已是未牌時分，好容易找到一家小飯店，這才吃了個飽。

兩人辨明去黑木崖的路徑，提氣疾趕，奔出一個多時辰，忽聽得山後隱隱傳來一陣陣喝罵之聲，停步一聽，似是桃谷六仙。兩人尋聲趕去，漸漸聽得清楚，果然便是桃谷六仙。盈盈悄聲道：「不知這六個寶貝在跟誰爭鬧？」

兩人轉過山坳，隱身樹後，只見桃谷六仙口中吆喝，圍住了一人，鬥得甚是激烈。那人倏來倏往，身形快極，唯見一條灰影在六兄弟間穿插來去，竟然便是儀琳之母、懸空寺中假裝聾啞的那個婆婆。跟著拍拍聲響，桃根仙和桃實仙哇哇大叫，都給她打中了一記耳光。令狐冲大喜，低聲道：「六月債，還得快，我也來剃她的光頭。」手按劍柄，只待桃谷六仙不敵，便躍出報仇。

但聽得拍拍之聲密如聯珠，六兄弟人人給她打了好多下耳光。桃谷六仙怒不可遏，只盼抓住她手足，將她撕成四塊。但這婆婆行動快極，如鬼如魅，幾次似乎一定抓住了，卻總是差著數寸，給她避開，順手又是幾記耳光。但那婆婆也瞧出六人厲害，只怕使勁稍過，打中一二人後，便給餘人抓住。又鬥一陣，那婆婆知道難以取勝，展開雙掌，拍拍劈劈打了四人四記耳光，突然向後躍出，轉身便奔。她奔馳如電，一剎那間已在數丈之外，桃谷六仙齊聲大呼，再也追趕不上。

令狐冲橫劍而出，喝道：「往那裏逃？」白光閃動，挺劍指向她的咽喉。這一劍直攻要害，那婆婆吃了一驚，急忙縮頭躲過，令狐冲斜劍刺她右肩，那婆婆無可閃避，只得向後急退兩步。令狐冲一劍逼得她又退了一步。他長劍在手，那婆婆如何是他之敵？刷刷刷三劍，迫得她連退五步，若要取她性命，這婆婆早已一命嗚呼了。

桃谷六仙歡呼聲中，令狐冲長劍劍尖已指往她胸口。桃根仙等四人一撲而上，抓住了她四肢，提將起來，令狐冲喝道：「別傷她性命！」桃花仙提掌往她臉上打去。令狐冲喝道：「將她吊起來再說。」桃根仙道：「是，拿繩來，拿繩來。」

但六人身邊均無繩索，荒野之間更無找繩索處，桃花仙和桃幹仙四頭尋覓。突然間手中一鬆，那婆婆一掙而脫，在地下一滾，衝了出去，正想奔跑，突覺背上微微刺痛，令狐冲笑道：「站著罷！」長劍劍尖輕戳她後心肌膚。那婆婆駭然變色，只得站著不動。

桃谷六仙奔將上來，六指齊出，分點了那婆婆肩脅手足的六處穴道。桃幹仙摸著給那婆婆打得腫起了的面頰，伸手便欲打還她耳光。令狐冲心想看在儀琳的面上，不應讓她受毆，說道：「且慢，咱們將她吊了起來再說。」桃谷六仙聽得要將她高高吊起，大為歡喜，當下便去剝樹皮搓繩。

令狐冲問起六人和她相鬥的情由。桃枝仙道：「咱六兄弟正在這裏大便，便得興高采烈之際，忽然這婆娘狂奔而來，問道：『喂，你們見到一個小尼姑沒有？』她說話好生無禮，又打斷了咱們大便的興致……」盈盈聽他說得骯髒，皺了眉頭，走了開去。

令狐冲笑道：「是啊，這婆娘最是不通人情世故。」桃葉仙道：「咱們自然不理她，叫她滾開。這婆娘出手便打人，大夥兒就這樣打了起來。本來我們自然一打便贏，只不過屁股上大便還沒抹乾淨，打起來不大方便。令狐兄弟，若不是你及時趕到，差些兒還讓她給逃了去。」桃花仙道：「那倒未必，咱們讓她先逃幾步，然後追上，教她空歡喜一場。」桃實仙道：「桃谷六仙手下，不逃無名之將，那一定是會捉回來的。」桃根仙道：「這是貓捉老鼠之法，放牠逃幾步，再撲上去捉回來。」令狐冲笑道：「一貓捉六鼠尚且捉到了，何況六貓捉一鼠，那自是手到擒來。」桃谷六仙聽得令狐冲附和其說，盡皆大喜。說話之間，已用樹皮搓成了繩索，將那婆娘手足反縛了，吊在一株高樹之上。

令狐冲提起長劍，在那樹上一掠而下，削下七八尺長的一片，提劍在樹幹上劃了七個大字：「天下第一醋罎子」。桃根仙問道：「令狐兄弟，這婆娘為甚麼是天下第一醋罎子，她喝醋的本領十分了得麼？我偏不信，咱們放她下來，我就來跟她比劃比劃！」令狐冲笑道：「醋罎子是罵人的話。桃谷六仙英雄無敵，義薄雲天，文才武略，眾望所歸，豈是這惡婆娘所能及？那也不用比劃了。」桃谷六仙咧開了嘴合不攏來，都說：「對，對，對！」

令狐冲問道：「你們到底見到儀琳師妹沒有？」桃枝仙道：「你問的是恆山派那個美貌小尼姑嗎？小尼姑沒見到，大和尚倒見到兩個。」桃幹仙道：「一個是小尼姑的爸爸，一個是小尼姑的徒弟。」令狐冲問道：「在那裏？」桃葉仙道：「這二人過去了約莫一個時辰，本來約我們到前面鎮上喝酒。我們說大便完了就去，那知這惡婆娘前來夾纏不清。」

令狐冲心念一動，道：「好，你們慢慢來，我先去鎮上。你們六位大英雄，不打被縛之將，要是去打這惡婆娘的耳光，有損六位大英雄的名頭。」桃谷六仙齊聲稱是。令狐冲當即和盈盈快步而行。

盈盈笑道：「你沒剃光她的頭髮，總算是瞧在儀琳小師妹的份上，報仇只報三分。」

行出十餘里後，到了一處大鎮甸上，尋到第二家酒樓，便見不戒和尚與田伯光二人據案而坐。二人一見令狐冲和盈盈，「啊」的一聲，跳將起來，不勝之喜。不戒忙叫添酒添菜。

令狐冲問起見到有何異狀。田伯光道：「我在恆山出了這樣一個大醜，沒臉再躭下去，求著太師父急急離開。那通元谷中是再也不能去了。」

令狐冲心想，原來他們尚不知恆山派弟子被擄之事，向不戒和尚道：「大師，我拜託你辦一件事，行不行？」不戒道：「行啊，有甚麼不行？」令狐冲道：「不過此事十分機密，你這位徒孫可不能參與其事。」不戒道：「那還不容易？我叫他走得遠遠地，別來礙老子的事就是了。」

令狐冲道：「此去向東南十餘里處，一株高樹之上，有人給綁了起來，高高吊起……」不戒「啊」的一聲，神色古怪，身子微微發抖。令狐冲道：「那人是我的朋友，請你勞駕去救他一救。」不戒道：「那還不容易？你自己卻怎地不救？」令狐冲道：「不瞞你說，這是個女子。」他向盈盈努努嘴，道：「我和任大小姐在一起，多有不便。」不戒哈哈大笑，道：「我明白了，你是怕任大小姐喝醋。」盈盈向他二人瞪了一眼。

令狐冲一笑，說道：「那女人的醋勁兒才大著呢，當年她丈夫向一位夫人瞧了一眼，讚了一句，說那夫人美貌，那女人就此不告而別，累得她丈夫天涯海角，找了她十幾年。」不戒越聽眼睛睜得越大，連聲道：「這……這……這……」喘息聲越來越響。令狐冲道：「聽說她丈夫找到這時候，還是沒找到。」

正說到這裏，桃谷六仙嘻嘻哈哈的走上樓來。不戒恍若不見，雙手緊緊抓住令狐冲的手臂，道：「當……當真？」令狐冲道：「她跟我說，她丈夫倘若找到了她，便是跪在面前，她也不肯回心轉意。因此你一放下她，她立刻就跑。這女子身法快極，你一眨眼，她就溜得不見了。」不戒道：「我決不眨眼，決不眨眼。」令狐冲道：「我又問她，為甚麼不肯跟丈夫相會。她說她丈夫是天下第一負心薄倖、好色無厭之徒，就再相見，也是枉然。」

不戒大叫一聲，轉身欲奔，令狐冲一把拉住，在他耳邊低聲道：「我教你一個秘訣，她就逃不了啦。」不戒又驚又喜，呆了一呆，突然雙膝跪地，咚咚咚磕了三個響頭，大聲道：「令狐兄弟，不，不，令狐掌門，令狐祖宗，令狐師父，你快教我這秘訣，我拜你為師。」

令狐冲忍笑道：「不敢，不敢，快快請起。」拉了他起來，在他耳邊低聲道：「你從樹上放她下來，可別鬆她綁縛，更不可解她穴道，抱她到客店之中，住一間店房。你倒想想，一個婦道人家，怎麼樣才不會逃出店房？」不戒伸手搔頭，躊躇道：「這個……這個可不大明白。」令狐冲低聲道：「你先剝光她衣衫，再解她穴道，她赤身露體，怎敢逃出店去？」不戒大喜，叫道：「好計，好計！令狐師父，你大恩大德……」不等話說完，呼的一聲，從窗子中跳落街心，飛奔而去。

桃根仙道：「咦，這和尚好奇怪，他幹甚麼去了？」桃枝仙道：「他定是尿急，迫不及待。」桃葉仙道：「那他為甚麼要向令狐兄弟磕頭，大叫師父？難道年紀這麼大了，拉尿也要人教？」桃花仙道：「拉尿跟年紀大小，有甚麼干係？莫非三歲小兒拉尿，便要人教？」

盈盈知道這六人再說下去多半沒有好話，向令狐冲一使眼色，走下樓去。

令狐冲道：「六位桃兄，素聞六位酒量如海，天下無敵，你們慢慢喝，兄弟量淺，少陪了。」桃谷六仙聽他稱讚自己酒量，大喜之下，均想若不喝上幾罈，未免有負雅望，大叫：「先拿六罈酒來！」「你酒量跟我們自然差得遠了。」「你們先走罷，等我們喝夠，只怕要等到明天這個時候。」

令狐冲只一句話，便擺脫了六人的糾纏，走到酒樓下。盈盈抿嘴笑道：「你撮合人家夫妻，功德無量，只不過教他的法兒，未免……未免……」說著臉上一紅，轉過了頭，令狐冲笑嘻嘻的瞧著她，只不作聲。

兩人步出鎮外，走了一段路，令狐冲只是微笑，不住瞧她。盈盈嗔道：「瞧甚麼？沒見過麼？」令狐冲笑道：「我是在想，那惡婆娘將你和我吊在樑上，咱們一報還一報，將她吊在樹上。她剃光我頭髮，我叫她丈夫剝光她衣衫，那也是一報還一報。」盈盈嗤的一笑，道：「這也叫做一報還一報？」令狐冲笑道：「只盼不戒大師不要鹵莽，這次夫妻倆破鏡重圓才好。」盈盈笑道：「你小心著，下次再給那惡婆娘見到，你可有得苦頭吃了。」令狐冲笑道：「我助她夫妻團圓，她多謝我還來不及呢。」說著又向盈盈瞧了幾眼，笑了一笑，神色甚是古怪。盈盈道：「又笑甚麼了？」令狐冲道：「我在想不戒大師夫妻重逢，不知說甚麼話。」

盈盈道：「那你怎地老是瞧著我？」忽然之間，明白了令狐冲的用意，這浪子在想不戒大師在客店之中，脫光了他妻子的衣衫，他心中想的是此事，卻眼睜睜的瞧著自己，用心之不堪，可想而知，霎時間紅暈滿頰，揮手便打。

令狐冲側身一避，笑道：「女人打老公，便是惡婆娘！」

正在此時，忽聽得遠處噓溜溜的一聲輕響，盈盈認得是本教教眾傳訊的哨聲，左手食指豎起，按在唇上，右手做個手勢，便向哨聲來處奔去。

兩人奔出數十丈，只見一名女子正自西向東快步而來。當地地勢空曠，無處可避。那人見了盈盈，一怔之下，忙上前行禮，說道：「神教教下天風堂香主桑三娘，拜見聖姑。教主千秋萬載，一統江湖。」盈盈點了點頭，接著東首走出一個老者，快步走近，也向盈盈躬身行禮，說道：「秦偉邦參見聖姑，教主中興聖教，澤被蒼生。」

盈盈道：「秦長老，你也在這裏。」秦偉邦道：「是！小人奉教主之命，在這一帶打探消息。桑香主，可探聽到甚麼訊息？」桑三娘道：「啟稟聖姑、秦長老：今天一早，屬下在臨風驛見到嵩山派的六七十人，一齊前赴華山。」秦偉邦道：「他們果然是去華山！」盈盈問道：「嵩山派人眾，去華山幹甚麼？」秦偉邦道：「教主他老人家得到訊息，華山派岳不羣做了五嶽派掌門之後，便欲不利於我神教，日來召集五嶽派各派門人弟子，前赴華山。看他的用意，似是要向我黑木崖大舉進襲。」

盈盈道：「有這等事？」心想：「這秦偉邦老奸巨猾，擒拿恆山門人之事，多半便是他奉了爹爹之命，在此主持。他卻推得乾乾淨淨。只是那桑三娘的話，似非捏造，看來中間另有別情。」說道：「令狐公子是恆山派掌門，怎地他不知此事，那可有些奇了。」

秦偉邦道：「屬下查得泰山、衡山兩派的門人，已陸續前往華山，只恆山派未有動靜。向左使昨天傳來號令，說道鮑大楚長老率同下屬，已進恆山別院查察動靜，命屬下就近與之連絡。屬下正在等候鮑長老的訊息。」

盈盈和令狐冲對望一眼，均想：「鮑大楚混入恆山別院，多半屬實。這秦偉邦卻並未隱瞞，難道他所說不假？」

秦偉邦向令狐冲躬身行禮，說道：「小人奉命行事，請令狐掌門恕罪則個。」令狐冲抱拳還禮，說道：「我和任大小姐，不日便要成婚……」盈盈滿面通紅，「啊」的一聲，卻也不否認。令狐冲續道：「秦長老是奉我岳父之命，我們做小輩的自當擔代。」秦偉邦和桑三娘滿面堆歡，笑道：「恭喜二位。」盈盈轉身走開。秦偉邦道：「向左使一再叮囑鮑長老和在下，不可對恆山門人無禮，只能打探訊息，決計不得動粗，屬下自當凜遵。」

突然他身後有個女子聲音笑道：「令狐公子劍法天下無雙，向左使叫你們不可動武，那是為你們好。」令狐冲一抬頭，只見樹叢中走出一個女子，正是五毒教教主藍鳳凰，笑道：「大妹子，你好。」藍鳳凰向令狐冲道：「大哥，你也好。」轉頭向秦偉邦道：「你向我拱手便拱手，卻為甚麼要皺起了眉頭？」

秦偉邦道：「不敢。」他知道這女子周身毒物，極不好惹，搶前幾步，向盈盈道：「此間如何行事，請聖姑示下。」盈盈道：「你們照著教主令旨辦理便了。」秦偉邦躬身道：「是。」與桑三娘二人向盈盈等三人行禮道別。

藍鳳凰待他二人去遠，說道：「恆山派的尼姑們都給人拿去了，你們還不去救？」令狐冲道：「我們正從恆山追趕來，一路上卻沒見到蹤跡。」藍鳳凰道：「這不是去華山的路，你們走錯了路啦。」令狐冲道：「去華山？她們是給擒去了華山？你瞧見了？」

藍鳳凰道：「昨兒早在恆山別院，我喝到茶水有些古怪，也不說破，見別人紛紛倒下，也就假裝給迷藥迷倒。」令狐冲笑道：「向五仙教藍教主使藥，那不是自討苦吃嗎？」藍鳳凰嫣然一笑，道：「這些王八蛋當真不識好歹。」令狐冲道：「你不還敬他們幾口毒藥？」

藍鳳凰道：「那還有客氣的？有兩個王八蛋還道我真的暈倒了，過來想動手動腳，當場便給我毒死了。餘人嚇得再也不敢過來，說道我就算死了，也是周身劇毒。」說著格格而笑。

令狐冲道：「後來怎樣？」藍鳳凰道：「我想瞧他們搗甚麼鬼，就一直假裝昏迷不醒。後來這批王八蛋從見性峯上擄了許多小尼姑下來，領頭的卻是你的師父岳先生。大哥，我瞧你這個師父很不成樣子，你是恆山派的掌門，他卻率領手下，將你的徒子徒孫、老尼姑小尼姑，一古腦兒都捉了去，豈不是存心拆你的台？」

令狐冲默然。藍鳳凰道：「我瞧著氣不過，當場便想毒死了他。後來想想，不知你意下如何，真要毒死他，也不忙在一時。」令狐冲道：「你顧著我的情面，可多謝你啦。」藍鳳凰道：「那也沒甚麼。我聽他們說，乘著你不在恆山，快快動身，免得給你回山時撞到。又有人說，這次不巧得很，你不在山上，否則一起捉了去，豈不少了後患？哼哼！」令狐冲道：「有你大妹子在場，他們想要拿我，可沒這麼容易。」

藍鳳凰甚是得意，笑道：「那是他們運氣好，倘若他們膽敢動你一根毫毛，我少說也毒死他們一百人。」一轉頭向盈盈道：「任大小姐，你別喝醋。我只當他親兄弟一般。」盈盈臉上一紅，微笑道：「令狐公子也常向我提到你，說你待他真好。」藍鳳凰大喜，道：「那好極啦！我還怕他在你面前不敢提我的名字呢。」

盈盈問道：「你假裝昏迷，怎地又走了出來？」藍鳳凰道：「他們怕我身上有毒，都不敢來碰我。有人說不如一刀將我殺了，又說放暗器射我幾下，可是口中說得起勁，誰也不敢動手，一窩蜂的便走了。我跟了他們一程，見他們確是去華山，便出來到處找尋大哥，要告知你們這訊息。」令狐冲道：「這可真要多謝你啦，否則我們趕去黑木崖，撲了個空，待得回頭再找，那些老尼姑、小尼姑、不老不小的中尼姑，可都已經吃了大虧啦。事不宜遲，咱們便去華山。」

三人當下折而向西，兼程急趕，但一路之上竟沒見到半點線索。令狐冲和盈盈都是心下嘀咕，均想：「一行數百之眾，一路行來，定然有人瞧見，飯鋪客店之中，也必留下形跡，難道他們走的不是這條路？」

第三日上，在一家小飯鋪中見到了四名衡山派門人。令狐冲這時已改了裝扮，這四人並未認出。令狐冲等暗中跟著細聽他們說話，果然是去華山的。瞧他們興高采烈的模樣，倒似山上有大批金銀珍寶，等候他們去拾取一般。聽其中一人道：「幸好黃師兄夠交情，傳來訊息，又虧得咱們在山西，就近趕去，只怕還來得及。衡山老家那些師兄弟們，這次可錯過良機了。」另一人道：「咱們還是越早趕到越好。這種事情，時時刻刻都有變化。」

令狐冲想要知道他們這麼性急趕去華山，到底有何圖謀，但這四人始終一句也不提及。藍鳳凰問道：「要不要將他們毒倒了，拷問一番？」令狐冲想起衡山掌門莫大先生待自己甚厚，不便欺侮他的門人，說道：「咱們儘快趕上華山，一看便知，卻不須打草驚蛇。」

數日後三人到了華山腳下，已是黃昏。令狐冲自幼在華山長大，於周遭地勢自是極為熟悉，說道：「咱們從後山小徑上山，不會遇到人。」華山之險，五嶽中為最，後山小徑更是陡極峻壁，一大半竟無道路可行。好在三人都武功高強，險峯峭壁，一般的攀援而上，饒是如此，到得華山絕頂卻也是四更時分了。

令狐冲帶著二人，逕往正氣堂，只見黑沉沉的一片，並無燈火，伏在窗下傾聽，亦無聲息，再到羣弟子居住之處查看，屋中竟似無人。令狐冲推窗進去，晃火摺一看，房中果然空盪盪地，桌上地下都積了灰塵，連查數房，都是如此，顯然華山羣弟子並未回山。

藍鳳凰大不是味兒，說道：「難道上了那些王八蛋的當？他們說是要來華山，卻去了別處？」令狐冲驚疑不定，想起那日攻入少林寺，也是撲了個空，其後卻迭遇凶險，難道岳不羣這番又施故智？但此刻己方只有三人，縱然被圍，脫身也是極易，就怕他們將恆山弟子囚在極隱僻之處，這幾日一躭擱，再也找不到了。

三人凝神傾聽，唯聞松濤之聲，滿山靜得出奇。藍鳳凰道：「咱們分頭找找，一個時辰之後，再在這裏相會。」令狐冲道：「好！」他想藍鳳凰使毒本事高明之極，沒有人敢加傷害，但還叮囑一句：「旁人你也不怕，但若遇到我師父，他出劍奇快，須得小心！」藍鳳凰見他說得懇切，昏黃燈火之下，關心之意，見於顏色，不由得心中感動，道：「大哥，我自理會得。」推門而出。

令狐冲帶著盈盈，又到各處去查察一遍，連天琴峽岳不羣夫婦的居室也查到了，始終不見一人。令狐冲道：「這事當真蹊蹺，往日我們華山派師徒全體下山，這裏也總留下看門掃地之人，怎地此刻山上一人也無？」

最後來到岳靈珊的居室。那屋子便在天琴峽之側，和岳不羣夫婦的住所相隔甚近。令狐冲來到門前，想起昔時常到這裏來接小師妹出外遊玩，或同去打拳練劍，今日卻再也無可得見了，不禁熱淚盈眶。他伸手推了推門，板門閂著，一時猶豫不定。盈盈躍過牆頭，拔下門門，將門開了。

兩人走進室內，點著桌上蠟燭，只見床上、桌上也都積滿了灰塵，房中四壁蕭然，連女兒家梳妝鏡奩之物也無。令狐冲心想：「小師妹與林師弟成婚後，自是另有新房，不再在這裏住，日常用物，都帶過去了。」隨手拉開抽屜，只見都是些小竹籠、石彈子、布玩偶、小木馬等等玩物，每一樣物事，不是令狐冲給她做的，便是當年兩人一起玩過的，難為她盡數整整齊齊的收在這裏。令狐冲心頭一痛，再也忍耐不住，淚水撲簌簌的直掉下來。

盈盈悄沒聲的走到室外，慢慢帶上了房門。

令狐冲在岳靈珊室中留戀良久，終於狠起心腸，吹滅燭火，走出屋來。

盈盈道：「冲哥，這華山之上，有一處地方和你大有干係，你帶我去瞧瞧。」令狐冲道：「嗯，你說的是思過崖。好，咱們去看看。」微微出神，說道：「卻不知風太師叔是不是仍在那邊？」當下在前帶路，逕赴思過崖。這地方令狐冲走得熟了，雖然路程不近，但兩人走得極快，不多時便到了。

上得崖來，令狐冲道：「我在這山洞……」忽聽得錚錚兩響，洞中傳出兵刃相交之聲。兩人都吃了一驚，快步奔近，跟著聽得有人大叫一聲，顯是受了傷。令狐冲拔出長劍，當先搶過，只見原先封住的後洞洞口已然打開，透出火光。

令狐冲和盈盈縱身走進後洞，不由得心中打了個突，但見洞中點著數十根火把，少說也有二百來人，都在凝神觀看石壁上所刻劍招和武功家數。人人專心致志，竟無半點聲息。令狐冲和盈盈聽得慘呼之時，料想進洞之後，眼前若非漆黑一團，那麼定是血肉橫飛的慘烈搏鬥，豈知洞內火把照映，如同白晝，竟站滿了人。後洞地勢頗寬，雖站著二百餘人，仍不見擠迫，但這許多人鴉雀無聲，有如殭斃了一般，陡然見到這等詭異情景，不免大吃一驚。

盈盈身子微向右靠，右肩和令狐冲左肩相並。令狐冲轉過頭來，只見她臉色雪白，眼中略有懼意，便伸出左手，輕輕摟住她腰。只見這些人衣飾各別，一凝神間，便瞧出是嵩山、泰山、衡山三派的門人弟子。其中有些是頭髮花白的中年人，也有白鬚蒼蒼的老者，顯然這三派中許多名宿前輩也已在場，華山和恆山兩派的門人卻不見在內。

三派人士分別聚觀，各不混雜，嵩山派人士在觀看壁上嵩山派的劍招，泰山與衡山兩派均分別觀看己派的劍招。令狐冲登時想起，道上遇到那四名衡山弟子，說道得到訊息，趕來華山，當真是莫大的運氣，原來是得悉華山後洞石壁刻有衡山派精妙劍招，得有機會觀看。一凝神間，只見衡山派人羣中一人白髮蕭然，呆呆的望著石壁，正是莫大先生，令狐冲一時拿不定主意，是否要上前拜見。

忽聽得嵩山派人羣中有人厲聲喝道：「你不是嵩山弟子，幹麼來瞧這圖形？」說話的是個身穿土黃衫子的老者，他向著一個身材魁梧的中年人怒目而視，手中長劍斜指其胸。那中年人笑道：「我幾時瞧這圖形了？」嵩山派那老者道：「你還想賴？你是甚麼門派的？你要偷學嵩山劍法，那也罷了，幹麼細看那些破我嵩山劍法的招數？」他這麼一呼喝，登時便有四五名嵩山門人轉過身來，圍在那中年人四周，露刃相向。

那中年人道：「我於貴派劍法一竅不通，看了這些破法，又有何用？」嵩山派那老者道：「你細看對付嵩山派劍法的招數，便是不懷好意。」那中年人手按劍柄，說道：「五嶽派掌門岳先生盛情高誼，准許我們來觀摩石壁上的劍法，可沒限定那些招數准看，那一些不准看。」嵩山派那老者道：「你想不利我嵩山派，便容你不得。」那中年人道：「五派歸一，此刻只有五嶽派，那裏更有嵩山派？若不是五派歸一，岳先生也不會容許閣下在華山石洞之中觀看劍法。」此言一出，那老者登時語塞。一名嵩山弟子伸手在那中年人肩後推去，喝道：「你倒嘴利得很。」那中年人反手勾住他手腕甩出，那嵩山弟子一個踉蹌跌開。

便在此時，泰山派中忽然有人大聲喝道：「你是誰？穿了我泰山派的服飾，混在這裏偷看泰山劍法。」只見一名身穿泰山派服飾的少年急奔向外。洞門邊閃出一人，喝道：「站住了，甚麼人在此搗亂？」那少年挺劍刺出，跟著疾衝而前。攔門者左手伸出，抓他眼珠。那少年急退一步。攔門者右手如風，又插向他眼珠，那少年長劍在外，難以招架，只得又退了一步。攔門者右腿橫掃，那少年縱起閃避，砰的一聲，胸口已然中掌，仰天摔倒，後面奔上兩名泰山派弟子，將他擒住。

那時嵩山派中已有四名門人圍住了那中年人，長劍霍霍急攻。那中年人出手凌厲，但劍法不屬五嶽劍派，幾名旁觀的嵩山弟子叫了起來：「這傢伙不是五嶽劍派的，是混進來的奸細。」一兩起打鬥一生，寂靜的山洞之中立時大亂。

令狐冲心想：「我師父招呼這些人來此，未必有甚麼善意。我去告知莫師伯，請他率領門人退出。那些衡山派劍招，出洞之後，讓我告知他便了。」當即挨著石壁，在陰影中向莫大先生走去。只走出數丈，忽聽得轟隆隆一聲大響，猶如山崩地裂一般。

眾人驚呼聲中，令狐冲急忙轉身，只見洞口泥沙紛落，他顧不得去找莫大先生，急欲奔向盈盈，但眾人亂走狂竄，刀劍急舞，洞中塵土飛揚，瞧不見盈盈身在何處。他從人叢中擠了過去，閃身避開幾次橫裏砍來的刀劍，搶到洞口，不由得叫一聲苦，只見一塊數萬斤重的大石掉在洞口，已將洞門牢牢堵死，倉皇一瞥之下，似乎並無出入的孔隙。

他大叫：「盈盈，盈盈！」似乎聽得盈盈在遠處答應了一聲，卻好像是在山洞深處，但二百餘人大叫大嚷，無法聽清，心想：「盈盈怎地反而到了裏面？」一轉念間，立時省悟：「是了，大石掉下之時，盈盈站在洞口，她不肯自己逃命，只是掛念著我。我衝向山洞口去找她，她卻衝進洞來找我。」當下轉身又回進洞來。

洞中原有數十根火把，當大石掉下之時，眾人一亂，有的隨手將火把丟開，有的失手落地，已然熄滅了大半，滿洞塵土，望出去惟見黃濛濛一片。只聽眾人駭聲驚叫：「洞口給堵死了！洞口給堵死了！」又有人怒叫：「是岳不羣這奸賊的陰謀！」另有人道：「正是，這奸賊騙咱們來看他媽的劍法……」

數十人同時伸手去推那大石。但這大石便如一座小山相似，雖然數十人一齊使力，卻那裏推得動分毫？又有人叫道：「快，快從地道中出去。」早有人想到此節，二十餘人你推我擁，擠在地道口邊。那地道是當年魔教的大力神魔以巨斧所開，只容一人進入，二十餘人擠在一起，如何走得進去？這一亂，火把又熄滅了十餘根。

人羣中兩名大漢用力擠開旁人，衝向地道口，並肩而前。地道口甚窄，兩人砰的一撞，誰也無法進去。右首那人左手揮處，左首大漢一聲慘呼，胸口已為一柄匕首插入，右首的大漢順手將他推開，便鑽入了地道。餘人你推我擠，都想跟入。

令狐冲不見盈盈，心下惶急，又想：「魔教十長老個個武功奇高，卻中了暗算，葬身於此。我和盈盈今日不知能否得脫此難？這件事倘若真是我師父安排的，那可凶險得緊。」

眼見眾人在地道口推擁撕打，驚怖焦躁之下，突然動了殺機：「這些傢伙礙手礙腳，須得將他們一個個都殺了，我和盈盈方得從容脫身。」挺起長劍，便欲揮劍殺人，只見一個少年蹲在地下，雙手亂抓頭髮，全身發抖，臉如土色，顯是害怕之極，令狐冲頓生憐憫，尋思：「我和他是同遭暗算的難友，該當同舟共濟才是，怎可殺他洩憤？」長劍本已提起，當下又斜斜的橫在胸前。

只聽得地道口二十餘人縱聲大叫：「快進去！」「怎麼不動了？」「爬不進去嗎？」「拖他出來！」那爬進地道的大漢雙足在外，似乎裏面也是此路不通，可是卻也不肯退出。兩個人俯身分執那大漢雙足，用力向外拉扯。突然間數十人齊聲驚呼，拉出來的竟是一具無頭屍體，頸口鮮血直冒，這大漢的首級竟然在地道內給人割去了。

便在此時，令狐冲見到山洞角落中有一個人坐在地下，昏暗火光下依稀便是盈盈，他大喜之下，奔將過去，只跨出兩步，七八人急衝過來，阻住了去路。這時洞中已然亂極，諸人都如失卻了理性，沒頭蒼蠅般瞎竄，有的揮劍狂砍，有的搥胸大叫，有的相互扭打，有的在地下爬來爬去。

令狐冲擠出了幾步，雙足突然給人牢牢抱住。他伸手在那人頭上猛擊一拳，那人大聲慘叫，卻死不放手。令狐冲喝道：「你再不放手，我殺你了。」突然間小腿上一痛，竟給那人張口咬住。令狐冲又驚又怒，眼見眾人皆如瘋了一般，山洞中火把越來越少，只有兩根尚自點燃，卻已掉在地下，無人執拾。他大聲叫道：「拾起火把，拾起火把。」一名胖大道人哈哈大笑，抬起腳來，踏熄了一根火把。令狐冲提起長劍，將咬住他小腿那人攔腰斬斷，突然間眼前一黑，甚麼也看不見了，原來最後一枝火把也已熄滅。

火把一熄，洞中諸人霎時間鴉雀無聲，均為這突如其來的變故嚇得手足無措，但只過得片刻，狂呼叫罵之聲大作。

令狐冲心道：「今日局面已然有死無生，天幸是和盈盈死在一起。」念及此節，心下不懼反喜，對準了盈盈的所在，摸將過去。走出數步，斜刺裏忽然有人奔將過來，猛力和他一撞。這人內力既高，這一撞之勢又十分凌厲。令狐冲給他撞得跌出兩步，轉了半個圈子，急忙轉身，又向盈盈所坐處慢慢走去，耳中所聞，盡是呼喝哭叫，數十柄刀劍揮舞碰撞。

眾人身處黑暗，心情惶急，大都已如半瘋，人人危懼，便均舞動兵刃，以求自保。有些老成持重或定力極高之人，原可鎮靜應變，但旁人兵刃亂揮，山洞中擠了這許多人，黑暗中又無可閃避，除了也舞動兵刃護身之外，更無他法。但聽得兵刃碰撞、慘呼大叫之聲不絕，跟著有人呻吟咒罵，自是發自傷者之口。

令狐冲耳聽得身周都是兵刃劈風之聲，他劍法再高，也是無法可施，每一瞬間都會被不知從那裏砍來的刀劍所傷。他心念一動，立即揮動長劍，護住上盤，一步一步的挨向洞壁，只要碰到了石壁，靠壁而行，便可避去許多危險，適才見到似是盈盈的那人倚壁而坐，這般摸將過去，當可和她會合。從他站立處走向石壁相距雖只數丈，可是刀如林，劍如雨，當真是寸寸凶險，步步驚魂。

令狐冲心想：「要是死在一位武林高手手下，倒也心甘。現下情勢，卻是隨時隨刻都會莫名其妙的嗚呼哀哉，殺死我的，說不定只是個會些粗淺武功的笨蛋。縱然獨孤大俠復生，遇上這等情景，只怕也是一籌莫展了。」一想到獨孤求敗，心中陡地一亮：「是了，今日的局面，不是我給人莫名其妙的殺死，便是我將人莫名其妙的殺死。多殺一人，我給人殺死的機會便少了一分。」長劍一抖，使出「獨孤九劍」中的「破箭式」，向前後左右點出。劍式一使開，便聽得身周幾人慘叫倒地，跟著感到長劍又刺入一人身子，忽聽得「啊」的一聲輕呼，是個女子聲音。令狐冲大吃一驚，手一軟，長劍險些跌出，心中怦怦亂跳：「莫非是盈盈，難道我殺了盈盈！」縱聲大叫：「盈盈，盈盈，是你嗎？」

可是那女子再無半點聲息。本來盈盈的聲音他聽得極熟，這聲輕呼是不是她所發，原是極易分辨，但山洞中雜聲齊作，這女子一聲呼叫又是甚輕，他關心過切，腦子亂了，只覺似乎是盈盈，又似乎不是她。他再叫了幾聲，仍不聞答應，俯身去摸地下，突然間飛來一腳，重重踢中了他臀部。令狐冲向前直飛，身在半空之時，左腿上一痛，給人打了一鞭。

他伸出左手，曲臂護頭，砰的一聲，手臂連頭一齊撞上山壁，落了下來，只覺頭上、臂上、腿上、臀上，無處不痛，全身骨節似欲散開一般。他定了定神，又叫了兩聲「盈盈」，自己聽得聲音嘶啞，好似哭泣一般。他心下氣苦，大叫：「我殺了盈盈，我殺了盈盈！」揮動長劍，上前連殺數人。

喧鬧聲中，忽聽得錚錚兩聲響，正是瑤琴之音。這兩聲琴音雖輕，但聽在令狐冲耳裏，直如霹靂一般驚心動魄。他狂喜之下，大叫：「盈盈，盈盈！」登時便欲向琴音奔去，但隨即想到，琴音來處相距甚遠，這十餘丈路走將過去，比之在江湖上行走十萬里還凶險百倍，要走完這十幾丈路而居然能得不死，實是難上加難。這琴音當然發自盈盈，她既健在，自己可不能貿然送死，如果兩人不能手挽手的齊死，在九泉之下將飲恨無窮了。

他退回兩步，背脊靠住石壁，心想：「這所在安全得多。」忽覺風聲勁急，有人揮舞兵刃，疾衝過來。令狐冲一劍刺出，但長劍甫動，心中便知不妙。

「獨孤九劍」的要旨，在於一眼見到對方招式中的破綻，便即乘虛而入，後發先至，一招制勝，但在這漆黑一團的山洞之中，連敵人也見不到，何況他的招式，更何況他招式中的破綻？處此情景，「獨孤九劍」便全無用處。令狐冲長劍只遞出一尺，急忙向左閃避，只聽得喀喇聲響，跟著砰的一聲，又是「啊」的一聲慘叫，推想起來，定是那人的兵刃先撞上了石壁，折斷的兵刃卻刺入了他身子。

令狐冲耳聽得那人更無聲息，料想已死，尋思：「在黑暗之中，我劍術雖高，亦與庸手無異，只好暫且忍耐，俟機再和盈盈相聚。」但聽得兵刃舞動聲和呼喊聲已弱了不少，自是在這片刻之間已有多人傷亡。他長劍急速在身前揮動，組成一道劍網，以防突然有人攻至。瑤琴聲時斷時續，然只是一個個單音，不成曲調，令狐冲又擔心起來：「莫非盈盈受了傷？又不然彈琴的並不是她？但如不是她，別人又怎會有琴？」

過得良久，呼喝聲漸止，地下有不少人在呻吟咒罵，偶爾有兵刃相交吆喝之聲，均是發自山洞靠壁之處。令狐冲心道：「剩下來沒死的，都已靠壁而立。這些人必是武功較高、心思較細的好手。」他忍不住叫道：「盈盈，你在那裏？」對面琴聲錚錚數響，似是回答。

令狐冲飛身而前，左足落地時只覺足底一軟，踏在一人身上，跟著風聲勁急，地下一柄兵刃撩將上來，總算他內力奇厚，雖然見不到對方兵刃的來勢，卻也能及時察覺，左足一使勁，倒躍退回石壁，尋思：「地下躺滿了人，有的受傷未死，可走不過去。」

但聽得風聲呼呼，都是背靠石壁之人在舞動兵刃護身，這一刻時光中，又有幾人或死或傷。忽聽得一個蒼老的聲音說道：「眾位朋友，咱們中了岳不羣的奸計，身陷絕地，該當同心協力，以求脫險，不可亂揮兵器，自相殘殺。」許多人齊聲應道：「正是，正是！」令狐冲聽這聲音，似有六七十人。這些人都已身靠石壁，站立不動，一來本就較為鎮靜，二來一時暫無性命之憂，便能冷靜下來想上一想。

那老者道：「貧道是泰山派玉鐘子，請各位收起刀劍。大夥兒便在黑暗之中撞到別人，也決不可出手傷人。眾位朋友，能答應嗎？」眾人轟然說道：「正該如此。」便聽得兵刃揮舞之聲停了下來。有幾人還在舞動刀劍的，隔了一會，也都先後住手。

玉鐘子道：「再請大家發個毒誓。如在山洞中出手傷人，那便葬身於此，再也不能重見天日。貧道泰山玉鐘子，先立此誓。」餘人都立了誓，均想：「這位玉鐘子道長極有見識。大夥同心協力，或者尚能脫險，否則像適才這般亂砍亂殺，非同歸於盡不可。」玉鐘子道：「很好！請各位自報姓名。」當下便有人道：「在下衡山派某某。」「在下泰山派某某。」「在下嵩山派某某。」卻沒聽到莫大先生報名說話。

眾人說了後，令狐冲道：「在下恆山派令狐冲。」羣豪「哦」的一聲，都道：「恆山掌門令狐大俠在此，那好極了。」言語中都大有欣慰之意。令狐冲心想：「我是糟極了，有甚麼好極了？」他自然明白，羣豪知他武功高強，有他在一起，便多了幾分脫險之望。

玉鐘子道：「請問令狐掌門，貴派何以只掌門孤身一人來？」這人老謀深算，疑他暗中意欲不利於眾人。令狐冲出身於華山，是岳不羣的首徒，此事天下皆知，困身於這山洞絕地的，華山與恆山兩派數百弟子中，只有他一人，未免惹人生疑。令狐冲道：「在下另有一個同伴……」忍不住又叫：「盈……」只叫得一個「盈」字，立即想起：「盈盈是日月教教主的獨生愛女，正邪雙方，自來勢同水火，不可在這事上另生枝節。」當即住口。

玉鐘子道：「那幾位身邊有火摺的，先將火把點燃起來。」眾人大聲歡呼：「是極，是極！」「大家都胡塗了，怎地不早想到？」「快點火把！」其實適才這一番大混亂中，人人只求自保，那有餘暇去點火把？只須火光一現，立時便給旁人殺了。

但聽得噠噠數響，有人取出火刀火石打火，數點火星爆了出來，黑暗中特別顯得明亮，紙媒一點燃，山洞中又是一陣歡呼。令狐冲一瞥之間，只見山洞石壁周圍都站滿了人，身上臉上大都濺滿鮮血，有的手中握著刀劍，兀自在身前緩緩揮動，這些人自是特別謹慎小心，雖聽大家發了毒誓，卻信不過旁人。令狐冲邁步向對面山壁走去，要去找尋盈盈。

突然之間，人叢中有人大喝一聲：「動手！」七八人手揮長劍，從地道口殺了出來。羣豪大叫：「甚麼人？」紛紛抽出兵刃抵禦，幾個回合之間，點燃了的火摺又已熄滅。

令狐冲一個箭步，躍向對面石壁，只覺右首似有兵刃砍來，黑暗中不知如何抵擋，只得往地下一撲，噹的一聲響，一柄單刀砍上石壁。他想：「此人未必真要殺我，黑暗中但求自衛而已。」當下伏地不動，那人虛砍了幾刀，也就住手。

只聽有人叫道：「將一眾狗崽子們盡數殺了，一個活口也別留下！」十餘人齊聲答應。跟著六七人叫了起來：「是左冷禪！左冷禪！」又有人叫道：「師父，弟子在這裏！」

令狐冲聽那發號施令的聲音確是左冷禪，心想：「怎麼他在這裏？這陷阱原來是這老賊布置的，並不是我師父。」岳不羣雖然數次意欲殺他，但二十多年來師徒而兼父子的親情，在他心中已是根深蒂固，無法泯滅，一想到這個大奸謀的主持人並非岳不羣，便不自禁的感到欣慰，倘若死在左冷禪手下，比給師父害死是快活百倍了。

只聽左冷禪陰森森的道：「虧你們還有臉叫我師父？沒稟明我，便擅自到華山來，欺師叛門，我門下豈容得你們這些惡徒？」一個洪亮的聲音說道：「師父，弟子得到訊息，華山思過崖石洞中刻有本派的精妙劍招，生怕回山稟明師父之後再來，往返費時，石壁上劍招已為旁人毀去，是以忙不迭的趕來，看了劍法之後，自然立即回山，將劍招稟告師父。」

左冷禪道：「你欺我雙目失明，早已不將我瞧在眼內，學到精妙劍法之後，還會認我是師父嗎？岳不羣要你們立譬效忠於他，才讓你們入洞來觀看劍招，此事可是有的？」那嵩山弟子道：「是，弟……弟子該死，但只是一時的權宜之計。咱們五嶽劍派合而為一，他是掌門人，聽他號令，也……也是應當的。沒料到這奸賊行此毒計，將我們都困在這裏。」又一人道：「師父，請你老人家領我們脫困，大家去找岳不羣這奸賊算帳。」

左冷禪哼了一聲，說道：「你打的好如意算盤。」他頓了一頓，又道：「令狐冲，你也到了這裏，卻是來幹甚麼了？」令狐冲道：「這是我的故居，我要來便來！閣下卻來幹甚麼了？」左冷禪冷冷的道：「死到臨頭，對長輩還是這般無禮。」令狐冲道：「你暗使陰謀，陷害天下英雄，人人得而誅之，還算是我長輩？」左冷禪道：「平之，你去將他宰了！」

黑暗中有人應道：「是！」正是林平之的聲音。

令狐冲心中暗驚：「原來林平之也在這裏。他和左冷禪都是瞎了眼的，這些日子來，他們定已熟習盲目使劍，以耳代目，聽風辨器之術自是練得極精。在黑暗之中，形勢倒轉，變成了我是瞎子，他們反而不是瞎子，卻如何是他們之敵？」但覺背上冷汗直流下來。

只聽林平之道：「令狐冲，你在江湖上呼風喚雨，出盡了風頭，今日卻死在我的手裏，哈哈，哈哈！」笑聲中充滿了陰森森的寒意，一步步走將過來。適才令狐冲和左冷禪對答，站立之處，已給林平之聽得清清楚楚。山洞中一片寂靜，唯聞林平之腳步之聲，他每跨出一步，令狐冲便知自己是向鬼門關走近了一步。

突然有人叫道：「且慢！這令狐冲刺瞎了我眼睛，叫老子從此不見天日，讓我來殺這惡賊。」十餘人隨聲附和，一齊快步走來。

令狐冲心頭一震，知是那天夜間在破廟外為自己刺瞎的一十五人，那日前赴嵩山參預五派歸一之時，在嵩山道上曾遇到過。這羣人瞎眼已久，以耳代目的本事自必更為高明，一個林平之已然抵禦不了，再加上這一十五人，那更加不是對手了。耳聽得腳步聲響，他悄悄向左首滑開幾步，但聽得嗒嗒嗒數響，幾柄長劍刺在他先前站立處的石壁上。幸好這十餘人同時進攻，步聲雜沓，將他的腳步聲掩蓋了，誰也不知他已移向何處。

令狐冲俯下身來，在地下摸到一柄長劍，擲了出去，嗆啷一聲響，撞上石壁。十餘名瞎子衝過去，兵刃聲響起，和人鬥了起來。只聽得呼叫之聲不絕，片刻間有六七人中刃斃命，這些人本來武功均甚不弱，但黑暗中目不見物，就絕非這羣瞎子的對手。

令狐冲乘著呼聲大作，更向左滑行數步，摸到石壁上無人，悄悄蹲下，尋思：「左冷禪帶了林平之和這羣瞎子到來，自是要仗著黑暗無光之便，將我等一批人盡數殲滅。只是他如何知道此處有這樣一個山洞？」一轉念間，便已恍然：「是了！當日小師妹在封禪台側，以此處石壁上所刻的絕招，打敗泰山、衡山兩派高手，在左冷禪面前施展嵩山劍法，以恆山劍法與我比劍。她既到這裏來過，林平之自然知道。」想到了小師妹，心頭一陣酸痛。

只聽得林平之叫道：「令狐冲，你不敢現身，縮頭縮尾，算甚麼好漢？」令狐冲怒氣上衝，忍不住便要挺身而出，和他決個死戰，但立時按捺住了，心想：「大丈夫能屈能伸，豈可跟他逞這血氣之勇？我沒找到盈盈，決不能這般輕易就死。」又想：「我曾答應小師妹，要照料林平之，倘若衝出去和他搏鬥，給他殺了固然不值得，將他殺了也是不對。」

左冷禪喝道：「將山洞中所有的叛徒、奸細盡數殺了，諒那令狐冲也無處可躲！」

頃刻之間，兵刃相交聲和呼喊之聲大作。

令狐冲蹲在地下，一時倒無人向他攻擊。他側耳傾聽盈盈的聲音，尋思：「盈盈聰明心細，遠勝於我，此刻危機四伏，自然不會再發琴音，只盼適才這一劍不是刺中她才好。」只聽得羣豪與眾瞎子鬥得甚是劇烈，一面惡鬥，一面喝罵，時聞「滾你奶奶的」之聲。

這「滾你奶奶的」五字聽來甚是刺耳，通常罵人，總是說「去你媽的」，或「操你奶奶的」，有時也有人罵「滾你媽的王八蛋」，卻絕少有人罵「滾你奶奶的」，尋思：「難道這是那一省特別的罵人土語？」再聽片刻，發覺這「滾你奶奶的」五字往往是兩人同罵，而這五字一出口，兵刃相交聲便即止歇，若是一人喝罵，那便打鬥不休。他一想之下，便即明白：「原來那是眾瞎子辨別同道的暗語。」黑暗之中亂砍亂殺，難分友敵，眾瞎子定是事先約好，出招時先罵一句「滾你奶奶的」。兩人齊罵，便是同伴，否則便可殺戮。這五字向來無人使用，不知暗語的敵人決不會以此罵人。

他一想明此點，當即站起身來，持劍當胸，但聽得「滾你奶奶的」之聲越來越多，兵刃相交聲和呼喝聲漸漸止歇，顯是泰山、衡山、嵩山三派已給殺戮殆盡。令狐冲一直沒聽到盈盈的聲音，既擔心她先前給自己殺了，又欣幸沒遭到眾瞎子的毒手，又想：「嵩山弟子得悉華山石洞中有本派精妙劍招，趕來瞧瞧，亦是人情之常，只不過來不及先行稟告，左冷禪便將他們趕盡殺絕，未免太過辣手。他用意自是要取我性命，既然無法一一分辨，索性連他門下只犯了這一點兒小過的弟子也都殺了。」

又過片刻，打鬥聲已然止歇。左冷禪道：「大夥兒在洞中交叉來去，砍殺一陣。」

眾瞎子答應了，但聽得劍聲呼呼，此來彼往。有兩柄劍砍到令狐冲身前，令狐冲舉劍架開，沙啞著嗓子罵了兩聲「滾你奶奶的」，居然無人察覺。約莫過了一盞茶時分，除了眾瞎子的叫罵聲與金刃劈空聲外，更無別的聲息。令狐冲卻急得幾乎哭了出來，只想大叫：「盈盈，盈盈，你在那裏？」

左冷禪喝道：「住手！」眾瞎子收劍而立。左冷禪哈哈大笑，說道：「一眾叛徒，都已清除，這些人好不要臉，為了想學劍招，居然向岳不羣這惡賊立誓效忠。令狐冲這小賊，自然也是命喪劍底了！哈哈！哈哈！令狐冲，令狐冲，你死了沒有？」

令狐冲屏息不語。

左冷禪道：「平之，今日終於除了你平生最討厭之人，那可志得意滿了罷？」林平之道：「全仗左兄神機妙算，巧計安排。」令狐冲心道：「他和左冷禪兄弟相稱。左冷禪為了要得他的辟邪劍譜，對他可客氣得很啊。」左冷禪道：「若不是你知道另有秘道進這山洞，咱們難以手刃大仇。」

林平之道：「只可惜混亂之中，我沒能親手殺了令狐冲這小賊。」令狐冲心想：「我從來沒得罪過你，何以你對我如此憎恨？」左冷禪低聲道：「不論是誰殺他，都是一樣。咱們快些出去。料想岳不羣這當兒正守在山洞外，乘著天色未明，咱們一擁而上，黑夜中大佔便宜。」林平之道：「正是！」

只聽得腳步聲響，一行人進了地道，腳步聲漸漸遠去，過得一會，便無聲息了。

令狐冲低聲道：「盈盈，你在那裏？」語音中帶著哭泣。忽聽得頭頂有人低聲道：「我在這裏，別作聲！」令狐冲喜極，雙足一軟，坐倒在地。

當眾瞎子揮劍亂砍之時，最安全的地方莫過於躲在高處，讓兵刃砍刺不到，原是一個極淺顯的道理，但眾人面臨生死關頭，神智一亂，竟然計不及此。

盈盈縱身躍下，令狐冲搶將上去，擲下長劍，將她摟在懷裏。兩人都是喜極而泣。令狐冲輕吻她面頰，低聲道：「剛才可真嚇死我了。」盈盈在黑暗中亦不閃避，輕輕的道：「你罵人『滾你奶奶的』，我卻聽得出是你的聲音。」令狐冲忍不住笑了出來，問道：「你真一點也沒受傷嗎？」盈盈道：「沒有。」令狐冲道：「先前我聽著琴聲，倒不怎麼擔心。但後來想到我曾刺中了一個女子，而琴聲又斷斷續續，不成腔調，似乎你受了重傷，到後來更一點聲息也沒有了，那可真不知如何是好。」

盈盈微笑道：「我早躍到了上面，生怕給人察覺，又不能出聲招呼你，只好投擲一枚枚銅錢，擊打那留在地下的瑤琴，盼你省悟。」令狐冲吁了口氣，說道：「原來如此。我竟始終想不到，該打，該打，該打！」拿起她的手來，輕擊自己面頰，笑道：「你嫁了這樣一個蠢材，也算是任大小姐倒足了大霉。我一直奇怪，倘若是你撥弄瑤琴，怎麼會不彈一句『清心普善咒』，又或是『笑傲江湖之曲』？」

盈盈讓他摟抱著，說道：「我若能在黑暗中用金錢鏢擊打瑤琴，彈出曲調，那變成仙人了。」令狐冲笑道：「你本來就是仙人。」盈盈聽他語含調笑，身子一掙，便欲脫開他的懷抱，令狐冲緊緊抱住了她不放，問道：「後來怎地不發錢鏢彈琴了？」盈盈笑道：「我窮得要命，身邊沒多少錢，投得幾次，就沒錢了。」令狐冲嘆道：「可惜這山洞中既沒錢莊，又沒當鋪，任大小姐沒錢使，竟然無處挪借。」盈盈又是一笑，道：「後來我連頭上金釵、耳上珠環都發出了。待得那些瞎子動手殺人，他們耳音極靈，我就不敢再投擲甚麼了。」

突然之間，地道口有人陰森森的一聲冷笑。

令狐冲和盈盈都是「啊」的一聲驚呼，令狐冲左手環抱盈盈，右手抓起地下長劍，喝道：「甚麼人？」只聽一人冷冷的道：「令狐大俠，是我！」正是林平之的聲音。但聽得地道中腳步聲響，顯是一羣瞎子去而復回。

令狐冲暗罵自己太也粗心大意，左冷禪老奸巨滑，怎能說去便去？定是伏在地道之中，竊聽山洞內動靜。自己若是孤身一人，原可跟他耗上些時候，再謀脫身，但和盈盈相互關懷太切，劫後重逢，喜極忘形，再也沒想到強敵極可能並未遠去，而是暗伺於外。

盈盈伸手在令狐冲腋下一提，低聲道：「上去！」兩人同時躍起。盈盈先前曾在一塊凸出的巖石上歇足，知道凸巖的所在，黑暗中候準了勁道，穩穩落上。令狐冲卻踏了個空，又向下落。盈盈抓住他手臂，將他拉了上去。這凸巖只不過三四尺見方，兩人擠在一起，不易站穩。令狐冲心想：「盈盈見機好快，咱二人居高臨下，便不易為眾瞎子所圍攻。」

只聽左冷禪道：「兩個小鬼躍到了上面。」林平之道：「正是！」左冷禪道：「令狐冲，你在上面躲一輩子嗎？」

令狐冲不答，心想我一出聲，便讓你們知道了我立足之處。他右手持劍，左手環抱著盈盈的纖腰。盈盈左手握著短劍，右手伸過來也抱住了他腰。兩人心下大慰，只覺得既能同在一起，就算立時死了，亦無所憾。

左冷禪喝道：「你們的眼珠是誰刺瞎的，難道忘了嗎？」十餘名瞎子齊聲大吼，躍起來揮劍亂刺。令狐冲和盈盈一聲不響，眾瞎子都刺了個空，待得第二次躍起，一名瞎子已撲到凸巖數尺之外。令狐冲聽得他躍起的風聲，一劍刺出，正中其胸。那瞎子大叫一聲，摔下地來。這麼一來，眾人已知他二人處身的所在，六七人同時躍起，揮劍刺出。令狐冲和盈盈雖然瞧不見眾瞎子身形，但凸巖離地二丈有餘，有人躍近時風聲甚響，極易辨別，兩人各出一劍，又刺死了二人。眾瞎子仰頭叫罵，一時不敢再上來攻擊。

僵持片刻，突然風聲勁急，兩人分從左右躍起，令狐冲和盈盈出劍擋刺，錚錚兩聲，四劍空中相交。令狐冲右臂一酸，長劍險些脫手，知道來襲的便是左冷禪本人。盈盈「啊」的一聲，肩頭中劍，身子一晃。令狐冲左臂忙運力拉住她。那兩人二次躍起，又再攻來。

令狐冲長劍刺向攻擊盈盈的那人，雙劍一交，那人長劍變招快極，順著劍鋒直削下來。令狐冲知道對手定是林平之，不及擋架，百忙中頭一低，俯身讓過，只覺冷風颯然，林平之一劍削向盈盈。他身在半空，憑著一躍之勢竟然連變三招，這辟邪劍法實是凌厲無倫。

令狐冲生怕他傷到盈盈，摟著她一躍而下，背靠石壁，揮劍亂舞。猛聽得左冷禪一聲長笑，挺劍而進，噹的一聲響，又是長劍相交。令狐冲身子一震，覺得有股內力從長劍中傳了過來，不由得機伶伶的打個冷戰，驀地想起，那日任我行在少林寺中以「吸星大法」吸了左冷禪的內力，豈知左冷禪的陰寒內力十分厲害，險些兒反將任我行凍死。此刻他故技重施，可不能上他的當，急忙運力向外一送，只覺對方一股大力回擊，不由自主的手指一鬆，長劍脫手飛出。

令狐冲一身本領，全在一柄長劍，當即俯身，伸手往地下摸去，山洞中死了二百餘人，滿地都是兵器，隨便拾起一柄刀劍，都可以擋得一時，自己和盈盈在這山洞中變成了瞎子，受這十幾名瞎而不瞎之人圍攻，原無倖存之理，但無論如何，總是不甘任由宰割。他一摸之下，摸到的是個死人臉蛋，冷冰冰的又濕又黏，急忙摟著盈盈退了兩步，錚錚兩聲，盈盈揮短劍架開了刺來的兩劍，跟著呼的一響，盈盈手中短劍又被擊飛。

令狐冲大急，俯身又是一摸，入手似是根短棍，危急中那容細思，只覺勁風撲面，有劍削來，當即舉棍一擋，嗒的一聲響，那短棍被敵劍削去了一截。

令狐冲一低頭讓過長劍，突然之間，眼前出現了幾星光芒。這幾星光芒極是微弱，但在這黑漆一團的山洞之中，便如是天際現出一顆明星，敵人身形劍光，隱約可辨。

令狐冲和盈盈不約而同的一聲歡呼，眼見左冷禪又一劍刺到，令狐冲舉短棍便往左冷禪咽喉挑去，那正是敵人劍招中破綻的所在。不料左冷禪眼睛雖瞎，應變仍是奇速，一個「鯉躍龍門」，向後倒縱了出去，口中大聲咒罵。

盈盈一彎腰，拾起一柄長劍，從令狐冲手裏接過短棍，將長劍交了給他，舞動短棍，洞中閃動點點青光。令狐冲精神大振，生死關頭，出手豈能容情，罵一句「滾你奶奶的」，刺死一名瞎子。他手中出劍可比嘴裏罵人迅速得多，只罵了六聲「滾你奶奶的」，已將洞中十二名瞎子盡數刺死。有幾個瞎子腦筋遲鈍，聽他大罵「滾你奶奶的」，心想既是自己人，何必再打？還沒想明白一半，已然咽喉中劍，滾向鬼門關去見他奶奶去了。

左冷禪和林平之不明其中道理，齊問：「有火把？」聲帶驚惶。

令狐冲喝道：「正是！」向左冷禪連攻三劍。

左冷禪聽風辨器，三劍擋開，令狐冲但覺手臂酸麻，又是一陣寒氣從長劍傳將過來，一轉念間，當即凝劍不動。左冷禪聽不到他的劍聲，心下大急，疾舞長劍，護住周身要穴。

令狐冲仗著盈盈手中短棍頭上發出的微光，慢慢轉過劍來，慢慢指向林平之的右臂，一寸寸的伸將過去。林平之側耳傾聽他劍勢來路，可是令狐冲這劍是一寸寸的緩緩遞去，那裏聽得到半點聲音？眼見劍尖和他右臂相差不過半尺，突然向前一送，嗤的一聲，林平之上臂筋骨齊斷。

林平之大叫一聲，長劍脫手，和身撲上。令狐冲刷刷兩聲，分刺他左右兩腿。林平之於大罵聲中摔倒在地。

令狐冲回過身來，凝望左冷禪，極微弱的光芒之下，但見他咬牙切齒，神色猙獰可怖，手中長劍急舞。他劍上的絕招妙著雖然層出不窮，但在「獨孤九劍」之下，無處不是破綻。令狐冲心想：「此人是挑動武林風波的罪魁禍首，須容他不得！」一聲清嘯，長劍起處，左冷禪眉心、咽喉、胸口三處一一中劍。

令狐冲躍開兩步，挽住了盈盈的手，只見左冷禪呆立半晌，撲地而倒，手中長劍倒轉過來，刺入自己小腹，對穿而出。

兩人定了定神，去看盈盈手中那短棍時，光芒太弱，卻看不清楚。兩人身上均無火摺，令狐冲生怕林平之又再反撲，在他左臂補了一劍，削斷他的筋脈，這才去死人身上掏摸火刀火石，連摸兩人，懷中都是空空如也，登時想起，罵道：「滾你奶奶的，瞎子自然不會帶火刀火石。」一摸到第五個死人，才尋到了火刀火石，打著了火點燃紙媒。

兩人同時「啊」的一聲，叫了出來。

只見盈盈手中握著的竟是一根白骨，一頭已被削尖！

盈盈一呆之下，將白骨摔在地下，笑罵：「滾你……」只罵了兩個字，覺得出口不雅，抿嘴住口。

令狐冲恍然大悟，說道：「盈盈，咱們兩條性命，是神教這位前輩搭救的。」盈盈奇道：「神教的前輩？」令狐冲道：「當年神教十長老攻打華山，都給堵在這山洞之中，無法脫身，飲恨而終，遺下了十具骷髏。這根大腿骨，卻不知是那一位長老的。我無意中拾起來一擋，天幸又讓左冷禪削去了一截，死人骨頭中有鬼火燐光，才使咱二人瞎子開眼。」

盈盈吁了口長氣，向那根白骨躬身道：「原來是本教前輩，可得罪了。」

令狐冲又取過幾根紙媒，將火點旺，再點燃了兩根火把，道：「不知莫師伯怎樣了？」縱聲叫道：「莫師伯，莫師伯！」卻不聞絲毫聲息。令狐冲心想莫師伯對自己愛護有加，今日慘死洞中，心下甚是難過，放眼洞中遍地屍骸，一時實難找到莫大先生的屍身，心想：「此刻未脫險地，不能多耽。我必當回來，找到莫師伯遺體，好好安葬。」回身拉住了林平之胸口，向地道中走去。

盈盈知他答應過岳靈珊，要照料林平之，當下也不說甚麼，拾起山洞角落裏那具已打穿了幾個洞的瑤琴，跟隨其後。

二人從這條當年大力神魔以巨斧所開的窄道中一步步出去。令狐冲提劍戒備，心想左冷禪極工心計，既將山洞的出口堵死，必定派人守住這窄道，以防螳螂捕蟬、黃雀在後，另有人再將他堵在洞內。但走到窄道盡頭，更不再見有人。

令狐冲輕輕推開遮住出口的石板，陡覺亮光耀眼，原來在山洞中出死入生的惡鬥良久，不覺時刻之過，天早已亮了。他見外洞中空蕩蕩地並無一人，當即拉了林平之縱身而出，盈盈跟著出來。

令狐冲手中有劍，眼中見光，身在空處，那才是真正的出了險境，一口新鮮空氣吸入胸中，當真說不出的舒暢。

盈盈問道：「從前你師父罰你在這裏思過，就住在這個石洞裏麼？」令狐冲笑道：「正是。你看怎麼樣？」盈盈微微一笑，道：「我看你在這裏思的不是過，而是你那……」她本來想說「你那小師妹」，但想何必提到岳靈珊而惹他傷心，當即住口。

令狐冲道：「風太師叔便住在左近，不知他老人家身子是否安健。我一直好生想念。他本來說過，決計不見華山派之人，但我早就不是華山派的了。」盈盈道：「是。咱們快去參見。」令狐冲還劍入鞘，放下林平之，挽住了盈盈的手，並肩出洞。

三十九 拒盟

——

「千秋萬載，一統江湖！」之聲震動天地，教眾一齊拜伏在地。陽光照射在任我行臉上、身上，這日月神教教主威風凜凜，宛若天神。

剛出洞口，突然間頭頂黑影晃動，似有甚麼東西落下，令狐冲和盈盈同時縱起閃避，豈知一張極大的漁網竟兜頭將兩人罩住。兩人大吃一驚，忙拔劍去割漁網，割了幾下，竟然紋絲不動。便在此時，又有一張漁網從高處撒下，罩在二人身上。

山洞頂上躍下一人，手握繩索，用力拉扯，收緊漁網。令狐冲脫口叫道：「師父！」原來那人卻是岳不羣。

岳不羣將漁網越收越緊。令狐冲和盈盈便如兩條大魚一般，給裹纏在網裏，初時尚能掙扎，到後來已動彈不得。盈盈驚惶之下，不知如何是好，一瞥眼間，忽見令狐冲臉帶微笑，神情甚是得意，心想：「莫非他有脫身之法？」

岳不羣獰笑道：「小賊，你得意洋洋的從洞中出來，可沒料到大禍臨頭罷？」令狐冲道：「那也沒甚麼大禍臨頭。一個人總要死的，和我愛妻死在一起，那就開心得很了。」盈盈這才明白，原來他臉露喜容，是為了可和自己同死，驚惶之意頓消，感到了一陣甜蜜喜慰。令狐冲道：「你只能便這樣殺死我二人，可不能將我夫妻分開，一一殺死。」岳不羣怒道：「小賊，死在眼前，還在說嘴！」將繩索又在他二人身上繞了幾轉，綑得緊緊地。

令狐冲道：「你這張漁網，是從老頭子那裏拿來的罷。你待我當真不錯，明知我二人不願分開，便用繩索縛得我夫妻如此緊法。你從小將我養大，明白我的心意，這世上的知己，也只有你岳先生一人了。」他嘴裏儘說俏皮話，只盼拖延時刻，看有甚麼方法能夠脫險，又盼風清揚突然現身相救。

岳不羣冷笑道：「小賊，從小便愛胡說八道，這賊性兒至今不改。我先割了你的舌頭，免得你死後再進拔舌地獄。」左足飛起，在令狐冲腰眼中踢了一腳，登時點了他的啞穴，令他做聲不得，說道：「任大小姐，你要我先殺他呢，還是先殺你？」

盈盈道：「那又有甚麼分別？我身邊三尸腦神丹的解藥，可只有三顆。」

岳不羣登時臉上變色。他自被盈盈逼著吞服「三尸腦神丹」後，日思夜想，只是如何取得解藥。他候準了良機，在他二人甫脫險境、欣然出洞、最不提防之際突撒金絲漁網，將他們罩住。本來打的主意，是將令狐冲和盈盈先行殺死，再到她身上搜尋解藥，此刻聽她說身上只有三顆解藥，那麼將他二人殺死後，自己也只能活三年，而且三年之後尸蟲入腦，狂性大發，死得苦不堪言，此事倒是煞費思量。

他雖養氣功夫極好，卻也忍不住雙手微微顫動，說道：「好，那麼咱們做一個交易。你將製煉解藥之法跟我說了，我便饒你二人不死。」盈盈一笑，淡淡的道：「小女子雖然年輕識淺，卻也知道君子劍岳先生的為人。閣下如果言而有信，也不會叫作君子劍了。」岳不羣道：「你跟著令狐冲沒得到甚麼好處，就學會了貧嘴貧舌。那製煉解藥之方，你是決計不肯說的了？」盈盈道：「自然不說。三年之後，我和冲郎在鬼門關前恭候大駕，只是那時閣下五官不全，面目全非，也不知是否能認得你。」

岳不羣背上登時感到一陣涼意，明白她所謂「五官不全，面目全非」，是指自己毒發之時，若非全身腐爛，便是自己將臉孔抓得稀爛，思之當真不寒而慄，怒道：「我就算面目全非，那也是你早我三年。我也不殺你，只是割去你的耳朵鼻子，在你雪白的臉蛋上劃他十七八道劍痕，且看你那多情多義的冲郎，是不是還愛你這個人不像人、鬼不像鬼的醜八怪。」刷的一聲，抽出了長劍。

盈盈「啊」的一聲，驚叫了出來。她死倒不怕，但若給岳不羣毀得面目猶似鬼怪一般，讓令狐冲瞧在眼裏，雖死猶有餘恨。令狐冲給點了啞穴，手足尚能動彈，明白盈盈的心意，以手肘碰了碰她，隨即伸起右手兩根手指，往自己眼中插去。盈盈又是「啊」的一聲，急叫：「冲哥，不可！」

岳不羣並非真的就此要毀盈盈的容貌，只不過以此相脅，逼她吐露解藥的藥方，令狐冲倘若自壞雙目，這一步最厲害的棋子也無效了。他出手迅疾無比，左臂一探，隔著漁網便抓住了令狐冲的右腕，喝道：「住手！」

兩人肌膚一觸，岳不羣便覺自己身上的內力向外直瀉，叫聲「啊喲！」忙欲掙脫，但自己手掌卻似和令狐冲手腕黏住了一般。令狐冲一翻手，抓住了他手掌，岳不羣的內力更源源不絕的洶湧而出。岳不羣大驚，右手揮劍往他身上斬去。令狐冲手一抖，拖過他的身子，這一劍便斬在地下。岳不羣內力疾瀉，第二劍待欲再砍，已然疲軟無力，幾乎連手臂也抬不起來。他勉力舉劍，將劍尖對準令狐冲的眉心，手臂和長劍不斷顫抖，慢慢插將下來。

盈盈大驚，想伸指去彈岳不羣的長劍，但雙臂都壓在令狐冲身下，漁網又纏得極緊，出力掙扎，始終抽不出手來。令狐冲左手給盈盈壓住了，也是移動不得，眼見劍尖慢慢刺落，忽想：「我以慢劍之法殺左冷禪，傷林平之，此刻師父也以此法殺我，報應好快。」

岳不羣只覺內力飛快消逝，而劍尖和令狐冲眉心相去也只數寸，又是歡喜，又是焦急。忽然身後一個少女的聲音尖聲叫道：「你……你幹甚麼？快撤劍！」腳步聲起，一人奔近。岳不羣眼見劍尖只須再沉數寸，便能殺了令狐冲，此時自己生死也是繫於一線，如何肯即罷手？拚著餘力，使勁一沉，劍尖已觸到令狐冲眉心，便在此時，後心一涼，一柄長劍自他背後直刺至前胸。

那少女叫道：「令狐大哥，你沒事罷？」正是儀琳。

令狐冲胸口氣血翻湧，答不出話來。盈盈道：「小師妹，令狐大哥沒事。」儀琳喜道：「那才好了！」怔了一怔，驚道：「是岳先生！我……我殺了他！」盈盈道：「不錯。恭喜你報了殺師之仇。請你解開漁網，放我們出來。」

儀琳道：「是，是！」眼見岳不羣俯伏在地，劍傷處鮮血滲出，嚇得全身都軟了，顫聲道：「是……是我殺了他？」抓起繩索想解，雙手只是發抖，使不出力，說甚麼也解不開。

忽聽得左首有人叫道：「小尼姑，你殺害尊長，今日教你難逃公道！」一名黃衫老者仗劍奔來，卻是勞德諾。

令狐冲叫聲：「啊喲！」盈盈叫道：「小師妹，快拔劍抵擋。」

儀琳一呆之下，從岳不羣身上拔出長劍。勞德諾刷刷刷三劍快攻，儀琳擋了三劍，第三劍從她左肩掠過，劃了一道口子。

勞德諾劍招越使越快，有幾招依稀便是辟邪劍法，只是沒學得到家，僅略具其形，出劍之迅疾，和林平之也相差甚遠。本來勞德諾經驗老到，劍法兼嵩山、華山兩派之長，新近又學了些辟邪劍法，儀琳原不是他的對手。好在儀和、儀清等盼她接任恒山掌門，這些日子來督導她勤練令狐冲所傳的恒山派劍法絕招，武功頗有進境，而勞德諾的辟邪劍法乍學未精，偏生急欲試招，夾在嵩山、華山兩派的劍法中使將出來，反而駁雜不純，使得原來的劍法打了個折扣。

儀琳初上手時見敵人劍法極快，心下驚慌，第三劍上便傷了左肩，但想自己要是敗了，令狐冲和盈盈未脫險境，勢必立時遭難，心想他要殺令狐大哥，不如先將我殺了，既抱必死之念，出招時便奮不顧身。勞德諾遇上她這等拚命的打法，一時倒也難以取勝，口中亂罵：「小尼姑，你他媽的好狠！」

盈盈見儀琳一鼓作氣，勉力支持，鬥得久了，勢必落敗，當下滾動身子，抽出左手，解開了令狐冲的穴道，伸手入懷，摸出短劍。令狐冲叫道：「勞德諾，你背後是甚麼東西？」

勞德諾經驗老到，自不會憑令狐冲這麼一喝，便轉頭去看，以致給敵人以可乘之機。他對令狐冲的呼喝置之不理，加緊進擊。盈盈握著短劍，想要從漁網孔中擲出，但儀琳和勞德諾近身而搏，倘若準頭稍偏，說不定便擲中了她，一時躊躇不發。忽聽得儀琳「啊」的一聲叫，左肩又中了一劍。第一次受傷甚輕，這一劍卻深入數寸，青草地下登時濺上鮮血。

令狐冲叫道：「猴子，猴子，啊，這是六師弟的猴子。乖猴兒，快撲上去咬他，這是害死你主人的惡賊。」

勞德諾為了盜取岳不羣的「紫霞神功」秘笈，殺死華山派六弟子陸大有。陸大有平時常帶著一隻小猴兒，放在肩頭，身死之後，這隻猴兒也就不知去向。此刻他突然聽到令狐冲呼喝，不由得心中發毛：「這畜生倘若撲上來咬我，倒是礙手礙腳。」側身反手一劍，向身後砍去，卻那裏有甚麼猴子了？便在這時，盈盈短劍脫手，呼的一聲，射向他後頸。勞德諾一伏身，短劍從他頭頂飛過，突覺左腳足踝上一緊，已被一根繩索纏住，繩索向後忽拉，登時身不由主的撲倒。原來令狐冲眼見勞德諾伏低避劍，正是良機，來不及解開漁網，便將漁網上的長繩甩了出去，纏住他左足，將他拉倒。令狐冲和盈盈齊叫：「快殺，快殺！」

儀琳揮劍往勞德諾頭頂砍落。但她既慈心，又膽小，初時殺岳不羣，只是為了要救令狐冲，情急之下，揮劍直刺，渾沒想到要殺人，此刻長劍將要砍到勞德諾頭上，心中一軟，劍鋒略偏，擦的一聲響，砍在他的右肩上。勞德諾琵琶骨立被砍斷，長劍脫手，他生怕儀琳第二劍又再砍落，忍痛跳起，掙脫漁網繩索，飛也似的向崖下逃去。

突然山崖邊衝上二人，當先一個女子喝道：「喂，剛才是你罵我女兒嗎？」正是儀琳之母、在懸空寺中假裝聾啞的那個婆婆。勞德諾飛腿向她踢去。那婆婆側身避過，拍的一聲，重重打了他一記耳光，喝道：「你罵『你他媽的好狠』，她的媽媽就是我，你敢罵我？」

令狐冲叫道：「截住他，截住他！別讓他走了！」那婆婆伸掌本欲往勞德諾頭上擊落，聽得令狐冲這麼呼喝，叫道：「天殺的小鬼，我偏要放他走！」側身一讓，在勞德諾屁股上踢了一腳。勞德諾如得大赦，直衝下山。

那婆婆身後跟著一人，正是不戒和尚，他笑嘻嘻的走近，說道：「甚麼地方不好玩，怎地鑽進漁網裏來玩啦？」儀琳道：「爹，快解開漁網，放了令狐大哥和任大小姐。」那婆婆沉著臉道：「這小賊的帳還沒跟他算，不許放！」

令狐冲哈哈大笑，叫道：「夫妻上了床，媒人丟過牆。你們倆夫妻團圓，怎不謝謝我這個大媒？」那婆婆在他身上踢了一腳，罵道：「我謝你一腳！」令狐冲笑著叫道：「桃谷六仙，快救救我！」

那婆婆最是忌憚桃谷六仙，一驚之下，回過頭來。令狐冲從漁網孔中伸出手來，解開了繩索的死結，讓盈盈鑽了出來，自己待要出來，那婆婆喝道：「不許出來！」

令狐冲笑道：「不出來就不出來。漁網之中，別有天地，大丈夫能屈能伸，屈則進網，伸則出網，何足道哉，我令狐冲……」正想胡說八道下去，一瞥眼間，見岳不羣伏屍於地，臉上笑容登時消失，突然間熱淚盈眶，跟著淚水便直瀉下來。

那婆婆兀自在發怒，罵道：「小賊！我不狠狠揍你一頓，難消心頭之恨！」左掌一揚，便向令狐冲右頰擊去。儀琳叫道：「媽，別……別……」令狐冲右手一抬，手中已多了一柄長劍，卻是當他瞧著岳不羣的屍身傷心出神之際，盈盈塞在他手中的。他長劍一指，刺向那婆婆的右肩要穴，逼得她退了一步。那婆婆更加生氣，身形如風，掌劈拳擊，肘撞腿掃，頃刻間連攻七八招。令狐冲身在漁網之中，長劍隨意揮灑，每一劍都是指向那婆婆的要害，只是每當劍尖將要碰到她身子時，立即縮轉。這「獨孤九劍」施展開來，天下無敵，令狐冲若不容讓，那婆婆早已死了七八次。又拆了數招，那婆婆自知自己武功和他差得太遠，長嘆一聲，住手不攻，臉上神色極是難看。

不戒和尚勸道：「娘子，大家是好朋友，何必生氣？」

那婆婆怒道：「要你多嘴幹甚麼？」一口氣無處可出，便欲發洩在他身上。

令狐冲拋下長劍，從漁網中鑽了出來，笑道：「你要打我出氣，我讓你打便了！」那婆婆提起手掌，拍的一聲，重重打了他一個耳光，令狐冲「哎唷」一聲叫，竟不閃避。那婆婆怒道：「你幹麼不避？」令狐冲道：「我避不開，有甚麼法子？」那婆婆呸的一聲，心知他是瞧在儀琳份上，讓了自己，左掌已然提起，卻不再打下了。

盈盈拉著儀琳的手，說道：「小師妹，幸得你及時趕到相救。你怎麼來的？」儀琳道：「我和眾位師姊，都給他（說著向岳不羣的屍身一指）……他的手下人捉了來，我和三位師姊給關在一個山洞之中，剛才爹爹和媽媽救了我出來。爹爹、媽媽和我，還有不可不戒和那三位師姊，大家分頭去救其餘眾位師姊。我走在崖下，聽得上面有人說話，似是令狐大哥的聲音，便趕上來瞧瞧。」盈盈道：「我和他各處找尋，一個也沒有見到，卻原來你們是給關在山洞中。」

令狐冲道：「剛才那個黃袍老賊是個極大的壞人，給他逃走了，那可心有不甘。」拾起地下長劍，道：「咱們快追。」

一行五人走下思過崖，行不多久，便見田伯光和七名恆山派弟子從山谷中攀援而上，其中有儀清在內。相會之下，各人甚是欣喜。令狐冲心想：「華山上的地形，天下只怕沒幾人能比我更熟的。我不知這山谷下另有山洞，田兄是外人，反而知道，這可奇了？」拉一拉田伯光的袖子，兩人墮在眾人之後。令狐冲道：「田兄，華山的幽谷之中另有秘洞，連我也不知道，你卻找得到，令人好生佩服。」

田伯光微微一笑，說道：「那也沒甚麼希奇。」令狐冲道：「啊，是了，原來你擒住了華山弟子，逼問而得。」田伯光道：「那倒不是。」令狐冲道：「然則你何以得知，倒要請教。」田伯光神色忸怩，微笑道：「這事說來不雅，不說也罷。」令狐冲更加好奇了，不聞不快，笑道：「你我都是江湖上的浮浪子弟，又有甚麼雅了？快說出來聽聽。」田伯光道：「在下說了出來，令狐掌門請勿見責。」令狐冲笑道：「你救了恆山派的眾位師姊師妹，多謝你還來不及，豈有見怪之理？」田伯光低聲道：「不瞞你說，在下一向有個壞脾氣，你是知道的了。自從太師父剃光了我頭，給我取個法名叫作『不可不戒』之後，那色戒自是不能再犯……」令狐冲想到不戒和尚懲戒他的古怪法子，不由臉露微笑。田伯光知道他心中在想甚麼，臉上一紅，續道：「但我從前學到的本事，卻沒忘記，不論相隔多遠，只要有女子聚居之處，在下……在下便覺察得到。」令狐冲大奇，問道：「那是甚麼法子？」田伯光道：「我也不知是甚麼法子，好像能夠聞到女人身上的氣息，與男人不同。」

令狐冲哈哈大笑，道：「據說有些高僧有天眼通、天耳通，田兄居然有『天鼻通』。」田伯光道：「慚愧，慚愧！」令狐冲笑道：「田兄這本事，原是多做壞事，歷練而得，想不到今日用來救我恆山派的弟子。」

盈盈轉過頭來，想問甚麼事好笑，見田伯光神色鬼鬼祟祟，料想不是好事，便即住口。

田伯光突然停步，道：「這左近似乎又有恆山派弟子。」他用力嗅了幾嗅，向山坡下的草叢走去，低頭尋找，過了一會，一聲歡呼，手指地下，叫道：「在這裏了！」他所指處堆著十餘塊大石，每一塊都有二三百斤重，當即搬開了一塊。不戒和令狐冲過去相助，片刻間將十幾塊大石都搬開了，底下是塊青石板。三人合力將石板掀起，露出一個洞來，裏面躺著幾個尼姑，果然都是恆山派弟子。

儀清和儀琳忙跳下洞去，將同門扶了出來，扶出幾人後，裏面還有，每一個都已奄奄一息。眾人忙將被囚的恆山弟子拉出，只見儀和、鄭萼、秦絹等均在其內，這地洞中竟藏了三十餘人，再過得一兩天，非盡數死在其內不可。

令狐冲想起師父下手如此狠毒，不禁為之寒心，讚田伯光道：「田兄，你這項本事當真非同小可，這些師姊妹們深藏地底，你竟嗅得出來，實在令人好生佩服。」田伯光道：「那也沒甚麼希奇，幸好其中有許多俗家的師伯、師叔……」令狐冲道：「師伯、師叔？啊，是了，你是儀琳小師妹的弟子。」田伯光道：「倘若被囚的都是出家的師叔伯們，我便查不出了。」令狐冲道：「原來俗家人和出家人也有分別。」田伯光道：「這個自然。俗家女子身上有脂粉香氣。」令狐冲這才恍然。

眾人七手八腳的施救，儀清、儀琳等用帽子舀來山水，一一灌飲。幸好那山洞有縫隙可以通氣，恆山眾弟子又都練有內功，雖然已委頓不堪，尚不致有性命之憂。儀和等修為較深的，飲了些水後，神智便先恢復。

令狐冲道：「咱們救出的還不到三股中的一股，田兄，請你大顯神通，再去搜尋。」

那婆婆橫眼瞪視田伯光，甚是懷疑，問道：「這些人給關在這裏，你怎知道？多半囚禁她們之時，你便在一旁，是不是？」田伯光忙道：「不是，不是！我一直隨著太師父，沒離開他老人家身邊。」那婆婆臉一沉，喝道：「你一直隨著他？」田伯光暗叫不妙，心想他老夫婦破鏡重圓，一路上又哭又笑，又打罵，又親熱，都給自己暗暗聽在耳裏，這位太師娘老羞成怒，那可十分糟糕，忙道：「這大半年來，弟子一直隨著太師父，直到十天之前，這才分手，好容易今日又在華山相聚。」那婆婆將信將疑，問道：「然則這些尼姑們給關在這地洞裏，你又怎麼知道？」田伯光道：「這個……這個……」一時找不到飾辭，甚感窘迫。

便在這時，忽聽得山腰間數十枝號角同時嗚嗚響起，跟著鼓聲蓬蓬，便如是到了千軍萬馬一般。

眾人盡皆愕然。盈盈在令狐冲耳邊低聲道：「是我爹爹到了！」令狐冲「啊」了一聲，想說：「原來是我岳父大人大駕光臨。」但內心隱隱覺得不妥，那句話便沒出口。

皮鼓擂了一會，號角聲又再響起。那婆婆道：「是官兵到來麼？」

突然間鼓聲和號角聲同時止歇，七八人齊聲喝道：「日月神教文成武德、澤被蒼生任教主駕到！」這七八人都是功力十分深厚的內家高手，齊聲呼喝，山谷鳴響，羣山之間，四周回聲傳至：「任教主駕到！任教主駕到！」威勢懾人，不戒和尚等都為之變色。

回音未息，便聽得無數聲音齊聲叫道：「千秋萬載，一統江湖！任教主中興聖教，壽與天齊！」聽這聲音少說也有二三千人。四下裏又是一片回聲：「中興聖教，壽與天齊！中興聖教，壽與天齊！」

過了一會，叫聲止歇，四下裏一片寂靜，有人朗聲說道：「日月神教文成武德、澤被蒼生任教主有令，五嶽劍派掌門人暨門下諸弟子聽者：大夥齊赴朝陽峯石樓相會。」他朗聲連說了三遍，稍停片刻，又道：「十二堂正副香主，率領座下教眾，清查諸峯諸谷，把守要道，不許閒雜人等胡亂行走。不奉號令者格殺不論！」登時便有二三十人齊聲答應。

令狐冲和盈盈對望了一眼，心下明白，那人號令清查諸峯諸谷，把守要道，是逼令五嶽劍派諸人非去朝陽峯會見任教主不可。令狐冲心想：「他是盈盈之父，我不久便要和盈盈成婚，終須去見任教主一見。」當下向儀和等人道：「咱們同門師姊妹尚有多人未曾脫困，請這位田兄帶路，儘快去救了出來。任教主是任小姐的父親，想來也不致難為咱們。我和任小姐先去東峯，眾位師姊會齊後，大夥到東峯相聚。」儀和、儀清、儀琳等答應了，隨著田伯光去救人。

那婆婆怒道：「他憑甚麼在這裏大呼小叫？我偏不去見他，瞧這姓任的如何將我格殺勿論。」令狐冲知她性子執拗，難以相勸，就算勸得她和任我行相會，言語中也多半會衝撞於他，反為不美，當下向不戒和尚夫婦行禮告別，與盈盈向東峯行去。

令狐冲道：「華山最高的三座山峯是東峯、南峯、西峯，尤以東西兩峯為高。東峯正名叫作朝陽峯，你爹爹選在此峯和五嶽劍派羣豪相會，當有令羣豪齊來朝拜之意。你爹爹叫五嶽劍派眾人齊赴朝陽峯，難道諸派人眾這會兒都在華山嗎？」

盈盈道：「五嶽劍派之中，岳先生、左冷禪、莫大先生三位掌門人今天一日之中逝世，泰山派沒聽說有誰當了掌門人，五大劍派中其實只剩下你一位掌門人了。」令狐冲道：「五派菁英，除了恆山派外，其餘大都已死在思過崖後洞之內，而恆山派眾弟子又都困頓不堪，我怕……」盈盈道：「你怕我爹爹乘此機會，要將五嶽劍派一網打盡？」

令狐冲點點頭，嘆了口氣，道：「其實不用他動手，五嶽劍派也已沒剩下多少人了。」

盈盈也嘆了口氣，道：「岳先生誘騙五嶽劍派好手，齊到華山來看石壁劍招，企圖清除各派中武功高強之士，以便他穩做五嶽派掌門人，別派無人能和他相爭。這一著棋本來甚是高明，不料左冷禪得到了訊息，乘機邀集一批瞎子，想在黑洞中殺他。」令狐冲道：「你說左冷禪想殺的是我師父，不是我？」盈盈道：「他料不到你會來的。你劍術高明之極，早已超越石壁上所刻的招數，自不會到這洞裏來觀看劍招。咱們走進山洞，只是碰巧而已。」

令狐冲道：「你說得是。其實左冷禪和我也沒甚麼仇怨。他雙眼給我師父刺瞎，五嶽派掌門之位又給他奪去，那才是切骨之恨。」

盈盈道：「想來左冷禪事先一定安排了計策，要誘岳先生進洞，然後乘黑殺他，又不知如何，這計策給岳先生識破了，他反而守在洞口，撒漁網罩人。當真是螳螂捕蟬，黃雀在後。眼下左冷禪和你師父都已去世，這中間的原因，只怕無人得知了。」

令狐冲淒然點了點頭。盈盈道：「岳先生誘騙五嶽劍派諸高手到來，此事很久以前便已下了伏筆。那日在嵩山比武奪帥，你小師妹施展泰山、衡山、嵩山、恆山各派的精妙劍招，四派高手，無不目睹，自是人人心癢難搔。只有恆山派的弟子們，你已將石壁上劍招相授，她們並不希罕。泰山、衡山、嵩山三派的門人弟子，當然到處打聽，岳小姐這些劍招從何得來。岳先生暗中稍漏口風，約定日子，開放後洞石壁，這三派的好手，還不爭先恐後的湧來麼？」令狐冲道：「咱們學武之人，一聽到何處可以學到高妙武功，就算干冒生死大險，也是非來不可的，尤其是本派的高招，那更加是不見不休。因此像莫大師伯那樣隨隨便便、與世無爭的高人，卻也會喪生洞中。」

盈盈道：「岳先生料想你恆山派不會到來，是以另行安排，用迷藥將眾人蒙倒，一舉擒上華山來。」令狐冲道：「我不明白師父為甚麼這般大費手腳，把我門下這許多弟子擒上山來？路遠迢迢，很容易出事。當時便將她們都在恆山上殺了，豈不乾脆？」他頓了一頓，說道：「啊，我明白了，殺光了恆山派弟子，五嶽派中便少了恆山一嶽。師父要做五嶽派掌門人，少了恆山派，他這五嶽派掌門人非但美中不足，簡直名不副實。」

盈盈道：「這自是一個原因，但我猜想，另有一個更大的原因。」令狐冲道：「那是甚麼？」盈盈道：「最好當然是能夠擒到你，便可和我換一樣東西。否則的話，將你門下這些弟子們盡數擒來，向你要挾。我不能袖手旁觀，那樣東西也只好給他換人。」令狐冲恍然，一拍大腿，道：「是了。我師父是要三尸腦神丹的解藥。」盈盈道：「岳先生被逼吞食此藥之後，自是日夜不安，急欲解毒。一日不解，一日難以安心。他知道只有從你身上打算，才能取得解藥。」

令狐冲道：「這個自然。我是你的心肝寶貝，也只有用我，才能向你換到解藥。」盈盈啐了一口，道：「他用你來向我換藥，我才不換呢。解藥藥材採集極難，製煉更是不易，那是無價之寶，豈能輕易給他。」令狐冲道：「常言道：易求無價寶，難得有情郎。」盈盈紅暈滿頰，低聲道：「老鼠上天平，自稱自讚，也不害羞。」說話之間，兩人已走上一條極窄的山道。

這山道筆直向上，甚是陡峭，兩人已不能並肩而行。盈盈道：「你先走。」令狐冲道：「還是你先走，倘若摔下來，我便抱住你。」盈盈道：「不，你先走，還不許你回頭瞧我一眼，婆婆說過的話，你非聽不可。」說著笑了起來。令狐冲道：「好，我就先走。要是我摔下來，你可得抱住我。」盈盈忙道：「不行，不行！」生怕他假裝失足，跟自己鬧著玩，當下先上了山道。盈盈見他雖然說笑，卻是神情鬱鬱，一笑之後，又現淒然之色，知他對岳不羣之死甚難釋然，一路上順著他說些笑話，以解愁悶。

轉了幾個彎，已到了玉女峯上，令狐冲指給她看，那一處是玉女的洗臉盆，那一處是玉女的梳妝台。盈盈情知這玉女峯定是他和岳靈珊當年常遊之所，生怕更增他傷心，匆匆一瞥便即快步走過，也不細問。

再下一個坡，便是上朝陽峯的小道。只見山嶺上一處處都站滿了哨崗，日月教的教眾衣分七色，隨著旗幟進退，秩序井然，較之昔日黑木崖上的布置，另有一番森嚴氣象。令狐冲暗暗佩服：「任教主胸中果是大有學問。那日我率領數千人眾攻打少林寺，弄得亂七八糟，一塌胡塗，那及日月教這等如身使臂、如臂使指，數千人猶如一人？東方不敗自也是一個十分了不起的人物，只是後來神智錯亂，將教中大事都交了楊蓮亭，黑木崖上便徒見肅殺，不見威勢了。」

日月教的教眾見到盈盈，都恭恭敬敬的躬身行禮，對令狐冲也是極盡禮敬。旗號一級級的自峯下打到峯腰，再打到峯頂，報與任我行得知。

令狐冲見那朝陽峯自山峯腳下起，直到峯頂，每一處險要之所都布滿了教眾，少說也有二千來人。這一次日月教傾巢而出，看來還招集了不少旁門左道之士，共襄大舉。五嶽劍派的眾位掌門人就算一個也不死，五派的好手又都聚在華山，事先倘若未加周密部署，倉卒應戰，只怕也是敗多勝少，此刻人才凋零，更是絕不能與之相抗的了。眼見任我行這等聲勢，定是意欲不利於五嶽劍派，反正事已至此，自己獨木難支大廈，一切只好聽天由命，行一步算一步。任我行真要殺盡五嶽劍派，自己也不能苟安偷生，只好仗劍奮戰，恆山派弟子一齊死在這朝陽峯上便了。

他雖聰明伶俐，卻無甚智謀，更不工心計，並無處大事、應劇變之才，眼見恆山全派盡已身入羅網，也想不出甚麼保派脫身之計，一切順其自然，聽天由命。又想盈盈和任教主是骨肉之親，她最多是兩不相助，決不能幫著自己，出甚麼計較來對付自己父親。當下對朝陽峯上諸教眾弓上弦、刀出鞘的局面，只是視若無睹，和盈盈說些不相干的笑話。

盈盈卻早已愁腸百結，她可不似令狐冲那般拿得起、放得下，一路上思前想後，苦無良策，尋思：「冲郎是個天不怕、地不怕之人，天塌下來，他也只當被蓋。我總得幫他想個法子才好。」料想父親率眾大舉而來，決無好事，局面如此險惡，也只有隨機應變，且看有無兩全其美的法子。

兩人緩緩上峯，一踏上峯頂，猛聽得號角響起，砰砰砰放銃，跟著絲竹鼓樂之聲大作，竟是盛大歡迎貴賓的安排。令狐冲低聲道：「岳父大人迎接東床嬌客回門來啦！」盈盈白了他一眼，心下甚是愁苦：「這人甚麼都不放在心上，這當口還有心思說笑。」

只聽得一人縱聲長笑，朗聲說道：「大小姐，令狐兄弟，教主等候你們多時了。」一個身穿紫袍的瘦長老者邁步近前，滿臉堆歡，握住了令狐冲的雙手，正是向問天。

令狐冲和他相見，也是十分歡喜，說道：「向大哥，你好，我常常念著你。」向問天笑道：「我在黑木崖上，不斷聽到你威震武林的好消息，為你乾杯遙祝，少說也已喝了十大罈酒。快去參見教主。」攜著他手，向石樓行去。

那石樓是在東峯之上，巨石高聳，天然生成一座高樓一般，石樓之東便是朝陽峯絕頂的仙人掌。那仙人掌是五根擎天而起的大石柱，中指最高。只見指頂放著一張太師椅，一人端坐椅中，正是任我行。

盈盈走到仙人掌前，仰頭叫了聲：「爹爹！」

令狐冲躬身下拜，說道：「晚輩令狐冲，參見教主。」

任我行呵呵大笑，說道：「小兄弟來得正好，咱們都是一家人了，不必多禮。今日本教會見天下英豪，先敘公誼，再談家事。賢……賢弟一旁請坐。」

令狐冲聽他說到這個「賢」字時頓了一頓，似是想叫出「賢婿」來，只是名分未定，改口叫了「賢弟」，瞧他心中於自己和盈盈的婚事十分贊成，又說甚麼「咱們都是一家人」，說甚麼「先敘公誼，再談家事」，顯是將自己當作了家人。他心中喜歡，站起身來，突然之間，丹田中一股寒氣直衝上來，全身便似陡然間墮入了冰窖，身子一顫，忍不住發抖。盈盈吃了一驚，搶上幾步，問道：「怎樣？」令狐冲道：「我……我……」竟說不出話來。

任我行雖高高在上，但目光銳利，問道：「你和左冷禪交過手了嗎？」令狐冲點點頭。任我行笑道：「不礙事。你吸了他的寒冰真氣，待會散了出來，便沒事了。左冷禪怎地還不來？」盈盈道：「左冷禪暗設毒計，要加害令狐大哥和我，已給令狐大哥殺了。」

任我行「哦」了一聲，他坐得甚高，見不到他的臉色，但這一聲之中，顯是充滿了失望之情。盈盈明白父親心意，他今日大張旗鼓，威懾五嶽劍派，要將五派人眾盡數壓服，左冷禪是他生平大敵，無法親眼見到他屈膝低頭，不免大是遺憾。

她伸左手握住令狐冲的右手，助他驅散寒氣。令狐冲的左手卻給向問天握住了。兩人同時運功，令狐冲便覺身上寒冷漸漸消失。那日任我行和左冷禪在少林寺中相鬥，吸了他不少寒冰真氣，以致雪地之中，和令狐冲、向問天、盈盈三人同時成為雪人。但這次令狐冲只是長劍相交之際，略中左冷禪的真氣，為時極暫，又非自己吸他，所受寒氣也頗有限，過了片刻，便不再發抖，說道：「好了，多謝！」

任我行道：「小兄弟，你一聽我召喚，便上峯來見我，很好，很好！」轉頭對向問天道：「怎地其餘四派人眾，到這時還不見到來？」

向問天道：「待屬下再行催喚！」左手一揮，便有八名黃衫老者一列排在峯前，齊聲喚道：「日月神教文成武德、澤被蒼生任教主有令：泰山、衡山、華山、嵩山四派上下人等，速速上朝陽峯來相會。各堂香主儘速催請，不得有誤。」這八名老者都是內功深厚的高手，齊聲呼喝，聲音遠遠傳了出去，諸峯盡聞。但聽得東南西北各處，有數十個聲音答應：「遵命。教主千秋萬載，一統江湖！」那自是日月教各堂香主的應聲了。

任我行微笑道：「令狐掌門，且請一旁就座。」

令狐冲見仙人掌的西首排著五張椅子，每張椅上都鋪了錦緞，分為黑白青紅黃五色，錦緞上各繡著一座山峯。北嶽恆山尚黑，黑緞上用白色絲線繡的正是見性峯。眼見繡工精緻，單是這一張椅披，便顯得日月教這一次布置周密之極。五嶽劍派本以中嶽嵩山居首，北嶽恆山居末，但座位的排列卻倒了轉來，恆山派掌門人的座位放在首席，其次是西嶽華山，嵩山派排在最後，自是任我行抬舉自己、有意羞辱左冷禪。反正左冷禪、岳不羣、莫大先生、天門道人均已逝世，令狐冲也不謙讓，躬身道：「告坐！」坐入那張黑緞為披的椅中。

朝陽峯上眾人默然等候。過了良久，向問天又指揮八名黃衫老者再喚了一遍，仍不見有人上來。向問天道：「這些人不識抬舉，遲遲不來參見教主，先招呼自己人上來罷！」八名黃衫老者齊聲喚道：「五湖四海、各島各洞、各幫各寨、各山各堂的諸位兄弟，都上朝陽峯來，參見教主。」

他們這「主」字一出口，峯側登時轟雷也似的叫了出來：「遵命！」呼聲聲震山谷，令狐冲不禁嚇了一跳，聽這聲音，少說也有二三萬人。這些人暗暗隱伏，不露半點聲息，猜想任我行的原意，是要待五嶽劍派人眾到齊之後，出其不意的將這數萬人喚了出來，以駭人聲勢，壓得五嶽劍派再也不敢興反抗之意。霎時之間，朝陽峯四面八方湧上無數人來。人數雖多，卻不發出半點喧譁。各人分立各處，看來事先早已操演純熟。上峯來的約有二三千人，當是左道綠林中的首領人物，其餘屬下，自是在峯腰相候了。

令狐冲一瞥之下，見藍鳳凰、祖千秋、老頭子、計無施等都在其內。這些人或受日月教管轄，或一向與之互通聲氣。當日令狐冲率領羣豪攻打少林寺，這些人大都曾經參加。眾人目光和令狐冲相接，都是微笑示意，卻誰也不出聲招呼，除了沙沙的腳步聲外，數千人來到峯上，更無別般聲息。

向問天右手高舉，劃了個圓圈。數千人一齊跪倒，齊聲說道：「江湖後進參見神教文成武德、澤被蒼生聖教主！聖教主千秋萬載，一統江湖！」這些人都是武功高強之士，用力呼喚，一人足可抵得十個人的聲音。最後說到「聖教主千秋萬載，一統江湖」之時，日月教教眾，以及聚在山腰裏的羣豪也都一齊叫了起來，聲音當真是驚天動地。

任我行巍坐不動，待眾人呼畢，舉手示意，說道：「眾位辛苦了，請起！」

數千人齊聲說道：「謝聖教主！」一齊站了起來。

令狐冲心想：「當時我初上黑木崖，見到教眾奉承東方不敗那般無恥情狀，忍不住肉麻作嘔。不料任教主當了教主，竟然變本加厲，教主之上，還要加上一個『聖』字，變成了聖教主。只怕文武百官見了當今皇上，高呼『我皇萬歲萬萬歲』，也不會如此卑躬屈膝。我輩學武之人，向以英雄豪傑自居，如此見辱於人，還算是甚麼頂天立地的好男兒、大丈夫？」想到此處，不由氣往上衝，突然之間，丹田中一陣劇痛，眼前發黑，幾乎暈去。

他雙手抓住椅柄，咬得下唇出血，知道自從學了「吸星大法」後，雖然立誓不用，但剛才在山洞口給岳不羣以漁網罩住，生死繫於一線，只好將這邪法使了出來，吸了岳不羣的內力，自己卻已大受其害。他強行克制，使得口中不發呻吟之聲。

但他滿頭大汗，全身發顫，臉上肌肉扭曲、痛苦之極的神情，卻是誰都看得出來。祖千秋等都目不轉睛的瞧著他，甚是關懷。

盈盈走到他身後，低聲道：「冲哥，我在這裏。」在羣豪數千對眼睛注視之下，她只能說這麼一聲，卻也已羞得滿臉通紅。令狐冲回過頭來，向她瞧了一眼，心下稍覺好過了些。

他隨即想起那日任我行在杭州說過的話，說道他學了這「吸星大法」後，得自旁人的異種真氣聚在體內，總有一日要發作出來，發作時一次厲害過一次。任我行當年所以給東方不敗篡了教主之位，便因困於體內的異種真氣，苦思化解之法，以致將餘事盡數置之度外，才為東方不敗所乘。任我行囚於西湖湖底十餘年，潛心鑽研，悟得了化解之法，卻要令狐冲加盟日月教，方能授他此術。

其時令狐冲堅不肯允，乃是自幼受師門教誨，深信正邪不兩立，決計不肯與魔教同流合汚。後來見到左冷禪等正教大宗師的所作所為，其奸詐兇險處，比之魔教亦不遑多讓，這正邪之分便看得淡了。有時心想，倘若任教主定要我入教，才肯將盈盈許配於我，那麼馬馬虎虎入教，也就是了。他本性便隨遇而安，甚麼事都不認真，入教也罷，不入教也罷，原也算不上甚麼大事。

但那日在黑木崖上，見到一眾豪傑好漢對東方不敗和任我行兩位教主如此卑屈，口中說的盡是言不由衷的肉麻奉承，不由得大起反感，心想倘若我入教之後，也須過這等奴隸般的日子，當真枉自為人，大丈夫生死有命，偷生乞憐之事，令狐冲可決計不幹。此刻更見到任我行作威作福，排場似乎比皇帝還要大著幾分，心想當日你在湖底黑獄之中，是如何一番光景，今日卻將普天下英雄折辱得人不像人，委實無禮已極。

正思念間，忽聽得有人朗聲說道：「啟稟聖教主，恆山派門下眾弟子來到。」

令狐冲一凜，只見儀和、儀清、儀琳等一干恆山弟子，相互扶持，走上峯來。不戒和尚夫婦和田伯光也跟隨在後。鮑大楚朗聲道：「眾位朋友請去參見聖教主。」

儀清等見令狐冲坐在一旁，知道任我行是他的未來岳丈，心想雖然正邪不同，但瞧在掌門人的面上，以後輩之禮相見便了，當下走到仙人掌前，躬身行禮，說道：「恆山派後學弟子，參見任教主！」鮑大楚喝道：「跪下磕頭！」儀清朗聲道：「我們是出家人，拜佛、拜菩薩、拜師父，不拜凡人！」鮑大楚大聲道：「聖教主不是凡人，他老人家是神仙聖賢，便是佛，便是菩薩！」儀清轉頭向令狐冲瞧去。令狐冲搖了搖頭。

儀清道：「要殺便殺，恆山弟子，不拜凡人！」

不戒和尚哈哈大笑，叫道：「說得好，說得好！」向問天怒道：「你是那一門那一派的？到這裏來幹甚麼？」他眼見恆山派弟子不肯向任我行磕頭，勢成僵局，倘若去為難這干女弟子，於令狐冲臉上便不好看，當即去對付不戒和尚，以分任我行之心，將磕頭之事混過去便是。不戒和尚笑道：「和尚是大廟不收、小廟不要的野和尚，無門無派，聽見這裏有人聚會，便過來瞧瞧熱鬧。」向問天道：「今日日月神教在此會見五嶽劍派，閒雜人等，不得在此囉唆，你下山去罷！」向問天這麼說，那是衝著令狐冲的面子，可算得已頗為客氣，他見不戒和尚和恆山派女弟子同來，料想和恆山派有些瓜葛，不欲令他過份難堪。

不戒笑道：「這華山又不是你們魔教的，我要來便來，要去便去，除了華山派師徒，誰也管我不著。」這「魔教」二字，大犯日月教之忌，武林中人雖在背後常提「魔教」，但若非公然為敵，當著面決不以此相稱。不戒和尚心直口快，說話肆無忌憚，聽得向問天喝他下山，十分不快，那管對方人多勢眾，竟是毫無懼色。

向問天轉向令狐冲道：「令狐兄弟，這顛和尚和貴派有甚麼干係？」

令狐冲胸腹間正痛得死去活來，顫聲答道：「這……這位不戒大師……」

任我行聽不戒公然口稱「魔教」，極是氣惱，只怕令狐冲說出跟這和尚大有淵源，可就不便殺他，不等令狐冲說畢，便即喝道：「將這瘋僧斃了！」八名黃衣長老齊聲應道：「遵命！」八人拳掌齊施，便向不戒攻了過去。

不戒叫道：「你們恃人多嗎？」只說得幾個字，八名長老已然攻到。那婆婆罵道：「好不要臉！」竄入人羣，和不戒和尚靠著背，舉掌迎敵。那八名長老都是日月教中第一等的人才，武功與不戒和那婆婆均在伯仲之間，以八對二，數招間便佔上風。田伯光拔出單刀，儀琳提起長劍，加入戰團。他二人武功顯是遠遜，八長老中二人分身迎敵，田伯光仗著刀快，尚能抵擋得一陣，儀琳卻被對方逼得氣都喘不過來，若不是那長老見她穿著恆山派服色，瞧在令狐冲臉上容讓幾分，早便將她殺了。

令狐冲彎腰左手按著肚子，右手抽出長劍，叫道：「且……且慢！」搶入戰團，長劍顫動，連出八招，迫退了四名長老，轉身過來，又是八劍。這一十六招「獨孤劍法」，每一招都指向各長老的要害之處。八名長老給他逼得手忙腳亂，又不敢當真和他對敵，紛紛退了開去。令狐冲俯身蹲在地下，說道：「任……任教主，請瞧在我面上，讓……讓他們……」下面兩個「去罷」，再也說不出口。

任我行見了這等情景，料想他體內異種真氣發作，心知女兒非此人不嫁，自己原也愛惜他的人才，自己既無兒子，便盼他將來接任神教教主之位，當下點了點頭，說道：「既是令狐掌門求情，令日便網開一面。」

向問天身形一晃，雙手連揮，已分別點了不戒夫婦、田伯光和儀琳四人的穴道。他出手之快，實是神乎其技，那婆婆雖然身法如電，竟也逃不開他的手腳。令狐冲驚道：「向……向……」向問天笑道：「你放心，聖教主已說過網開一面。」轉頭叫道：「來八個人！」便有八名青衫教徒越眾而出，躬身道：「謹奉向左使吩咐！」向問天道：「四個男的，四個女的。」當下四名男教徒退下，四名女教徒走上前來。

向問天道：「這四人出言無狀，本應殺卻。聖教主寬大為懷，瞧著令狐掌門臉面，不予處分。將他們背到峯下，解穴釋放。」八人躬身答應。向問天低聲囑咐：「是令狐掌門的朋友，不得無禮。」那八人應道：「是！」背負著四人，下峯去了。

令狐冲和盈盈見不戒等四人逃過了殺身之厄，都舒了口長氣。令狐冲顫聲道：「多……多謝！」一蹲在地下，再也站不起來。他適才連攻一十六招，雖將八名長老個個逼開，但這八名長老個個武功精湛，他這劍招又不能傷到他們，使這一十六招雖只瞬息間事，卻也已大耗精力，胸腹間疼痛更是厲害。

向問天暗暗擔心，臉上卻不動聲息，笑道：「令狐兄弟，有點不舒服麼？」他和令狐冲當年力鬥羣雄，義結金蘭，雖然相聚日少，但這份交情卻是生死不渝。他攜住令狐冲的手，扶他到椅上坐下，暗輸真氣，助他抗禦體內真氣的劇變。

令狐冲心想自己身有「吸星大法」，向問天如此做法，無異讓自己吸取他的功力，忙用力掙脫他手，說道：「向大哥，不可！我……我已經好了。」

任我行說道：「五嶽劍派之中，只有恆山一派前來赴會。其餘四派師徒，竟膽敢不上峯來，咱們可不能客氣了。」

便在此時，上官雲快步奔上峯來，走到仙人掌前，躬身說道：「啟稟聖教主：在思過崖山洞之中，發現數百具屍首。嵩山派掌門人左冷禪便在其內，尚有嵩山、衡山、泰山諸派好手，不計其數，似是自相殘殺而死。」任我行「哦」的一聲，道：「衡山派掌門人莫大那裏去了？」上官雲道：「屬下仔細檢視，屍首中並無莫大在內，華山各處也沒發見他蹤跡。」

令狐冲和盈盈又感欣慰，又是詫異，兩人對望了一眼，均想：「莫大先生行事神出鬼沒，居然能夠脫險，猜想他當時多半是躺在屍首堆中裝假死，直到風平浪靜，這才離去。」

只聽上官雲又道：「泰山派的玉磬子、玉音子等都死在一起。」任我行大是不快，說道：「這……這從何說起？」上官雲又道：「在那山洞之外，又有一具屍首。」任我行忙問：「是誰？」上官雲道：「屬下檢視之後，確知是華山派掌門，也就是新近奪得五嶽派掌門之位的君子劍岳不羣岳先生。」他知道令狐冲將來在本教必將執掌重權，而岳不羣是他受業師父，因此言語中就客氣了些。

任我行聽得岳不羣也已死了，不由得茫然若失，問道：「是……是誰殺死他的？」上官雲道：「屬下在思過崖山洞中檢視之時，聽得後洞口有爭鬥之聲，出去一看，見是一羣華山派門人和泰山派的道人在劇烈格鬥，都說對方害死了本派師父。雙方打得很是厲害，死傷不少。現下已均拿在峯下，聽由聖教主發落。」

任我行沉吟道：「岳不羣是給泰山派殺死的？泰山派中那有如此好手？」

恆山派中儀清朗聲道：「不！岳不羣是我恆山派中一位師妹殺死的。」任我行道：「是誰？」儀清道：「便是剛才下峯去的儀琳小師妹。岳不羣害死我派掌門師父和定逸師叔，本派上下，無不恨之切骨。今日菩薩保祐，掌門師父和定逸師叔有靈，借著本派一個武功低微的小師妹之手，誅此元凶巨惡。」

任我行道：「嗯，原來如此！那也算得是天網恢恢，疏而不漏了。」語氣之中，顯得十分意興蕭索。

向問天和眾長老等你瞧瞧我，我瞧瞧你，均感甚是沒趣。此番日月教大舉前來華山，事先布置周詳異常，不但全教好手盡出，更召集了屬下各幫、各寨、各洞、各島羣豪，準擬一舉而將五嶽劍派盡數收服。五派如不肯降服，便即聚而殲之。從此任我行和日月神教威震天下。再挑了少林、武當兩派，正教中更無一派能與抗手，千秋萬載，一統江湖的基業，便於今日在華山朝陽峯上轟轟烈烈的奠下了。不料左冷禪、岳不羣以及泰山派中的幾名前輩盡皆自相殘殺而死，莫大先生不知去向，四派的後輩弟子也沒剩下多少。任我行殫精竭慮的一番巧妙策劃，竟然盡皆落空。

任我行越想越怒，大聲道：「將五嶽劍派那些還沒死光的狗崽子，都給我押上峯來。」上官雲應道：「是！」轉身下去傳令。

令狐冲體內的異種真氣鬧了一陣，漸漸靜了下來，聽得任我行說「五嶽劍派那些還沒死光的狗崽子」，雖然他用意並不是在罵自己，但恆山派畢竟也在五嶽劍派之列，心下老大沒趣。

過了一會，只聽得吆喝之聲，日月教的兩名長老率領教眾，押著嵩山、泰山、衡山、華山四派的三十三名弟子，來到峯上。華山派弟子本來不多，嵩山、泰山、衡山三派這次來到華山的好手十九都已戰死。這三十三名弟子不但都是無名之輩，而且個個身上帶傷，若非日月教教眾扶持，根本就無法上峯。

任我行一見大怒，不等各人走近，喝道：「要這些狗崽子幹甚麼？帶了下去，都帶了下去！」那兩名長老應道：「謹遵聖教主令旨。」將三十三名受傷的四派弟子帶下峯去。

任我行空口咒罵了幾句，突然哈哈長笑，說道：「這五嶽劍派叫做天作孽，不可活，不勞咱們動手，他們窩裏反自相殘殺，從此江湖之上，再也沒他們的字號了。」

向問天和十長老一齊躬身說道：「這是聖教主洪福齊天，跳樑小醜，自行殞滅。」

向問天又道：「五嶽劍派之中，恆山派卻是一枝獨秀，矯矯不羣，那都是令狐掌門領導有方之故。今後恆山派和咱們神教同氣連枝，共享榮華。恭喜聖教主得了一位少年英俠之中舉世無雙的人才，作為臂助。」

任我行道：「正是，向左使說得好。令狐小兄弟，從今日起，你這恆山一派可以散了。門下的眾位師太和女弟子們，願意到我們黑木崖去，固是歡迎得緊，否則仍留恆山，那也不妨。這恆山下院，算是你副教主的一枝親兵罷，哈哈，哈哈！」仰天長笑，聲震山谷。

眾人聽到「副教主」三字，都是一呆，隨即歡聲雷動，四面八方都叫了起來：「令狐大俠出任我教副教主，真是好極了！」「恭喜聖教主得個好幫手！」「恭喜聖教主，恭喜副教主！」「聖教主萬歲，副教主九千歲！」諸教眾眼見令狐冲既將做教主的女婿，又當上了副教主，他日教主之位自然非他莫屬，知他為人隨和，日後各人多半不必再像目前這般日夕惴惴，唯恐大禍臨頭。其餘江湖豪士有一大半曾隨令狐冲攻打少林寺，和他同過患難，又或受過盈盈的賜藥之恩，歡呼擁戴之意，都是發自衷誠。

向問天笑道：「恭喜副教主，咱們先喝一次歡迎你加盟的喜酒，跟著便喝你跟大小姐成親的喜酒。這就叫好事成雙，喜上加喜。」

令狐冲心中卻是一片迷惘，只知此事萬萬不可，卻不知如何推辭才是；又想自己倘若力辭不就，與盈盈結褵之望便此絕了，任我行一怒之下，自己便有殺身之禍。自己死不足惜，但恆山全派弟子，只怕一個個都會喪身於此。該當立即推辭，還是暫且答應下來，讓恆山眾弟子脫了險再說？他緩緩轉過頭去，向恆山派眾弟子瞧去，只見有的臉現怒色，有的垂頭喪氣，有的大是惶惑，不知如何是好。

只聽得上官雲朗聲道：「咱們以聖教主為首、副教主為副，挑少林，克武當，崑崙、峨嵋不攻自下，再要滅了丐幫，也不過舉手之勞。聖教主千秋萬載，一統江湖！副教主壽比南山，福澤無窮！」

令狐冲心中本來好生委決不下，聽上官雲贈了自己八字頌詞，甚麼「壽比南山、福澤無窮」，比之任我行的「千秋萬載，一統江湖」似乎是差了一級，但也不過是「九千歲」與「萬歲」之別，若是當了副教主，這八字頌詞，只怕就此永遠跟定了自己，想到此處，覺得十分滑稽，忍不住嗤的一聲，笑了出來。

這一聲笑顯是大有譏刺之意，人人都聽了出來，霎時間朝陽峯上一片寂靜。

向問天道：「令狐掌門，聖教主以副教主之位相授，那是普天下武林中一人之下、萬人之上的高位，快去謝過了。」

令狐冲心中突然一片明亮，再無猶豫，站起身來，對著仙人掌朗聲說道：「任教主，晚輩有兩件大事，要向教主陳說。」

任我行微笑道：「但說不妨。」

令狐冲道：「第一件，晚輩受恒山派前掌門定閒師太的重託，出任恒山掌門，縱不能光大恒山派門戶，也決不能將恒山一派帶入日月神教，否則將來九泉之下，有何面目去見定閒師太？這是第一件。第二件乃是私事，我求教主將令愛千金，許配於我為妻。」

眾人聽他說到第一件事時，覺得事情要糟，但聽他跟著說的第二件事，竟是公然求婚，無不相顧莞爾。

任我行哈哈一笑，說道：「第一件事易辦，你將恒山派掌門之位，交給一位師太接充便是。你自己加盟神教之後，恒山派是不是加盟，儘可從長計議。第二件呢，你和盈盈情投意合，天下皆知，我當然答允將她配你為妻，那又何必擔心？哈哈，哈哈！」

眾人隨聲附和，都大聲歡笑起來。

令狐冲轉頭向盈盈瞧了一眼，見她紅暈雙頰，臉露喜色，待眾人笑了一會，朗聲說道：「承教主美意，邀晚輩加盟貴教，且以高位相授，但晚輩是個素來不會守規矩之人，若入了貴教，定然壞了教主大事。仔細思量，還望教主收回成議。」

任我行心中大怒，冷冷的道：「如此說來，你是決計不入神教了？」

令狐冲道：「正是！」這兩字說得斬釘截鐵，絕無半分轉圜餘地。

一時朝陽峯上，羣豪盡皆失色。

任我行道：「你體內積貯的異種真氣，今日已發作過了。此後多則半年，少則三月，又將發作，從此一次比一次厲害，化解之法，天下只我一人知道。」令狐冲道：「當日在杭州梅莊，以及在少室山腳下雪地之中，教主曾言及此事。晚輩適才嘗過這異種真氣發作為患的滋味，確是猶如身歷萬死。但大丈夫涉足江湖，生死苦樂，原也計較不了這許多。」

任我行哼了一聲，道：「你倒說得嘴硬。今日你恆山派都在我掌握之中，我便一個也不放你們活著下山，那也易如反掌。」

令狐冲道：「恆山派雖然大都是女流之輩，卻也無所畏懼。教主要殺，我們誓死周旋便是。」

儀清伸手一揮，恆山派眾弟子都站到了令狐冲身後。儀清朗聲道：「我恆山派弟子唯掌門之命是從，死無所懼。」眾弟子齊道：「死無所懼！」鄭蕚道：「敵眾我寡，我們又入了圈套，日後江湖上好漢終究知道，我恆山派如何力戰不屈。」

任我行怒極，仰天大笑，說道：「今日殺了你們，倒說是我暗設埋伏，以計相害。令狐冲，你帶領門人弟子，回去恆山，一個月內，我必親上見性峯來。那時恆山之上若能留下一條狗、一隻鷄，算是我姓任的沒種。」

教眾大聲吶喊：「聖教主千秋萬載，一統江湖！殺得恆山之上，鷄犬不留！」

以日月教的聲勢，要上見性峯去屠滅恆山派，較之此刻立即動手，相差者也不過多一番跋涉而已。不論恆山派回去之後如何布置防備，日月教定能將之殺得乾乾淨淨。以前五嶽劍派和日月教為敵，五派互為支援，一派有難，四派齊至，饒是如此，百餘年來也只能維持一個不勝不敗的局面。目下五嶽劍派中只賸下一派，自然決計無法和日月教相抗。這一節恆山派眾人無不了然。任我行說要將恆山派殺得鷄犬不留，決非大言。

其實在任我行心中，此刻卻已另有一番計較，令狐冲劍術雖精，畢竟孤掌難鳴，恆山一派，已不足為患。他掛在心上的，其實是少林與武當兩派，心想令狐冲回去，定然向少林與武當求援，這兩派也必盡遣高手，上見性峯去相助。他偏偏不攻恆山，卻出其不意的突襲武當，再在少室山與武當山之間設下三道厲害的埋伏。武當山與少林寺相距不過數百里，武當有事，自然就近通知少林。這時少林寺的高手一大半已去了恆山，餘下的定然傾巢而出，前赴武當相援。那時日月神教一舉挑了少林派的根本重地，先將少林寺燒了，然後埋伏盡起，前後夾擊，將赴武當應援的少林僧眾殲滅，再重重圍困武當山，卻不即進攻。等到恆山上的少林、武當兩派好手得知訊息，千里奔命，趕來武當，日月神教以逸待勞，半路伏擊，定可得手。此後攻武當、滅恆山，已是易如反掌了。

他在這霎時之間，已定下除滅少林、武當兩大勁敵的大計，在心中反覆盤算，料想十九可成。令狐冲不肯入教，雖然削了自己臉面，但正因此一來，反而成就了日月神教一統江湖的大業，心中歡喜，實是難以形容。

令狐冲向盈盈道：「盈盈，你是不能隨我去的了？」盈盈早已珠淚盈眶，這時再也不能忍耐，淚水從面頰上直流下來，說道：「我若隨你而去恆山，乃是不孝；倘若負你，又是不義。孝義難以兩全，冲哥，冲哥，自今而後，勿再以我為念。反正你……」令狐冲道：「怎樣？」盈盈道：「反正你已命不久長，我也決不會比你多活一天。」

令狐冲笑道：「你爹爹已親口將你許配於我。他是千秋萬載、一統江湖的聖教主，豈能言而無信？我就和你在此拜堂成親，結為夫婦如何？」

盈盈一怔，她雖早知令狐冲是個膽大妄為、落拓不羈之徒，卻也料不到他竟會說出這等話來，不由得滿臉通紅，說道：「這……這如何可以？」

令狐冲哈哈大笑，說道：「那麼咱們就此別過。」

他深知盈盈的心意，待任我行率眾攻打恆山，將自己殺死之後，她必自殺殉情，此事勢所必然，無法勸阻。倘若此刻她能破除世俗之見，肯與自己在這朝陽峯上結成夫妻，同歸恆山，得享數日燕爾新婚之樂，然後攜手同死。更無餘恨。但此舉太過驚世駭俗，我浪子令狐冲固可行之不疑，卻決非這位拘謹靦腆的任大小姐所肯為，何況這麼一來，更令她負了不孝之名。當下哈哈一笑，向任我行抱拳行禮，又向向問天及諸長老作個四方揖，說道：「令狐冲在見性峯上，恭候諸位大駕！」說著轉身便走。

向問天道：「且慢！取酒來！令狐兄弟，今日不大醉一場，更無後期。」令狐冲笑道：「妙極，妙極！向大哥確是我的知己。」日月教此番來到華山，事先詳加籌劃，百物具備，向問天一聲「酒來」，便有屬下教眾捧過幾罈酒來，打開罈蓋，斟在碗中。向問天和令狐冲各乾一碗。

人叢中走出一個矮胖子來，卻是老頭子，說道：「令狐公子，你大恩大德，小老兒永遠不忘，今日來敬你一碗。」說著舉起碗喝乾。他只是日月教管轄的一名江湖散人，和向問天的地位不可同日而語。令狐冲今日不肯入教，公然得罪任我行，老頭子這樣一個小腳色居然敢來向他敬酒，只怕轉眼間便有殺身之禍。他重義輕生，自是已將生死置之度外。羣豪見他如此大膽，無不暗暗佩服。

跟著祖千秋、計無施、藍鳳凰、黃伯流等人一個個過來敬酒。令狐冲酒到碗乾，眼見來敬酒的好漢仍是絡繹不絕，心想：「這許多朋友如此瞧得起我，令狐冲這一生也不枉了，卻又何必害了他們的性命？」舉起大碗，說道：「眾位朋友，令狐冲已不勝酒力，今日不能再喝了。眾位前來攻打恆山之時，我在恆山腳下斟滿美酒，大家喝醉了再打！」說著將手中一碗酒乾了。羣豪齊叫：「令狐掌門，快人快語！」有人叫道：「喝醉了酒，胡裏胡塗亂打一場，倒也有趣。」

令狐冲將酒碗往地下一擲，醉醺醺的往峯下走去。儀清、儀和等恆山羣弟子跟隨下峯。

當羣豪和令狐冲飲酒之時，任我行只是微笑不語，心中卻在細細盤算，在少林與武當之間的三道埋伏該當如何安排；如何佯攻恆山，方能引得少林、武當兩派高手前去赴援：攻武當山如何圍開一面，好讓武當派中有人出外向少林寺求援；又須做得如何似模似樣，方能令得對方最工心計之人也瞧不破其中機關。待得令狐冲大醉下山，他破武當、克少林的諸般細節，在心中已然大致盤算就緒。又想：「這些傢伙當著我面，竟敢向令狐冲小子敬酒，這筆帳慢慢再算。眼前用人之際，暫且隱忍不發，待得少林、武當、恆山三派齊滅之後，今日向令狐冲敬酒之人，一個個都沒好下場。」

忽聽得向問天道：「大家聽了：聖教主明知令狐冲倔強頑固，不受抬舉，卻仍然好言相勸，固是聖教主寬大為懷，愛惜人才，但另有一番深意，卻非令狐冲這一介莽夫所能知。咱們今日不費吹灰之力，滅了嵩山、泰山、華山、衡山四派，日月神教，威名大振！」

諸教眾齊聲呼叫：「聖教主千秋萬載，一統江湖！」

向問天待眾人叫聲一停，續道：「武林中尚有少林、武當兩派，是本教的心腹之患；聖教主正是要著落在令狐冲身上，安排巧計，掃蕩少林，誅滅武當。聖教主算無遺策，成竹在胸。他老人家算定令狐冲不肯入教，果然是不肯入教。大家向令狐冲敬酒，便是出於聖教主事先囑咐！」

教眾一聽，心中均道：「原來如此！」又都大叫：「聖教主千秋萬載，一統江湖。」

向問天追隨任我行多年，深知他的為人，自己一時激於義氣，向令狐冲敬酒，此事定為他所不喜，自己倒還罷了，其餘眾人也跟著敬酒，勢不免有殺身之禍，當即編了一番言語出來，以全他顏面，也盼憑著這幾句話，能救得老頭子、計無施等諸人的性命。這麼一說，眾人敬酒之事非但於任我行的威嚴一無所損，反而更顯得他高瞻遠矚，料事如神。

任我行聽向問天如此說法，心下甚喜，暗想：「畢竟向左使隨我多年，明白我的心意。然而他雖知我要掃蕩少林，誅滅武當，如何滅法，他終究猜想不到了。這個大方略此後一步步的行將出來，事先連他也不讓知曉。」

上官雲大聲說道：「聖教主智珠在握，天下大事，都早在他老人家的算計之中。他老人家說甚麼，大夥兒就幹甚麼，再也沒有錯的。」鮑大楚道：「聖教主只要小指頭兒抬一抬，咱們水裏水裏去，火裏火裏去，萬死不辭。」秦偉邦道：「為聖教主辦事，就算死十萬次，也比胡裏胡塗的活著快活得多。」又一人道：「眾兄弟都說，一生之中，最有意思的就是這幾天了，咱們每天都能見到聖教主。見聖教主一次，渾身有勁，心頭火熱，勝於苦練內功十年。」另一人道：「聖教主光照天下，猶似我日月神教澤被蒼生，又如大旱天降下的甘霖，人人見了歡喜，心中感恩不盡。」又有一人道：「古往今來的大英雄、大豪傑、大聖賢中，沒一個能及得上聖教主的。孔夫子的武功那有聖教主高強？關王爺是匹夫之勇，那有聖教主的智謀？諸葛亮計策雖高，叫他提一把劍來，跟咱們聖教主比比劍法看？」

諸教眾齊聲喝采，叫道：「孔夫子、關王爺、諸葛亮，誰都比不上我們聖教主！」

鮑大楚道：「咱們神教一統江湖之後，把天下文廟中的孔夫子神像搬出來，又把天下武廟中關王爺的神像請出來，請他們兩位讓讓位，供上咱們聖教主的長生祿位！」

上官雲道：「聖教主活一千歲，一萬歲！咱們的子子孫孫，十八代的灰孫子，都在聖教主麾下聽由他老人家驅策。」

眾人齊聲高叫：「聖教主千秋萬載，一統江湖！千秋萬載，一統江湖！」

任我行聽著屬下教眾諛詞如潮，雖然有些言語未免荒誕不經，但聽在耳中，著實受用，心想：「這些話其實也沒錯。諸葛亮武功固然非我敵手，他六出祁山，未建尺寸之功，說到智謀，難道又及得上我了？關雲長過五關、斬六將，固是神勇，可是若和我單打獨鬥，又怎能勝得我的『吸星大法』？孔夫子弟子不過三千，我屬下教眾何止三萬？他率領三千弟子，棲棲皇皇的東奔西走，絕糧在陳，束手無策。我率數萬之眾，橫行天下，從心所欲，一無阻難。孔夫子的才智和我任我行相比，卻又差得遠了。」

但聽得「千秋萬載，一統江湖！千秋萬載，一統江湖！」之聲震動天地，站在峯腰的江湖豪士跟著齊聲吶喊，四周羣山均有回聲。任我行躊躇滿志，站起身來。

教眾見他站起，一齊拜伏在地。霎時之間，朝陽峯上一片寂靜，更無半點聲息。

陽光照射在任我行臉上、身上，這日月神教教主威風凜凜，宛若天神。

任我行哈哈大笑，說道：「但願千秋萬載，永如今……」說到那「今」字，突然聲音啞了。他一運氣，要將下面那個「日」字說了出來，只覺胸口抽搐，那「日」字無論如何說不出口。他右手按胸，要將一股湧上喉頭的熱血壓將下去，只覺頭腦暈眩，陽光耀眼。

四十 曲譜

椅套上繡了九條金龍，
捧著中間一個剛從大海中升起的太陽。
椅套四周邊緣綴著不少明珠、鑽石，
諸般翡翠寶石。

中興聖教
澤被蒼生
千秋萬載
一統江湖

令狐冲大醉下峯，直至午夜方醒。酒醒後，始知身在曠野之中，恆山羣弟子遠遠坐著守衛。令狐冲頭痛欲裂，想起自今而後，只怕和盈盈再無相見之期，不由得心下大痛。

一行人來到恆山見性峯上，向定閒、定靜、定逸三位師太的靈位祭告大仇已報。眾人料想日月教旦夕間便來攻山，一戰之後，恆山派必定覆滅，好在勝負之數，早已預知，眾人反而放寬胸懷，無所擔心。不戒夫婦、儀琳、田伯光等四人在華山腳下便已和眾人相會，一齊來到恆山。眾人均想，就算勤練武功，也不過多殺得幾名日月教的教眾，於事毫無補益，大家索性連劍法也不練了。虔誠之人每日裏勤唸經文，餘人滿山遊玩。恆山派本來戒律精嚴，朝課晚課，絲毫無怠，這些日子中卻得輕鬆自在一番。

過得數日，見性峯上忽然來了十名僧人，為首的是少林寺方丈方證大師。

令狐冲正在主庵中自斟自飲，擊桌唱歌，自得其樂，忽聽方證大師到來，不由得又驚又喜，忙搶出相迎。方證大師見他赤著雙腳，鞋子也來不及穿，滿臉酒氣，微笑道：「古人倒履迎賓，總還記得穿鞋。令狐掌門不履相迎，待客之誠，更勝古人了。」

令狐冲躬身行禮，說道：「方丈大師光降，令狐冲不曾遠迎，實深惶恐。方生大師也來了。」方生微微一笑。令狐冲見其餘八名僧人都是白鬚飄動，叩問法號，均是少林寺「方」字輩的高僧。令狐冲將眾位高僧迎入庵中，在蒲團上就座。

這主庵本是定閒師太清修之所，向來一塵不染，自從令狐冲入居後，滿屋都是酒罈、酒碗，亂七八糟，令狐冲臉上一紅，說道：「小子無狀，眾位大師勿怪。」

方證微笑道：「老僧今日拜山，乃為商量要事而來，令狐掌門不必客氣。」頓了一頓，說道：「聽說令狐掌門為了維護恆山一派，不受日月教副教主之位，固將性命置之度外，更甘願割捨任大小姐這等生死同心的愛侶，武林同道，無不欽仰。」

令狐冲一怔，心想：「我不願為了恆山一派而牽累武林同道，不許本派弟子洩漏此事，以免少林、武當諸派來援，大動干戈，多所殺傷。不料方證大師還是得到了訊息。」說道：「大師謬讚，令人好生慚愧。晚輩和日月教任教主之間，恩怨糾葛甚多，說之不盡。有負任大小姐恩義，事出無奈，大師不加責備，反加獎勉，晚輩萬萬不敢當。」

方證大師道：「任教主要率眾來和貴派為難。今日嵩山、泰山、衡山、華山四派俱已式微，恆山一派別無外援，令狐掌門卻不遣人來敝寺傳訊，莫非當我少林派僧眾是貪生怕死、不顧武林義氣之輩？」

令狐冲站起說道：「決計不敢。當年晚輩不自檢點，和日月教首腦人物結交，此後種種禍事，皆由此起。晚輩自思一人作事一人當，連累恆山全派，已然心中不安，如何再敢驚動大師和冲虛道長？倘若少林、武當兩派仗義來援，損折人手，晚輩之罪，可萬死莫贖了。」

方證微笑道：「令狐掌門此言差矣。魔教要毀我少林、武當與五嶽劍派，百餘年前便已存此心，其時老衲都未出世，和令狐掌門又有何干？」

令狐冲點頭道：「先師昔日常加教誨，自來正邪不兩立，魔教和我正教各派連年相鬥，仇怨極重。晚輩識淺，只道雙方各讓一步，便可化解，殊不知任教主與晚輩淵源雖深，到頭來終於仍須兵戎相見。」

方證道：「你說雙方各讓一步，便可化解，這句話本來是不錯的。日月教和我正教各派連年相鬥，其實也不是有甚麼非拚個你死我活的原因，只是雙方首領都想獨霸武林，意欲誅滅對方。那日老衲與冲虛道長、令狐掌門三人在懸空寺中晤談，深以嵩山左掌門混一五嶽劍派為憂，便是怕他這獨霸武林的野心。」說著嘆了口長氣，緩緩的道：「聽說日月教教主有句話，說甚麼『千秋萬載，一統江湖』，既存此心，武林中如何更有寧日？江湖上各幫各派宗旨行事，大相逕庭。一統江湖，萬不可能。」

令狐冲深然其說，點頭道：「方丈大師說得甚是。」

方證道：「任教主既說一個月之內，要將恆山之上殺得雞犬不留。他言出如山，決無更改。現下少林、武當、崑崙、峨嵋、崆峒各派的好手，都已聚集在恆山腳下了。」

令狐冲吃了一驚，「啊」的一聲，跳起身來，說道：「有這等事？諸派前輩來援，晚輩矇然不知，當真該死之極。」恆山派既知魔教一旦來攻，人人均無倖理，甚麼放哨、守禦等等盡屬枉費力氣，是以將山下的哨崗也早都撤了。令狐冲又道：「請諸位大師在山上休息，晚輩率領本門弟子，下山迎接。」方證搖頭道：「此番各派同舟共濟，攜手抗敵，這等客套也都不必了，大夥兒一切都已有安排。」

令狐冲應道：「是。」又問：「不知方丈大師何以得知日月教要攻恆山？」方證道：「老衲接到一位前輩的傳書，方才得悉。」令狐冲道：「前輩？」心想方證大師在武林中輩份極高，如何更有人是他的前輩。方證微微一笑，道：「這位前輩，是華山派的名宿，曾經教過令狐掌門劍法的。」

令狐冲大喜，叫道：「風太師叔！」方證道：「正是風前輩。這位風前輩派了六位朋友到少林寺來，示知令狐掌門當日在朝陽峯上的言行。這六位朋友說話有點纏夾不清，不免有些囉唆，又喜互相爭辯，但說了幾個時辰，老衲耐心聽著，到後來終於也明白了。」說到這裏，忍不住微笑。令狐冲笑道：「是桃谷六仙？」方證笑道：「正是桃谷六仙。」

令狐冲喜道：「晚輩到了華山後，便想去拜見風太師叔，但諸種事端，紛至沓來，直至下山，始終沒能去向他老人家磕頭。想不到他老人家暗中都知道了。」

方證道：「這位風前輩行事如神龍見首不見尾。他老人家既在華山隱居，日月教在華山肆無忌憚的横行，他老人家豈能置之不理？桃谷六仙在華山胡鬧，便給風老前輩擒住了，關了幾天，後來就命他們到少林寺來傳書。」

令狐冲心想：「桃谷六仙給風太師叔擒住，這件事他們一定是隱瞞不說的，但東拉西扯之際，終究免不了露出口風。」說道：「不知風太師叔要咱們怎麼辦？」

方證道：「風老前輩的話說得很是謙沖，只說聽到有這麼一回事，特地命人通知老衲，又說令狐掌門是他老人家心愛的弟子，這番在朝陽峯上力拒魔教之邀，他老人家瞧著很是歡喜，要老衲推愛照顧。其實令狐掌門武功遠勝老衲，『照顧』二字，他老人家言重了。」

令狐冲心下感激，躬身道：「方丈大師照顧晚輩，早已非止一次。」

方證道：「不敢當。老衲既知此事，別說風老前輩有命，自當遵從，單憑著貴我兩派的淵源，令狐掌門與老衲的交情，也不能袖手。何況此事關涉各派的生死存亡，魔教毀了恒山之後，難道能放過少林、武當各派？因此立即發出書信，通知各派，集齊恒山，共與魔教決一死戰。」

令狐冲那日自華山朝陽峯下來，便已然心灰意懶，眼見日月教這等聲勢，恆山派決非其敵，只等任我行那一日率眾來攻，恆山派上下奮力抵抗，一齊戰死便是。雖然也有人獻議向少林、武當諸派求救，但令狐冲只問得一句：「就算少林、武當兩派一齊來救，能擋得住魔教嗎？」獻議之人便即啞口無言。令狐冲又道：「既然無法救得恆山，又何必累得少林、武當徒然損折不少高手？」在他內心，又實在不願和任我行、向問天等人相鬥，和盈盈共結連理之望既絕，不知不覺間便生自暴自棄之念，只覺活在世上索然無味，還不如早早死了的乾淨。此刻見方證等受了風清揚之託，大舉來援，精神為之一振，但真要和日月教中這些人拚死相鬥，卻還是提不起興致。

方證又道：「令狐掌門，出家人慈悲為懷，老衲決不是好勇鬥狠之徒。此事如能善罷，自然再好也沒有，但咱們讓一步，任教主進一步。今日之事，並不是咱們不肯讓，而是任教主非將我正教各派盡數誅滅不可。除非咱們人人向他磕頭，高呼『聖教主千秋萬載，一統江湖！阿彌陀佛！』」

他在「聖教主千秋萬載，一統江湖」的十一字之下，加上一句「阿彌陀佛」，聽來十分滑稽，令狐冲不禁笑了出來，說道：「正是。晚輩只要一聽到甚麼『聖教主』，甚麼『千秋萬載，一統江湖』，全身便起雞皮疙瘩。晚輩喝酒三十碗不醉，多聽得幾句『千秋萬載，一統江湖』，忍不住頭暈眼花，當場便會醉倒。」

方證微微一笑，道：「他們日月教這種咒語，當真厲害得緊。」頓了一頓，又道：「風前輩在朝陽峯上，見到令狐掌門頭暈眼花的情景，特命桃谷六仙帶來一篇內功口訣，要老衲代傳令狐掌門。桃谷六仙說話夾纏不清，口授內功秘訣，倒是條理分明，十分難得，想必是風前輩硬逼他們六兄弟背熟了的。便請令狐掌門帶路，赴內堂傳授口訣。」

令狐冲恭恭敬敬的領著方證大師來到一間靜室之中。這是風清揚命方證代傳口訣，猶如太師叔本人親臨一般，當即向方證跪了下去，說道：「風太師叔待弟子恩德如山。」

方證也不謙讓，受了他跪拜，說道：「風前輩對令狐掌門期望極厚，盼你依照口訣，勤加修習。」令狐冲道：「是，弟子遵命。」

當下方證將口訣一句句的緩緩唸了出來，令狐冲用心記誦。這口訣也不甚長，前後只一千餘字。方證一遍唸畢，要令狐冲心中暗記，過了一會，又唸了一遍。前後一共唸了五次，令狐冲從頭背誦，記憶無誤。

方證道：「風前輩所傳這內功心法，雖只寥寥千餘字，卻是博大精深，非同小可。咱們叨在知交，恕老衲直言。令狐掌門劍術雖精，於內功一道，卻似乎並不擅長。」令狐冲道：「晚輩於內功所知只是皮毛，大師不棄，還請多加指點。」方證點頭道：「風前輩這內功心法，和少林派內功自是頗為不同，但天下武功殊途同歸，其中根本要旨，亦無大別。令狐掌門若不嫌老衲多事，便由老衲試加解釋。」

令狐冲知他是當今武林中數一數二的高人，得他指點，無異是風太師叔親授，風太師叔所以託他傳授，當然亦因他內功精深之故，忙躬身道：「晚輩恭聆大師教誨。」

方證道：「不敢當！」當下將那內功心法一句句的詳加剖析，又指點種種呼吸、運氣、吐納、搬運之法。令狐冲背那口訣，本來只是強記，經方證大師這麼一加剖析，這才知每一句口訣之中，都包含著無數精奧的道理。

令狐冲悟性原來極高，但這些內功的精要每一句都足供他思索半天，好在方證大師不厭其詳的細加說明，令他登時窺見了武學中另一個從未涉足的奇妙境界。他嘆了口氣，說道：「方丈大師，晚輩這些年來在江湖上大膽妄為，實因不知自己淺薄，思之實為汗顏。雖然晚輩命不久長，無法修習風太師叔所傳的精妙內功。但古人好像有一句話，說甚麼只要早上聽見大道理，就算晚上死了也不打緊，是不是這樣說的？」方證道：「朝聞道，夕死可矣！」令狐冲道：「是了，便是這句話，我聽師父說過的。今日得聆大師指點，真如瞎子開了眼一般，就算更無日子修練，也是一樣的歡喜。」

方證道：「我正教各派俱已聚集在恆山左近，把守各處要道，待得魔教來攻，大夥兒和之周旋，也未必會輸。令狐掌門何必如此氣短？這內功心法自非數年之間所能練成，但練一日有一日的好處，練一時有一時的好處。這幾日左右無事，令狐掌門不妨便練了起來。乘著老衲在貴山打擾，正好共同參研。」令狐冲道：「大師盛情，晚輩感激不盡。」

方證道：「這當兒只怕冲虛道兄也已到了，咱們出去瞧瞧如何？」令狐冲忙站起身來，說道：「原來冲虛道長大駕到來，當真怠慢。」當下和方證大師二人回到外堂，只見佛堂中已點了燭火。二人這番傳功，足足花了三個多時辰，天色早已黑了。

只見三個老道坐在蒲團之上，正和方生大師等說話，其中一人便是冲虛道人。三道見方證和令狐冲出來，一齊起立。

令狐沖拜了下去，說道：「恆山有難，承諸位道長千里來援，敝派上下，實不知何以為報。」沖虛道人忙即扶起，笑道：「老道來了好一會啦，得知方丈大師正和小兄弟在內室參研內功精義，不敢打擾。小兄弟學得了精妙內功，現買現賣，待任我行上來，便在他身上使使，教他大吃一驚。」

令狐沖道：「這內功心法博大精深，晚輩數日之間，那裏學得會？聽說峨嵋、崑崙、崆峒諸派的前輩，也都到了，該當請上山來，共議大計才是。不知眾位前輩以為如何？」

沖虛道：「他們躲得極是隱秘，以防為任老魔頭手下的探子所知，若請大夥兒上山，只怕洩漏了消息。我們上山來時，也都是化裝了的，否則貴派子弟怎地不先來通報？」

令狐沖想起和沖虛道人初遇之時，他化裝成一個騎驢的老者，另有兩名漢子相隨，其實也均是武當派中的高手。此時細看之下，認得另外兩位老道，便是昔日在湖北道上曾和自己比過劍的那兩個漢子，躬身笑道：「兩位道長好精的易容之術，若非沖虛道長提及，晚輩竟想不起來。」那兩個老道那時扮著鄉農，一個挑柴，一個挑菜，氣喘吁吁，似乎全身是病，此刻卻是精神奕奕，只不過眉目還依稀認得出來。

沖虛指著那扮過挑柴漢子的老道說：「這位是清虛師弟。」指著那扮過挑菜漢子的老道說：「這位是我師姪，道號成高。」四人相對大笑。清虛和成高都道：「令狐掌門好高明的劍術。」令狐沖謙謝，連稱：「得罪！」

沖虛道：「我這位師弟和師姪，劍術算不得很精，但他們年輕之時，曾在西域住過十幾年，卻各學得一項特別本事，一個精擅機關削器之術，一個則善製炸藥。」令狐沖道：「那是世上少有的本事了。」冲虛道：「令狐兄弟，我帶他們二人來，另有一番用意。盼望他們二人能給咱們辦一件大事。」

令狐冲不解，隨口應道：「辦一件大事？」冲虛道：「老道不揣冒昧，帶了一件物事來到貴山，要請令狐兄弟瞧一瞧。」他為人灑脫，不如方證之拘謹，因此一個稱他為「令狐兄弟」，另一個卻叫他「令狐掌門」，令狐冲頗感奇怪，要看他從懷中取出甚麼物事來。冲虛笑道：「這東西著實不小，懷中可放不下。清虛師弟，你叫他們拿進來罷。」

清虛答應了出去，不久便引進四個鄉農模樣的漢子來，各人赤了腳，都挑著一擔菜。清虛道：「見過令狐掌門和少林寺方丈。」那四名漢子一齊躬身行禮。令狐冲知他們必是武當中身分不低的人物，當即客客氣氣的還禮。

清虛道：「取出來，裝起來罷！」四名漢子將擔子中的青菜蘿蔔取出，下面露出幾個包袱，打開包袱，是許多木條、鐵器、螺釘、機簧之屬。四人行動極是迅速，將這些傢伙拼嵌鬥合，片刻間裝成了一張太師椅子。令狐冲更是奇怪，尋思：「這張太師椅中裝了這許多機關彈簧。不知有何用處，難道是以供修練內功之用？」

椅子裝成後，四人從另外兩個包袱中取出椅墊、椅套，放在太師椅上。靜室之中，霎時間光彩奪目，但見那椅套以淡黃錦緞製成，金黃色絲線繡了九條金龍，捧著中間一個剛從大海中升起的太陽，左邊八個字是「中興聖教，澤被蒼生」，右邊八個字是「千秋萬載，一統江湖」。那九條金龍張牙舞爪，神采如生，這十六個字更是銀鉤鐵劃，令人瞧著說不出的舒服。在這十六個字的周圍，綴了不少明珠、鑽石，和諸般翡翠寶石。簡陋的小小庵堂之中，突然間滿室盡是珠光寶氣。

令狐冲拍手喝采，想起冲虛適才說過，清虛曾在西域學得一手製造機關削器的本事，便道：「任教主見到這張寶椅，那是非坐一下不可。椅中機簧發作，便可送了他的性命，是不是？」

冲虛低聲道：「任我行應變神速，行動如電，椅中雖有機簧，他只要一覺不妥，立即躍起，須傷他不到。這張椅子腳下裝有藥引，通到一堆火藥之中。」

他此言一出，令狐冲和少林諸僧均是臉上變色。方證口唸佛號：「阿彌陀佛！」

冲虛又道：「這機簧的好處，在於有人隨便一坐，並無事故，一定要坐到一炷香時分，藥引這才引發。那任我行為人多疑，又極精細，突見恆山見性峯上有這樣一張椅子，一定不會立即就坐，定是派手下人先坐上去試試。這椅套上既有金龍捧日，又有甚麼『千秋萬載，一統江湖』的字樣，魔教中的頭目自然誰也不敢久坐，而任我行一坐上去之後，又一定捨不得下來。」令狐冲道：「道長果然設想周到。」冲虛道：「清虛師弟又另有布置，倘若任我行竟是不坐，叫人拿下椅套、椅墊，甚或拆開椅子瞧瞧，只要一拆動，一樣的引發機關。成高師姪這次帶到寶山來的，共有二萬斤炸藥。毀壞寶山靈景，恐怕是在所不免的了。」

令狐冲心中一寒，尋思：「二萬斤炸藥！這許多火藥一引發，玉石俱焚，任教主固被炸死，盈盈和向大哥也是不免。」

冲虛見他臉色有異，說道：「魔教揚言要將貴派盡數殺害，滅了恆山派之後，自即來攻我少林、武當，生靈塗炭，大禍難以收拾。咱們設此毒計對付任我行，用心雖然險惡，但除此魔頭，用意在救武林千千萬萬性命。」

方證大師雙手合什，說道：「阿彌陀佛！我佛慈悲，為救眾生，卻也須辟邪降魔。殺一獨夫而救千人萬人，正是大慈大悲的行徑。」他說這幾句話時神色莊嚴，一眾老僧老道都站起身來，合什低眉，齊聲道：「方丈大師說得甚是。」

令狐冲也知方證所言極合正理，日月教要將恆山派殺得雞犬不留，正教各派設計將任我行炸死，那是天經地義之事，無人能說一句不是。但要殺死任我行，他心中已頗為不願，要殺向問天，更是寧可自己先死；至於盈盈的生死，反而不在顧慮之中，總之兩人生死與共，倒不必多所操心。眼見眾人的目光都射向自己，微一沉吟，說道：「事已至此，日月教逼得咱們無路可走，冲虛道長這條計策，恐怕是傷人最少的了。」

冲虛道：「令狐兄弟說得不錯。『傷人最少』四字，正是我輩所求。」

令狐冲道：「晚輩年輕識淺，今日恆山之事，便請方證大師、冲虛道長二位主持大局。晚輩率領本派弟子，同供驅策。」冲虛笑道：「這個可不敢當。你是恆山之主，我和方丈師兄豈可喧賓奪主？」令狐冲道：「此事絕非晚輩謙退，實在非請二位主持不可。」方證道：「令狐掌門之意甚誠，道兄也不必多所推讓。眼前大事由我三人共同為首，但由道兄發號施令，以總其成。」

冲虛再謙虛幾句，也就答應了，說道：「上恆山的各處通道上，咱們均已伏下人手，魔教何日前來攻山，事先必有音訊。那日令狐兄弟率領羣豪攻打少林寺，咱們由左冷禪策劃，擺下一個空城計……」令狐冲臉上微微一紅，說道：「晚輩胡鬧，惶恐之至。」冲虛笑道：

「想不到昨日之敵，反為今日之友。咱們再擺空城計，那是不行的了，勢必啟任我行之疑，以老道淺見，恆山全派均在山上抵禦，少林和武當兩派，也各選派數十人出手。明知魔教來攻，少林和武當倘若竟然無人來援，大違常情，任我行這老賊定會猜到其中有詐。」

方證和令狐冲都道：「正是。」

冲虛道：「其餘崑崙、峨嵋、崆峒諸派卻不必露面，大夥兒都隱伏在山洞之中。魔教來攻之時，恆山、少林、武當三派人手便竭力相抗，必須打得似模似樣。咱三派出手的都要是第一流好手，將對方殺得越多越好，自己須得儘量避免損折。」

方證嘆道：「魔教高手如雲，此番有備而至，這一仗打下來，雙方死傷必眾。」

冲虛道：「咱們找幾處懸崖峭壁，安排下長繩鐵索，鬥到分際，眼見不敵，一個個便從長繩縋入深谷，讓敵人難以追擊。任我行大獲全勝之後，再見到這張寶椅，當然得意洋洋的坐了上去，炸藥一引發，任老魔頭便有天大的本領，那也是插翅難逃。跟著恆山八條上山的通道之上，三十二處地雷同時爆炸，魔教教眾，再也無法下山了。」

令狐冲奇道：「三十二處地雷？」

冲虛道：「正是。成高師姪從明日一早起，便要在八條登山的要道之中，每一條路選擇四個最險要的所在，埋藏強力地雷，地雷一炸，上山下山，道路全斷。魔教教眾有一萬人上山，教他們餓死一萬；二萬人上山，餓死二萬。咱們學的是左冷禪之舊計，但這一次卻不容他們從地道中脫身了。」

令狐冲道：「那次能從少林寺逃脫，也真僥倖之極。」突然想起一事，「哦」的一聲。

沖虛問道：「令狐兄弟可覺安排之中，有何不妥？」令狐沖道：「晚輩心想，任教主來到恆山之上，見了這寶椅自然十分喜歡。但他必定生疑，何以恆山派做了這樣一張椅子，繡了『千秋萬載，一統江湖』這八個字？此事若不弄明白，只怕他未必就會上當。」沖虛道：「這一節老道也想過了。其實任老魔頭坐不坐這張椅子，也非關鍵之所在，咱們另外暗伏藥引，一樣的能引發炸藥。只不過當他正在得意洋洋的千秋萬載、一統江湖之際，突然間禍生足底，更足成為武林中談助罷了。」令狐沖點頭道：「是。」

成高道人道：「師叔，弟子有個主意，不知是否可行？」沖虛笑道：「你便說出來，請方丈大師和令狐掌門指點。」成高道：「聽說令狐掌門和任教主的大小姐原有婚姻之約，只因正邪不同道，才生阻梗。倘若令狐掌門派兩位恆山弟子去見任教主，說道瞧在任大小姐面上，特地覓得巧手匠人，製成一張寶椅，送給任教主乘坐，盼望兩家休戰言和。不管任教主是否答應，但當他上了恆山，見到這張椅子之時，也就不會起疑了。」沖虛拍手笑道：「此計大妙，一來……」

令狐沖搖頭道：「不成！」沖虛一怔，知道已討了個沒趣，問道：「令狐兄弟有何高見？」令狐沖道：「任教主要殺我恆山全派，我就盡力抵擋，智取力敵，皆無不可。他來殺人，咱們就炸他，可是我決不說假話騙他。」

沖虛道：「好！令狐兄弟光明磊落，令人欽佩。咱們就這麼辦！任老魔頭生疑也好，不生疑也好，只要他上恆山來意圖害人，便叫他大吃苦頭。」

當下各人商量了禦敵的細節，如何抗敵，如何掩護，如何退卻，如何引發炸藥地雷，一一都商量定當。冲虛極是心細，生怕臨敵之際，負責引發炸藥之人遇害，另行派定副手。

次日清晨，令狐冲引導眾人到各處細察地形地勢，清虛和成高二人選定了埋炸藥、安藥引、布地雷、伏暗哨的各處所在。冲虛和令狐冲選定了四處絕險之所，作為退路。方證、冲虛、令狐冲、方生四人各守一處，不讓敵人迫近，以待禦敵之人盡數縋著長索退入深谷，這才最後入谷，然後揮劍斬斷長索，令敵人無法追擊。

當日下午，武當派中又有十人扮作鄉農、樵子，絡繹上山，在清虛和成高指點之下，安藏炸藥。恆山派女弟子把守各處山口，不令閒人上山，以防日月教派出探子，得悉機密。如此忙碌了三日，均已就緒，靜候日月教大舉來攻。

屈指計算，離任我行朝陽峯之會已將近一月，此人言出必踐，定不誤期。這幾日中，冲虛、成高等人甚是忙碌，令狐冲反極清閒，每日裏默唸方證轉授的內功口訣，依法修習，遇有不明之處，便向方證請教。

這日下午，儀和、儀清、儀琳、鄭萼、秦絹等一眾女弟子在練劍廳練劍，令狐冲在旁指點。眼見秦絹年紀雖小，對劍術要旨卻頗有悟心，讚道：「秦師妹聰明得緊，這一招已得了訣竅，只不過……」一句話沒說完，突然丹田中一陣劇痛，登時坐倒。眾弟子大驚，搶上相扶，齊問：「怎麼了？」令狐冲知道又是體內的異種真氣發作，苦於說不出話。

眾弟子正亂間，忽聽得撲簌簌幾聲響，兩隻白鴿直飛進廳來。眾弟子齊叫：「啊喲！」恆山派養得許多信鴿，當日定靜師太在福建遇敵，定閒、定逸二師太被困龍泉鑄劍谷，均曾遣信鴿求救。眼前飛進廳來這兩頭信鴿，是守在山下的本派弟子所發，鴿背塗有紅色顏料，一見之下，便知是日月教大敵攻到了。自從方證大師、冲虛道長來到恆山，眾弟子見有強援到來，一切布置就緒，原已寬心，不料正在這緊急關頭，令狐冲卻會病發，卻是大大的意外。

儀清叫道：「儀質、儀文二位師妹，快去稟告方證大師和冲虛道長。」二人應命而去。儀清又道：「儀和師姊，請你撞鐘。」儀和點了點頭，飛身出廳，奔向鐘樓。

只聽得鏜鏜鏜，鏜鏜，鏜鏜鏜，鏜鏜，三長兩短的鐘聲，從鐘樓上響起，傳遍全峯，跟著通元谷、懸空寺、黑龍口各處寺庵中的大鐘也都響動。方證大師事先吩咐，一有敵警，便以三長兩短的鐘聲示訊，但鐘聲必須舒緩有致，以示閒適，不可顯得驚慌張皇。只是儀和十分性急，法名中雖有一個「和」字，行事卻一點不和，鐘聲中還是流露了急躁之意。

恆山派、少林派、武當派三派人手，當即依照事先安排，分赴各處，以備迎敵。為了減少傷亡，從山腳下到見性峯峯頂的各處通道均無人把守，索性門戶大開，讓敵人來到峯上之後，再行接戰。鐘聲停歇後，峯上峯下便鴉雀無聲。崑崙、峨嵋、崆峒諸派來援的高手，都伏在峯下隱僻之處，只待魔教教眾上峯之後，一得號令，便截住他們退路。冲虛為了防備洩漏機密，於山道上埋藏地雷之事並不告知諸派人士。魔教神通廣大，在崑崙等派門人弟子之中暗伏內奸，刺探消息，絕不為奇。

令狐冲聽得鐘聲，知道日月教大舉來攻，小腹中卻如千萬把利刀亂攢亂刺，只痛得抱住肚皮，在地下打滾。儀琳和秦絹嚇得臉上全無血色，手足無措，不知如何是好。

儀清道：「咱們扶著掌門人去無色庵，且看少林方丈和沖虛道長是何主意。」當下于嫂和另一名老尼姑伸手托在令狐沖脅下，半架半抬，將他扶入無色庵中。

剛到庵門，只聽得峯下砰砰砰砰號炮之聲不絕，跟著號角嗚嗚，鼓聲咚咚，日月教果然是以堂堂之陣，大舉前來攻山。

方證和沖虛已得知令狐沖病發，從庵中搶了出來。沖虛道：「令狐兄弟，你儘可放心。我已吩咐凌虛師弟代我掩護武當派退卻。掩護貴派之責，由老道負之。」令狐沖點頭示謝。方證道：「令狐掌門還是先行退入深谷，免有疏虞。」令狐沖忙道：「萬萬……萬萬不可！拿……拿劍來！」沖虛也勸了幾句，但令狐沖執意不允。

突然鼓角之聲止歇，跟著叫聲如雷：「聖教主千秋萬載，一統江湖！」聽這聲音，至少也有四五千人之眾。方證、沖虛、令狐沖三人相顧一笑。秦絹捧著令狐沖的長劍遞過去。令狐沖伸手欲接，右手不住發抖，竟拿不穩劍。秦絹將劍掛在他腰帶之上。

忽聽得嗩吶之聲響起，樂聲悅耳，並無殺伐之音。數人一齊朗聲說道：「日月神教聖教主，欲上見性峯來，和恆山派令狐掌門相會。」正是日月教諸長老齊聲而道。

方證道：「日月教先禮後兵，咱們也不可太小氣了。令狐掌門，便讓他們上峯如何？」

令狐沖點了點頭，便在此時，腹中又是一陣劇痛。方證見他滿臉冷汗淋漓，說道：「令狐掌門，丹田內疼痛難當，不妨以風前輩所傳的內功心法，試加導引盤旋。」令狐沖體內十數股異種真氣正自糾纏衝突，攪擾不清，如加導引盤旋，那無異是引刀自戕，痛上加痛，但反正已痛到了極點，當下也不及細思後果，便依法盤旋。果然真氣撞擊之下，小腹中的疼痛比之先前更為難當，但盤旋得數下，十餘股真氣便如是細流歸支流、支流匯大川，隱隱似有軌道可循，雖然劇痛如故，卻已不是亂衝亂撞，衝擊之處，心下已先有知覺。

只聽得方證緩緩說道：「恒山派掌門令狐冲、武當派掌門冲虛道人、少林派掌門方證，恭候日月教任教主大駕。」他聲音並不甚響，緩緩說來，卻送得極遠。

令狐冲暗運內功心法有效，索性盤膝坐下，目觀鼻，鼻觀心，左手撫胸，右手按腹，依照方證轉授的法門，練了起來。他練這心法只不過數日，雖有方證每日詳加解說，畢竟修為極淺，但這時依法引導之下，十餘股異種真氣竟能漸漸歸聚。他不敢稍有怠忽，凝神致志的引氣盤旋，初時聽得鼓樂絲竹之聲，到後來卻甚麼也聽不到了。

方證見令狐冲專心練功，臉露微笑，耳聽得鼓樂之聲大作，日月教教眾叫道：「日月神教文成武德、澤被蒼生聖教主，大駕上恒山來啦！」過了一會，鼓樂之聲漸漸移近。

上見性峯的山道甚長，日月教教眾腳步雖快，走了好一會，鼓樂聲也還只到山腰。伏在恒山各處的正教門下之士心中都在暗罵：「臭教主好大架子，又不是死了人，吹吹打打的幹甚麼了？」預備迎敵之人心下更是怦怦亂跳，各人本來預計，魔教教眾殺上山來，便即躍出惡鬥一場，殺得一批教眾後，待敵人越來越多，越來越強，便循長索而退入深谷。卻不料任我行裝模作樣，好似皇帝御駕出巡一般，吹吹打打的來到峯上，眾人倒不便先行動手，只是心弦反扣得更加緊了。

過了良久，令狐冲覺得丹田中異種真氣給慢慢壓了下去，痛楚漸減，心中一分神，立時想起：「是任教主要上峯來？」「啊」的一聲，跳起身來。方證微笑道：「好些了嗎？」令狐冲道：「動上了手嗎？」方證道：「還沒到呢！」令狐冲道：「好極！」刷的一聲，拔出了劍。卻見方證、冲虛等手上均無兵刃，儀和、儀清等女子在無色庵前的一片大空地上排成數行，隱伏恆山劍陣之法，長劍卻兀自懸在腰間，這才想起任我行尚未上山，自己未免過於惶急，哈哈一笑，還劍入鞘。

只聽得嗩吶和鐘鼓之聲停歇，響起了簫笛、胡琴的細樂，心想：「任教主花樣也真多，細樂一作，他老人家是大駕上峯來啦。」越見他古怪多端，越覺得肉麻。

細樂聲中，兩行日月教的教眾一對對的並肩走上峯來。眾人眼前一亮，但見一個個教眾均是穿著嶄新的墨綠錦袍，腰繫白帶，鮮艷奪目，前面一共四十人，每人手托盤子，盤上鋪緞，不知放著些甚麼東西。這四十人腰間竟未懸掛刀劍。四十名錦衣教眾上得峯來，便遠遠站定。跟著走上一隊二百人的細樂隊，也都是一身錦衣，簫管絲絃，仍是不停吹奏。其後上來的是號手、鼓手、大鑼小鑼、鐃鈸鐘鈴，一應俱全。

令狐冲看得有趣，心想：「待會打將起來，有鑼鼓相和，豈不是如同在戲台上做戲？」鼓樂聲中，日月教教眾一隊隊的上來。這些人顯是按著堂名分列，衣服顏色也各不同，黃衣、綠衣、藍衣、黑衣、白衣，一隊隊的花團錦簇，比之做戲賽會，衣飾還更光鮮，只是每人腰間各繫白帶。上峯來的卻有三四千之眾。

冲虛尋思：「乘他們立足未定，便一陣衝殺，我們較佔便宜。但對方裝神弄鬼，要來甚麼先禮後兵。我們若即動手，倒未免小氣了。」眼見令狐冲笑嘻嘻的不以為意，方證則視若無睹，不動聲色，心想：「我如顯得張皇，未免定力不夠。」

各教眾分批站定後，上來十名長老，五個一邊，各站左右。音樂聲突然止歇，十名長老齊聲說道：「日月神教文成武德、澤被蒼生聖教主駕到。」

便見一頂藍呢大轎抬上峯來。這轎子由十六名轎伕抬著，移動既快且穩。一頂轎子便如是一位輕功高手，輕輕巧巧的便上到峯來，足見這一十六名轎伕個個身懷不弱的武功。令狐冲定眼看去，只見轎伕之中竟有祖千秋、黃伯流、計無施等人在內。料想若不是老頭子身子太矮，無法和祖千秋等一起抬轎，那麼他也必被迫做一名轎伕了。令狐冲氣往上衝，心想：「祖千秋他們均是當世豪傑，任教主卻迫令他們做抬轎子的賤事。如此奴役天下英雄，當真令人氣炸了胸膛。」

藍呢大轎旁，左右各有一人，左首是向問天、右首是個老者。這老者甚是面熟，令狐冲一怔，認得是洛陽城中教他彈琴的綠竹翁。這人叫盈盈作「姑姑」，以致自己誤以為盈盈是個年老婆婆，自從離了洛陽之後，便沒再跟他相見，今日卻跟了任我行上見性峯來。他一顆心怦怦亂跳，尋思：「何以不見盈盈？」突然間想起一事，眼見日月教教眾人人腰繫白帶，似是服喪一般，難道盈盈眼見父親率眾攻打恆山，苦諫不聽，竟然自殺死了？

令狐冲胸口熱血上湧，丹田中幾下劇痛，當下便想衝上去問向問天，但想任我行便在轎中，終於忍住。

見性峯上雖聚著數千之眾，卻是鴉雀無聲。那頂大轎停了下來，眾人目光都射向轎帷，只待任我行出來。

忽聽得無色庵中傳出一聲喧笑之聲。一人大聲道：「快讓開，好給我坐了！」另一人道：「大家別爭，自大至小，輪著坐坐這張九龍寶椅！」正是桃花仙和桃枝仙的聲音。

方證、冲虛、令狐冲等立時駭然變色。桃谷六仙不知何時闖進了無色庵中，正在爭坐這張九龍寶椅，坐得久了，引動藥引，那便如何是好？冲虛忙搶進庵中。

只聽他大聲喝道：「快起來！這張椅子是日月教任教主的，你們坐不得！」桃谷六仙的聲音從庵中傳出來：「為甚麼坐不得？我偏要坐！」「快起來，好讓我坐了！」「這椅子坐著真舒服，軟軟的，好像坐在大胖子的屁股上一般！」「你坐過大胖子的屁股麼？」

令狐冲心知桃谷六仙正在爭坐九龍寶椅，你坐一會，他坐一會，終將壓下機簧，引發埋藏於無色庵下的數萬斤炸藥，見性峯上日月教和少林、武當、恆山派羣豪，勢必玉石俱焚。他初時便欲衝進庵中制止，但不知怎的，內心深處卻似乎是盼望那炸藥炸將起來，反正盈盈已死，自己也不想活了，大家一瞬之間同時畢命，豈不乾淨？一瞥眼間，驀地見到儀琳的一雙俏目在凝望自己，但和自己眼光一接，立即避開，心想：「儀琳小師妹年紀還這樣小，卻也給炸得粉身碎骨，豈不可惜？但世上有誰不死？就算今日大家安然無恙，再過得一百年，此刻見性峯上的每一個人，還不都成為白骨一堆？」

只聽得桃谷六仙還在爭鬧不休：「你已坐了第二次啦，我一次還沒坐過。」「我第一次剛坐上去，便給拉了下來，那可不算。」「我有一個主意，咱們六兄弟一起擠在這張椅上，且看坐不坐得下？」「妙極，妙極！大家擠啊，哈哈！」「你先坐！」「你先坐，我坐在上面。」「大的坐上面，小的坐下面！」「不，大的先坐！年紀越小，坐得最高！」

方證大師眼見危機只在頃刻之間，可又不能出聲勸阻，洩漏了機關，當即快步入殿，大聲說道：「貴客在外，不可爭鬧，別吵！」這「別吵」二字，是運起了少林派至高無上內功「金剛禪獅子吼」功夫，一股內家勁力，對準了桃谷六仙噴去。

冲虛道長只覺頭腦一暈，險些摔倒。桃谷六仙已同時昏迷不醒。冲虛大喜，出手如風，先將坐在椅上的兩人提開，隨即點了六人穴道，都推到了觀音菩薩的供桌底下，俯身在椅旁細聽，幸喜並無異聲，只覺手足發軟，滿頭大汗，只要方證再遲得片刻進來，藥引一發，那是人人同歸於盡了。

冲虛和方證並肩出來，說道：「請任教主進庵奉茶！」可是轎帷文風不動，轎中始終沒有動靜。冲虛大怒，心想：「老魔頭架子恁大！我和方證大師、令狐掌門三人，在當今武林之中，位望何等崇高，站在這裏相候，你竟不理不睬！」若不是九龍椅中伏有機關，他便要長劍出手，挑開轎帷，立時和任我行動手了。他又說了一遍，轎中仍是無人答應。

向問天彎下腰來，俯耳轎邊，聽取轎中人的指示，連連點頭，站直身子後說道：「敝教任教主說道，少林寺方證大師，武當山冲虛道長兩位武林前輩在此相候，極不敢當，日後自當親赴少林、武當，相謝陪罪。」

向問天又道：「任教主說道，教主今日來到恆山，是專為和令狐掌門相會而來，單請令狐掌門一人，在庵中相見。」說著作個手勢，十六名轎伕便將轎子抬入庵中觀音堂上放下。向問天和綠竹翁陪著進去，卻和眾轎伕一起退了出來，庵中便只留下一頂轎子。

冲虛心想：「其中有詐，不知轎子之中，藏有甚麼機關。」向方證和令狐冲瞧去。方證不善應變，不知如何才是，臉現迷惘之色。令狐冲道：「任教主既欲與晚輩一人相見，便請兩位在此稍候。」冲虛低聲道：「小心在意。」令狐冲點了點頭，大踏步走進庵中。

那無色庵只是一座小小瓦屋，觀音堂中有人大聲說話，外面聽得清清楚楚，只聽得令狐冲道：「晚輩令狐冲拜見任教主。」卻不聽見任我行說甚麼話，跟著令狐冲突然「啊」的一聲叫了出來。

冲虛吃了一驚，只怕令狐冲遭了任我行的毒手，一步跨出，便欲衝進相援，但隨即心想：「令狐兄弟劍術之精，當世無雙，他進庵時攜有長劍，不致一招間便為任老魔頭所制。倘若真的不幸遭了毒手，我便奔進去動手，也已救不了他。任老魔頭如沒殺令狐兄弟，那是最好，倘若令狐兄弟已遭毒手，老魔頭獨自一人留在觀音堂中，必去九龍椅上坐坐，我衝將進去，反而壞了大事。」一時心中忐忑不寧，尋思：「任老魔頭這會兒只怕已坐到了椅上，再過片刻，觸發藥引，這見性峯的山頭都會炸去半個。我如此刻便即趨避，未免顯得懦怯，給向問天這些人瞧了出來，立即出聲示警，不免功敗垂成。但若炸藥一發，身手再快，也來不及閃避，那可如何是好？」

他本來計算周詳，日月教一攻上峯來，便如何接戰，如何退避，預計任我行坐上九龍椅之時，少林、武當、恆山三派人眾均已退入了深谷。不料日月教一上來竟不動手，來個甚麼先禮後兵，任我行更要和令狐冲單獨在庵中相會，全是事先算不到的變局。他雖饒有智計，一時卻渾沒了主意。

方證大師也知局面緊急，亦甚掛念令狐冲的安危，但他修為既深，胸懷亦極通達，只覺生死榮辱，禍福成敗，其實也並不是甚麼了不起的大事，謀事在人，成事在天，到頭來結局如何，皆是各人善業、惡業所造，非能強求。因此他內心雖隱隱覺得不安，卻是淡然置之，當真炸藥炸將起來，屍骨為灰，那也是捨卻這皮囊之一法，又何懼之有？

九龍椅下埋藏炸藥之事極是機密，除方證、冲虛、令狐冲之外，動手埋藥的清虛、成高等此刻都在峯腰相候，只待峯頂一炸，便即引發地雷。見性峯上餘人便均不知情。少林、武當、恒山三派人眾，只等任我行和令狐冲在無色庵中說僵了動手，便拔劍對付日月教教眾。

冲虛守候良久，不見庵中有何動靜，更無聲息，當即運起內功，傾聽聲息，隱隱聽到似乎令狐冲低聲說了句甚麼話，他心中一喜：「原來令狐兄弟安然無恙。」心情一分，內功便不精純，一時再也聽不到甚麼，又擔心適才只不過自己一廂情願，心有所欲，便耳有所聞，未必真是令狐冲的聲音，否則為甚麼再也聽不到他的話聲？

又過了好一會，卻聽得令狐冲叫道：「向大哥，請你來陪送任教主出庵。」

向問天應道：「是！」和綠竹翁二人率領了一十六名轎伕，走進無色庵去，將那頂藍呢大轎抬了出來。站在庵外的日月教教眾一齊躬身，說道：「恭迎聖教主大駕。」那頂轎子抬到原先停駐之處，放了下來。

向問天道：「呈上聖教主贈給少林寺方丈的禮物。」

兩名錦衣教眾托了盤子，走到方證面前，躬身奉上盤子。

方證見一隻盤子中放的是一串十分陳舊的沉香念珠，另一隻盤子中是一部手抄古經，封皮上寫的是梵文，識得乃是「金剛經」，不由得一陣狂喜。他精研佛法，於「金剛經」更有心得，只是所讀到的是東晉時高僧鳩摩羅什的中文譯本，其中頗有難解之處，生平渴欲一見梵文原經，以作印證，但中原無處可覓，此刻一見，當真歡喜不盡，合什躬身，說道：「阿彌陀佛，老僧得此寶經，感激無量！」恭恭敬敬的伸出雙手，將那部梵文「金剛經」捧起，然後取過念珠，說道：「敬謝任教主厚賜，實不知何以為報。」

向問天道：「敝教教主說道，敝教對天下英雄無禮，深以為愧，方丈大師不加怪責，敝教已是感激不盡。」側頭說道：「呈上任教主贈給武當派掌門道長的禮物。」

兩名錦衣教眾應聲而出，走到冲虛道人面前，躬身奉上盤子。

那二人還沒走近，冲虛便見一隻盤子中橫放著一柄長劍，待二人走近時凝神看去，只見長劍劍鞘銅綠斑斕，以銅絲嵌著兩個篆文：「真武」。冲虛忍不住「啊」的一聲。武當派創派之祖張三丰先師所用佩劍名叫「真武劍」，向來是武當派鎮山之寶，八十餘年前，日月教幾名高手長老夜襲武當山，將寶劍連同張三丰手書的一部「太極拳經」一併盜了去。當時一場惡鬥，武當派死了三名一等一的好手，雖然也殺了日月教四名長老，但一經一劍卻未能奪回。這是武當派的奇恥大辱，八十餘年來，每一代掌門臨終時留下遺訓，必定是奪還此經此劍。但黑木崖壁壘森嚴，武當派數度明奪暗盜，均無功而還，反而每次都送了幾條性命在黑木崖上，想不到此劍竟會在見性峯上出現。他斜眼看另一隻盤子時，盤中赫然是一部手書的冊頁，紙色早已轉黃，封皮上寫著「太極拳經」四字。冲虛道人在武當山見過不少張三丰的手書遺跡，一見便知這「太極拳經」確是真跡。

他雙手發顫，捧過長劍，右手握住劍柄，輕輕抽出半截，頓覺寒氣撲面。他知三丰祖師到晚年時劍術如神，輕易已不使劍，即使迫不得已與人動手，也只用尋常鐵劍、木劍，這柄「真武劍」是他中年時所用的兵刃，掃蕩羣邪，威震江湖，是一口極鋒銳的利器。他兀自生怕給任我行騙了，再翻開那「太極拳經」一看，果然是三丰祖師所書。他將經書放還盤中，跪倒在地，向一經一劍磕了八個頭，站起身來，說道：「任教主寬洪大量，使武當祖師爺的遺物重回真武觀，冲虛粉身難報大德。」將一經一劍接過，心中激動，雙手顫個不住。

向問天道：「敝教教主言道，敝教昔日得罪了武當派，好生慚愧，今日原璧歸趙，還望武當派上下見諒。」冲虛道：「任教主可說得太客氣了。」

向問天又道：「呈上聖教主贈給恒山派令狐掌門的禮物。」

方證和冲虛均想：「不知他送給令狐掌門的，又是甚麼寶貴之極的禮品。」

見這次上來的共二十名錦衣教眾，每人也都手托盤子，走到令狐冲身前。盤中所盛的卻是袍子、帽子、鞋子、酒壺、酒杯、茶碗之類日常用具，雖均十分精緻，卻顯然並非甚麼出奇物事。只有一隻盤子中放著一根玉簫，一隻盤子中放著一具古琴，較為珍貴，但和贈給方證、冲虛的禮物相比，卻是不可同日而語了。

令狐冲拱手道：「多謝。」命恒山派于嫂等收了過來。

向問天道：「敝教教主言道，此番來到恒山，諸多滋擾，甚是不當。恒山派每一位出家的師太，致送新衣一襲，長劍一口，每一位俗家的師姊師妹，致送飾物一件，長劍一口，還請笑納。敝教又在恒山腳下購置良田三千畝，奉送無色庵，作為庵產。這就告辭。」說著向方證、沖虛、令狐沖三人深深一揖，轉身便行。

沖虛叫道：「向先生！」向問天轉過身來，笑問：「道長有何吩咐？」沖虛道：「承蒙貴教主厚賜，無功受祿，心下不安。不知……不知……」他連說了二個「不知」，再也接不下口去，他想問的是「不知是何用意」，但這句話畢竟問不出口。

向問天笑了笑，抱拳說道：「物歸原主，理所當然。道長何必不安？」一轉身，喝道：「教主起駕！」樂聲奏起，十名長老開道，一十六名轎伕抬起藍呢大轎，走下峯去。其後是號角隊、金鼓隊、細樂隊，更後是各堂教眾，魚貫下峯。

沖虛和方證一齊望著令狐沖，均想：「任教主何以改變了主意，其中原由，只有你才知情。」但從令狐沖的臉色中卻一點也看不來，但見他似乎有些歡喜，又有些哀傷。耳聽得日月教教眾走了一會，樂聲便即止歇，甚麼「千秋萬載，一統江湖」的呼聲也不再響起，竟是耀武揚威而來，偃旗息鼓而去。

沖虛忍不住問道：「令狐兄弟，任教主忽然示惠，自必是衝著你的天大面子。不知……不知……」他自是想問「不知跟你說了甚麼」，但隨即心想，這其中的原由，如果令狐沖願說，自然會說，若不願說，多問只有不妥，是以說了兩個「不知」，便即住口。

令狐沖道：「兩位前輩原諒，適才晚輩已答允了任教主，其中原由，暫且不便見告。但其中亦無大不了的隱秘，兩位日久自知。」

方證哈哈一笑，說道：「一場大禍消弭於無形，實是武林之福。看任教主今日的舉止，於我正教各派實無敵意，化解了無量殺劫，實乃可喜可賀。」

沖虛無法探知其中原由，實是心癢難搔，聽方證這麼說，也覺甚有理由，說道：「不是老道過慮，只是日月教詭詐百出，咱們還是小心些為妙。說不定任教主得知咱們有備，生怕引發炸藥，是以今日故意賣好，待得咱們不加防備之時，再加偷襲。以二位之見，是否會有此一著？」方證道：「這個……人心難測，原也不可不防。」令狐冲搖頭道：「不會的，一定不會。」沖虛道：「令狐掌門認定不會，那是再好也沒有了。」心下卻頗不以為然。

過了一會，山下報上訊來，日月教一行已退過山腰，守路人眾沒接到訊號，未加截殺，亦未引發地雷。沖虛命人通知清虛、成高，將連接於九龍椅及各處地雷的藥引都割斷了。

令狐冲請方證、沖虛二人回入無色庵，在觀音堂中休息。方證翻閱梵文「金剛經」。沖虛撫弄一會「真武劍」，讀幾行「太極拳經」，喜不自勝，心下的疑竇也漸漸忘了。

突然之間，供桌下有人說道：「啊，盈盈，是你！」另一人道：「冲哥，你……你……你……」正是桃谷六仙的聲音。

令狐冲「啊」的一聲驚叫，從椅中跳了起來。

只聽得供桌下不斷發出聲音：「冲哥，我爹爹，他……他老人家已過世了。」「怎麼會過世的？」「那日在華山朝陽峯上，你下峯不久，我爹爹忽然從仙人掌上摔了下來。向大哥和我接住了他身子，只過得片刻，便即斷了氣。」「那……那……有人暗算他老人家麼！」「不是的。向大哥說，他老人家年紀大了，在西湖底下又受了這十幾年苦，近年來以十分霸道的內功，強行化除體內的異種真氣，實在是大耗真元。這一次為了布置誅滅五嶽劍派，又耗了不少心血。他老人家是天年已盡。」「當真想不到。」「當日在朝陽峯上，向大哥與十長老會商，一致舉我接任日月神教教主。」「原來任教主是任大小姐，不是任老先生。」

適才桃谷六仙爭坐九龍椅，方證以「獅子吼」佛門無上內功將之震倒。冲虛生怕洩漏機密，將六人點了穴道，塞入供桌之下。不料六人內功也頗深厚，不多時便即醒轉，將令狐冲和「任教主」的對話都聽在耳裏，這時便一字不漏的照說出來。方證和冲虛聽到任我行已死，盈盈接了教主之位，其餘種種，無不恍然，心下又驚又喜。盈盈贈送二人重禮，送給令狐冲的卻是衣履用品，那自是二人交換文定的禮物了。

只聽得桃谷六仙還在你一句，我一句的說個不休：

「冲哥，今日我上恆山來看你，倘若讓正教中人知道了，不免惹人笑話。」「那又有甚麼要緊？你就是會怕羞。」「不，我不要人家知道。」「好罷，我答應你不說便是。」「我吩咐他們仍是大叫甚麼文成武德，澤被蒼生聖教主，甚麼千秋萬載，一統江湖，是要使旁人不瞧出破綻。可不是對你恆山派與方證方丈、冲虛道長無禮狂妄。」「那不用擔心，大師和道長不會知道的。」「再說，日月教和恆山派、少林派、武當派化敵為友，我也不要讓人家說是我的主意。江湖上好漢一定會說，因為我……跟你……跟你的緣故，連一場大架也不打了，說來可多難為情。」「嘻嘻，我倒不怕。」「你臉皮厚，自然不怕。爹爹故世的信息，日月教瞞得很緊，外間只道是我爹爹來到恆山之後，跟你談了一會，就此和好。這於我爹爹的聲名也有好處。待我回到黑木崖後，再行發喪。」「是，我這女婿可得來磕頭弔孝了。」

「你能夠來，當然最好。那日華山朝陽峯上，我爹爹本來已親口許了我們的婚事，不過……不過那得我服滿之後……」

令狐冲聽他六人漸漸說到他和盈盈安排成親之事，當即大喝：「桃谷六仙，你們再不出來，在桌底下胡說八道，我剝你們的皮，抽你們的筋。」

卻聽得桃幹仙幽幽嘆了口氣，學著盈盈的語氣說道：「我卻擔心你的身子。爹爹沒傳你化解異種真氣的法門，其實就是傳了，也不管用。爹爹他自己，唉！」桃幹仙逼緊著嗓子，說得極盡哀傷。

方證、冲虛、令狐冲三人聽著，亦不禁都有悽惻之意。任我行一代怪傑，雖然生平惡行不少，但如此下場，亦令人為之嘆息。令狐冲對任我行的心情更是奇特，雖憎他作威作福，橫行霸道，卻也不禁佩服他的文武才略，尤其他肆無忌憚、獨行其是的性格，倒和自己頗為相投，只不過自己絕無「一統江湖」的野心而已。

一時三人心中，同時湧起了一個念頭：「自古帝皇將相，聖賢豪傑，奸雄大盜，元凶巨惡，莫不有死！」

桃實仙逼緊了嗓子道：「冲哥，我……」冲虛心想再說下去，於令狐冲面上須不好看，笑道：「六位桃兄，適才多有得罪。不過你們的話也說得夠了，倘若惹得令狐掌門惱了，點了你們的『終身啞穴』，只怕犯不著。」桃谷六仙大驚，齊問：「甚麼『終身啞穴』？」冲虛道：「那『終身啞穴』一點，一輩子就成了啞巴，再也不會說話。至於吃飯喝酒，倒還可以。」桃谷六仙齊嚷：「說話第一、吃飯喝酒尚在其次。」冲虛道：「你們剛才的話，一句也說不得的。令狐掌門，你就瞧在方丈大師和老道面上，別點他們的『終身啞穴』。方丈大師和老道負責擔保，他六位在供桌底下偷聽到你和任大小姐的說話，決不洩漏片言隻字。」桃花仙道：「冤枉，冤枉！我們又不是自己要偷聽，聲音鑽進耳朵來，又有甚麼法子？」

冲虛道：「你們聽便聽了，誰也不來多管，聽了之後亂說，那可不成。」桃谷六仙齊道：「好，好！我們不說，我們不說。」桃根仙道：「不過日月教聖教主那兩句八字經改了，說不說得？」令狐冲大喝：「說不得，更加說不得！」桃枝仙嘰哩咕嚕：「不說就不說。偏你和任大小姐說得，我們就說不得。」

冲虛心下納悶：「日月教的那句八字經改了？八字經自然是『千秋萬載，一統江湖』那八個字。任大小姐當了教主，不想一統江湖了，卻不知改了甚麼？」

三年後某日，杭州西湖孤山梅莊掛燈結綵，陳設得花團錦簇，這天正是令狐冲和盈盈成親的好日子。

這時令狐冲已將恒山派掌門之位交給了儀清接掌。儀清極力想讓給儀琳，說道儀琳手刃恒山大仇，為師尊雪恨，該當接任掌門之位。但儀琳說甚麼也不肯，急得當眾大哭。畢竟還是依著令狐冲之議，由儀清掌理恒山門戶。盈盈也辭去日月教教主之位，交由向問天接任。向問天雖是個桀敖不馴的人物，卻無吞併正教諸派的野心，數年來江湖上倒也太平無事。

這日前來賀喜的江湖豪士擠滿了梅莊。行罷大禮，酒宴過後鬧新房時，羣豪要新郎、新娘演一演劍法。當世皆知令狐冲劍法精絕，賀客中卻有許多人未曾見過。令狐冲笑道：「今日動刀使劍，未免太煞風景，在下和新娘合奏一曲如何？」羣豪齊聲喝采。

當下令狐冲取出瑤琴、玉簫，將玉簫遞給盈盈。盈盈不揭霞帔，伸出纖纖素手，接過簫管，引宮按商，和令狐冲合奏起來。

兩人所奏的正是那「笑傲江湖」之曲。這三年中，令狐冲得盈盈指點，精研琴理，已將這首曲子奏得頗具神韻。令狐冲想起當日在衡山城外荒山之中，初聆衡山派劉正風和日月教長老曲洋合奏此曲。二人相交莫逆，只因教派不同，難以為友，終於雙雙斃命。今日自己得與盈盈成親，教派之異不復得能阻擋，比之撰曲之人，自是幸運得多了。又想劉曲二人合撰此曲，原有弭教派之別、消積年之仇的深意，此刻夫婦合奏，終於完償了劉曲兩位前輩的心願。想到此處，琴簫奏得更是和諧。羣豪大都不懂音韻，卻無不聽得心曠神怡。

一曲既畢，羣豪紛紛喝采，道喜聲中退出新房。喜娘請了安，反手掩上房門。

突然之間，牆外響起了悠悠的幾下胡琴之聲。令狐冲喜道：「莫大師伯……」盈盈低聲道：「別作聲。」

只聽胡琴聲纏綿宛轉，卻是一曲「鳳求凰」，但淒清蒼涼之意終究不改。令狐冲心下喜悅無限：「莫大師伯果然沒死，他今日來奏此曲，是賀我和盈盈的新婚。」琴聲漸漸遠去，到後來曲未終而琴聲已不可聞。

令狐冲轉過身來，輕輕揭開罩在盈盈臉上的霞帔。盈盈嫣然一笑，紅燭照映之下，當真是人美如玉，突然間喝道：「出來！」令狐冲一怔，心想：「甚麼出來？」

盈盈笑喝：「再不出來，我用水淋了！」

床底下鑽出六個人來，正是桃谷六仙。六人躲在床底，只盼聽到新郎、新娘的說話，好到大廳上去向羣豪誇口。令狐冲心神俱醉之際，沒再留神。盈盈心細，卻聽到了他六人壓得極細的呼吸之聲。令狐冲哈哈大笑，說道：「六位桃兄，險些兒又上了你們的當！」

桃谷六仙走出新房，張開喉嚨大叫：「千秋萬載，永為夫婦！千秋萬載，永為夫婦！」

冲虛正在花廳上和方證談心，聽得桃谷六仙的叫聲，不禁莞爾一笑，三年來壓在心中的啞謎，此時方始揭開：原來那日令狐冲和盈盈在觀音堂中山盟海誓，桃谷六仙卻道是改了日月教的八字經。

四個月後，正是草長花穠的暮春季節。令狐冲和盈盈新婚燕爾，攜手共赴華山。令狐冲要帶同妻子去拜見太師叔風清揚，叩謝他傳劍授功之德。可是兩人踏遍了華山五峯三嶺，各處幽谷，始終沒發見風清揚的蹤跡。

令狐冲怏怏不樂。盈盈道：「太師叔是世外高人，當真是神龍見首不見尾，不知到那裏雲遊去了。」令狐冲嘆道：「太師叔固然劍術通神，他老人家的內功修為也算得當世無雙。這三年半來，我修習他老人家所傳的內功，幾乎已將體內的異種真氣化除淨盡。」盈盈道：「那可得多謝少林寺的方證大師了。咱們既見不到風太師叔，明日就動身去少林寺，向方證大師叩頭道謝。」令狐冲道：「方證大師代傳神功，多所解說引導，便好比是半個師父，原該去謝的。」盈盈抿嘴笑道：「冲哥，你到今日還是不明白，你所學的，便是少林派的『易筋經』內功。」

令狐冲「啊」的一聲，跳起身來，說道：「這……這便是『易筋經』？你怎知道？」盈盈笑道：「當日聽你說，這內功是風太師叔叫桃谷六仙帶口訊，告知方證大師的。我心下生疑，尋思這內功精微奧妙，修習時若有毫釐之差，輕則走火入魔，重則送了性命，如何能叫桃谷六仙代帶口訊？桃谷六仙纏夾不清，又怎說得明白？方證大師雖說，多半是風太師叔逼他們背熟了，但終究太過凶險。後來我去問這六位仁兄，他們一口咬定確有其事。但要他們背誦幾句，一個說早已忘得乾乾淨淨，一個說只能告知方證老和尚，不能說給別人聽。六個人再說得幾句，更是前言不對後語，破綻百出。後來露出口風，抵賴不得，才說是方證大師為了救你性命，卻不願讓你得知，才假託風太師叔傳功，你若問起，叫他們代為隱瞞。」令狐冲張大了口，半晌做聲不得。盈盈又道：「但風太師叔叫他們傳訊，卻是有的，只是叫他們告知方證大師，說日月教要攻打恆山，請少林、武當兩派援手。」

令狐冲道：「你也壞得夠了，早知此事，卻直到今日才說出來。」盈盈笑道：「那日在少林寺中，你脾氣倔強得很。方證大師要你拜師，改投少林，便傳你『易筋經』神功，但你說甚麼也不肯，一拂袖子便出了山門。方證大師倘若再提傳授『易筋經』之事，生怕你老脾氣發作，寧可性命不要，也不肯學，那豈不糟了？因此他只好假託風太師叔之名，讓你以為這是華山派本門內功，自是學之無礙。」

令狐冲道：「啊，是了，你一直不跟我說，也怕我牛脾氣發作，突然不練了？現下得知我異種真氣化解殆盡，這才吐露真相。」

盈盈又抿嘴笑了笑，道：「你這硬脾氣，大家知道是惹不得的。」

令狐冲嘆了口氣，拉住她手，說道：「盈盈，當年你將性命捨在少林寺，為的是要方證大師傳我『易筋經』，雖然你並沒死，方證大師卻認定是答應了你的事沒有辦到。他是武林前輩，最重然諾，終於還是將這門神功傳了給我。這是你用性命換來的功夫，就算我不顧死活，難道……難道一點也不顧到你，竟會恃強不練嗎？」

盈盈低聲道：「我原也想到的，只是心中害怕。」

令狐冲道：「咱們明天便下山去少林寺，既然學了『易筋經』，只好到少林寺出家做和尚去了。」盈盈知他說笑，說道：「你這野和尚大廟不收，小廟不要，少林寺的清規戒律嚴謹得很，沒半天便將你這酒肉和尚亂棒打將出來。」

兩人攜手而行，一路閒談。令狐冲見盈盈不住東張西望，似乎在找尋甚麼，問道：「你在尋甚麼？」盈盈道：「且不跟你說，等找到了你自然知道。這次來到華山，沒能拜見風太師叔，固是遺憾之極，但若見不到那人，卻也可惜。」令狐冲奇道：「咱們還要見一個人，那是誰？」

盈盈微笑不答，說道：「你將林平之關在梅莊地底的黑牢之中，確是安排得十分聰明。你答應過你小師妹，要照顧林平之的一生，他在黑牢之中，有飯吃，有衣穿，誰也不會去害他，確實是照顧了他一生。我對你另一位朋友，卻也想出了一種特別的照顧法子。」

令狐冲更是奇怪了，心想：「我另一位朋友？卻又是誰？」知道妻子行事往往出人意表，她既不肯說，多問也是無用。

當晚二人在令狐冲的舊居之中，對月小酌。令狐冲雖面對嬌妻，但想起種種往事，仍不禁頗為傷感，飲了十幾杯酒，已微有酒意。盈盈突然面露喜色，放下酒杯，低聲道：「多半是他來了，咱們去瞧瞧。」令狐冲聽得對面山上有幾聲猴啼，不知盈盈說的是誰來了，跟著她走出屋去。

盈盈循著猴啼之聲，快步奔到對面山坡上。令狐冲隨在她身後，月光下只見七八隻猴子聚在一起。華山猴子甚多，令狐冲也不以為意，卻見羣猴之中赫然有一個人，凝目看去，竟是勞德諾。他喜怒交集，轉身便欲往屋中取劍。盈盈拉住他手臂，低聲道：「咱們走近些，再看看清楚。」二人再奔近十餘丈，只見勞德諾夾在兩隻極大的馬猴之間，給兩隻馬猴拖來拖去，竟似身不由主。他一身武功，但對兩隻馬猴，卻是全無反抗之力。

令狐冲駭然問道：「那是甚麼緣故？」盈盈笑道：「你只管瞧，慢慢再跟你說。」猴子性躁，跳上縱下，沒半刻安寧。勞德諾給左右兩隻馬猴東拉西扯，偶然發出幾聲吼叫，兩隻馬猴便伸爪往他臉上抓去。令狐冲這時已看得明白，原來勞德諾的右手和右邊馬猴的左腕相連，左手和左邊的馬猴的右腕相連，顯然是以鐵銬之類扣住了的。他明白了大半，問道：「這是你的傑作了？」盈盈道：「怎麼樣？」令狐冲道：「你廢了勞德諾的武功？」盈盈道：「那倒不是，是他自己作孽。」

羣猴聽得人聲，吱吱連聲，帶著勞德諾翻過山嶺而去。

令狐冲本欲殺了勞德諾為陸大有報仇，但見他身受之苦，遠過於一劍加頸，也就任其自然，心下頗感復仇之快意，心想：「這人老奸巨猾，為惡遠在林師弟之上，原該讓他多吃些苦頭。」說道：「原來這幾日來，你一直要找他來給我瞧瞧。」

盈盈道：「那日我爹爹來到朝陽峯上，這廝便來奉承獻媚，說道得了『辟邪劍法』的劍譜，前來獻給爹爹。爹爹問他有何用意，他說想當日月教的一名長老。爹爹沒空跟他多說，叫人將他看管起來。後來爹爹逝世，大夥兒忙成一團，誰也沒去理他，將他帶到了黑木崖。過了十幾天，我才想起這件事來，叫他來一加盤問，卻原來他自練『辟邪劍法』不得其法，竟自己將一身武功盡數廢了。這人是害你六師弟的兇手，而你六師弟生平愛猴，因此我叫人覓了兩隻大馬猴來，跟他鎖在一起，放在華山之上。」說著伸手過去，扣住令狐冲的手腕，嘆道：「想不到我任盈盈，竟也終身和一隻大馬猴鎖在一起，再也不分開了。」說著嫣然一笑，嬌柔無限。

（全書完）

後記

聰明才智之士，勇武有力之人，極大多數是積極進取的。道德標準把他們劃分為兩類：努力目標是為大多數人謀福利的，是好人；只著眼於自己的權力名位、物質欲望，而損害旁人的，是壞人。好人或壞人的大小，以其嘉惠或損害的人數和程度而定。政治上大多數時期中是壞人當權，於是不斷有人想取而代之；有人想進行改革；另有一種人對改革不存希望，也不想和當權派同流合污，他們的抉擇是退出鬥爭漩渦，獨善其身。所以一向有當權派、造反派、改革派，以及隱士。

中國的傳統觀念，是鼓勵人「學而優則仕」，學孔子那樣「知其不可而為之」，但對隱士也有極高的評價，認為他們清高。隱士對社會並無積極貢獻，然而他們的行為和爭權奪利之徒截然不同，提供了另一種範例。中國人在道德上對人要求很寬，只消不是損害旁人，就算是好人了。「論語」記載了許多隱者，晨門、楚狂接輿、長沮、桀溺、荷蓧丈人、伯夷、叔齊、虞仲、夷逸、朱張、柳下惠、少連等等，孔子對他們都很尊敬，雖然，並不同意他們的作風。

孔子對隱者分為三類：像伯夷、叔齊那樣，不放棄自己意志，不犧牲自己尊嚴（「不降其志，不辱其身」）；像柳下惠、少連那樣，意志和尊嚴有所犧牲，但言行合情合理（「降志辱身矣，言中倫，行中慮，其斯而已矣」）；像虞仲、夷逸那樣，則是逃世隱居，放肆直言，不做壞事，不參與政治（「隱居放言，身中清，廢中權」）。孔子對他們評價都很好，顯然認為隱者也有積極的一面。

參與政治活動，意志和尊嚴不得不有所捨棄，那是無可奈何的。柳下惠做法官，曾被三次罷官，人家勸他出國。柳下惠堅持正義，回答說：「直道而事人，焉往而不三黜？枉道而事人，何必去父母之邦？」（論語）。關鍵是在「事人」。為了大眾利益而從政，非事人不可；堅持原則而為公眾服務，不以功名富貴為念，雖然不得不聽從上級命令，但也可以說是「隱士」——至於一般意義的隱士，基本要求是求個性的解放自由而不必事人。

我寫武俠小說是想寫人性，就像大多數小說一樣。寫「笑傲江湖」那幾年，中共的文化大革命奪權鬥爭正進行得如火如荼，當權派和造反派為了爭權奪利，無所不用其極，人性的卑污集中地顯現。我每天為「明報」寫社評，對政治中齷齪行徑的強烈反感，自然而然反映在每天撰寫一段的武俠小說之中。這部小說並非有意的影射文革，而是通過書中一些人物，企圖刻劃中國三千多年來政治生活中的若干普遍現象。影射性的小說並無多大意義，政治情況很快就會改變，只有刻劃人性，才有較長期的價值。不顧一切的奪取權力，是古今中外政治生活的基本情況，過去幾千年是這樣，今後幾千年恐怕仍會是這樣。任我行、東方不敗、岳不羣、左冷禪這些人，在我設想時主要不是武林高手，而是政治人物。林平之、向問天、方證大師、冲虛道人、定閒師太、莫大先生、余滄海等人也是政治人物。這種形形色色的人物，每一個朝代中都有，大概在別的國家中也都有。

「千秋萬載，一統江湖」的口號，在六十年代時就寫在書中了。任我行因掌握大權而腐化，那是人性的普遍現象。這些都不是書成後的增添或改作。

「笑傲江湖」在「明報」連載之時，西貢的中文報、越文報和法文報有二十一家同時連載。南越國會中辯論之時，常有議員指責對方是「岳不羣」（偽君子）或「左冷禪」（企圖建立霸權者）。大概由於當時南越政局動蕩，一般人對政治鬥爭特別感到興趣。

令狐冲是天生的「隱士」，對權力沒有興趣。盈盈也是「隱士」，她對江湖豪士有生殺大權，卻寧可在洛陽隱居陋巷，琴簫自娛。她生命中只重視個人的自由，個性的舒展。惟一重要的只是愛情。這個姑娘非常怕羞靦腆，但在愛情中，她是主動者。令狐冲當情意緊纏在岳靈珊身上之時，是不得自由的。只有到了青紗帳外的大路上，他和盈盈同處大車之中，對岳靈珊的癡情終於消失了，他才得到心靈上的解脫。本書結束時，盈盈伸手扣住令狐冲的手腕，嘆道：「想不到我任盈盈，竟也終身和一隻大馬猴鎖在一起，再也不分開了。」盈盈的愛情得到圓滿，她是心滿意足的，令狐冲的自由卻又被鎖住了。或許，只有在儀琳的片面愛情之中，他的個性才極少受到拘束。

人生在世，充分圓滿的自由根本是不能的。解脫一切欲望而得以大徹大悟，不是常人之所能。那些熱中於政治和權力的人，受到心中權力欲的驅策，身不由己，去做許許多多違背自己良心的事，其實都是很可憐的。

在中國的傳統藝術中，不論詩詞、散文、戲曲、繪畫，追求個性解放向來是最突出的主題。時代越動亂，人民生活越痛苦，這主題越是突出。

「人在江湖，身不由己」，要退隱也不是容易的事。劉正風追求藝術上的自由，重視莫逆於心的友誼，想金盆洗手；梅莊四友盼望在孤山隱姓埋名，享受琴棋書畫的樂趣；他們都無法做到，卒以身殉，因為權力鬥爭（政治）不容許。

對於郭靖那樣捨身赴難，知其不可而為之的大俠，在道德上當有更大的肯定。令狐沖不是大俠，是陶潛那樣追求自由和個性解放的隱士。風清揚是心灰意懶、慚愧懊喪而退隱。令狐沖卻是天生的不受羈勒。在黑木崖上，不論是楊蓮亭或任我行掌握大權，旁人隨便笑一笑都會引來殺身之禍，傲慢更加不可。「笑傲江湖」的自由自在，是令狐沖這類人物所追求的目標。

因為想寫的是一些普遍性格，是政治生活中的常見現象，所以本書沒有歷史背景，這表示，類似的情景可以發生在任何朝代。

一九八〇・五

金庸作品集 31

笑傲江湖

4 五嶽併派

The Smiling, Proud Wanderer, Vol. 4

作者／金庸

副總編輯／鄭祥琳
特約編輯／李麗玲、沈維君
封面與內頁設計／林秦華
內頁插畫／王司馬
排版／連紫吟、曹任華
行銷企劃／廖宏霖

發行人／王榮文
出版發行／遠流出版事業股份有限公司
地址／臺北市中山北路一段 11 號 13 樓
電話／（02）2571-0297 傳真／（02）2571-0197 郵撥／ 0189456-1
著作權顧問／蕭雄淋律師

1987 年 2 月 1 日 初版一刷
2023 年 11 月 1 日 五版一刷
2024 年 1 月 1 日 五版二刷
平裝版 每冊 380 元（本作品全四冊，共 1520 元）

ISBN 978-626-361-312-6（套：平裝）
ISBN 978-626-361-311-9（第 4 冊：平裝）
Printed in Taiwan

YL 遠流博識網 http://www.ylib.com E-mail: ylib@ylib.com
金庸茶館粉絲團 https://www.facebook.com/jinyongteahouse

笑傲江湖 . 4, 五嶽併派 = The Smiling, Proud Wanderer. vol.4 ／金庸著 . – 五版 . -- 臺北市：遠流 , 2023.11
面； 公分 --（金庸作品集；31）
ISBN 978-626-361-311-9（平裝）

857.9 112016222